Isabelle Herzog

Wenn das Licht verschwindet

Das Buch

Als du in die exklusive Welt der Reichen und Mächtigen eingetaucht bist, hast du nicht geahnt, in welchen Strudel aus Lügen und Intrigen du dich begibst, hm? Hinter den perfekten Fassaden verbirgt sich so viel, was du niemals hättest sehen sollen: verbotenes Verlangen, Leidenschaft und Rache. Je tiefer du gräbst, desto mehr Abgründe tun sich auf und die dunkelsten lauern direkt vor deiner Tür. Und während du versuchst, um alles zu kämpfen, was dir wichtig ist, bin ich da, um es dir zu nehmen. Bist du bereit, den Preis für deine Vergangenheit zu bezahlen und meine Rache zu spüren?

Vergiss nicht: Wenn das Licht verschwindet,
bin ich an deiner Seite.
Nur ich.

Über die Autorin

Isabelle Herzog lebt in München, kommt aber ursprünglich aus einem kleinen Ort in der Nähe von Hannover. Ihre Bücher strapazieren immer die Moral und lassen keinen klaren Unterschied zwischen Gut und Böse zu. Am liebsten verbringt sie den Tag mit ihrem Hund im Garten, mit einem Eistee in der Hand, um sich neue Geschichten auszudenken. Isabelle ist auf Instagram und TikTok unter @isabelle_herzog_autorin zu finden.

Isabelle Herzog

Wenn das Licht verschwindet

Roman

Impressum

Isabelle Herzog
c/o COCENTER
Koppoldstr. 1
86551 Aichach

Für alle, die es nicht mögen,
in Drama involviert zu sein,
aber das Drama von anderen lieben.

Hier ist eure Portion Drama.
Gute Mädchen lesen Smut.
Vergesst das nicht.

Playlist

Matilda – Harry Styles

Watch them fall – Sam Tinnesz & Tedashii

Love is a bitch – Two Feet

Everybody wants to rule the world - Lorde

Coming for you – Nicole Serrano

Daddy Issues (Remix) – The Neighbourhood & Syd

Left outside alone - Anastacia

Promises – Emo

Eyes don't lie – Isabel LaRosa

Space Song - Beachhouse

Him & I – G-Eazy & Haley

Weißes Haus - Ayliva

All i need – Lloyd

Crazy in love – Sofia Karlberg

Old Money – Lana del rey

Ein paar Worte vorweg …

Du möchtest also in die Welt der Reichen und Mächtigen eintauchen? Dich vielleicht auch ein wenig verlieren? Dann lass mich dir vorab ein paar Dinge sagen. Diese Geschichte ist düster, spicy und zerrt an deinen Moralvorstellungen - auch wenn es auf dem ersten Blick nicht so wirkt. Nichts ist, wie es scheint und du findest dich schnell in einem Sog wieder, dem du nicht mehr entkommst. Eine romantische Liebesgeschichte zum Abschalten suchst du hier erfolglos. Du wirst auch keinen Prinzen auf dem weißen Pferd finden. Stattdessen erfordert jedes Wort deine Aufmerksamkeit, du musst die Zusammenhänge zusammensetzen, die Puzzleteile finden. Manche Szenen werden dir unter die Haut gehen, während andere für Gänsehaut sorgen.

Dies ist kein Buch für Minderjährige. Dieser Roman wird deine Moral herausfordern. **Wer meine Bücher kennt, weiß, dass diese Warnung sehr ernstgenommen werden sollte.** Aus diesem Grund ist die Reihe nicht für sensible Leser geeignet. Wir sprechen hier auch nicht von morallygrey, sondern (und vor allem in den Folgebänden) von morallyblack.

Isabelle

Kapitel 1

MATILDA

Martha's Vineyard

Lilians Lavendel war schöner als meiner. Als ich die Blüten an meine Nase führte, wurde die Luft mit einem betörenden Duft erfüllt. Der Lavendel roch nach einem Hauch von Sommer, nach Tagen voller Sonnenschein und Abenden, in denen die Welt in ein sanftes Licht getaucht wurde. Im Hintergrund verschmolz das Rauschen des Meeres mit dem Duft. Die Wellen rollten mit einem sanften, aber konstanten Rhythmus an den Strand, brachen sich in schäumender Gischt und hinterließen feine Spuren im Sand. Mein Blick fiel wieder auf die Lavendelbüsche, die sie in Reihen gepflanzt hatte, um den Zauber der Provence nach Martha´s Vineyard zu bringen. Ich beugte mich näher zu den Pflanzen, um herauszufinden, wie sie es schaffte, dass sie in den schönsten Farben leuchteten. Was war das Geheimnis? Entkalktes Wasser? Dünger? Kompost? Ich hatte nicht den Hauch einer Ahnung, allerdings wurde mir der Gedanke auch abgeschnitten, als der Sprühnebel des Rasensprengers mich traf. Die Wassertropfen prallten gegen meine Schultern, liefen über meine Arme und schließlich über mein Kleid. Die Sonne glitzerte auf den winzigen Wasserperlen, die wie Diamanten funkelten. Ich spürte, wie das kühle Wasser meine Haut benetzte und ein angenehmes Gefühl der Erfrischung hinterließ.

»Haben Sie nicht gehört, dass ich sie gewarnt habe?« Seine kräftige Statur verriet die Ergebnisse harter Arbeit und Hingabe, während sich die Muskeln unter seiner Haut abzeichneten und bei jeder Bewegung sanft spannten. Seine breiten Schultern und festen Arme strahlten Kraft aus, die von vielen Stunden körperlicher Anstrengung zeugten.

Mein Blick schweifte über mein durchnässtes Kleid. »Das habe ich wohl überhört.« Ich war nicht vollkommen nass, aber es war genug, um den beigefarbenen Stoff durchsichtig werden zu lassen.

»Sie waren wohl in Gedanken.« Er lächelte mich an und tippte hektisch auf einem Tablet herum, was den Wasserstrahl sofort einstellte. William, Lilians Mann, hatte seine Millionen mit Technik gemacht, für die mein

Verständnis nicht ausreichte. Und genau diese war im Haus, in ihrem Garten und einfach überall verbaut worden. Alles ließ sich über Tabletts steuern. Es waren irgendwelche Systeme, die das Leben leichter machen sollten.

»Scheint so«, antwortete ich verzögert.

Die hellbraunen Haare des Mannes glänzten im Sonnenlicht, als ob sie von den goldenen Strahlen gestreichelt wurden. Sie fielen in lockeren Strähnen über die Stirn und neckten seine Wangen. Einige Strähnen klebten leicht an seinem verschwitzten Nacken, während andere im Wind flatterten, als wollten sie die Lebendigkeit des Augenblicks einfangen. »Ich bin Henry, der neue Gärtner.« Mit der Hand fuhr er sich durch die Haare, ehe er sie mir entgegenstreckte. »Henry Carter«, fügte er seinen Worten hinzu. Seine Augen waren tiefblau und von einer Mischung aus Entschlossenheit und Neugierde erfüllt.

»Matilda Forbes, ich bin Lilians Freundin«, sagte ich und schüttelte ihm die Hand. Die Frau, deren Kleid er zumindest für diesen Tag versaut hatte.

»Sie hat von Ihnen erzählt.« Ein Hauch von Dreitagebart umrahmte sein markantes Kinn und die leicht gebräunte Haut verriet seine Liebe zur Natur.

»Ist das so?« Neugierig funkelte ich ihn an, als ein Lächeln seine Lippen umspielte. Lilian war schon immer sehr offen gewesen, was ich auf eine Berufskrankheit geschoben hatte. Ihr gehörte die *Velvet Lounge* am Hafen. Innerhalb weniger Jahre hatte sie die Bar zu einem der begehrtesten Orte gemacht, was nicht zuletzt an ihrer freundlichen Art lag. »Arbeiten Sie immer ohne Oberteil?« Mit dem Finger deutete ich auf seinen muskulösen Körper, was eigentlich nur ein Ablenkungsmanöver war, um mir selbst das Unbehagen darüber zu nehmen, dass ich ihn anstarrte.

Er nickte. »Bei der Hitze ist das einfach angenehmer.«

»Sie sollten Sonnenschutz verwenden. Das Hautkrebsrisiko sollte niemals unterschätzt werden.« Himmel, ich hörte mich an wie meine Mutter, auch wenn ich dieses Alter bei Weitem noch nicht erreicht hatte. Lilian war im Alter meiner Mutter und mit der Zeit hatte ich Parallelen festgestellt, die ich um jeden Preis vermeiden wollte, wenn ich älter wurde.

»Danke für den Tipp, Matilda.« Henry fuhr sich durch die Haare und klappte das Tablet zu. Irgendwie sprach er meinen Namen auf eine verheißungsvolle Art aus, die mich fesselte.

»Verraten Sie mir, wie sie den Lavendel so zum Strahlen gebracht haben?« Als ich vor drei Jahren bei Levi, meinem Mann, eingezogen war, hatte ich ihn bei uns auf die gleiche Art pflanzen lassen, aber er roch niemals so gut wie hier. Mein Lavendel leuchtete auch nicht ansatzweise in diesen malerischen Farben. In den meisten Momenten wirkte er entsättigt und matt.

Doch Henry schüttelte den Kopf. »Ich gebe niemals alle meine Geheimnisse beim ersten Treffen preis.« Was auch immer er sagte, klang wie ein Flirt. Flirtete er? Möglicherweise erschien es mir auch nur so, weil er seine Muskeln so offen präsentierte.

»Mein Mann und ich könnten auch jemanden gebrauchen, der sich um unseren Garten kümmert. Ralph, unser letzter Gärtner, ist vor kurzem weggezogen.« Es war sicher sinnvoll, an dieser Stelle zu betonen, dass ich einen Ehemann hatte, der nicht nur sehr erfolgreich war, sondern mich auch über alle Maßen glücklich machte. Denn nur fürs Protokoll: Ich flirtete nicht.

»So ein Zufall. Ich suche aktuell tatsächlich noch eine zweite Stelle«, sagte er und trat näher an mich heran.

Immer, wenn er sprach, zuckte sein rechter Brustmuskel, als wäre es ein Automatismus. Aber ich starrte nicht – redete ich mir zumindest ein.

»Matilda, da bist du ja endlich.« Lilians Rufen führte mich in die Realität zurück. Deswegen war ich hier. Sie war mein Ziel.

»Ich bin gleich da«, rief ich zurück und wandte mich dann wieder Henry zu. »Bringen Sie ihren Lebenslauf einfach vorbei. Mein Mann wird sich um alles Weitere kümmern.« Das feuchte Kleid klebte bei jedem meiner Schritte an den Beinen. Zum Glück war es heute warm genug, um diese Erfrischung als Wohltat zu empfinden. Meine Schritte wurden noch einmal langsamer, als der Duft des Lavendels in meine Nase strömte. »Sie haben wirklich ein Händchen dafür.« Schließlich drehte ich mich doch noch einmal zu ihm um und erwiderte das Lächeln. Ich war nicht pingelig, aber ich brauchte jemanden wie ihn in meinem Leben. Jemanden, der sich auf diese Art um meine Pflanzen kümmerte, denn ich züchtete grundsätzlich alles knusprig.

»Du hast Henry also schon kennengelernt«, meinte Lilian und winkte ihm zu.

Automatisch drehte ich mich noch einmal um. Henry hatte sich wieder den Pflanzen zugewandt und betrachtete sie mit Hingabe. Die Erde an seinen Händen schien ein charakteristisches Merkmal zu sein. Er war vertieft in seine Arbeit, während er Blumen in die Erde setzte und auf die Details jeder einzelnen achtete. Sein Gesicht strahlte Konzentration aus, aber auch eine Art Gelassenheit. Ich verharrte kurz, um ihn zu beobachten. Seine Hände bewegten sich mit einer gewissen Anmut, und es war offensichtlich, dass er nicht nur ein Handwerk ausführte, sondern eine Leidenschaft lebte. »Du hast nicht erwähnt, dass er so gut aussieht.« Ich riss meinen Blick los und wandte mich Lilian wieder zu.

»Ich habe doch gesagt, dass er ansehnlich ist.« Mit einer Handgeste ließ sie mich das Haus zuerst betreten. Die Kälte strömte mir entgegen und war ein Kontrast zur absurden Hitze der letzten Tage. Allerdings multiplizierte sie sich mit der Nässe meines Kleides. »Ich habe Margaritas gemacht«, meinte sie und deutete auf die Küche, die direkt an die Terrasse grenzte.

»Ansehnlich… das ist wohl eine Untertreibung, oder? Er könnte auch auf einer Zeitschrift posieren.« Ich ließ mich auf den Holzhocker sinken und musterte sie. »Als du gesagt hast, dass du einen neuen Gärtner hast, bin ich davon ausgegangen, dass er einen Bierbauch hat und vielleicht nett lächelt und winkt.« In meiner Vorstellung hatte sie ihn irgendwo aufgegabelt und nicht hinterfragt, ob er überhaupt eine Arbeitserlaubnis hatte. Außerdem war ich mir sicher gewesen, dass er wohl kaum unsere Sprache sprechen würde.

»Das wäre doch langweilig.« Sie legte die Hände an meine Schultern und zog mich gegen sich. Lilian hatte schon immer etwas Mütterliches an sich gehabt, was ich sehr schätzte. Sie war eine der wenigen gewesen, die mich mit offenen Armen empfangen hatte. Die meisten anderen hatten mir immer diesen Blick zugeworfen… diesen *Du-gehst-also-den-einfachen-Weg*-Blick, den junge Frauen kassierten, die ältere Männer heirateten. »Wie geht es dir, Sweetheart?« Ihr Atem streifte mein Ohr.

Ich legte meine Hand auf ihre, die an meinen Schlüsselbeinen verharrte. »Gut, ich bin seit ein paar Tagen allein, weil Levi wieder in Boston ist.« Levi liebte Zahlen, er jonglierte damit und hatte eine Menge Leute reicher gemacht, als sie es vorher schon gewesen waren. Und das wiederum hatte ihn reich gemacht.

»Wann kommt er zurück?« Lilian goss mir eine Magarita ein. Irgendwann hatte ich aufgehört, zu hinterfragen, warum es bei ihr zu jeder Tageszeit einen anderen Drink gab. Auch das hatte ich auf ihren Beruf geschoben.

»Am Wochenende. Warum?« Ich nippte und unterdrückte das Husten, das sich automatisch über meine Kehle schleichen wollte. Sie mixte stark. Zu stark für einen Mittwochvormittag.

Ihr Blick lag immer noch auf mir, als sie einen Schluck nahm und ihn herunterspülte, als wäre es Saft. War ich so empfindlich oder sie so geübt? »Will hat gefragt, wann wir uns treffen. Ich glaube, du fehlst ihm ein bisschen.«

Sie lachte und so absurd es klang, so normal war es geworden, auf diese Art mit ihr zu sprechen. Wenn mir vor zwei Jahren jemand gesagt hätte, dass Frauen so über ihren Mann und eine andere Frau sprechen könnten, hätte ich immer behauptet, dass die Ehe sicher in Scherben lag. Aber so war es bei den beiden nicht. Eigentlich war nichts ansatzweise kaputt. Sie liebten sich wie am ersten Tag.

»Ich frage Levi, ob er Lust hat und dann sage ich dir Bescheid«, meinte ich und gab der Magarita eine zweite Chance. Viele Dinge im Leben brauchten zwei Anläufe, nicht wahr?

»Perfekt. So ein Abend mit euch ist genau das, was ich mal wieder brauche.« Es würde uns allen guttun, immerhin hatten wir unser Hobby, so nannte William es immer, in letzter Zeit vernachlässigt. Levi hatte zu viel gearbeitet und war meistens müde gewesen und ich hatte ihm geschworen, dass wir diese Dinge nur gemeinsam tun würden. Ich hatte zu viel Angst davor, dass wir uns verlieren würden, um über seinen Kopf hinweg zu entscheiden. Als Lilians Blick durch mich hindurchstieß, folgte ich ihr. »Er ist schon ein Leckerbissen, oder?«

Die Sonne schien sanft auf Henrys Muskeln, während er immer noch ohne Oberteil im Garten stand. In der einen Hand hielt er eine scharfe Gartenschere, die glänzte, als sie das Sonnenlicht reflektierte. Mit ruhiger Entschlossenheit näherte er sich den Rosenbüschen auf der Terrasse. »Wie hast du ihn gefunden?«

»Über eine Agentur. Er ist wirklich begabt.« Über die Schulter sah ich ihr verschmitztes Lächeln.

»Bei der Gartenarbeit oder im Umgang mit dir?« Es rutschte mir heraus, aber ich war mir sicher, dass unsere Freundschaft das überstehen würde, auch wenn ich in ihrem Alter niemals so werden wollte, wie sie. Sie war vulgär und präsentierte ihre Wünsche und Sehnsüchte so offen, dass es mir manchmal unangenehm war.

Schließlich biss sie sich auf die Unterlippe. »Ich bin mir sicher, dass er in diversen Bereichen sehr begabt ist.«

»Du bist schrecklich.« Sie war eine mittelalte, lüsterne Frau an einem Punkt in ihrem Leben, den ich mit vierundzwanzig Jahren vermutlich nicht verstehen konnte. Was ich hingegen verstand, war ihre Faszination dafür, wie fokussiert der Gärtner die zarten Blüten auswählte, die er abschneiden würde. Mit sanften, aber bestimmten Bewegungen führte er die Gartenschere in die Nähe der Basis jedes Stiels. Die Klinge durchtrennte den Stiel mit Leichtigkeit und er nahm die frische Rose in seine Hand. Sein Körper strahlte Ruhe und Respekt vor der Schönheit der Natur aus, während er die Blume betrachtete. Ein Hauch von Stolz lag in seinem Lächeln. Ob er sie in einem Strauß arrangieren würde? Lilian hatte immer die schönsten Blumen im Haus stehen.

»Ich habe ein Auge für Rohdiamanten. Ich habe dich auch gefunden und schau dir an, wie glücklich du Levi und Will machst.« Sie fing meinen Blick ein, als ich ihn losreißen konnte. »Henry wäre eine großartige Erweiterung, meinst du nicht?«

Ich hatte vor meiner Ehe mit Levi viel Zeit in der *Velvet Lounge* verbracht, was vorrangig daran gelegen hatte, dass die meisten Männer, die mich ausgeführt hatten, mich beeindrucken wollten. Und wo ging das besser als in einer Bar direkt am Meer? »Wäre das nicht seltsam? Immerhin ist er ein Angestellter.« Ich war mir sicher, dass es auch ein Gesetz gab, das Sexangebote an Mitarbeiter illegal machte.

»Beruflich betrachtet, wäre es sehr verwerflich, es anzusprechen, aber auf der anderen Seite haben wir doch nichts zu verlieren, oder? Und vielleicht mag er die gleichen Dinge wie wir.« Sie war keine Frau, die sich von etwas abhalten ließ und ehrlicherweise sah ich es auch nicht als meine Aufgabe an, sie zu beschützen.

»Besprich das mit Levi und Will«, sagte ich und zuckte mit den Schultern. Einer von den beiden hätte sicher ein Gespür dafür, was richtig oder falsch war.

Lilian stellte sich neben mich und trank den letzten Schluck ihrer Magarita. »Sweetheart, du musst anfangen, für das einzustehen, was du willst.« Sie drehte den Hocker, sodass ich sie ansehen musste. »Und möchtest du zu diesem Körper Nein sagen?« Mit dem Finger deutete sie auf den Gärtner.

Tief atmete ich durch. Ich würde ihn nicht fragen, so viel stand fest. Wenn sie das wollte, dann musste sie es selbst tun. »Vermutlich würde ich ihn nicht von der Bettkante stoßen«, gab ich kleinlaut zu. Das würde niemand tun, der bei halbwegs klarem Verstand war. »Aber ich habe ihm ein Jobangebot gemacht. Ich möchte nicht, dass er sich unwohl fühlt, wenn du ihn einlädst.«

Ich brauchte dringender einen Gärtner als einen Mann fürs Bett.

»Wirbst du meinen Gärtner ab?« Sie lachte.

»Mein Lavendel schreit verzweifelt nach ihm.«

Sie beugte sich näher an mich heran. »Nicht nur dein Lavendel«, flüsterte sie andeutend.

»Es wird Zeit, dass wir uns treffen, oder?«

»Ich sitze auf dem Trockenen.« Das Geständnis drang mit einem theatralischen Seufzen über ihre Lippen. Seitdem ich sie kannte, wusste ich, dass ich alles, was aus ihrem Mund kam, als Humor abstempeln konnte. Lilian saß nämlich niemals auf dem Trockenen – weder auf die eine noch auf die andere Art. »Trinkst du noch ein Glas?«

»Natürlich, ich habe mir den Tag für dich freigehalten«, sagte ich und lehnte mich auf die Theke. Irgendwann würde ich mich daran gewöhnen, dass ihre Drinks grundsätzlich zu stark für mich waren.

Kapitel 2

X

Martha's Vineyard

Ich sah sie. Die Dunkelheit umgab mich und ich beobachtete, wie sie friedlich schlief. Der leichte Mondglanz fiel sanft auf ihr Gesicht, während sie auf dem Bett lag. Matildas Gesichtszüge wirkten entspannt. Das sanfte Auf und Ab ihrer Brust verriet, dass sie in einem tiefen Schlaf war. Die Decke umhüllte sie wie eine schützende Umarmung, während sie sich gelegentlich leicht bewegte. Ihr hellbraunes Haar lag verstreut auf dem Kissen und die Lippen formten ein zufriedenes Lächeln. Woran sie wohl dachte? Es war, als würde sie von Träumen umgeben sein, die nur sie allein kannte. Es war, als könnte ich in ihrem Schlaf all die kleinen Nuancen ihrer Persönlichkeit und Schönheit erkennen, die im hektischen Alltag oft übersehen wurden. Der Windzug erwischte mich, als ich die Arme vor der Brust verschränkte. Sie machte es mir leicht, sie von draußen zu sehen, denn sie ließ immer ein Nachtlicht an.

Schließlich betrat ihr Mann das Schlafzimmer. Ich hatte bemerkt, wie er vorgefahren war, aber er konnte mich nicht sehen. Niemand hatte mich in den letzten Wochen jemals gesehen. Ein Hauch von Grau zeichnete sich in seinen Haaren ab, die leicht vom Nachtlicht berührt wurden.

Levi stand vor dem Spiegel. Ich hätte alles darauf verwettet, dass sie die Glasfront bereut hätten, wenn sie geahnt hätten, wie leicht man vom Garten aus beobachten konnte, was sie taten. Sein Blick war voller Ruhe und Gelassenheit, als er begann, seinen Anzug auszuziehen. Sie hatte nicht auf ihn gewartet, was vermutlich ein Zeichen war, dass sie nicht gewusst hatte, dass er kommen würde. Mit bedachter Bewegung löste er die Krawatte und legte sie sorgfältig auf den Schrank. Ich konnte mir vorstellen, wie er leise seufzte, weil sein Tag anstrengend gewesen war. Seine Finger arbeiteten ruhig und präzise, als er die Hemdknöpfe öffnete und den weißen Stoff von seiner Haut schob. Ich konnte sehen, wie sich seine Brust hob und senkte, während er tief einatmete und die Anspannung des Tages langsam abfallen ließ. Die leicht ergrauten Haare glänzten im Licht des Zimmers, und seine Hände strichen sanft über die Konturen seines Körpers, als er seine Hose öffnete und sie abstreifte. Mit langsamen Schritten ging er auf das Bett zu und legte sich neben sie. Sie war nicht aufgewacht, was dafürsprach, dass sie sich in seiner Gegenwart wirklich sicher fühlte.

Langsam, kaum merklich rutschte er immer näher an sie heran, schmiegte sich an ihre Seite. Seine Lippen wanderten über ihren nackten Körper. In meinem Kopf flüsterte er ihr zu, dass er den weiten Weg auf sich genommen hatte, weil er sie so sehr vermisst hatte. Und dann setzte er seinen Angriff fort, küsste jeden erdenklichen Millimeter ihres Körpers. Sicher schlief sie jetzt schon nicht mehr, aber sie öffnete die Augen noch nicht. Stattdessen beugte sie sich ihm immer wieder entgegen.

Als er die Decke von ihrem Körper schob, schluckte ich hart. Sie lag vollkommen entblößt vor ihm, aber das schien sie nicht zu stören. Das hatte sie in den letzten Wochen niemals gestört. Seine Zunge glitt über ihre Brüste, als würde er seinen Besitz markieren – als wollte er der ganzen Welt beweisen, dass sie zu ihm gehörte. Sie sog die Luft scharf ein, während er immer fester an ihren Nippeln saugte. Er tat es mit einer Hingabe, die mich faszinierte. Ob er den ganzen Tag darauf gewartet hatte, nach Hause zu kommen, um es zu tun? Matilda sagte etwas zu ihm, vielleicht feuerte sie ihn an, niemals damit aufzuhören. Und er widmete sich ihrer anderen Brust, ehe er langsam an ihren Bauch hinabküsste. Instinktiv vergrub sie ihre rechte Hand im Stoff des Lakens. Vielleicht hatte sie auch darauf gewartet, nachdem sie vorhin nach Hause geschwankt war. Sie hatte zu viel getrunken, das hatte ich sofort erkannt. Seine Zunge umspielte ihren Lustpunkt auf eine Art, die sie dazu brachte, sich aufzubäumen. Jedes Mal, wenn er sprach, atmete sie schneller, streckte sich ihm mehr entgegen. Sie biederte sich ihm an, wie die kleine Opportunistin, die sie war.

Sie stützte sich auf die Ellenbogen und betrachtete ihn. Irgendetwas sagte sie zu ihm und es weckte den Wunsch in mir, es hören zu wollen. Ich wollte hören, was sie zu sagen hatte. Er schmunzelte und senkte dann den Kopf wieder, um da weiterzumachen, wo sie ihn gerade unterbrochen hatte. Matilda vergrub das Laken in ihrer Faust. Er machte einfach weiter, trieb sie immer weiter in ihre Lust hinein. Wie lange müsste er wohl noch fortfahren, bis sie ihm dafür danken würde, dass er früher nach Hause gekommen war? Und wie oft würde sie ihn ehren, dass er es getan hatte, obwohl sein Egoismus sicher überwog?

Ich wollte wissen, ob ihr Körper vor Verlangen pochte, ob es die Wahrheit war, dass sie es auf diese Art genoss. Gab er ihr wirklich, was sie wollte? Er verwöhnte sie mit seiner Zunge und den Fingern zeitgleich. Manchmal wechselte er den Takt, sodass sie gegeneinander arbeiteten und dann wieder zusammen. Mochte sie das? Ich wollte es wissen. Ich wollte sie hören. Ich wollte jedem verdammten Wort lauschen, das er zu ihr sagte. Und ich wollte überprüfen, ob ihr Stöhnen sich so anhörte, wie ich es mir in meinem Kopf vorstellte.

Er richtete sich auf, küsste sie, damit sie sich selbst schmecken konnte. Sie schien es zu mögen, denn sie zog ihn noch näher an sich heran. Er ließ sie keine Sekunde frei, ehe er seinen Schwanz zwischen ihre Beine drängte. Ihr Stöhnen wurde lauter, intensiver - so laut, dass es durch das geöffnete Fenster an meine Ohren drang. Er wurde immer schneller, stieß härter und unerbittlicher, doch sie bremste ihn, in dem sie ihm die Hand auf die Brust legte. Er baute den Blickkontakt auf, den sie vorgab und es schien ihn nicht zu stören, dass er den Stress seines Tages nicht auf diese Art abreagieren durfte. Sie schaute ihm so tief in die Augen, dass ich mir unweigerlich die Frage stellte, wie er nicht sofort kommen konnte. Ich hatte Levi niemals zugetraut, dass er auf Unschuld stand, bis er diese Frau geheiratet hatte. Aber es schien ihn über die Grenze zu treiben, wie sie ihn anschaute, wie sie sich anhörte und wie sie ihre Fingernägel immer tiefer in seine Haut bohrte, je näher er sie an ihren Höhepunkt trieb.

Einige weitere Stöße kosteten auch ihn seine letzte Selbstbeherrschung. Er atmete schwer, als er sich neben sie fallen ließ. Ob er sich schlecht fühlte, weil ihr gewohntes Leben bald zusammenbrechen würde? Jedenfalls sah er nicht so aus, als hätte er den Hauch eines schlechten Gewissens.

Kapitel 3

LEVI

Boston

Ich saß in meinem Büro im Herzen von Boston und starrte aus dem Fenster. Die Müdigkeit überrollte mich in Wellen. Eigentlich wollte ich es nicht als Fehler ansehen, dass ich gestern Abend noch nach Martha´s Vineyard rausgefahren war, um bei Matilda zu sein, aber es hatte mich den Schlaf gekostet. Immerhin musste ich pünktlich um sieben Uhr wieder hier sein. Die hellblauen Wände verschwammen immer wieder vor meinen Augen. Die Fensterfront vor mir öffnete den

Blick auf eine Hauptstraße, die von historischen Backsteinhäusern gesäumt war. Menschen eilten die Gehsteige entlang und das ferne Summen von Gesprächen und Autogeräuschen drang gedämpft in den Raum. Die Bäume entlang der Straße trugen stolz ihre grünen Blätter, die im sanften Windhauch leicht hin und her wehten. In der Ferne ragten einige moderne Wolkenkratzer empor. Ihre glitzernden Fassaden reflektierten das Sonnenlicht, das den Tag in ein warmes Glühen tauchte. Boston war ein Ort, an dem Geschichte und Innovation Hand in Hand gingen. Ich legte Wert auf Tradition, das waren meine Werte, die mich in den alten Teil der Stadt getrieben hatten.

Der Summer riss mich aus meinen Gedanken. Sofort drückte ich auf den Knopf der Gegensprechanlage. »Was gibt´s?«

»Deine Ex-Frau ist hier«, ertönte die Stimme meines Assistenten. Ich war ein traditioneller Mann, aber ich hatte mich dazu entschieden, einige Dinge vollkommen anders zu machen. Zum Beispiel hatte ich einen Assistenten, sein Name war George und ich hatte die attraktive Blondine durch ihn ersetzt. Ich hielt nicht viel von Grenzen, weder privat noch geschäftlich. Und ich hatte trotz Scheidung immer noch meine Ex-Frau an der Backe.

»Tu so, als wenn ich nicht da bin.« Ich nahm den Finger vom Knopf, um das Gespräch zu beenden.

Doch diese Rechnung hatte ich ohne Evelyn gemacht. »Das zieht nicht, Levente.« Ich hasste es, wenn sie mich mit meinem ganzen Namen ansprach. Außer meiner

Mutter hatte das niemals jemand getan. Das war noch so eine Sache, die ich vollkommen anders gemacht hatte. Ich war Levi Forbes – Levente existierte nur noch auf dem Papier. Die Geräusche ihrer spindeldürren Absätze waren unverkennbar und kamen meinem Büro immer näher. George wusste genauso gut wie sie, dass ich den Sicherheitsdienst nicht rufen würde. Schlechte Presse war nämlich etwas, was ich noch mehr hasste als meine Ex-Frau. »Na, gut geschlafen?« Sie betrat den Raum mit einer Anmut, die meinen Blick fesselte. Ihr Haar, schwarz wie die tiefste Nacht, glänzte im Sonnenlicht. Sie ging mit einer Selbstsicherheit, die sicherlich achtzig Prozent ihres Charmes ausmachte. Die anderen zwanzig Prozent waren ihre Brüste, für die ich im Übrigen bezahlt hatte.

»Nein«, erwiderte ich und widerstand dem Drang, ihr unter die Nase zu reiben, wie wenig ich geschlafen hatte und warum das der Fall war. Ich hätte ihr zu gerne erzählt, dass ich zu beschäftigt damit gewesen war, meine Frau zu ficken, weil sie es mochte und nicht nur wie ein toter Fisch vor mir lag.

»Ich wünsche dir trotzdem einen guten Morgen.« Sie lächelte engelsgleich, was nicht über den Teufel hinwegtäuschte, den ich kennengelernt hatte. Ihr Gesicht war von einer faszinierenden Symmetrie geprägt, ihre Haut wirkte makellos und war von ein wenig Make-up umgeben. Die Lippen waren in ein tiefes Rot getaucht, das einen Kontrast zu der blassen Haut bildete.

Ich verschränkte die Arme vor der Brust. »Der Morgen war wundervoll, bis du dieses Büro betreten hast.«

Ihr Kleid umhüllte sie wie eine zweite Haut. Die Linien verschmolzen nahtlos mit ihrer Figur, während es bei jeder Bewegung sanft mitschwang. Ihre Accessoires waren dezent, aber präzise gewählt: eine Halskette, die ihr Dekolleté akzentuierte und Ohrringe, die bei jeder Wendung funkelten. »Sei nicht so mürrisch, das lässt dich noch älter erscheinen, als du bist. Und irgendwann kann selbst die Kindsbraut nicht mehr darüber hinwegtäuschen.«

»Was willst du, Evelyn?« Wenn sie einmal auftauchen könnte, ohne Seitenhiebe auszuteilen, würde ich ein Kreuz im Kalender machen. »Müsstest du nicht auf Bora Bora sein und mein Geld ausgeben?« Aber ich konnte das mindestens genauso gut.

Ihr Lächeln zog die meisten Menschen in den Bann, so war es auch bei mir gewesen und dieser Bann hatte immerhin zehn Jahre angehalten. Ihre Augen versprachen eine Welt von Geschichten, die darauf warteten, entdeckt zu werden. Doch jeder, der Evelyn besser kennenlernte, wusste, dass in ihr nur Leere herrschte. »Erstens ist das mein Geld, Levi. Es ist das Geld, was mir nach all den Jahren, in denen ich deine Launen durchgestanden habe, zusteht.«

Ich hob die Hand, um sie zum Schweigen zu bringen. »Fass dich kurz. Ich kenne die Geschichte in und auswendig.«

»Warum hast du so schlechte Laune? Ist dein neues Leben doch nicht die Erfüllung?« Sie umrundete meinen Schreibtisch und lehnte sich neben mir gegen den Tisch.

Sie trug immer noch das gleiche Parfüm wie früher. Und ich verabscheute es. Es würde Tage dauern, bis dieser Duft aus dem Raum eliminiert wäre. »Kommst du zum Punkt oder wird das eine endlose Diskussion?« Hin und wieder trafen wir uns, meistens, wenn sie Geld brauchte, und dann tauschten wir diese Feindseligkeiten aus, ehe sie mich erpresste und darauf pochte, dass mein Erfolg niemals ohne sie existiert hätte. Leider vergaß sie, dass sie nicht der Motor meines Erfolgs war, sondern die Frau, die beinahe die Ölleitung des Motors durchgeschnitten hätte. Evelyn war ein Parasit, der immer nur kam, wenn er Schaden verursachen wollte.

»Ich brauche Geld, Levi«, sagte sie und schaute mich mit großen, grünen Augen an.

»Nein.« Ich war mir sicher, dass es irgendwo auf der Welt einen Mann gab, der diese Vorhersehbarkeit gepaart mit Bosheit und Berechnung attraktiv finden würde – ich war es leider nicht.

Die Lippen, die ich im Übrigen auch bezahlt hatte, formte sie zu einem Schmollmund. »Du hast mich nicht einmal ausreden lassen.«

»Weil die Antwort Nein ist. Du hast mehr bekommen, als du nach allem verdient hast.« Ich hatte nicht nur ihren Körper bezahlt, sondern auch ihr verdammtes Leben. Zwar wusste ich nicht, wie ihr Anwalt es gemacht hatte, aber unser Ehevertrag war für nichtig erklärt worden, obwohl sie ihn gebrochen hatte.

»Ich habe dir immer den Rücken freigehalten und das ist der Dank dafür?« Wenn ich nicht wüsste, dass das meiste von dem, was sie tat, Show war, hätte ich fast Mitleid für sie bekommen.

Gut, für einen kurzen Moment spielte ich mit dem Gedanken, auf ihr Theater einzugehen, nur um zu schauen, wie weit sie gehen würde. »Vielleicht wäre ich dir etwas wohlgesonnener, wenn du die Beine zusammengehalten hättest.« Dann entschied ich mich, dass mein Hass mir deutlich lieber war, als eine Minute mehr, als unbedingt notwendig mit ihr zu verbringen. »Und jetzt darfst du wieder gehen.« Sie würde kein Geld bekommen. Ich kannte niemanden, der so schlecht aus einer Scheidung gegangen war, wie ich.

»Du wirfst mir das wirklich vor? Du hast diese kleine Schlampe dafür bezahlt, dich zu treffen.« Mit einem entschlossenen Griff nahm sie meine Krawatte zwischen ihre Finger.

Ernst funkelte ich sie an, als ich sie ihr wieder entzog. »Ihr Name ist Matilda, sie ist meine Frau und als solche darfst auch du sie bezeichnen.« Matilda war die teuerste, aber beste Investition meines Lebens gewesen. Zwar hatten unsere Treffen dafür gesorgt, dass die Scheidung zugunsten meiner Ex-Frau ausgefallen war, aber sie hatte mir gezeigt, was wahres Glück bedeutete. Und das konnte nicht einmal ich in Geld aufwiegen.

»Sie interessiert mich nicht.« Evelyn machte eine wegwerfende Handbewegung und setzte sich auf meinen Schreibtisch. »Wir haben uns doch immer gut verstanden, oder?« Wie zufällig streifte ihr High Heel meinen Unterschenkel.

Es war beinahe lustig, dass sie immer wieder darauf anspielte, wie ich Matilda kennengelernt hatte, um sie in ein schlechtes Licht zu rücken, dabei saß sie nach allem, was zwischen uns geschehen war auf meinem Schreibtisch und bettelte, während ihr Fuß immer höher glitt. »Du kriegst kein Geld mehr. Dein ganzes Leben läuft auf meine Kosten. Mehr kriegst du nicht.« Ich packte ihr Bein und hielt es still. Sie sollte mir jetzt ruhig noch einmal erklären, wer von den beiden die Nutte war.

»Bitte, Levi.« Ihr Blick wurde flehender.

»Wofür brauchst du überhaupt noch mehr Geld?« Sie war so gut darin, ihren Körper für ihre Zwecke zu nutzen – warum tat sie es nicht in dieser Sache?

Sie strich sich eine dunkle Strähne hinter das Ohr. »Ich möchte eine Wohnung kaufen.«

»Du hast ein Apartment, das musste ich dir kaufen. Erinnerst du dich?« Es war verflucht teuer gewesen und es hatte den Marktpreis deutlich überstiegen, aber es hatte genau diese Wohnung sein müssen, damit sie die Scheidung unterschrieb. Und ich war verzweifelt gewesen, weil ich ein neues Leben hatte beginnen wollen.

»Ich bitte dich… das ist so klein, da stolpere ich andauernd über mich selbst.« Sie machte eine wegwerfende Handbewegung.

Ungläubig legte ich den Kopf schräg. »In einem Dreihundert-Quadratmeter-Appartement stolperst du über dich selbst?«

»In unserem Haus hatten wir deutlich mehr Platz.« Evelyn sprach mit einer Selbstverständlichkeit, die mich schlucken ließ. Wenn sie eine Minute in ihrem Leben für dieses Geld gearbeitet hätte, dann hätte sie sicher eine andere Meinung.

»Mein Haus«, korrigierte ich sie unliebsam. »Es ist mein Haus.«

Sie hatte schon immer nach dem Motto gelebt, dass ihr Geld ihres war und mein Geld unseres. »Jedenfalls ist da diese Wohnung in dem Appartementkomplex, indem du auch wohnst, wenn du in der Stadt bist und-«

»Oh, nein. Ganz sicher nicht.« Warnend hob ich den Zeigefinger. »Du ziehst nicht noch einmal in meine Nähe.« Es würde mich wahnsinnig machen, sie im Hausflur zu treffen und der Weg, mich dauernd um Geld zu bitten, wäre noch kürzer.

»Es hat weniger mit dir zu tun und mehr mit der schönen Wohnung, Darling«, sagte sie und legte mir die Hand an die Wange, als missinterpretierte ich ihre Absichten. »Oder hat deine Kindsbraut ein Problem damit, dass du immer noch mit mir zu tun hast?«

Sie war keine Kindsbraut. Matilda war volljährig gewesen, auch wenn Evelyn es immer wieder anders darstellte. Ja, sie war zwanzig Jahre jünger als ich, aber spielte das eine Rolle? »Sie hat dich kennengelernt. Matilda weiß, dass du wie eine Zecke bist, die erst loslässt, wenn sie sich voller Blut gesaugt hat.«

»Charmanter Vergleich.« Ihre Hand glitt über meinen Bart, ehe ich sie von mir schob. »Du hattest schon immer einen guten Humor.«

Ich hatte nicht nur einen guten Humor, sondern auch Menschenkenntnis. Sie könnte mir noch so sehr schmeicheln oder mein Bein streicheln, sie würde nichts mehr von mir bekommen. Möglichst desinteressiert, damit es ihr auffiel und sie vielleicht gehen würde, schaute ich auf meine Uhr. »Ich habe jetzt einen Termin.«

»Ich nehme auch einen Scheck.« Sie lächelte mich an, als wollte sie mir sagen, dass sie ihren Arsch erst von meinem Schreibtisch bewegen würde, wenn ich ihr einen Scheck ausgestellt hatte.

Seufzend schlug ich die Hände über dem Kopf zusammen. »Du bist wirklich unglaublich. Eigentlich kannst du froh sein, dass man dich überhaupt noch in dieses Gebäude lässt.« Vielleicht sollte ich etwas daran ändern, allerdings konnte ich mir lebhaft vorstellen, was für einen Aufstand sie veranstalten würde. Letztlich würde das mein Geschäft belasten, weil sie mächtige Freunde hatte.

»Lass uns doch später Essen gehen und alles besprechen.« Sanft streichelte sie mir über die Schulter.

»Meine Frau erwartet mich«, meinte ich und warf ihr einen Blick zu, der wehtun sollte. Ich hatte ein Zuhause, ich hatte eine Frau, die auf mich wartete, und ich musste mich nicht immer wieder in der Vergangenheit suhlen, um mich lebendig zu fühlen. »Ein neuer Partner wäre auch etwas für dich. Vorzugsweise einer, der dich finanziert.« Dann wäre ich sie endlich los.

Kapitel 4

MATILDA

Martha's Vineyard

Die salzige Luft strömte ins Haus. Das Wetter war umgeschlagen und der Wind peitschte immer wieder in Böen um das Anwesen. Ich schloss die Terrassentür, die an die Küche grenzte und lehnte mich dagegen, um William zu beobachten. Seine Drinks schmeckten in der Regel deutlich besser als Lilians. Die dunklen Haare verrieten die Spuren von Erfahrung und Weisheit, während der perfekt sitzende Anzug seinen Schultern schmeichelte. Doch es waren seine Schlupflider, die seinem Gesicht eine Freundlichkeit verliehen. »Hast du mich vermisst, Daddy?«, flüsterte ich und ließ meine Hände über seinen Rücken gleiten. Aus dem Augenwinkel vernahm ich sein Lächeln, das fast schon väterlich wirkte und eine natürliche Anziehungskraft auf die Menschen um ihn herum ausübte. Williams Augen hatten diesen besonderen Glanz, der Geschichten von unzähligen Erlebnissen und Abenteuern erzählte.

»Wir hatten eine Abmachung.« Der Glanz wechselte zu Strenge und ich war mir für einen Moment unsicher, was von beidem ich mehr mochte.

»Entspann dich. Sie hört uns nicht.« Kurz schweifte mein Blick zu Lilian, die sich mit Levi unterhielt, ehe ich mich ihm wieder zuwandte. Seine Haltung strahlte eine beruhigende Gelassenheit aus, die mir das Gefühl gab, dass er die Welt im Griff hatte. Es war, als ob er wusste, wie er mit jeder Situation umgehen musste und seine ruhige Ausstrahlung war ansteckend. Ich konnte mir vorstellen, wie er geduldig Geschichten erzählte, Tränen trocknete und seine Tochter in den Schlaf gewiegt hatte – ein Vater, der stets da war, um Geborgenheit und Unterstützung zu bieten. »Also, hast du mich vermisst?«

Ohne Abstand zwischen uns zu bringen, drehte er sich um. »Sehr«, flüsterte er und zog mich näher an sich heran. Sanft streichelte er über meinen Kopf. Sein Charme lag nicht in einer überwältigenden Erscheinung, sondern in der Art, wie er sich umschaute und auf die Bedürfnisse der Menschen um ihn herum achtete. Seine Anziehungskraft ging über Äußerlichkeiten hinaus und lag in seiner Fähigkeit, zuzuhören und zu verstehen.

»Du hast mir auch sehr gefehlt, Daddy.« Mit großen Augen schaute ich ihn an. Ich wusste, wie gerne er es mochte, wenn ich ihn so nannte und ehrlich, ich hätte niemals für möglich gehalten, dass es mir auch gefallen konnte, doch das tat es. Allerdings war unser Deal, dass ich meinen Mund vor Lilian darüber hielt. Sie war nicht konservativ, aber sie fand es befremdlich, immerhin hatten sie eine Tochter, die ihn auf die gleiche Art ansprach. »Ich habe mich an deine Regeln gehalten«, raunte ich und nahm seine Hand. Langsam führte ich sie an meinem Bein entlang und schließlich unter mein Kleid. Wir hatten drei Regeln – Erstens: Kein Wort zu Lilian darüber, was wir taten. Zweitens: Keine Unterwäsche. Drittens: Ich durfte erst kommen, wenn er es erlaubte, was mir unheimlich viel Druck nahm, denn all die Kontrolle lag in seiner Hand.

»Oh, Princess… das ist gut.« Ein tiefes Knurren entwich ihm, als er die Hand an meine Wange legte. »Das ist mein gutes Mädchen.«

Seine dunklen Augen blitzten auf, als ich den Blick erwiderte. Allerdings waren es die schweren Schritte, die mich aufhorchen ließen. Ich drehte mich um und erblickte Levi. »Ich wollte nicht stören«, sagte er und hob beschwichtigend die Hände.

»Du störst nicht.« Automatisch trat ich einen Schritt von William zurück.

»Lilly vermisst euch.« Mit dem Finger deutete er durch den offenen Raum. Ich konnte sie von meiner Position aus nicht sehen, aber ich war mir sicher, dass sie weniger uns vermisste und mehr den Drink, um den sie ihren Mann gebeten hatte.

William nahm die Gläser mit und ließ uns zurück. Mein Blick verharrte auf Levi, der sich immer wieder über den Bart rieb. Etwas gefiel mir nicht an der Art, wie er schaute. Seitdem er nach Hause gekommen war, wirkte er angespannt, allerdings hatte er kein Wort gesprochen. Ich stellte mich neben ihn und küsste seine Wange. »Es ist alles okay, oder?« Meine Hand lag auf seiner Brust.

»Alles ist super.« Mit der flachen Hand zielte er auf meinen Hintern und zog mich näher an sich heran.

Ich schaute noch einmal zu ihm und wartete das Nicken ab, ehe ich einen Fuß vor den anderen setzte und das Wohnzimmer ansteuerte. Lilly und William hatten sich auf unterschiedliche Sofas gesetzt, was ich bestmöglich versuchte, zu ignorieren. Irgendwie verunsicherte es mich, dass sie schwiegen, als wir dazukamen. Ich schaute erst zu ihr und überlegte, ob ich mich neben sie setzen sollte, doch Levi schob mich in Williams Richtung, als könnte er meine Gedanken lesen. »Was gibt's Neues aus der *Velvet Lounge*, Lilly?« Mit ihrer Bar war es wie mit ihrem Kind - sie liebte es darüber zu reden, ein wenig damit anzugeben und es hob immer die Stimmung, wenn sie schwärmen und lästern konnte.

»Wir haben einen neuen Drink und drei neue Gerichte. Die Hummer-Kreationen müsst ihr unbedingt mal probieren.« Mit einem leisen Seufzen lehnte sie sich zurück und legte die Hand auf Levis Oberschenkel. Das war so eine Sache, die ich erst hatte lernen müssen, denn die Eifersucht kochte immer noch in mir hoch, aber ich unterdrückte sie. Wir hatten viel geredet, darüber gesprochen, was okay war und was nicht und irgendwann hatte ich mich daran gewöhnt. »Die Meyers waren neulich da. Man munkelt, dass er eine Affäre mit dem Lehrer seines Sohnes hat.« Sie sprach auf eine Weise, die ich nicht einordnen konnte. Verurteilte sie es oder machte sie die Vorstellung an? Bei Lilian war es vermutlich immer eine Mischung aus beidem.

Doch es war mein Mann, der das Gesicht verzog. »Oh, mein Gott«, entwich es ihm leise. Levi hatte sein Leben damit verbracht, sich anzugewöhnen, niemanden zu verurteilen, aber es waren die kleinen Momente, die zeigten, dass er es sehr wohl tat.

»Habe ich dir nicht gesagt, dass er definitiv nicht hetero ist? Ich habe einen Blick für sowas und du hast mir nicht geglaubt.« Gönnerhaft grinste ich ihn an. Die Meyers waren ein seltsames Paar, das hatte ich sofort durchschaut. Und wie die meisten Paare hatten sie offenbar Geheimnisse, die weit über das übliche Maß hinausgingen.

»Und Evelyn ist wohl wieder zurück, habe ich gehört.« Sie räusperte sich, als Levi ihr die Hand auf das Bein legte.

Das tat er immer, wenn das Thema auf seine Ex-Frau kam. Am Anfang hatte ich gedacht, dass er es tat, weil ich mich nicht unwohl fühlen sollte. Irgendwann war ich dahintergekommen, dass sie ihm ebenso viel Unbehagen bereitete wie mir. »Wollte sie auf Bora Bora auch niemand mehr haben?« Der Sarkasmus quoll gnadenlos aus meinen Poren. Wenn es einen Menschen auf der Welt gab, an dem ich kein positives Wort lassen würde, dann war es Evelyn.

»Vielleicht ist ihr das Geld ausgegangen«, warf Lilly mit einem hämischen Grinsen ein. Diese Einstellung hatte uns ins Gespräch gebracht. Vielleicht verbanden gemeinsame Feinde viel mehr als Interesse. Ihre Hand glitt über den Oberschenkel meines Mannes, als sie ihm tief in die Augen schaute. »Wie überaus praktisch, dass sie ihre Privatbank direkt in der Nähe hat.« Auch ihr Sarkasmus erklang schwallartig, wenn es um Evelyn ging.

»Ihr könnt mir glauben, dass ich keinen gesteigerten Wert darauf lege, diesen Titel zu tragen«, sagte er und schob ihre Hand vom Bein. Er wurde immer empfindlich, wenn es um diese Frau ging. Aber es war schön, dass Lilian zur Abwechslung stichelte und nicht ich.

Sie beugte sich näher an ihn heran. »Dann lass sie endlich untergehen. Wir warten alle nur darauf.« Sie hatte mir niemals erzählt, was zwischen ihr und Evelyn vorgefallen war, aber es musste schlimm genug sein, damit der Teufel in ihr geweckt wurde. »Ernsthaft, nach allem, was sie getan hat, wäre es nur fair.« Dann verschränkte sie die Arme vor der Brust und lehnte sich zurück.

»Meine Worte«, warf ich ein und musterte Levi. Er nickte nur. Ich war mir sicher, dass seine Meinung nicht konträr zu unserer war. Wir sprachen es lediglich offener aus. Als es ruhiger wurde, bemerkte ich, dass William die ganze Zeit noch kein Wort gesprochen hatte. »Was ist los? Warum bist du so still?« Ich sprach leise und kaschierte meine Frage, in dem ich mich gegen ihn lehnte.

Zögerlich drehte er den Kopf, aber lächelte. »Ich will mit dir allein sein.«

Ich nickte und baute den Blickkontakt zu Levi auf, bis er ihn erwiderte. Dann gab ich ihm ein Zeichen. Es hatte sich im Laufe der Zeit eine Routine eingespielt, die ich sehr zu schätzen wusste.

»Komm, ich zeige dir etwas«, meinte er und legte den Arm um Lilian. Sie folgte ihm, aber nicht ohne ein Lächeln in meine Richtung abzufeuern.

William ließ den Kopf auf die Sofalehne sinken. Das Meer rauschte im Hintergrund und der Geruch von Salz lag immer noch in der Luft. »Ist alles in Ordnung?« Sanft streichelte ich ihm über die Schulter. Er könnte mit mir reden, wenn etwas geschehen war.

»Mach dir keine Sorgen um mich«, sagte er und nahm mein Kinn zwischen zwei Finger. »Jetzt darfst du mich wieder Daddy nennen.« Vielleicht hatte er auch nur auf diesen Moment gewartet.

Mein Herz machte bei diesem Wort einen Hüpfer, was wirklich absurd war, denn ich hätte niemals für möglich gehalten, dass ich einen Mann, der nicht mein Vater war, so ansprechen könnte. Und ich hätte niemals gedacht, dass es mir gefallen würde. Aber hier war ich Daddys kleines Mädchen und ich wollte, dass er für mich da war. Ganz langsam näherte ich mich ihm. Dann, als ob meine

Beine ein Eigenleben führten, setzte ich mich auf seinen Schoß. Sein Atem vermischte sich mit meinem und ich konnte die Wärme seiner Nähe spüren. Unsere Augen hielten weiterhin Kontakt. Kaum merklich legte ich meine Hände um seinen Nacken und zog ihn eng an mich heran. Er legte die Hände an meine Taille. Der Moment schien wie eingefroren, als unsere Lippen sich endlich trafen. Es war ein zärtlicher Kuss, der die Spannung zwischen uns zu entladen schien. Meine Augen schloss ich automatisch, um mich vollkommen auf ihn einzulassen. Seine Lippen waren weich und warm, und der Kuss wurde intensiver, als ich mich leicht gegen ihn lehnte. Ohne mich von ihm zu lösen, knöpfte ich die Bluse auf.

Sein tiefes Knurren schickte mir eine Gänsehaut über den Körper. »Das ist es, was Daddy sehen will.« Er sprach die Worte gegen meine Lippen. Für einen Moment verharrte er noch, dann schob er mich ein Stück zurück. »Ich habe dir etwas mitgebracht«, sagte er und angelte nach einer Tüte neben dem Sofa.

Ich saß gespannt vor dem verpackten Geschenk, das er mir mit einem breiten Lächeln überreicht hatte. Die neugierigen Funken in seinen Augen verrieten, dass er sich wirklich Mühe gegeben hatte. Vorsichtig griff ich nach dem roten Geschenkpapier und begann, es behutsam zu lösen. Meine Finger zitterten vor Vorfreude, als ich die Knoten des Geschenkbandes löste und die Schleife langsam auseinanderfaltete. Das Papier raschelte leise, als ich es zur Seite legte und endlich einen Blick auf den Inhalt erhaschte. Ein kleiner Moment der

Verwunderung verharrte in der Luft, als meine Augen auf das Geschenk fielen.

»Daddy möchte, dass du dich ausziehst und beginnst, dich selbst zu berühren. Benutz mein Geschenk.« William leckte sich über die Lippen, als sein Blick noch einmal über den Satisfyer huschte. »Das ist es, was er wirklich will«, raunte er und schob mich von seinem Schoß, damit ich den Rock ausziehen konnte. Es waren seine vertrauenserweckenden Augen, die mich schmelzen ließen. Ich schmolz und wollte im gleichen Moment nichts anderes. Mein Rock glitt auf den Boden, ehe ich die offene Bluse von meinen Schultern streifte. »Komm in Daddys Arm.« Er zog das Jackett aus und ließ es neben sich auf den Boden fallen. Dann breitete er die Arme aus und deutete auf den Platz neben sich. »Berühre dich, Princess«, forderte er mich auf und legte seinen linken Arm schützend um mich. Es war faszinierend, dass ich in seiner Gegenwart immer das Gefühl hatte, dass er alles unter Kontrolle hatte. Die Welt könnte brennen und ich würde mich dennoch sicher fühlen. »Schau Daddy in die Augen.« Seine Worte schickten mir eine Gänsehaut über den Körper, aber ich folgte dem Befehl, während meine Finger über meinen Körper schweiften. Ich hatte sein Geschenk beinahe vergessen, doch er übergab es mir, als ich mich mehr gegen ihn lehnte. Ohne den Blickkontakt zu unterbrechen, schaltete ich den Druckwellenvibrator ein und presste ihn gegen meinen Lustpunkt. Das Stöhnen entwich mir ungebremst. »Es fühlt sich gut an, oder?« Sanft küsste er meine Stirn.

»Das fühlt sich unglaublich an«, entwich es mir leise. Mit ihm war es immer so eine entspannte Atmosphäre, ich konnte mich fallen lassen und mich vollkommen entspannen.

Er nickte und zog mich dichter an sich heran. »Oh, es fühlt sich immer gut an, wenn du dich selbst berührst, während Daddy zuschaut.« Seine Lippen presste er immer wieder gegen meine Stirn, als wollte er mir sagen, dass er hier war, dass er es genoss und sich keinen Zentimeter entfernen würde. »Du machst das so gut«, raunte er mir ins Ohr. Jedes seiner Worte zuckte direkt in meinen Unterleib. »Daddy ist stolz auf dich.« Oh, fuck. Ich schaltete den Druckwellenvibrator höher, presste ihn noch fester gegen meinen Lustpunkt. Mein Atem kam in immer kürzeren Stößen. »Halte Daddys Hand.« Er legte seine Hand in meine und ich drückte automatisch fester zu. Ein leises Stöhnen drang über meine Lippen. Warum fühlte sich das so verdammt gut an? »Oh, du machst das toll.« Mit dieser tiefen Stimme hätte er alles zu mir sagen können und es hätte mich angemacht. Vermutlich hätte er mir sogar die Todesanzeigen vorlesen können und es hätte sich fantastisch angehört.

»Daddy sieht dir so gerne dabei zu«, flüsterte er und strich mit dem Daumen über meine Hand. Ich liebte es, wenn er in meiner Nähe war, wenn er mir diese Dinge ins Ohr flüsterte und meinen Kopf ausschaltete. William verkörperte meine dunkelste Fantasie und in den wenigen Momenten mit ihm wollte ich kein Licht sehen. »Daddy liebt es, dich so zu sehen.« Seine andere Hand legte er an meine Brust und knetete sie sanft. Ich bewegte mein Becken immer mehr gegen den Druckwellenvibrator, bäumte mich auf und zuckte gelegentlich, wenn es meine Toleranz überstieg.

»Denk daran, dass du Daddy um Erlaubnis bittest, bevor du kommst.« Es war gut, dass er mich noch einmal daran erinnerte, denn das war der Satz, der meinen Körper augenblicklich entspannte. Er hatte den Druck von mir genommen, als er begonnen hatte, mir zu sagen, was ich tun und was ich lassen sollte. »Lass es Daddy wissen, wenn du kurz davor bist«, flüsterte er und ich drückte seine Hand noch fester zusammen. Seine Hand, die an meiner Brust lag, glitt über meinen Hals zu meinen Haaren. Er vergrub sie darin. »Du bist so wunderschön.«

Ich schaltete den Vibrator höher, ließ mich vollkommen in das Gefühl fallen. Es war unglaublich. Das fühlte sich so verflucht fantastisch an. Ich schloss die Augen, als ich es nicht mehr aushielt und spürte, wie kurz davor ich war, zu kommen. Ich konnte auch nicht sprechen, eigentlich konnte ich gar nichts mehr, denn mein Kopf kapitulierte gnadenlos.

»Oh, du bist so kurz davor, oder?«, fragte er und streifte mein Ohrläppchen mit seiner Zunge. Ich konnte nicht mit Worten antworten. Mein Stöhnen musste Antwort genug sein. »Hör auf, Princess. Das ist Daddys Job.« Seine Stimme wurde herrischer, als er nach dem Vibrator griff und ihn ausschaltete. Fast schon mitleidig streichelte er über mein Bein.

Außer Atem sank ich zurück. Das hatte er noch nie gemacht. Gut, ich hatte auch noch nie gegen die Regeln verstoßen, aber er würde doch jetzt nicht aufhören, oder? William richtete sich auf und drängte mich auf dem Sofa weiter zurück, ehe er sich zwischen meine Beine kniete. Gottseidank schien er, nicht aufhören zu wollen. Die federleichten Küsse, die er hauchte, wanderten an meinem Bein hinauf. »Daddy ist wirklich stolz auf dich.« Er sprach so dicht vor meiner Mitte, dass ich jedes einzelne Wort spüren konnte. »Sag ihm, wie es sich anfühlt. Sag ihm, was er mit dir macht.« Kurz schaute er zu mir auf.

Ich nickte hastig, woraufhin er den Kopf zu meiner Mitte senkte. »Ich... Ich bin ganz durch den Wind…« Ich sprach so schnell, dass ich mir sicher war, meine Zunge würde sich verknoten. »Mein Herz rast«, sagte ich, doch er unterbrach mich, indem er über meinen Lustpunkt leckte. Fuck. Das war das einzige Wort, das noch in meinem Kopf existierte. »Mein gesamter Körper pulsiert…« Seine Hände krallte er in meinen Hintern und zog mich immer wieder in die richtige Position, wenn ich mich von ihm entfernte. Seine Zunge arbeitete schnell, aber es ließ alles in mir beben. »Das ist so gut«, flüsterte ich und hob mein Becken an, um ihm noch näher zu sein. Er umkreiste meine Klitoris mit der Spitze seiner Zunge. Es fühlte sich an, als würde ich jeden Moment aus meiner Haut fallen. Und ich wollte fallen. Oh, ich wollte fallen, wenn das bedeutete, dass er niemals damit aufhören würde.

»Rede weiter, Princess. Daddy will dich hören.« Er streckte sich nach oben und verteilte sanfte Küsse auf meinem Dekolleté. Dann neckte er meinen Nippel mit seiner Zunge

»Ja«, gab ich leise zurück. Es war nichts weiter als ein Stöhnen. Ich wollte reden, aber die Worte blieben irgendwo in meinem Hals stecken. Er sollte einfach weitermachen, denn das fühlte sich unglaublich an. Er verteilte feurige Küsse auf meinem gesamten Körper, bis er wieder vor meiner Mitte stoppte. Jedes Mal, wenn er an meiner Haut saugte, wölbte ich mich mehr in seine Richtung. »Ich mag das sehr.«

»Gut, Daddy hat nämlich verdammt lange darauf gewartet.« Dann bewegte er seinen Kopf zwischen meine Beine. Mit den Armen packte er meine Schenkel und hielt sie an den Seiten fest. »Du hast Daddy viel zu lange warten lassen.« Sein Lächeln war teuflisch, aber es flößte mir keine Angst ein.

Ich ließ den Kopf stöhnend in die Kissen sinken. Mein Atem wurde immer unregelmäßiger, schneller, je fester er an meinem Lustpunkt saugte. Als ich mich immer wieder aufbäumte, stoppte er nicht, sondern saugte einfach weiter. Mit offenem Mund stöhnte ich ein weiteres Mal auf. »Ich will dich, Will.« Er stoppte kurz die Bewegungen, aber nur, bis ich wieder Luft holte. »Daddy«, korrigierte ich mich hastig. Als ich das explosive Kribbeln in meinem Unterleib spürte, konnte ich mich nicht mehr zurückhalten und keuchte lauter auf. »Ich möchte, dass du mich fickst.« Ich wollte es nicht nur. Ich brauchte es. Und ich wollte nicht mehr warten.

»Das ist es, was du brauchst, Princess? Daddys Schwanz?« Ich sog die Luft scharf ein, als er mit zwei Fingern in mich eindrang. Er tat es langsam, aber tief. »Oder magst du seine Finger auch?«

Oh. Mein. Gott. Ich war mir sicher, dass ich alles mochte, was er jetzt tun würde. »Das ist gut.« Seine Bewegungen nahmen einen Rhythmus an, der mich immer wieder die Luft kostete. »Oh, das ist so verdammt gut.« Und er brachte mich innerhalb weniger Sekunden wieder so nahe an den Höhepunkt, dass ich kurz davor war, mich hineinfallen zu lassen.

»Du scheinst alles an Daddy zu mögen«, hauchte er zwischen zwei Küssen auf meine Mitte. »Und Daddy sieht dich so gerne auf diese Weise.« Aber er hörte wieder auf und riss mich damit in die Realität zurück. »Ich will nicht, dass du jetzt schon kommst.« Als er sich über mich beugte, konnte ich seinen Schwanz so deutlich durch die Hose spüren. Das Seufzen drang so ungefiltert über meine Lippen, dass ich mich selbst erschrak. »Brave Mädchen vertrauen ihrem Daddy.« Sanft legte er mir den Finger auf die Lippen. Nur mit der Zungenspitze leckte ich darüber, schloss meine Lippen um den Zeigefinger. »Bist du ein braves Mädchen, Matilda?«

»Ja, das bin ich«, sagte ich und presste meine Lippen gegen seinen Finger. »Aber ich weiß, was du brauchst.« Ich streckte mich, sodass er einen unvergleichlichen Blick auf meinen Körper hatte. Mit meinem Fuß glitt ich an der Naht seiner Hose entlang, bis ich über seinen Schritt rieb. Er war so hart, dass ich mich unweigerlich fragte, woher er diese Selbstbeherrschung nehmen konnte. »Zieh dich aus, Daddy. Bitte.« Ich stoppte meine Bewegungen nicht, als er Knopf für Knopf das Hemd öffnete und es schließlich von seinen Schultern streifte. Doch an seinem Gürtel hielt er inne und entschied sich augenscheinlich dagegen. Stattdessen zog er mich mit Nachdruck an sich heran. Seine Lippen lagen endlich wieder auf meinen, ich spürte jeden Teil von ihm. Oh, ich würde den Verstand verlieren, davon war ich überzeugt, als er mich noch leidenschaftlicher küsste. Ich stöhnte in seinen Mund. Sofort wanderten seine Hände zurück zu meiner Brust. Zärtlicher begann er, sie zu necken. Mit seinen Fingern strich er in kreisförmigen Bewegungen über die Rundungen bis zur Spitze. Er erlaubte seinen Daumen leicht gegen meine Nippel zu schnippen. Als er sich hinabbeugte und darüber leckte, wurde mir klar, dass er damit niemals aufhören durfte. Er schloss die Lippen um sie und saugte daran. Mal stärker, mal sanfter. Jede Bewegung zuckte direkt in meinen Unterleib. »Fester.« Meine Stimme klang unglaublich verzweifelt, als ich versuchte, ihm nicht so deutlich zu präsentieren, welche Wirkung er auf mich hatte. Ich verkrampfte die Hände, als er stärker an meinen Nippeln saugte. »Fick mich, Daddy. Bitte.« Die Worte kamen nur als ein Stöhnen über meine Lippen, denn er hörte nicht auf. Stattdessen widmete er sich meiner anderen Brust.

»Daddy genießt es zu sehr, zu sehen, wie du in deiner Lust schwimmst.« Er grinste mich an. »Du bist so unglaublich feucht.« Wieder glitt seine Zunge über meinen Nippel. Mit steigendem Druck saugte er weiter an mir.

»Wie könnte ich das nicht sein?« Die Art, wie er mich berührte, trieb mich beinahe in den Wahnsinn. Mein Seufzen wurde immer lauter. Tiefer. Verlangender. »Oh, fuck.«

Er nutzte seine Zähne, um mich noch näher an die Grenze zu treiben. »Daddy liebt es, dich so zu sehen.« William nahm sich immer wieder Zeit, um mich zu betrachten. Immer. Und es kostete mich jedes Mal beinahe meinen Verstand, nicht um Erlösung zu wimmern. »Du hast keine Ahnung, wie wunderschön du bist«, raunte er und hauchte sanftere Küsse auf meine Brüste. »Das ist Daddys gutes Mädchen.« Stöhnend warf ich den Kopf zurück. Ich war mir nicht sicher, ob ich vor Lust schreien oder weinen wollte. »Daddy möchte deinen Wunsch noch einmal hören.« Er senkte zeitgleich seinen Kopf, sodass ich seinen Atem wieder an meiner Mitte spürte. Wie in Zeitlupe umspielte er mit der Zunge meinen Lustpunkt. So zart, dass es kaum als Berührung gelten konnte.

Er machte mich wahnsinnig. Ich würde durchdrehen. »Ich will deinen Schwanz endlich in mir spüren. Du sollst mich ficken, Daddy.«

Sofort steigerte er seine Bewegungen und gab mir einen Vorgeschmack darauf, wie gut sich jedes Wort anfühlen konnte. »Nochmal, Princess.« Er sah kurz zu mir auf.

»Lass mich kommen, Daddy.« Verzweifelt stöhnte ich wieder auf, als er stoppte. »Bitte…« Ich würde alles beschwören, damit er weitermachte und mich nicht länger quälte. Als er mit zwei Fingern in mich eindrang, stöhnte ich noch lauter auf. Immer fester verkeilte ich meine Finger ineinander. Er machte einfach weiter, leckte mich mit einer Hingabe, die nicht von dieser Welt war. Und er war so verdammt gut darin, mich immer weiter an die Grenze zu treiben. Ich war bereit, zu kommen. Er musste es zu Ende bringen. Doch er machte eine Pause und ließ mich wieder verschnaufen. »Daddy…« Es war ein Wimmern, das konnte ich nicht mehr abstreiten. William schloss die Lippen um meine Klitoris und saugte fester daran. Immer fester. Jedes Mal, wenn ich lauter wurde, verringerte er den Druck. »Bitte fick mich endlich.« Mein Herz würde explodieren, wenn er mich nicht bald erlösen würde. Ich hielt es nicht länger aus. Keine einzige Sekunde. Knurrend warf er den Kopf in den Nacken. »Ich brauche deinen Schwanz.« Tief schaute ich ihm in die Augen.

Liebevoll streichelte er mir über den Bauch. »Daddy mag es, wenn du bettelst, Princess.« Mit der freien Hand öffnete er den Gürtel und streifte die Hose ab. Aus der Hosentasche zog er ein Kondom und stülpte es sich über. Die Hoffnung flammte in mir auf, dass er sich jetzt endlich erbarmen würde, mich zu ficken. Sein Gesichtsausdruck wurde sanfter. »Daddy hätte ja nicht ahnen können, dass du dich so sehr nach ihm sehnst.«

Ich schlang meine Beine um seine Hüfte und zog ihn näher an mich heran. Immer weiter drängte ich ihn in meine Richtung und kurz ließ er es geschehen. »Ich will dich spüren.«

Er versenkte seine Spitze in mir. »Du fühlst dich so gut an.« Sein Stöhnen raubte mir den Rest Verstand, den ich noch hatte. Wieder drängte ich mich ihm entgegen, versuchte, Einfluss auf seine Bewegungen zu nehmen. Und diesmal zögerte er nicht. William stieß mit einer Härte, die mich innerhalb von Sekunden in den Himmel katapultierte. Ich kam in der gleichen Sekunde meines Gedankens. Mein Unterleib zog sich zusammen. Während mein Stöhnen immer lauter wurde und der Rausch sich in meinem Kopf ausbreitete, verstummte sein Stöhnen in der himmlischen Ruhe, die mich flutete.

Als er den Kopf in meiner Halsbeuge vergrub, atmete ich immer noch schwer. Gedankenverloren schweifte mein Blick durch das Wohnzimmer. Die Dunkelheit hatte bereits eingesetzt und die Laternen warfen Schatten auf den Garten. Plötzlich bemerkte ich eine Bewegung am Rand meines Sichtfelds. Mein Blick fokussierte sich auf eine Gestalt, die dort stand. Mein Herzschlag beschleunigte sich und ein Schauer lief mir über den Rücken. Die Gestalt war undeutlich und verschwommen, als ob sie aus den Schatten selbst geformt wurde. Mein Atem stockte, als ich bemerkte, dass sie direkt auf das Fenster zuging. Ich konnte die Augen nicht erkennen, aber ich spürte, dass sie mich ansahen, mich durchdrangen. Der Schrei entwich mir ungebremst.

Kapitel 5

LEVI

Martha's Vineyard

Meine Hand knallte auf Lilians Arsch und sie ließ sich nicht den Hauch einer Reaktion anmerken. Nicht einmal ein winziges Stöhnen kam über ihre Lippen, als sie ihre Strafe kassierte. Sie kniete vor mir, streckte mir ihren Hintern noch weiter entgegen und ich musste dem Impuls widerstehen, die Peitsche zu greifen und damit auf ihre gerötete Haut zu zielen, bis der Stress der letzten Tage von mir abfiel. Das war sie nämlich – mein Stressventil. Sie war es geworden, als ich festgestellt hatte, wie sehr es sie anmachte und wie es mich entspannte.

»Seit wann bist du so sanft, Levi?« Herausfordernd funkelte sie mich über die Schulter an.

Ja, Lilian schrie danach, geschlagen zu werden. Es war etwas in der Art, wie sie mich ansah, vielleicht auch die Weise, wie sie die Worte formte und immer wieder versuchte, mich über die Grenze zu treiben – so, als wollte sie um jeden Preis sehen, wie ich die Kontrolle verlieren würde. »Vielleicht solltest du dir deinen Arsch mal im Spiegel anschauen, bevor du nach mehr schreist.« Die Abdrücke meiner Hand waren so deutlich sichtbar, dass sie einige blaue Flecken davon tragen würde. Doch das schien sie nicht zu stören. Ebenso wenig schienen sie die Striemen zu interessieren, über die ich meine Finger gleiten ließ. Als sie mich über die Schulter anschaute, presste ich meine Finger in die gerötete Haut.

Scharf sog sie die Luft ein. »Du weißt doch, dass ich gerne über die Grenzen gehe.« Ihre Augen blitzten auf.

»Das haben wir gemeinsam.« Für mich existierten Grenzen nicht, umso interessierter war ich daran, herauszufinden, wann sie einknicken würde. Ich umspielte die Peitsche, die neben ihr auf dem Bett lag und überlegte, wie viele Schläge sie bräuchte, bis sie über ihre Grenze gestoßen wurde. Zehn? Nein, es war immer noch Lilian. Zwanzig würde sie bestimmt aushalten, immerhin war sie verbissen und mochte den Schmerz. Vielleicht wären es sogar mehr als zwanzig. Ich holte aus und traf eine Stelle, die sich allmählich violett färbte, um ihr einen Vorgeschmack zu geben. »Wo liegt deine Grenze, Lilly?«

»Ich habe keine Grenze.« Hastig schüttelte sie den Kopf.

»Jeder Mensch hat eine«, sagte ich mit ruhiger Stimme. Die einen zeigten sie offener als die anderen, aber grundsätzlich hatte jeder Mensch eine Grenze.

Sie warf mir einen verheißungsvollen Blick über die Schulter zu. »Dann finde sie.«

Das waren die Worte, die ich hören musste, damit mein Schwanz sich schmerzhaft gegen den Stoff der Hose presste. Oh, ich würde es herausfinden, darauf konnte sie sich verlassen. Mit Nachdruck packte ich ihren Nacken und beugte sie nach vorne, sodass ihr Gesicht auf der Matratze zum Erliegen kam. Und dann schlug ich zu und zielte mit der Peitsche in immer kürzeren Abständen auf ihren Arsch. Mit jedem Schlag wich der Stress ein wenig mehr von mir, aber ich drosselte die Kraft nicht. Auf eine Art wollte ich sehen, wie viel sie ertragen konnte und sie schlug sich meisterhaft, denn das einzige Geräusch, das ihr entwich, war ein Stöhnen. »Das macht dich wirklich-«

Der Schrei durchbrach die Stille wie ein scharfes Messer, das die Luft schnitt. Er begann tief, ein dumpfes, beunruhigendes Grollen, das sich schnell zu einem durchdringenden Schrei entwickelte. Die Tonhöhe stieg steil an, erreichte eine Oktave, die selbst die unangenehmsten Frequenzen im Gehör ansprach. Erst war ich mir sicher, dass Lilian es war, doch sie schaute mich genauso ratlos an. Der Schrei hallte wider, vibrierte in der Luft und drang in meine Ohren. Nur langsam verblasste er, bis er schließlich von der Stille verschluckt wurde.

»Das war kein Lustschrei, oder?« Sie richtete sich auf und setzte sich auf ihren Hintern, was augenscheinlich schmerzhafter war, als sie es erwartet hatte.

Ich schüttelte den Kopf und ließ die Peitsche auf das Bett fallen. Mein Herzschlag beschleunigte sich, als ich mir immer sicherer wurde, dass es Matilda gewesen war, die geschrien hatte. Mit entschlossenen Bewegungen streckte ich mich zum Nachttisch und griff nach der Pistole, die ich dort aufbewahrte. Meine Finger schloss ich um den Griff der Waffe, während ich losstürmte. Die Dunkelheit im Flur war undurchdringlich, aber meine Augen hatten sich allmählich an die Umgebung gewöhnt. Ich bewegte mich langsam und kontrolliert vorwärts, Lilian blieb hinter mir. Die Pistole hielt ich bereit, meine Finger fest um den Abzug geschlossen. Jedes Geräusch, jeder Schatten wurde von meinem aufmerksamen Geist registriert.

Als ich mich dem Wohnzimmer näherte, wurde mein Atem schneller. »Was ist hier los?« Ich richtete die Waffe auf den Mann, der vor Matilda stand und wild mit den Händen gestikulierte.

»Ich wollte nur…« Der junge Mann hob sofort die Hände.

Auch meine Frau spiegelte die Geste, als sie sich instinktiv vor ihn stellte, aber sich zu mir umdrehte. »Es ist ein Missverständnis«, sagte sie mit ruhiger Stimme.

»Wer ist der Kerl?« Und warum stand er spät abends in unserem Wohnzimmer. Langsam senkte ich die Pistole. Mein Herzschlag normalisierte sich schleppend, als die Spannung aus meinem Körper wich.

Lilians Schritte waren für den Bruchteil einiger Sekunden alles, was ich hören konnte, denn alle schienen unter Schock zu stehen. »Das ist unser Gärtner«, meinte sie und konnte eine gewisse Verwirrung nicht verstecken. Dann drückte sie meinen Arm herunter. »Hey, Henry.« Sie setzte ein Lächeln auf, als hätte ich ihn nicht gerade mit einer Waffe bedroht, während ihr Mann nackt vor ihm stand und meine Frau sich nur in eine Decke eingewickelt hatte.

»Hey, Mrs. Davis.« Zögerlich hob er die Hand und winkte ihr zu. »Ich wollte nur meinen Lebenslauf vorbeibringen, so wie wir es besprochen hatten.« Die Mappe streckte er meiner Frau entgegen, die sich immer wieder über die Stirn rieb. So wie sie schaute, hatte sie sich mächtig erschrocken.

Ich streckte die Waffe in meinen Gürtel. »Brechen sie immer ein, wenn sie einen Job suchen?« Ich nahm die Mappe an mich, als ich Matildas Blick bemerkte und legte die Arme um sie.

Henry, so hatte Lilian ihn genannt, hielt die Hände immer noch in der Luft. »Zu meiner Verteidigung: Ich habe geklingelt, aber niemand hat geöffnet. Dann habe ich Geräusche gehört und war mir nicht sicher, ob möglicherweise jemand in Gefahr ist.«

»Niemand ist in Gefahr«, warf William ein und zog sich die Hose über.

Das war im Übrigen die Art von Klatsch und Tratsch, die ich nicht mochte. Und ich war mir nicht sicher, ob er dieses Haus verlassen und jedem erzählen würde, was er hier gesehen hatte. Immerhin musste er augenscheinlich gesehen haben, wie Lilians Mann meine Frau gefickt hatte. »Brauchen wir überhaupt einen Gärtner? Wir haben doch Ralph.« Sanft streichelte ich ihr über den Rücken, damit sie sich beruhigte.

»Ralph ist weggezogen. Wir haben gerade keinen Gärtner mehr.« Ihre blauen Augen wirkten schrecklich verloren, weswegen ich sie näher an mich heranzog. Wir hatten in letzter Zeit nicht viel über die Dinge sprechen können, die das Haus betrafen. Vermutlich war die Tatsache, dass unser Gärtner gegangen war, einfach untergegangen. »Du solltest Lilians Lavendel sehen. Henry macht das wirklich gut.«

Dieser verdammte Lavendel, über den immer alle sprachen und den sie in ihren Cocktails verarbeitete, interessierte mich herzlich wenig. Mein Blick schweifte zu Lilian, die weiterhin nur das knappe Höschen trug. Sie schien auch nicht daran zu denken, sich etwas anzuziehen, um dem jungen Mann die Situation etwas zu erleichtern. »Ich bin mir sicher, dass er sich gut um den Garten kümmert.« Andeutend grinste ich sie an.

Es gab Dinge, die ich mir herausnehmen konnte, weil wir uns lange genug kannten und das war eine davon. Sie zwinkerte mir zu, ehe sie einen Fuß vor den anderen stellte und auf ihren Gärtner zu ging. »Henry ist wirklich ein Goldschatz.« Sanft streichelte sie ihm über die Schulter.

Seine Augen wurden immer größer, was vermutlich daran lag, dass er nicht den Hauch einer Ahnung hatte, was er glauben oder wohin er schauen sollte. Auch, wenn er es vermutlich nicht wollte, musterte er ihren Körper und blieb kurz an ihrem Arsch hängen. Erst wollte ich ihm sagen, dass sie sehr, sehr ungezogen gewesen war und es verdient hatte, aber, wenn er es mit ihr trieb, wusste er das ohnehin. »Ich habe einen Abschluss vom Community College in Gartenbau. Gemeinsam mit Williams Technologien habe ich den gesamten Garten umstrukturiert«, sagte er und schaute hilfesuchend zu ihm, als hoffte er darauf, dass William dieses Gespräch in eine berufliche Richtung lenken würde. »Ich kann Ihnen erklären, wie wir das gemacht haben.«

»Ich hasse diese Technik.« Sofort machte ich eine wegwerfende Handbewegung. Matilda mochte es nicht, wenn ich so war, aber ich hatte keine Lust, mir jetzt ein Gespräch über Technik und Daten anzutun.

Schließlich war es Williams Lachen, das die Stille durchbrach. »Weil er es nicht versteht.« Er war kein klassischer Nerd, aber er verstand Datensätze augenscheinlich deutlich besser als ich. Zahlen waren mein Ding, während er irgendwann begonnen hatte, Roboter zu programmieren. Verrückt, oder? Es klang immer so surreal.

»Kann ich mir das in Ruhe anschauen, wenn ich etwas mehr anhabe?«, fragte ich und streckte die Mappe mit seinen Unterlagen in die Höhe.

Hastig nickte er. »Natürlich, ich wollte auch diese… Party gar nicht stören.«

Lilian streichelte ihm über die Brust. »Henry, du störst niemals.« Grinsend schaute sie zu mir, als wollte sie mir irgendetwas sagen, was ich nicht ansatzweise verstand.

Kapitel 6

MATILDA

Martha's Vineyard

Es war still geworden, nachdem Will und Lilian gegangen waren. Ich trug die Gläser in die Küche und wusch sie mit der Hand ab, weil sie die Spülmaschine nicht überleben würden, als Levi sich neben mich lehnte und musterte.

»Du hast gar nicht erwähnt, dass Lillys Gärtner auch ein Männermodel sein könnte.« Sein Blick schweifte an meinem Körper auf und ab, als hätte ich Henry genau deshalb ausgewählt.

Dabei hätte er auch alt und faltig sein können und ich hätte ihn gewollt. Nach allem, was er aus Lilians Garten gemacht hatte, wollte ich das auch. Ich wollte seine Tricks kennenlernen. »Ich wusste es auch nicht, bis ich neulich in ihn hineingerempelt bin.« Lilian hatte die Angewohnheit, maßlos zu übertreiben, was einer der Gründe war, warum ich die Aussage, dass ihr Gärtner attraktiv sei, wohl als Übertreibung und Sarkasmus aufgefasst hatte. So wie sie sich ihm vorhin an den Hals geworfen hatte, sah ich ihr Interesse aber mit anderen Augen.

»Und da dachtest du dir, dass wir auch so einen Gärtner gebrauchen könnten?« Er legte den Kopf schräg und musterte mich eindringlicher.

Als ich das letzte Glas abgespült hatte, trocknete ich die Hände am Geschirrtuch ab. »Ja, hast du dir den Garten mal angesehen? Er sieht miserabel aus.« Jetzt konnte er es nicht sehen, weil es mit der gedimmten Beleuchtung beinahe etwas Verwunschenes hatte. Aber wir züchteten keinen Zauberwald, sondern einen Garten. Und wenn wir irgendwann eine Party geben sollten, sollte dieser nicht wie ein Urwald aussehen.

»Du könntest dich darum kümmern.« Er stellte sich vor mich und schaute mir tief in die Augen.

»Levi, ich habe keine Zeit, um das riesige Grundstück zu pflegen… außerdem bin ich in diesem Bereich nicht besonders begabt. Das weißt du.« Als er schmunzelte, wusste ich, dass er mich nur aufziehen wollte. Eigentlich hatte er niemals gewollt, dass ich einen Finger krummmachte. »Worüber machst du dir Sorgen?« Und das brauchte er nicht abstreiten, denn auf seiner Stirn bildete sich eine Falte, die er nur bekam, wenn er besorgt war.

Doch er schüttelte den Kopf. »Ich mache mir keine Sorgen. Ich frage mich nur, ob er der Richtige ist.«

»Lilian vertraut ihm«, sagte ich und legte beide Hände auf seine Brust.

»Lilly vertraut jedem, das ist ihr großes Problem.« Seine Worte waren ein Brummen, was abfälliger wirkte, als es vermutlich gemeint war, immerhin war Lillian eine seiner ältesten Freundinnen.

Ich vergrub den Stoff seines weißen Hemdes tiefer in meiner Faust. »Die Menschen vertrauen ihr auch.« Andeutend funkelte ich ihn an. Das war vermutlich der Grund, warum sie längst wusste, dass Evelyn wieder in Boston war. Solche Dinge kamen immer bei ihr an. »Du hast nicht erwähnt, dass deine Ex-Frau zurück ist.« Ich formulierte es nicht als Frage, ob er gehört hatte, dass sie zurück war, sondern als Tatsache. Ihre ersten Wege führten sie immer zu ihm.

»Ich versuche, diese Gegebenheit zu verdrängen.« Seufzend legte er die Stirn in meiner Halsbeuge ab.

Einige Sekunden gewährte ich ihm, bis ich fragte: »Hast du sie gesehen, seitdem sie zurück ist?« Es war keine richtige Frage, denn diese würde implizieren, dass ich die Antwort nicht kannte. Eigentlich gewährte ich ihm lediglich die Chance, es mir selbst zu sagen, bevor ich Morgen Lilian fragen würde.

Mit einem leisen Seufzen richtete er den Blick zu Boden. »Sie war in meinem Büro und hat um Geld gebettelt.«

»Du hast hoffentlich Nein gesagt«, meinte ich, ohne eine Sekunde zu zögern. Doch ich bemerkte seinen Blick. Diesen trotteligen, mitgenommenen Blick, den er grundsätzlich hatte, wenn es um seine Ex-Frau ging. Ich verstand, dass die beiden eine Vergangenheit hatten. Das hatte ich damals schon verstanden, als er sie verlassen und nicht auf der Straße sitzen lassen konnte. Aber wann endete seine Fürsorge? Immerhin waren wir bereits seit zwei Jahren verheiratet und er seit drei Jahren geschieden. »Levi, du hast ihr nicht schon wieder geholfen, oder?« Ich rieb mir mit den Händen über das Gesicht. Das Schlimmste war, dass er mir durch diese Aktionen immer das Gefühl gab, dass ich die zweite Frau war, während sie immer noch die erste war. Er ließ sie nicht los.

»Sie weiß zu viel über mich, Matilda.« Sein Kopf fiel in den Nacken.

»Was soll sie denn enthüllen? Dass du auf harten Sex stehst? Ich glaube, die meisten Männer in deiner Branche tun das.« Ich glaubte das nicht nur, ich wusste es, denn einige hatten mich genau dafür bezahlt. Ihre Ehefrauen waren sich auf Dauer meistens zu fein dafür und dann kamen die jungen Frauen ins Spiel, die für Geld und Luxus bereit waren, die Moral über Bord zu schmeißen.

»Es geht auch um dich.« Er hielt mich nicht zurück, als ich durch die Küche tigerte, um Abstand zwischen uns zu bringen. »Was würden deine Eltern dazu sagen, wenn sie erfahren, wie wir uns kennengelernt haben? Und täusch dich nicht, Evelyn würde dich zuerst vernichten, um mir wehzutun.«

Ich kniff die Augen zusammen. Ja, ich war unfair. Ich war unfair, weil ich eifersüchtig war und vielleicht war das nicht meine falscheste Eigenschaft, immerhin bedeutete es, dass mir etwas an ihm lag. »Sie ist ein schlechter Mensch…« Und ich wusste, dass ich ihr nicht helfen würde, wenn sie irgendwann in meiner Nähe zusammenbrechen würde. Sie quälte Levi immer wieder, obwohl sie ihn zuerst betrogen hatte. Doch sie hatte den Spieß glaubhaft umgedreht, weswegen niemand mehr ihre Verfehlungen hinterfragte.

»Wir sind nicht so. Wir sind nicht wie sie und deswegen stehen wir einfach darüber, okay?« Er legte mir die Hände von hinten auf die Schultern und drehte mich vorsichtig um. »Das Geld habe ich in wenigen Stunden wieder verdient.« Sanft küsste er meine Stirn.

»Mir geht es nicht um das Geld, sondern die Tatsache, dass sie dich erpresst.« Und es war ritterlich, dass er mich beschützen wollte, aber er sollte diesem Miststück endlich zeigen, dass sie keine Chance mehr hatte. »Sie benutzt dich wie ein persönliches Sparschwein, obwohl ihr geschieden seid.« Selbst, wenn sie verheiratet wären, wäre es armselig.

»Weißt du…« Er atmete hörbar aus und legte die Hände an meine Hüften. »Mir gibt es Seelenfrieden, dass sie vollkommen allein in ihrem Appartement sitzt, während wir glücklich sind.« Mit jedem Wort drängte er mich einen Schritt zurück, bis ich mit dem Rücken gegen die Kücheninsel stieß. »Lass ihr das Geld, das ist alles, was sie hat. Aber ich habe dich und das ist so viel besser«, raunte er und hob mich auf den Tresen. Er hatte recht, der Gedanke, dass sie einsam und allein in ihrer viel zu großen Wohnung saß, erfüllte auch mich mit Frieden. Jeder bekam irgendwann, was er verdiente, oder? Vielleicht war das Evelyns Quittung. »Hattest du Spaß mit Will?« Neugierig funkelte er mich an.

Ich nickte, vielleicht würde uns dieser Themenwechsel guttun. »Es war großartig.« Mein Lächeln reichte von einer Wange zur anderen.

»Dann entspann dich und denk nicht an Evelyn«, sagte er und zog mich mit einem Ruck näher an die Kante.

Ich schlang die Beine um seine Hüften, um nicht das Gleichgewicht zu verlieren. »Hattest du auch Spaß mit Lilly?«

»Man hat immer Spaß mit Lilly.« Er schmunzelte in sich hinein. »Sie ist eine Brat, wie sie im Buche steht. Bei ihr habe ich immer das Bedürfnis, die gesetzten Grenzen zu überschreiten.«

»Du bist Levi Forbes – seit wann existieren Grenzen für dich?« So beängstigend ich es bei jedem anderen Mann finden würde, so eine Aussage zu treffen, so sicher war ich mir, dass er niemals diese Grenzen überschreiten würde. Er scherzte immer nur, dass es für ihn keine Grenzen gab. Im Grunde gab es für ihn sogar mehr als für jeden anderen.

»Du hast vollkommen recht.« Er legte die Hände an beide Seiten meines Gesichts. »Nimmt sie es dir nicht übel, wenn du ihren Gärtner klaust?«

»Wir klauen ihn nicht. Eigentlich leihen wir ihn uns nur für einige Stunden pro Woche«, meinte ich und täuschte darüber hinweg, dass ich ihn sehr wohl stahl. Allerdings redete ich mir ein, dass wir ihm damit sicher einen Gefallen taten. So wie er mich und William angeschaut hatte, war ich mir nicht sicher, ob er den Hauch von Interesse an Lilian hatte. »Oder hast du damit ein Problem?« Wir könnten auch jemand anderen suchen, das wäre kein Weltuntergang.

Doch er schüttelte den Kopf. »Absolut nicht. Kümmerst du dich darum?«

»Ja, aber du kümmerst dich um die Sache mit Evelyn. Ich möchte nicht, dass sie noch länger ein Teil unseres Lebens ist.« Mit einem leisen Seufzen lehnte ich meine Stirn gegen seine Schulter. Diese Frau musste endlich verschwinden. Die Monate, die sie auf Bora Bora verbracht hatte, waren wie Frieden gewesen. Sie sollte einfach wieder gehen.

»Ich werde eine Lösung finden.« Er hob mein Kinn an und küsste meine Stirn. »Machst du mit Will und Lilly einen neuen Termin aus?«

»Klar.« Ich lächelte, doch das Thema von eben war noch nicht abgeschlossen, auch wenn er einfach ein neues begann. »Sag mal, kannst du Evelyn nicht einem deiner reichen Freunde vorstellen?«

»Wenn ich das tue, dann sind wir sicher keine Freunde mehr.« Er tadelte mich mit seinem Blick.

Er hatte so viele Freunde, dass er sicher einen davon entbehren konnte, wenn uns das Evelyn vom Hals schaffte. »Dann einem Geschäftspartner oder einem entfernten Bekannten, den du ohnehin nicht magst.« Ich verstand ja, dass diese Frau nicht einfach war, aber ich hatte nicht die Absicht, sie in fünf Jahren immer noch in der Nähe zu haben. »Levi, ich habe kein gutes Gefühl dabei, dass sie immer noch ein Teil unseres Lebens ist.« Irgendwann würde sie die Nerven verlieren, das hatte Lilian mir prophezeit, denn sie hielt sie für vollkommen verrückt – und ihre Stern- und Mondzeichenkombination konnte wohl nichts Gutes bedeuten.

»Irgendwann wird ihr dieses Spiel zu langweilig, glaub mir«, sagte er und schaute mir tief in die Augen.

»Dein Wort in Gottes Ohr.« Hoffentlich würde es bald sein, denn ich verlor allmählich die Geduld mit ihr.

Kapitel 7

LEVI

Boston

Lilly, 8:22 Uhr

Ich habe Matilda Henrys Nummer gegeben. Ihr habt also einen neuen Gärtner.

Ich, 8:25 Uhr

Danke.

Lilly, 8:27 Uhr

Schau ihn bloß nicht so böse an wie neulich.

Ich, 8:28 Uhr

Ich habe nicht böse geschaut.

Lilly, 8:28 Uhr
Doch, du hattest dein Ich-hasse-die-Welt-Gesicht.

Ich, 8:29 Uhr
Das ist möglicherweise einfach mein Gesicht, Lilian.

Lilly, 8:30 Uhr
Levente, du nennst mich niemals beim ganzen Namen.

Ich, 8:31 Uhr
Du geierst auf den Kleinen wie Fliegen auf Scheiße.

Lilly, 8:32 Uhr
Deine Vergleiche waren auch schon mal besser.

Lilly, 8:32 Uhr
Ich finde ihn nett. Er ist sehr schlau.

Ich, 8:35 Uhr
Hm.

Ich, 8:36 Uhr
In welcher Welt ist *schlau* ein Synonym für *fickbar*?

Lilly, 8:37 Uhr
Keine Sorge, er macht dir keine Konkurrenz ;)

Ich, 8:38 Uhr
Das habe ich auch nicht vermutet.

Lilly, 8:40 Uhr
Dann kann ich ihn zum nächsten Treffen mitbringen?

Ich, 8:42 Uhr

Von mir aus.

Lilly, 8:43 Uhr

Perfekt, ich habe ihn nämlich schon eingeladen.

Lilly, 8:48 Uhr

Das ist wirklich okay, oder?

Lilly, 8:55 Uhr

Levi?

Das Telefon klingelte plötzlich und durchdringend in der Stille des Raumes. Ich hob meinen Blick von der Arbeit auf meinem Schreibtisch und lauschte auf das schrille Geräusch, das sich durch den Raum erstreckte. Mein Blick wanderte zum Telefon, das auf dem Tisch neben mir lag. Ein leichtes Zögern überkam mich, als ich überlegte, ob ich den Anruf annehmen sollte oder nicht. Meine Gedanken begannen, sich wie ein Wirbelwind zu drehen. Lilians Name auf dem Display trug nicht gerade dazu bei, diesen Wunsch zu verspüren. Ein leichtes Zögern blieb jedoch bestehen, als ich innerlich abwog, ob ich die Ablenkung zulassen sollte oder nicht. Ich hatte noch so viel Arbeit vor mir und ein Gespräch mit ihr könnte mich aus dem Rhythmus bringen. Schließlich entschied ich mich dafür, den Hörer abzuheben. »Was gibt´s?«

»Warum antwortest du nicht auf meine Frage?« Die Stimme auf der anderen Seite war freundlich, aber drängend.

»Weil ich schon gesagt habe, dass es okay ist.« Es war noch nie Lilians Stärke gewesen, sich zu gedulden. Irgendwann im Laufe des Tages hätte ich ihr schon noch auf die Nachricht geantwortet.

»Bist du wütend auf mich?«, fragte sie vorsichtig nach, als eine Stille entstand.

»Wie kommst du darauf?« Natürlich war ich ihr nicht gerade wohlgesonnen, nachdem sie Matilda sofort erzählt hatte, dass Evelyn wieder in der Stadt war. Wir hatten eine Abmachung und ein Teil davon war, dass das Evelyn-Thema totgeschwiegen wurde, weil es nur Schmerz verursachte.

Leise seufzte sie in das Telefon. »Ich hätte nicht sagen sollen, dass Evelyn zurück ist. Das ist mir rausgerutscht.« In meiner Vorstellung stützte sie sich jetzt mit beiden Händen auf die Bar und atmete tief durch. Das hatte ihr irgendein Guru beigebracht, um ihr Stresslevel zu senken.

»Dieser eine Cousin von dir, er ist immer noch single, oder?« Sie schuldete mir etwas, dafür, dass sie mich in die Scheiße geritten und es dann nicht einmal bemerkt hatte.

Ich konnte mir ihren irritierten Blick bildlich vorstellen. »Stuart? Du meinst den mit der Zahnlücke?« Ich hatte ihn nur einmal kurz auf irgendeiner Feier kennengelernt. Eigentlich war ich mir nicht mal sicher, ob es der Geburtstag ihrer Tochter oder ihr Vierzigster gewesen war. Irgendeine Feier jedenfalls.

»Den Reichen, meine ich«, erklärte ich, um den Kreis einzugrenzen. Er hatte eine Hornbrille und ein Hemd getragen, auf das winzige Katzen gestickt waren, die auf Entfernung fast wie Punkte ausgesehen hatten.

»Stuart«, bestätigte sie mir. »Wie kommst du von Evelyn auf meinen Cousin?«

Die Frage sollte lauten: Wie oft müsste Evelyn mit ihrem Cousin kommen, damit sie endlich von mir abließ und jemand anderen terrorisierte. »Wir könnten die beiden einander vorstellen.« Ich ließ es beiläufig klingen, als redeten wir über das Wetter. Matildas Vorschlag hatte in mir gearbeitet und es war nicht die schlechteste Idee, immerhin sahen wir Stuart höchstens einmal im Jahr.

»Hast du was geraucht?« Sie stutzte.

»Noch nicht. Bringst du was mit, wenn wir uns sehen?« Leider hielt ich mich an unsere Büropolitik und kam in den meisten Fällen nüchtern und mit klarem Kopf hierher. Wenn ich das nicht tun würde, dann wären manche Tage vermutlich deutlich erträglicher.

Scharf sog sie die Luft ein. »Lenk nicht vom Thema ab. Du wirst deine geisteskranke Ex-Frau nicht mit meinem Cousin verkuppeln.« Dann wurde es still und im Hintergrund klapperten nicht einmal mehr die Gläser, die sie wohl die ganze Zeit abgespült hatte. »Will hält es auch nicht für eine gute Idee, sagt er gerade«, berichtete sie mir nach der Stille. Sie hatte es also zu einer Konferenz gemacht. Ich konnte mir genau vorstellen, wie sie den Lautsprecher eingeschaltet hatte, damit er jedes Wort hören konnte.

»Ich meine es ernst, Lilly. Sag mir, was er für einen Wunsch hat und ich erfülle ihn. Wie wäre es mit einem

Boot oder einem Haus am Strand?« In diesem Fall würde kein Geiz für mich existieren. Er könnte fordern, was immer er wollte, wenn es mir diese Frau vom Hals schaffte.

»Du verkaufst sie wie eine Kuh.« Ein abfälliges Schnauben drang über ihre Lippen.

Nein, nebenberuflich war ich gerne Amor und wollte Evelyn nur glücklich sehen… Natürlich verkaufte ich sie. Und mir tat der Kerl jetzt schon leid, der sich irgendwann auf sie einlassen würde. »Ich muss diese Frau loswerden, bevor ich die Nerven verliere oder Matilda es tut.« Irgendwann würde es geschehen und dann endete es nicht gut, davon war ich überzeugt.

»Wie wäre es, wenn du ihr endlich mal zeigst, dass du Eier hast und ihr die Stirn bietest?« In meinem Kopf tadelte William sie jetzt mit seinem Blick. Er wusste nämlich, dass das Leben manchmal nicht so einfach war, wie wir es gerne gehabt hätten.

»Du weißt genau, dass sie mich dann plattmachen wird und ich kann es mir nicht leisten, dass mein Ruf so sehr leidet.« Keiner von uns konnte sich das leisten, das durfte sie nicht immer wieder vergessen.

Lilian seufzte in den Hörer. »Hast du wirklich Angst vor dieser Verrückten?«

Vielleicht sollte die Frage eher lauten, warum sie keine Angst vor der Verrückten hatte. Wie konnte sie davon ausgehen, dass der Wirbelsturm nur Matilda und mich erwischen würde? »Ich habe vor allem Angst um Matilda. Ich möchte nicht, dass sie in diese Sache hineingezogen wird.«

»Die Leute lieben romantische Geschichten. Niemand wird dich dafür zerreißen, dass du dein Sugarbabe geheiratet hast.« Sie klang teilnahmslos, aber ich kannte sie lange genug, um zu wissen, dass sie sich in solchen Situationen immer zurücknahm, um nichts Falsches zu sagen.

Ich schluckte hart. »Du weißt genau wie ich, dass sie noch verdammt jung war, als es angefangen hat.« Wir hatten den legalen Rahmen etwas strapaziert und die Tatsache, dass sie Geld von mir erhalten hatte, machte die Sache nicht maßgeblich besser.

»Aber das weiß Evelyn nicht, oder?«, fragte Lilian und tippte mit ihren Fingern auf Holz. Das Geräusch war so vertraut, dass sie unweigerlich an der Theke stehen musste.

»Sie hat es sich zusammengereimt, weil ich sie irgendwann nicht mehr angerührt habe.« Ich rieb mir über die Stirn. Vielleicht hätte ich mich damals einfach mehr zusammenreißen müssen, um es vor ihr geheim zu halten. Allerdings hatte unsere Ehe in Scherben gelegen und ich hatte nicht geahnt, dass wir es weitere Jahre durchziehen würden, ehe diese Farce geschieden wurde.

Lilians Seufzen war so laut, dass William fragte, ob es ihr gut ging. »Das ist kein Grund, meinen Cousin auf diese Art zu quälen.« Sie hatte vollkommen recht, aber ich war auch nicht dafür gemacht, für immer von dieser Frau gequält zu werden. »Levi, du musst dich entspannen, sonst verlierst du irgendwann die Nerven.« Ihre Stimme wechselte von Anspannung zu Besorgnis und ich mochte die Momente, in denen sie fürsorglich klang. Das erinnerte mich immer daran, wieso wir irgendwann Freunde geworden waren.

»Ja, ich weiß.« Ich legte das Handy ab und schaltete den Lautsprecher ein. Wenn ich so weitermachen würde, dann würde ich vermutlich in wenigen Jahren wie mein Vater an einem Herzinfarkt sterben.

»Dann mach Sport oder was auch immer dir guttut und dich runterbringt.« Sie sprach langsam und deutlich, mit einer Durchdringlichkeit, die mich packte und schüttelte.

»Sex«, warf ich zusammenhangslos ein. Das war die eine Sache, die mich wirklich entspannte. Diese Leute, die im Fitnessstudio Gewichte stemmten, um sich zu entspannen, waren doch nicht normal.

»Das lässt sich einrichten. Ich habe Morgen Abend Zeit.« Ich konnte mir ihr schelmisches Grinsen vorstellen.

»Perfekt, bring William auch mit.« Vermutlich hörte er mich und die Einladung war überflüssig, aber er gehörte ebenfalls dazu, auch wenn ich durch ihn keinen Vorteil hatte.

Das leise Gebrabbel hatte etwas Meditatives an sich. Lilian redete immer mit vielen Leuten gleichzeitig, auch wenn sie am Telefon war. »Er hat keine Zeit. Er geht mit Caissy Billard spielen.« Das hatte er ihr wohl gerade gesagt.

»Grüß Caissy von mir«, sagte ich und stützte den Kopf auf die Hände. Sie war in Matildas Alter, was es immer wieder seltsam gemacht hatte, die beiden zusammen in einem Raum zu sehen, aber wir mussten uns unbedingt mal wieder mit ihr treffen.

»Mache ich.« Lilian ließ die Stille wieder gewinnen. »Levi?«

»Ja?«

»Du kannst mich anrufen, wenn du reden willst.«

Ich mochte die Wärme in ihrer Stimme. Leider konnte ich dieses Angebot nicht annehmen, denn mein Leben war zu kompliziert geworden, um ihr einfach davon zu berichten. Es gab zu viele Dinge, die ich nicht einmal mir selbst eingestehen wollte. »Bis Morgen«, meinte ich, anstatt ihr eine Antwort zu gewähren.

Kapitel 8

X

Martha's Vineyard

Ich hatte schon immer gerne zugesehen, allerdings war ich mir niemals sicher gewesen, ob es eine Obsession oder einfach nur eine Charaktereigenschaft von mir war. Ich hatte die Menschen immer reden lassen, ihnen zugehört und den Fokus auf das gelegt, was sie zwischen den Zeilen gesagt hatten. Und so war ich wieder hier gelandet und beobachtete, wie Matilda, Lilian und Levi das Schlafzimmer betraten. Zuvor hatten sie im Wohnzimmer gesessen und zwei Flaschen Wein getrunken. Keine Sekunde davon hatte ich verpasst. Als sie dann ins obere Stockwerk gegangen waren, hatte ich mich gegen den Baum gelehnt und die Arme vor der Brust verschränkt.

Levis Augen klebten an den beiden Frauen, die ihm das Hemd bereits ausgezogen hatten. Nachdem Matilda ihn auf das Bett gestoßen hatte, ging sie mit langsamen Schritten auf Lilian zu. Über die Schulter schaute sie noch einmal zu ihrem Mann, ehe sie die Hände an ihre Wangen legte. Sie zog sie näher an sich heran, bis ihre Gesichter nur noch wenige Zentimeter voneinander entfernt waren. Ob sie ihren Atem auf der Haut spürte? Langsam öffnete Matilda den Mund, ließ die Zunge zwischen ihnen hervorgleiten und leckte über ihre Lippen. Lilian verlangte es ein tiefes Seufzen ab, das konnte ich an der Art sehen, wie sich ihr Brustkorb hob. Letztlich war sie es, die Matilda die Hand in den Nacken legte und sie gierig an sich heranzog. Ihre Hände wanderten über ihren Körper, was stets unter Levis wachsamen Blicken geschah. Er schaute die beiden an und konnte die Faszination nicht verbergen. Die Hose hatte er sich inzwischen abgestreift und seine Hand glitt immer wieder zu seinem Schwanz.

Lilian zog Matilda den Slip aus und ließ ihn auf den Boden fallen. Mit einem Ruck drängte sie sie gegen den Bettpfosten und lenkte ihre Hände über den Kopf. Matilda verschränkte sie um das Holz und lächelte herausfordernd. Dann widmete sie sich ihrer Mitte, ließ die Finger mit wechselndem Druck darüber gleiten. Jedes Mal, wenn Matilda die Finger löste, ermahnte sie

sie mit ihrem Blick. Während ihre Finger arbeiteten, zog sie sie näher an sich heran und küsste sie verlangender. Levi beobachtete das Ganze mit einer Hingabe, die mich schmunzeln ließ. Er war so leicht zufriedenzustellen. Ein paar Brüste und zwei Frauen, die sich die Zunge in den Hals steckten und schon vergaß er, in welcher Krise sein Leben steckte.

Schließlich glitten Lilians Finger noch tiefer, zwischen Matildas Beine, aber sie wandte den Blick nicht von Levi ab. Es war, als wollte sie, dass er ihr jede einzelne Sekunde dabei zusah. Machte es sie an, sich vorzustellen, was er wohl dachte? Die drei sprachen auch immer wieder miteinander, allerdings hatten sie die Fenster geschlossen, was mir jegliche Teilhabe nahm.

Matildas Atem wurde immer schneller. Lautlos formten ihre Lippen Worte. Ich biss mir auf die Unterlippe. Es war fast, als wäre ich dabei - als wäre ich ein Teil ihres Lebens… Ein Teil von Levis Leben.

Lilians Griff wurde fester, aber Matilda schaute weiterhin zu ihrem Mann. Ihre Nippel richteten sich auf, zogen sich immer weiter zusammen, als sie unter den Berührungen aufstöhnte und den Kopf gegen den Bettpfosten fallen ließ. Mein Blick verharrte auf ihr, auf der Art, wie sie Lilian ihren Körper entgegenpresste und sich unter den Berührungen windete. Aus dem Augenwinkel bemerkte ich, wie Levi aufstand und ihre Hände hinter dem Bettpfosten zusammenhielt. Er flüsterte ihr etwas in das Ohr. Als er ihr zwischen die Beine griff und Lilians Bewegungen steuerte, war ich mir sicher, dass es sie gleich über die Ziellinie stoßen würde.

Oh, sie sah tatsächlich gut aus, wenn sie so kurz davor war, zu kommen. Es stand ihr gequält zu werden. Als Lilian vor ihr auf die Knie ging, sog ich die Luft scharf ein. Levi hob Matildas Bein an, drückte sich dicht an ihren Körper. Ich hätte schwören können, dass sie mit den Lippen ein *Oh, mein Gott* formte, als Lilians Zunge über sie glitt. Das Verlangen lag in seiner reinsten Form in seinen Augen. Ich konnte es blitzen sehen.

Böse Zungen würden über Lilian sagen, dass sie eine Schlampe war. In den meisten Momenten sogar eine ziemlich verrückte Schlampe… und ich würde dem vollkommen zustimmen. Die Art, wie sie Levis Schwanz wichste, während sie Matilda immer wieder mit der Zunge verwöhnte, sprach für Können – das Können einer Hure. Matilda konnte sicherlich ein Lied davon singen. Schließlich legte Levi seiner Frau die Hand an den Hals und flüsterte ihr etwas zu. Sie nickte sofort und ließ die Hände sinken. Er legte sich zurück auf das Bett und beobachtete, wie seine Frau aus der Nachttischschublade Handschellen holte.

Unsicher, ob ich einfach gehen sollte, rollte ich die Lippen übereinander. Ich sollte gehen, denn die drei zu beobachten, ließ meinen Hass nicht schrumpfen. Er machte einfach weiter. Sie lebten alle ihr Leben, als hätten sie keine Fehler gemacht. Als Matilda ihn an das Bett fesselte, konnte ich nicht mehr wegsehen. Lilian setzte sich neben sie und betrachtete die beiden. Seine Frau reagierte immer erst, wenn er ihr Anweisungen gab. Wenn er sie dazu brachte, etwas zu tun. Als sie sich auf seine Hüften setzte und über seinen Schwanz glitt, kam unweigerlich die Frage in mir auf, bei wie vielen Männern sie das gemacht hatte. Wie viele Männer hatte sie so angesehen, als wären sie die Einzigen? Und bei wie vielen Frauen hatte er dieses Gefühl geweckt?

Matilda ritt ihn, aber sie schien dabei weniger auf ihn und mehr auf sich selbst zu achten. Die Fingernägel vergrub sie immer wieder in seiner Brust, was ihn dazu brachte, den Kopf zurückfallen zu lassen. Erst, als sie auf Lilians Arsch schlug, rückte sie näher an ihn heran. Sie schmunzelte ihn an, als sie seinem Gesicht näherkam. Sie würde doch nicht… Doch, sie tat es und setzte sich auf sein Gesicht, sodass sie Matilda währenddessen ansehen konnte.

Schlampe.

Schlampen, korrigierte ich mich.

Sie berührten sich gegenseitig, zeigten jedem der zusehen konnte, was sie waren. Und sie waren so schamlos dabei. Allerdings lag der größte Bastard von allen unter ihnen und war zum ersten Mal so wehrlos, wie er es schon die ganze Zeit verdient hatte. Immer wieder wandte ich den Blick ab. Ich verstand nicht, was ihn an einem Dreier reizte. Hatte er das Bedürfnis, zwei Frauen gleichzeitig zu enttäuschen? Nicht mehr lange und auch er würde kennenlernen, was wahre Enttäuschung war.

Kapitel 9

MATILDA

Martha's Vineyard

Die hellbraunen Haare umrahmten mein Gesicht, und das Sonnenlicht, das in den Flur fiel, ließ sie in warmen Schattierungen schimmern. Ich hatte die Haustür schon geöffnet, da ich Henry erwartete und prüfte ein weiteres Mal mein Aussehen, damit ich den bestmöglichen Eindruck machte. Nach allem, was er gesehen hatte, wollte ich nicht, dass er sich unwohl fühlte. Meine blauen Augen reflektierten das Licht und ich konnte darin die Spuren meiner Gedanken und Emotionen erkennen. Die gebräunte Haut verriet, dass ich die letzten Tage im Freien verbracht hatte und verlieh meinem Teint eine gesunde Ausstrahlung. Als mein Blick über mein Gesicht wanderte, fielen mir die hohen Wangenknochen auf, die ich zweifelsohne von meiner Mutter geerbt hatte. Die Schatten und Linien, die sie warfen, verliehen meinem Gesicht Tiefe. Ich beugte mich noch näher an den Spiegel heran und betrachtete die Sommersprossen. Es waren zunehmend mehr geworden, je älter ich geworden war. Mit dem Finger korrigierte ich ein Bröckchen Mascara, das sich auf meine Wange verirrt hatte.

»Guten Morgen, Mrs. Forbes.« Die tiefe Stimme brachte mich zum Zusammenzucken.

Sofort drehte ich mich um. Sicher hielt er mich jetzt nicht für sympathisch, sondern für selbstverliebt. Wie lange stand er schon an der Haustür und beobachtete mich? »Nenn mich bitte einfach Matilda. Das Du ist vollkommen in Ordnung.« Ich setzte mein freundlichstes Lächeln auf, um darüber hinwegzutäuschen, wie schrecklich unangenehm es mir war, dass er William und mich erwischt hatte. Was hatte er möglicherweise alles gehört?

»Oh, okay.« Unter seinem lockeren Hemd blickte ein Lederband hervor, an dem ein Medaillon hing.

»Ich werde dir alles zeigen«, meinte ich und schritt aus der Haustür. Diese Hitze war absurd für die Jahreszeit und ich würde eine Menge darum geben, dass er mich mit dem Rasensprenger erwischen würde, so wie neulich. Ich führte ihn über das Grundstück. Die Luft war erfüllt von dem betörenden Duft des Lavendels, der in üppigen Büscheln entlang der Kieswege blühte. Der Pfad schlängelte sich durch den Garten, während das Sonnenlicht durch die Blätter der Bäume brach und ein Spiel aus Licht und Schatten auf den Boden zauberte. Unser Zuhause strahlte einen klassischen Charme aus. Die Villa thronte auf einem Hügel und man blickte auf das Meer. Ihre Fassade erzählte Geschichten vergangener Zeiten, von gesellschaftlichen Zusammenkünften und glamourösen Festen, die hier einst gefeiert worden waren. Der Efeu, der die Wände emporrankte, verlieh der Villa eine gewisse Verwilderung und verband so geschickt die Pracht vergangener Tage mit der natürlichen Schönheit des Ortes. Während wir weitergingen, konnte man den leisen Klang des Windes hören, der durch die Blätter zischte, und das ferne Rauschen des Ozeans, das die Atmosphäre mit einer beruhigenden Melodie erfüllte. Der Kies knirschte unter meinen Füßen, während ich ihn zu den versteckten Ecken des Grundstücks führte. Dort, wo sich das Grün wild ausbreitete und die Natur ihre eigene Kunst geschaffen hatte. »Ich kann dir tatsächlich gar nicht so viel zu allem erklären, aber ich denke, mit den meisten Dingen kennst du dich ohnehin besser aus.« Mein Lächeln sollte darüber hinwegtäuschen, wie nervös ich war, weil ich nicht den Hauch einer Ahnung hatte, ob er mich auf eine Schiene mit Lilian stellte. Oh, das würde ich nicht verkraften. Ich war nicht wie sie und obwohl ich sie sehr mochte, wollte ich so niemals werden.

»Du hast das Grundstück wirklich schön gestaltet.« Sein Blick schweifte noch einmal über den Weg, den wir zurückgelegt hatten.

»Danke«, antwortete ich mechanisch. »Aber das war ich nicht. Das war die erste Mrs. Forbes.« Immer fester presste ich die Lippen aufeinander. Und wieder war das Thema bei Evelyn angekommen. Ich setzte meine Schritte einfach fort, wenn auch langsamer. Wir gingen an der Bank vorbei, von der aus man einen atemberaubenden Blick auf den Ozean hatte. Ein Moment der Stille legte sich über uns.

»Tut mir leid, ich wollte nicht schon nach zehn Minuten ins Fettnäpfchen treten.« Unsicher streifte er sich durch die Haare und schaute mich dabei durch die dunklen Wimpern an.

»Jeder redet von Zeit zu Zeit über sie, das wirst du schnell merken«, meinte ich und konnte mein Missfallen darüber nur bedingt kaschieren. Evelyn war perfekt gewesen, das würde jeder auf Martha´s Vineyard bestätigen. Sie war die perfekte Ehefrau gewesen, die perfekte Gastgeberin, Hausherrin und was auch immer sie noch alles gewesen war. Sie hatte die Perfektion mit Löffeln gegessen, während es bei mir nur für eine Gabel gereicht hatte. »Hier sind alle Geräte, die unser alter Gärtner gebraucht hat. Wenn du zusätzlich etwas benötigst, dann kannst du mir einfach Bescheid geben und ich werde mich darum kümmern.« Ich deutete auf einen Schuppen, der in einer abgelegenen Ecke stand. Fest stand, dass ich ihn erstmal in Ruhe lassen würde, damit ich meine eigene Scham überwinden könnte, ohne dauernd das Gefühl zu haben, im Boden zu versinken.

»Darf ich eine privatere Frage stellen?« Henry legte den Kopf schräg.

Jetzt war der Moment gekommen. Jetzt würde er auf den Abend anspielen und ich müsste im Erdboden versinken, weil er vermutlich deutlich mehr mitbekommen hatte, als ich mir eingestanden hatte. »Ja«, antwortete ich und schluckte hart.

»Als ich neulich vorbeigekommen bin, habe ich dich mit Mr. Davis gesehen… war das eine Art Sexparty?«

Ich kniff die Augen zusammen und flehte Gott an, dass er einfach eine Erdspalte öffnen und mich hineinstürzen ließ. Sexparty… Das klang schrecklich. Eigentlich hatten wir es niemals benannt. Manchmal hatte William es *unser schmutziges Hobby* genannt, während ich immer von *Partnertausch* gesprochen hatte. Sexparty hingegen klang nach Krankheiten und Gang Bangs. »Ich dachte, Lilian hat dich eingeladen?« Ich versuchte, es möglichst lässig zu überspielen, wie eiskalt er mich erwischt hatte. Es war ein wenig Spaß, den wir mit anderen nicht haben konnten. Lilian und Will waren verschwiegen, was es ziemlich einfach machte, mit ihnen in Kontakt zu treten.

»Hat sie, aber ich würde mir gerne einen Überblick verschaffen, worauf genau ich mich einlasse«, sagte er und öffnete einen weiteren Knopf seines Hemdes, als wir in der brütenden Hitze standen.

Schließlich wandte ich den Blick doch ab, weil ich die Scham nicht einfach herunterschlucken konnte. Er hielt uns für pervers, oder? Zwar sprach er es nicht auf diese

Art aus, aber irgendetwas in seinem Blick gab mir immer wieder das Gefühl, dass er es nicht für normal hielt, was wir taten. Und möglicherweise hatte er recht. Es entsprach nicht dem klassischen Bild. Als die Pause zu lange andauerte, räusperte ich mich. »Nun… wir haben gemeinsam Spaß. Hin und wieder.« Meine Stimme wurde mit jedem Wort leiser. Wohin verschwand nur mein Selbstbewusstsein, als er mich mit diesem Blick anschaute, den ich nicht deuten konnte?

»Ja, es sah nach einer Menge Spaß aus«, meinte er und nickte mir zu, doch das überzeugte mich nicht. »Auch wenn keiner von euch wirklich glücklich aussieht.«

Mein Herz setzte einen Schlag aus. Lilian hatte vergessen, zu erwähnen, dass er augenscheinlich nicht nur den Garten perfekt pflegte, sondern seine Umgebung auch noch analysierte. Er tat es nicht auf eine vorwurfsvolle Art, sondern besorgt. Irgendwie hatte er einen besorgten Unterton, der mich noch mehr verunsicherte, als es ohnehin der Fall war. »Der Rasen sollte jeden Tag gemäht werden.« Ablenkung war der beste Weg, beschloss ich und setzte vollkommen darauf.

»Es ist nicht gut, wenn man den Rasen an diese Menge von Aufmerksamkeit gewöhnt«, meinte er und bückte sich, um mit den Händen über die Spitzen des englischen Rasens zu streichen. Die Samen hatte Levi einfliegen lassen, hatte er mir erzählt.

Neugierig musterte ich ihn. »Ist das so?«

»Ja, der Rasen gewöhnt sich daran und geht ein, wenn er diese Aufmerksamkeit nicht mehr bekommt.« Aus seinem Mund klang das wie eine Tatsache. Alles klang bei ihm wie eine festgeschriebene Tatsache und ich war mir nicht sicher, ob ich ihn korrigieren sollte – Zumindest bei der Tatsache, dass er uns alle für unglücklich hielt, denn das waren wir nicht. Unser Leben und die Welt, in der wir lebten, war perfekt. Wir waren wie Wachsfiguren im Spiel eines kleinen Mädchens, das sich ihre perfekte Zukunft ausmalte.

»Das habe ich noch nie zuvor gehört.« Ich kniff die Augen zusammen. Konnte Rasen sich wirklich an Aufmerksamkeit gewöhnen?

Er zuckte mit den Schultern und es wirkte genauso selbstsicher, wie seine vorherige Aussage. »Wenn du einen Abschluss in Gartenbau machst, dann lernst du so etwas.« Sein Grinsen steckte mich an. »Aber im Grunde sind Pflanzen wie Menschen. Sie brauchen Licht, Liebe und Aufmerksamkeit und bei allem muss man immer die Waage halten.« Immer, wenn er sprach, bildete sich auf seiner rechten Wange ein Grübchen, das war mir neulich schon aufgefallen.

»Darf ich dich auch etwas fragen?« Auch, wenn es die wichtigste Frage in meinem Kopf war, widerstand ich dem Drang, ihn zu fragen, ob er mich für komisch hielt. Was vielleicht daran lag, dass ich mich selbst in manchen Momenten für absonderlich hielt. Und ihn nach wenigen Minuten diese Frage zu stellen, würde mich nicht weniger seltsam machen.

»Du bist der Boss.« Das Grübchen wurde präsenter.

»Woher kommst du? Was machst du hier? Wie alt bist du? Wie hast du Lilian kennengelernt?« All diese Fragen hatte ich schon gehabt, als er plötzlich in meinem

Wohnzimmer gestanden hatte, doch da hatte ich sie nicht stellen können.

Sein Lachen hallte durch den Garten. »Das ist aber mehr als eine Frage.«

»Ich bin neugierig«, meinte ich und musterte ihn einhergehender. Die Muskeln zeichneten sich unter seinem Hemd ab, bewegten sich synchron mit seinem Mund.

»Ich komme aus Hartford. Dort bin ich aufgewachsen.« Henry legte den Arm um mich und ging weiter durch den Garten. Augenscheinlich hatte er keine Hemmschwelle, wenn es um Körperkontakt ging, das war mir neulich schon aufgefallen. Er war offen. Herzlich. Vielleicht sogar gutherzig. »Ich habe meine Mutter bis vor sechs Monaten gepflegt. Sie hatte Krebs und ist verstorben.«

Als er den Blick senkte, fühlte ich mich wie der schrecklichste Mensch der Welt. Ich hätte ahnen müssen, dass er nicht einfach so hier gelandet war. »Mein Gott, das tut mir schrecklich leid.« Instinktiv presste ich die Hand vor den Mund. Diese Fragen hätte ich mir verkneifen sollen.

»Ich brauchte einen Tapetenwechsel und so bin ich hier gelandet. Wie der Zufall es so wollte, bin ich in der *Velvet Lounge* gestrandet und habe Lilian kennengelernt.« Es hörte sich an, als käme er damit zurecht, allerdings kaufte ich ihm das nicht wirklich ab. Den Tod der eigenen Mutter konnte doch niemand einfach so wegstecken, oder? Also ich jedenfalls nicht.

»Ja, sie verbindet uns alle«, sagte ich und ließ meine Hand zögerlich wieder sinken. Ihn schien diese Frage nicht verletzt zu haben, also tat ich es ab. »Ich habe meinen Mann über sie kennengelernt.« Ohne Lilian wären wir niemals ins Gespräch gekommen und er hätte mich niemals gefragt, wie viel ich für eine Nacht kostete. Es war nicht Levis charmantester Moment gewesen, aber er hatte es danach wiedergutgemacht.

Henry legte den Kopf schräg. »Ihr beide scheint nicht nur diese Sache zu teilen.«

Wenn das eine Anspielung auf unsere Ehemänner war, dann war es eine schlechte, denn ich war gerade dabei gewesen, es tief zu verdrängen, dass er davon wusste. »Wie alt bist du?«, fragte ich noch einmal und versuchte, es nicht wie ein Verhör klingen zu lassen. »Und hast du sonst noch Familie?«

»Ich bin fünfundzwanzig.« Er machte eine Pause und bückte sich, um den Lavendel näher zu betrachten. Dann schaute er mich über die Schulter an. »Ich habe noch eine Schwester.«

»Das ist schön. Ich bin Einzelkind, aber ich habe mir immer Geschwister gewünscht. Meine Eltern haben sich das Haus am Ende der Straße gekauft, um mehr in der Nähe zu sein«, sagte ich und deutete quer über das Grundstück, als könnte er so das Haus meiner Eltern sehen. Das war unmöglich, denn die Straße war lang. Sehr lang. Was den nötigen Abstand zwischen uns brachte und dennoch Nähe erzeugte.

Mit einem Seufzen richtete er sich wieder auf. So wie er schaute, war mein Lavendel verloren. »Eine große, glückliche Familie also?«

»Meistens.« Ich zuckte mit den Schultern. Solange sie nur ausgewählte Dinge hörten und wir kritische Themen umgingen, war unser Verhältnis durchaus harmonisch. »Darf ich noch etwas fragen?«

»Ausnahmsweise.« Lachend verschränkte er die Arme vor der Brust.

Ich wandte den Blick ab und legte den Finger an die Lippen. Vielleicht hätte ich damit beginnen sollen, dass ich Frieden wirklich mochte. Dass ich es genoss, wenn mein Leben nicht im Chaos versank und dies der Hauptgrund war, warum es mir unangenehm war, was er gesehen hatte. Levi hatte eine riesige Sache daraus gemacht und wollte unbedingt, dass ich noch einmal mit ihm darüber sprach. Seine konservativen Investoren würden so etwas ungerne hören. Die Worte hallten wider in meinem Kopf nach. »Du wirst doch niemandem erzählen, was du neulich gesehen hast, oder?« Mit großen Augen schaute ich ihn an.

»Das darf ich nicht. Ich habe eine Schweigepflichtsklausel in meinem Vertrag unterschrieben.« Irritiert schaute er mich an. Ich hatte ihm den Vertrag nur weitergereicht, den unser Anwalt aufgesetzt hatte.

»Oh, das ist gut.« Die Erleichterung ließ mein Herz direkt ruhiger schlagen. Ich schämte mich nicht grundsätzlich für das, was ich getan hatte. Ich wollte nur nicht, dass jeder sich das Maul darüber zerriss. Und vor allem durfte Levi dadurch keine Konsequenzen haben.

»Ich hätte das auch sonst nicht getan«, sagte er und trat näher an mich heran.

Vielleicht hätte ich auch einfach auf mein Bauchgefühl vertrauen sollen, das mir sagte, dass er ein guter Mensch war. »Wir sind nicht komisch, falls du das denkst.« Innerlich geißelte ich mich selbst dafür, dass ich es schon wieder betonte, obwohl ich das schon mehrfach getan hatte.

»Das habe ich nicht gedacht.« Sanft streichelte er über meine Schulter.

»Gut. Das ist sehr gut.« Mein Blick schweifte zu seiner Hand, verharrte dort für einen Augenblick. »Es…« Ich stockte. Er wusste schon, dass wir nicht komisch waren und ich hielt ihn nicht für jemanden, der tratschte. Also hatten wir eigentlich alles geklärt. »Ich werde dafür sorgen, dass du während deiner Arbeit nicht mit unseren privaten Angelegenheiten belästigt wirst.«

Seine blauen Augen blitzten auf. »So sehr hat es mich gar nicht gestört.« Mit dem Daumen zeichnete er kleine Kreise auf meinen Arm. »Darf ich auch ehrlich sein?«

»Zu mir darfst du immer ehrlich sein.« Ehrlichkeit war mir viel lieber als dieses übertriebene, freundliche Gerede. Er sollte mir ganz offen sagen, was er dachte.

»Es hat mich nicht gestört und möglicherweise war es einer der Gründe, warum ich Lilians Einladung angenommen habe.« Das Lächeln umspielte seine Lippen und wurde immer breiter. »Ich werde jetzt den Rasen mähen. Du hast vollkommen recht. Er braucht vermutlich ein wenig mehr Aufmerksamkeit, weil er in den letzten Wochen vernachlässigt wurde.« Dieses Lächeln wirkte wie eine Anspielung. Er sprach nicht über den Rasen, das wurde mir jetzt auch bewusst. Ich war der Rasen. Ich war der verdammte Rasen in seiner Anspielung.

Kapitel 10

LEVI

Martha's Vineyard

Ich kam gestresst nach Hause, da die Fähre Verspätung hatte. Der lange Tag hatte bereits seine Spuren hinterlassen und die Verzögerung der Fähre schien wie der letzte Tropfen, der das Fass zum Überlaufen brachte. Die Tatsache, dass Matildas Eltern zum Essen eingeladen waren, machte die Sache nur minimal besser. Bevor ich den Gedanken beenden und ihren Vater wieder mit etwas vergleichen konnte, was ich hasste, kam sie mir schon an der Haustür entgegen. »Es tut mir so leid, dass ich zu spät bin.« Beschwichtigend hob ich die Hände und stellte erst danach die

Aktentasche auf dem Beistelltisch ab. Ihr Vater würde den ganzen Abend kein anderes Thema haben, außer die Tatsache, dass ich mich angeblich nicht an Absprachen halten konnte.

»Dad hat das Fleisch schon auf den Grill gelegt«, meinte sie und küsste mich zur Begrüßung. Das luftige Sommerkleid flatterte um ihre Beine und sie wirkte entspannt. Unglaublich entspannt im Vergleich zu mir.

Seufzend lockerte ich die Krawatte und legte sie ebenfalls neben meine Tasche. »Das wollte ich doch machen.«

»Nun… wir haben alle Hunger und ich konnte dich nicht erreichen.« Mitleidig legte sie den Kopf schräg. Heute schien ihre gute Laune nichts trüben zu können und das war bewundernswert. Sie strahlte von einer Wange zur anderen.

»Am Hafen war kein Empfang und die Fähre ist ausgefallen.« Ich rieb mir über das Gesicht, um die Müdigkeit nicht gewinnen zu lassen. Es war zu viel gewesen. Ich brauchte dringend eine Runde Schlaf und einen doppelten Whisky. »Bist du mir böse?« Als sie den Blick erwiderte, legte ich die Hände an ihre Wangen und küsste ihre Stirn.

Doch sie schüttelte den Kopf. »Dafür kannst du doch nichts.«

Unweigerlich fiel mein Blick auf die Uhr an meinem Handgelenk. Zwei Stunden würde ich mit ihren Eltern überstehen, dann müsste ich mich hinlegen, denn mir fielen die Augen schon im Stehen beinahe zu. Aber ich wollte, dass es ihr gut ging. Sie sollte glücklich sein und sie lachen zu sehen, erfüllte mich. Ich betrat die Terrasse und erblickte John am Grill und Mary-Anne auf dem Lounge-Sofa. Die Terrassenfliesen waren aus edlem Travertin gefertigt, dessen sanfte Nuancen von Beige und Creme perfekt mit den hochwertigen Möbeln harmonierten. Rechts von mir befand sich der Grill. Seine glänzende Oberfläche fing das Licht ein und ließ ihn wie ein Kunstwerk erscheinen. Die Seitenablagen boten reichlich Platz für Grillzubehör und Saucen, während die Brenner die Vorfreude auf das Fleisch weckten. Über mir erstreckte sich ein elektrisch gesteuertes Überdachungssystem, das sich öffnete und den strahlend blauen Himmel freigab. Das war etwas, wovon William behauptet hatte, dass man es unbedingt brauchte. Ein leichter Wind strich durch die luftigen Vorhänge, die an den Seiten der Terrasse angebracht waren. »Entschuldigt meine Verspätung. Die Fähre hatte einige Probleme.« Johns Blick brannte schon auf meiner Haut, während Mary-Anne mich nur anlächelte.

»Warum nimmst du nicht den Hubschrauber?«, fragte er und drehte das Fleisch auf dem Grill um.

Das Lachen drang über meine Lippen. Vielleicht wollte ich nicht so dekadent sein und mit dem Hubschrauber landen, um mit der Familie meiner Frau zu grillen. John stand am Grill und beobachtete die glühenden Kohlen. Während das Steak langsam garte, nahm er eine Flasche Marinade und beträufelte das Fleisch sorgfältig. Der würzige Duft stieg in die Luft und vermischte sich mit dem Geruch von Holzkohle und rauchigem Aroma. Seine Augen waren konzentriert auf den Rost gerichtet, während er das Fleisch regelmäßig wendete, um sicherzustellen, dass es auf beiden Seiten gleichmäßig garte.

»Das war mein ernst.« Seine Augen trafen mich.

John erinnerte mich immer an die Leute, die am Stammtisch saßen und über Politik redeten, ohne den Hauch einer Ahnung zu haben. Er war genauso, wenn es um Geld ging. Er hatte nie welches gehabt, bis ich ihm dazu verholfen hatte und jetzt führte er sich wie der reichste Mensch der Welt auf. »Weil es sehr teuer ist und nicht gut für die Umwelt, wenn ich jeden Tag hin und her fliege.«

»Aber deswegen musste das Haus doch unbedingt diesen Hubschrauberlandeplatz haben, oder?« Ab und zu warf er einen Blick auf die Fleischthermometer, um sicherzustellen, dass das Steak die gewünschte Garstufe erreichte.

Letztlich war es Matilda, die sich neben ihn stellte und ihm sanft die Hand auf die Schulter legte. »Dad, sei nicht so.« Für ihn war ich immer nur ein reicher Kerl gewesen und das ließ er mich bei jeder Gelegenheit spüren. Dass ich mir das alles selbst erarbeitet hatte, ließ er dabei gerne außer Acht. »Ich glaube, wir sind alle ein wenig gereizt, weil wir Hunger haben«, sagte sie und lachte über das Verhalten ihres Vaters einfach hinweg.

Ich wollte das Gleiche tun – für Matilda. Also beugte ich mich zu ihrer Mutter und küsste ihre Wange. »Es freut mich, dich zu sehen, Mary-Anne.« Sie hatte helle Haare, die in der Sonne schimmerten. Ihre Locken glänzten in verschiedenen Nuancen von Blond, die von einem warmen Goldton bis hin zu einem sanften Platin reichten. Sie trug ihr Haar meist in einer eleganten Hochsteckfrisur, die ihre Gesichtszüge betonte und ihre strenge, aber liebevolle Ausstrahlung unterstrich. Ihr Blick war freundlich und durchdringend zugleich. Die blauen Augen schienen Geschichten aus vergangenen Zeiten zu erzählen und ihre Augenlider falteten sich leicht, wenn sie lächelte. Eine Perlenkette zierte ihren Hals und ihre Hände waren mit Ringen geschmückt. Ihre Kleidung strahlte eine zeitlose Eleganz aus, die zu ihrer Persönlichkeit passte.

»Du siehst blass aus, Levi.« Sie griff nach meinem Kinn und drehte meinen Kopf im Licht.

»Mir geht es gut.« Ich holte tief Luft. Die Gedanken wirbelten wild durcheinander, als ich versuchte, die zahlreichen Aufgaben und Verpflichtungen zu sortieren, die auf mich warteten. Die Liste schien endlos zu sein, und jedes Mal, wenn ich versuchte, einen Gedanken zu fassen, schien ein neuer hinzuzukommen. Die Zeit schien schneller zu vergehen, als ich denken konnte, und das Gefühl der Überforderung wuchs mit jedem verstrichenen Moment. Ich konnte förmlich den Druck in meiner Brust spüren, der sich bei jedem Atemzug zu verstärken schien. Mein Herz schlug schneller, und mein Atem wurde flacher. Jeder Blick auf die Uhr verstärkte das Gefühl der Eile und des Mangels an Zeit, und ich fragte mich, wie ich jemals alles erledigen sollte. Statt zu arbeiten, war ich hier und schlug mich mit den Schwiegereltern herum.

»Arbeitest du zu viel?«, fragte sie vorsichtig nach.

Ich wollte ihr ehrlich antworten, erklären, dass einige Investoren abgesprungen waren und ich seitdem in einem Haifischbecken schwamm, aber ihr Mann fiel mir ins Wort: »Augenscheinlich nicht genug, wenn er sich den Hubschrauber nicht leisten kann.«

»Mach dir keine Sorgen um meine Finanzen, John.« Erneut atmete ich tief durch, versuchte, nicht die Kontrolle zu verlieren und ihn persönlich anzugreifen. Das hatte Matilda nicht verdient, aber das war auch der einzige Grund, warum ich es nicht tat. »Ich kann jetzt übernehmen.« Mit der Hand deutete ich auf die Grillzange.

»Ich mache das schon.« Demonstrativ grinste John mich an.

Immer fester presste ich die Zähne aufeinander. »Ich habe mich den ganzen Tag darauf gefreut, dieses Fleisch zu grillen.« Das war mein Fleisch. Ich hatte es gekauft. Und ich hatte es marinieren und probieren wollen.

»Dann hättest du nicht zu spät kommen dürfen«, sagte er und drehte es auf dem Grill um. »Wer zu spät kommt, den bestraft das Leben.« Ich verstand, was er mir mitteilen wollte und das Lachen täuschte auch nicht darüber hinweg.

»Es lag an der Fähre«, presste ich zwischen zusammengebissenen Lippen hervor. Wir starrten uns an, so wie wir es oft taten. Stumm, nur durch meine Augen, sagte ich ihm, dass er seiner Tochter mit diesem Verhalten am meisten wehtat, denn sie wollte Frieden. Sie wollte einfach nur Ruhe und Gelassenheit, während er ständig auf der Suche nach Krieg war. Warum verspürte er dauernd das Bedürfnis, mir mitteilen zu müssen, dass ich nicht gut genug für seine Tochter war?

Als sie sich vor mich stellte, schluckte ich die Worte, die ich ihrem Vater um die Ohren schlagen wollte, herunter. »Kein Streit, okay?« Ihre traurigen, blauen Augen versetzten mir einen Stich. Ich nickte. Kein Streit. Streit war niemals die Lösung. Mit einem leisen Schnauben setzte ich mich neben Mary-Anne.

»Levi, ich habe deine Ex-Frau beim Einkaufen getroffen. Ich wusste nicht, dass sie wieder hier ist«, erzählte sie und nippte am Aperol.

»Sie ist wieder in Boston, ja.« Es schien mein Schicksal zu sein, dass wir immer wieder bei Evelyn landeten, egal, wo das Gespräch begann.

Doch Mary-Anne schüttelte den Kopf. »Nein, sie war hier, auf Martha´s Vineyard. Sie hat eine Wohnung ganz in der Nähe gekauft.« Sie unterbrach sich, um einen Schluck zu trinken. Vermutlich war das der einzige Weg, ihren Mann zu ertragen. »Wusstet ihr das nicht?«

»Nein, *wir* wussten das nicht«, warf Matilda ein und betonte das Wir mehr als deutlich. Der Blick, den ich kassierte, war vernichtend.

Auch, wenn ihre Augen etwas anderes implizierten, hatte ich auch nicht gewusst, dass sie das vorgehabt hatte. »Wie du schon richtig erkannt hast, sind wir geschieden. Sie erstattet mir keine Rechenschaft.«

»Sie hat gesagt, dass du ihr bei der Anzahlung geholfen hast.« Und dann wechselte diese engelsgleiche Gestalt zu etwas, das ich nicht länger als Naivität abtun konnte. Jedes einzelne Wort wirkte wie Berechnung, als hätten sie und John sich geschworen, diesen Abend zum jeden Preis zu ruinieren.

Ich erhob mich, als Matilda ihren Aperol Spritz in einem Schluck leerte und das Glas mit einem Klirren zurück auf den Tisch stellte. Beschwichtigend hob ich die Hände, obwohl sie noch nichts gesagt hatte. Ich hatte nicht gewusst, dass Evelyn plante, nach Marthas Vineyard zurückzukehren. Sie hatte doch von einem Appartement in Boston gesprochen, oder? Dieser Stress würde mich irgendwann wahnsinnig machen. »Warte kurz.« Mit erhobenen Händen ging ich auf Matilda zu, doch sie spiegelte meine Geste.

»Ich werde jetzt etwas trinken gehen. Allein.« Der Blick, den sie mir zuwarf, war vernichtend. Er verbrannte mich lebendig zu Asche und ich wusste, dass sie sich nur zusammenriss, weil sie ihre Eltern nicht in ihrer Meinung bestätigen wollte. »Bring die Sache unter Kontrolle.« Warnend funkelte sie mich an, ehe sie die Terrasse verließ und in den Weiten des Wohnzimmers verschwand.

Aus Verzweiflung griff ich nach der Whiskyflasche, die auf dem Tisch stand und öffnete sie. Der Korken löste sich mit einem gedämpften Knall und der Geruch von Alkohol stieg mir sofort in die Nase. Ein Seufzen entwich mir, als ich das Glas in meiner Hand fühlte. Die bernsteinfarbene Flüssigkeit ergoss sich langsam in das Glas, während meine Gedanken weiterhin in einem Strudel aus Sorgen und Ängsten gefangen waren. Evelyn hatte das mit keinem Wort erwähnt, sonst hätte ich ihr das Geld sicher nicht gegeben. Ich umklammerte das

Glas immer fester, als ich es an meine Lippen hob und einen Schluck nahm. Die Wärme des Alkohols breitete sich rasch in meinem Inneren aus und ich spürte, wie die Spannung in meinen Muskeln nachließ. Ein leichtes Brennen auf meiner Zunge und in meinem Rachen vermischte sich mit dem intensiven Geschmack des Whiskys, der bitter und doch tröstlich zugleich war. Während ich das Glas langsam leerte, herrschte Stille. Als es leer war, stellte ich es sanft auf den Tisch zurück. Die Verzweiflung mochte vorübergehend gelindert sein, doch ich wusste, dass der Whisky keine langfristige Lösung war.

»Ich habe dir gleich gesagt, dass Tillie es nicht weiß.« Johns Stimme durchdrang meinen Seelenfrieden. »Sie ist ein kluges Mädchen und würde sowas nie zulassen.«

Mary-Anne schaute kurz zu mir, ehe sie ihren Mann ins Visier nahm. »Sie sind alt genug und können es unter sich klären.«

»Ja, vor allem er sollte alt genug sein.« Mich hatten viele Menschen in meinem Leben respektlos behandelt, aber er war die Krönung von allen. Er hatte niemals auch nur ein Fünkchen Achtung vor mir gehabt, auch wenn ich ihm keinen Grund dazu gegeben hatte.

»John, wenn du-« Ich bremste mich. Aber, wenn er nicht augenblicklich seinen Mund halten würde, dann würde ich sein Gesicht vermutlich auf die Grillroste pressen. »Wenn du etwas zu sagen hast, dann sag es mir ins Gesicht.« Aber er durfte nicht so tun, als würde ich ihn nicht hören, denn ich hörte ihn laut und deutlich.

»Habe ich etwas gesagt?« Verteidigend hob er die Hände. »Mary-Anne, hast du gehört, dass ich unseren Schwiegersohn kritisiert habe?«

Es war das gleiche Spiel wie immer. Er stichelte und besaß danach nicht die Eier, um dazu zu stehen, was er gerade gesagt hatte. »Lasst diesen Hahnenkampf einfach sein«, meinte sie und nippte an ihrem Getränk.

»Vielleicht sage ich dir doch eine Sache, Levi.« Mit langsamen Schritten ging er auf mich zu und baute sich vor mir auf. »Wenn du meiner Tochter das Herz brichst, dann werde ich dir jeden Knochen in deinem Körper brechen. Das ist dir hoffentlich bewusst, oder?« In seinen Augen lag ein Hass, den ich für unangebracht hielt. Ich hatte nicht vor, Matilda wehzutun. Das war das Letzte, was ich wollte, denn das hatte sie nicht verdient. Sie hatte es verdammt nochmal nicht verdient.

»Ich habe nicht die Absicht, ihr wehzutun.« Und vielleicht sollte ich diese Tatsache nicht ihrem Vater beweisen, sondern ihr. Oh, ich musste mit ihr sprechen, auch wenn sie die Grenze eingefordert hatte. Ich konnte einfach nicht anders. Mit langsamen Schritten ging ich über die Terrasse und schloss die Tür hinter mir. Ich erblickte Matilda neben der Bar auf dem Boden. In ihren Händen hielt sie ein Glas Whisky, obwohl sie den Geschmack über alles hasste. »Ich wusste das nicht. Das schwöre ich dir«, sagte ich und hob die Hände beschwichtigend.

»Levi, diese Frau ist wie ein Schwarm Wespen, der uns verfolgt.« Sie senkte den Kopf auf die Knie und zog die Beine noch weiter an den Körper. Von der Fröhlichkeit, die sie vorhin noch zum Strahlen gebracht hatte, war jetzt nichts mehr übrig.

Ich nickte. »Ich werde mich darum kümmern.«

»Du hast ihr das doch überhaupt erst ermöglicht.« Schnaubend wandte sie den Blick ab.

Ja, auf eine Art war das vermutlich meine Schuld, aber unter Vorspiegelung falscher Tatsachen. Ich hätte ihr doch niemals Geld gegeben, um in meine Nähe zu ziehen. Ich wollte einfach nur, dass sie aus meinem Leben verschwand. Evelyn sollte kein Thema mehr sein. Als ich es nicht mehr aushielt, den Abstand zu halten, setzte ich mich neben sie. »Es tut mir leid, dass der Abend anders gelaufen ist, als du dir das erhofft hast.«

»Mein Vater kann dich einfach nicht in Ruhe lassen und ich möchte ihn jedes Mal schütteln, wenn er dich angreift.« Ihr Kopf sackte gegen die Wand. Es war eine Zerreißprobe, die sie jedes Mal mitmachte, wenn wir uns trafen. Ihr Vater zerrte an ihr wie an einem Seil.

»Er liebt dich sehr«, erwiderte ich mit leiser Stimme. Liebe war niemals eine Entschuldigung für so ein Verhalten, aber es war zumindest eine Erklärung. Es war der Beweis, dass sie Eltern hatte, die sie liebten und sich sorgten.

Zögerlich nickte sie. »Ich weiß.«

»Vielleicht ist das normal, dass Väter die Männer ihrer Töchter hassen müssen. Möglicherweise möchte die Natur das so.« Ich legte den Arm um sie und hoffte, dass sie mich nicht wegstoßen würde. Sie war mein Frieden in einer Welt, in der nur noch Chaos existierte und ich brauchte sie für einen kleinen Moment.

Mit einem leisen Seufzen lehnte sie sich gegen mich. »Ich weiß, dass wir Wagyu auf dem Grill haben, aber…« Sie zögerte.

»Was möchtest du, Matilda?« Egal, was es war, ich würde es ihr erfüllen. Ich würde ihr jeden einzelnen Wunsch erfüllen, das hatte ich ihr geschworen und daran würde ich mich halten.

»Können wir einfach zum Strand gehen? Nur wir beide.« Ihre Augen leuchteten auf, als sie mich anschaute.

Sofort nickte ich. Nichts war mir lieber, als dem Essen mit ihren Eltern zu entgehen. Das war alles, was ich wollte – alles, was ich brauchte. »Wenn dich das glücklich macht, dann machen wir das. Ich sage deinen Eltern Bescheid.« Ich rappelte mich vom Boden auf und würde mich noch ein letztes Mal für den heutigen Tag in diesen Kampf stürzen.

»Lass sie einfach essen. Sie werden schon irgendwann gehen«, sagte sie und stand ebenfalls auf, um ihr Kleid glattzustreichen.

»Ich liebe dich«, flüsterte ich und küsste ihre Stirn. Sie war alles, was zählte und vielleicht musste ich mich viel häufiger daran erinnern. Matilda war alles, was ich wollte – was ich brauchte.

Die Unsicherheit auf ihrem Gesicht wuchs mit jeder Sekunde, in der sie mich ansah. »Levi, irgendetwas stimmt nicht. Ich habe ein ganz seltsames Gefühl. Unser Leben gerät aus den Fugen.«

»Wir bekommen das alles hin. Ich habe dir versprochen, dass du dir niemals um etwas Sorgen machen musst und das meine ich so.« Ich hielt mein Wort immer und ich hatte nicht die Absicht, etwas daran zu verändern. »Lass die Sorgen meine Sache sein. Konzentriere du dich auf die schönen Dinge des Lebens.«

Kapitel 11

MATILDA

Martha's Vineyard

Ich hatte gute Laune, nachdem ich den gestrigen Abend mit Levi verbracht hatte. Es fühlte sich an, als wären wir wieder in alten Zeiten. Heute Morgen fand ich mich in der Küche wieder, voller Vorfreude auf den Tag. Ein Lächeln tanzte auf meinen Lippen, als ich die Zutaten für Pfannkuchen aus dem Schrank holte. Die Erinnerungen an unsere gemeinsame Zeit ließen meine Stimmung aufblühen und ich spürte, wie sich die Wärme dieser Momente in mir ausbreitete. Der Duft von frisch gebratenem Teig füllte die Luft und vermischte sich mit meinen positiven Gedanken. Während ich den Teig in die Pfanne goss und die ersten kleinen Blasen auf der Oberfläche entstanden, konnte ich nicht anders, als an die unbeschwerten Momente mit Levi zu denken. Die Art, wie er gelacht hatte, seine Augen, die vor Freude gefunkelt hatten, all das war wie ein Geschenk, das meine Seele aufhellen ließ. Die Pfannkuchen bräunten sich langsam. Während ich sie auf einen Teller legte und mit frischen Beeren garnierte, konnte ich nicht anders, als dankbar für die besonderen Augenblicke zu sein, die das Leben manchmal schenkte. Und während ich meinen ersten Bissen nahm, spürte ich, wie die Erinnerungen an gestern Abend und die Freude des Augenblicks sich in dem süßen Geschmack von Pfannkuchen und Glück vereinten.

»Guten Morgen, Matilda.« Die dunkle Stimme ließ mich zusammenzucken.

Der Teig blieb beinahe in meinem Hals stecken, was ich nur mit einem Husten verhindern konnte. »Ich habe nicht damit gerechnet, dass du hier drin bist.« Henry hatte eine Gießkanne in der Hand und goss die Pflanzen, die sich vor dem Fenster angesammelt hatten.

»Im Haus gibt es auch Pflanzen, die dringend meine Hilfe brauchen.« Mit dem Finger deutete er auf ein deutlich mitgenommenes Exemplar, dessen Blätter schon gelb waren. »Die wachsen ziemlich knusprig«, meinte er und verdeutlichte es mir, in dem er das Blatt knickte.

»Ja, ich gieße sie selten.« Ich kaute einfach weiter, während ich sprach. Vermutlich musste ich mich erst wieder daran gewöhnen, dass tagsüber noch jemand außer mir im Haus war.

Mit langsamen Schritten trat er an mich heran. »Du weißt, dass Pflanzen auch Wasser brauchen, oder? Andernfalls sterben sie. Das ist, als wenn du aufhörst, zu trinken.«

In der Tat hatte ich schon einmal davon gehört. »Nun, wenn ich ein Händchen dafür hätte, dann wärst du jetzt nicht hier.« Über die Schulter lächelte ich ihn an und schüttete den restlichen Teig in die Pfanne. »Hast du Hunger?«

»Kochst du besser, als du dich um die Pflanzen kümmerst oder bin ich danach arbeitsunfähig?« Er schaute an mir vorbei in die Pfanne und schmunzelte in sich hinein.

»Ich koche sehr gut.« Und jede andere Behauptung würde ich sehr persönlich nehmen. »Aber, wenn du mit mir isst, dann möchte ich weitere Fragen stellen.« Ich drehte mich um und lehnte mich gegen die Küchentheke. Wenn er mit mir aß, dann war er nicht nur der Gärtner, sondern ein Gast und Gästen durfte ich Fragen stellen. Das war die feine Nuance, die es mir leichter machte, mehr über ihn herauszufinden.

»Deal.« Er stellte die Gießkanne ab und setzte sich auf einen der Barhocker. »Ich habe auch einige Fragen.« Der verheißungsvolle Unterton in seiner Stimme machte mich neugierig. Vielleicht neugieriger, als es der Fall sein sollte.

Ich drehte den Pfannkuchen noch einmal um, ehe ich ihn auf den Teller legte und einige Himbeeren darauf streute. Ich liebte Himbeeren und konnte nicht genug davon bekommen. Dann schob ich den Teller über den Tresen und fixierte ihn mit den Augen. »Schläfst du mit Lilian?«

»Nein«, erwiderte er, ohne zu zögern. »Schläfst du mit Lilian?«

»Hin und wieder.« Ich steckte mir eine Himbeere von meinem Teller in den Mund. Der Abend mit Levi hatte mir gutgetan. Es hatte mich entspannt und wieder in die Spur gebracht. Die Sicherheit, die ich vermisst hatte, war urplötzlich wieder dagewesen und ich wollte dieses Gefühl nicht mehr loslassen.

Henry legte den Kopf schräg und kaute gedankenverloren. Woran dachte er wohl, während er sich immer wieder über das Grübchen rieb? »Das ist eine interessante Vorstellung.« Als seine Augen aufblitzten, war ich mir sicher, dass er ein Mann war, dessen Kopfkino bei diesen Gedanken selbstständig wurde.

»Du bist der ganzen Sache also nicht abgeneigt.« Es war eine Mischung aus Frage und Feststellung, die über meine Lippen kam. Lilian war ihm auch nicht abgeneigt, das hatte sie mir mehr als deutlich gemacht und ich fand ihn nett. Henry hatte Potenzial.

»Ich habe das Konstrukt noch nicht wirklich überblickt.« Er steckte sich ein Stück des Pfannkuchens in den Mund und kaute. »Oh, das ist wirklich lecker«, gab er schließlich zu. Ich hatte ja gesagt, dass ich kochen konnte. Nur, weil ich keinen grünen Daumen hatte, bedeutete es nicht, dass ich gar nichts konnte. »Du siehst sehr glücklich aus, Matilda.« Irgendwie klang er ungläubig, was mir leidtat, denn ich war selten unglücklich. Meistens war ich gelöst und wirklich unbeschwert. Nur die letzten Wochen waren speziell gewesen, weil Levi zu viel gearbeitet und die Dinge sich summiert hatten.

»Ich hatte gestern einen wirklich schönen Abend mit Levi.« Unweigerlich musste ich schmunzeln. Wir waren am Strand spazieren gegangen, hatten den Sonnenuntergang angeschaut und Muscheln gesammelt. Aber viel wichtiger war die Tatsache, dass wir geredet hatten und ich mir nun sicher war, dass wir immer noch in die gleiche Richtung schauten. »Warum schreckt dich Lilians Angebot nicht ab?« Als sie mir das erste Mal ihren Mann angeboten hatte, war ich erschüttert gewesen. Nicht, weil ich William nicht attraktiv gefunden hatte, sondern, weil sie es mit einer Leichtigkeit getan hatte, die absurd gewesen war.

»Das ist eine seltsame Frage.« Unsicher zuckte er mit den Schultern.

»Nein, eigentlich nicht. Die meisten Menschen sind diesen Dingen nicht besonders offen gegenüber«, sagte ich und aß ebenfalls weiter.

Henry zog eine Augenbraue in die Höhe. »Was sind denn *diese Dinge*?«

»Sex. Die meisten Menschen reden nicht besonders gerne darüber.« Ihn schien es jedenfalls nicht abzuschrecken, sonst hätte er nicht so viel Zeit mit Lilian verbracht. Es war ihr liebstes Thema und sie nahm keine Rücksicht darauf, wie lange sie jemanden kannte, bis sie darüber sprach. Nun, gerade hatte ich Ähnlichkeiten mit ihr, aber wenn er ein Teil davon werden würde, dann war es doch das Mindeste, ihn kennenzulernen, oder?

»Aber du schon?«

Abwägend bewegte ich die Hand. »Kommt darauf an mit wem.« Ich redete nicht grundsätzlich darüber, allerdings weckte er meine Wissbegier. Er hatte sich schnell auf Lilians Vorschlag eingelassen, was mich gleichermaßen neugierig machte und vorsichtig werden ließ. »Also, du schläfst nicht mit Lilian, aber du hast den Wunsch das zu ändern, richtig?«

»Du treibst mich wirklich dazu, platte Dinge zu sagen«, sagte er und stützte das Kinn auf die Hände. Seine Augen leuchteten wie das Meer an einem Sommertag.

»Ich werde es überleben.« So platt erschien er mir nicht und in den letzten Wochen war er mehr als höflich gewesen.

»Ja, ich plane das zu ändern.« Mit einem Nicken stimmte er sich zu. »Aber Lilian ist nicht mein Ziel.« Henry lehnte sich zurück und verschränkte die Arme vor der Brust.

Schmunzelnd aß ich das letzte Stück Pfannkuchen. »Sondern William?«

»Du bist mein Ziel«, sagte er und schaute mir dabei tief in die Augen.

Ich? Kurz stutzte ich. Er kannte mich doch gar nicht. Eigentlich wusste er rein gar nichts über mich und ich war mir nicht sicher, ob sich daran etwas ändern sollte. Ich öffnete meinen Mund, wollte etwas sagen, vielleicht auch nachfragen oder anmerken, dass ich nicht vorhatte,

Lilian in die Quere zu kommen. Gewissermaßen hatte sie ihn entdeckt und ich war mir nicht sicher, wie sie darauf reagieren würde, wenn ihr jemand ihren Goldschatz streitig machen würde.

Allerdings kam ich auch nicht dazu, zu antworten, denn die schrille Stimme hallte durch den Flur. Es brauchte eine Nanosekunde, um Evelyn zu identifizieren und aus der Haut zu fallen. Ich ließ die Gabel los und stürmte mit schnellen Schritten aus der Küche und direkt auf den Flur. »Was zur Hölle willst du hier?« Meine Stimme wurde laut, als ich sie in ihrem blutroten Kleid und den viel zu hohen Absätzen erblickte. Es war einige Monate her, dass ich sie das letzte Mal gesehen hatte, aber sie hatte sich nicht verändert.

»Ich wusste gar nicht, dass du auch noch hier bist.« Sie machte eine wegwerfende Handbewegung.

»Wo soll ich sonst sein, Evelyn?« Das hier war mein Zuhause, in das sie gerade wie selbstverständlich eingedrungen war. Für wen hielt sie sich eigentlich?

Schließlich zuckte sie mit den Schultern. »Vielleicht dort, wo du herkommst.«

»Bist du wirklich mit einem Schlüssel hier hereingekommen?« Scharf sog ich die Luft ein. Das durfte alles nicht wahr sein. All die Menschen, die behaupteten, dass Frieden nur in winzigen Augenblicken existieren konnte, hatten wohl Evelyn kennengelernt. Mit ihr war Frieden eine Illusion und meine gute Laune wie weggewischt. »Du bist wirklich unglaublich. Gib den her.« Ich streckte die Hand aus. Wo auch immer sie ihn her hatte, er gehörte ihr nicht.

»Das ist meiner«, fauchte sie, als ich danach greifen wollte.

Ich war mir sicher gewesen, dass Levi ihr den Schlüssel beim Auszug abgenommen hatte. Entweder hatte er es vergessen oder sie hatte sich Duplikate anfertigen lassen.

»Oh, du bist wirklich unfassbar. Verschwinde aus meinem Haus.« Ich konnte mich nicht beherrschen. Nicht einmal die Tatsache, dass Henry in der Küche war und ich nicht wollte, dass er irgendetwas davon mitbekam, beruhigte mich.

»Das Haus gehört Levi und ich habe so viel Zeit hier mit ihm verbracht, das es mir auch zu einem Teil gehört.« Nur, weil sie häufig Taxi fuhr, gehörten ihr auch nicht alle Taxis der Insel. »Ich habe die Treppe ausgesucht, die Kunst, dort auf dem Teppich haben wir gevögelt.« Mit dem Finger deutete sie auf den schwarz-weiß gestreiften Teppich, den ich nach dieser Information sicher entsorgen würde. Allein die Vorstellung ließ den Ekel in mir aufkommen.

Tief atmete ich durch, versuchte, ihr nicht die Genugtuung zu geben, die Nerven zu verlieren. »Er hat dich verlassen, Evelyn. Ich glaube, diese Tatsache vergisst du manchmal.«

»Wir hatten eine schwere Zeit, aber er erkennt jetzt auch, dass er einen Fehler gemacht hat«, sagte sie und stellte ihre Handtasche auf dem Beistelltisch ab, den auch Levi immer nutzte, um seine Aktentasche abzustellen. »Du machst ihn nicht glücklich.«

Automatisch presste ich die Zähne fester aufeinander. Ich machte ihn nicht glücklich? Sie konnte uns viel vorwerfen, aber die Tatsache, dass wir beide uns nicht glücklich machen würden, war eine verdammte Lüge. Ich trat näher an sie heran, schaute ihr tief in die Augen, ohne eine Miene zu verziehen. »Levi hatte nicht den Hauch einer Ahnung, was Glück bedeutet hat, als er noch an deiner Seite war. Wie denn auch? In deinem Inneren existiert doch nur Eis.« Wärme und eine Frau, die ihn schätzte, so wie er war, hatte er erst kennengelernt, als er mich an seiner Seite gehabt hatte. Evelyn hatte nur das Schlechteste in ihm zum Vorschein gebracht. Für sie war er niemals gut genug gewesen.

»Vorsichtig, Darling«, warnte sie mich mit erhobener Hand.

»Sonst was, Evelyn?«

Sie schloss den verbleibenden Abstand zwischen uns. »Sonst zeige ich dir ganz schnell, wo dein Platz ist.« Sie lächelte, als täuschte das über die Worte hinweg, die sie wählte, um mir wehzutun. »Und der ist sicher nicht an Levis Seite.«

Dachte sie, dass sie mich auf diese Art verletzen konnte? Das schmerzte mir nicht. Viel mehr war es die Tatsache, dass Levi ihr immer wieder die Chance gab, sich so zu fühlen. Das störte mich, allerdings nicht, weil ich mich von ihr bedroht fühlte. »Drohst du mir?«

»Wenn ich dir drohen würde, dann würde das anders klingen. Ich gebe dir einen gut gemeinten Rat«, sagte sie und täuschte mit einem Lächeln über ihr verrottetes Inneres hinweg. »Weißt du, er liebt dich nicht und die Tatsache, dass er an mir festhält und mich immer weiter unterstützt ist nur ein Zeichen dafür, dass er sich mit dir nicht sicher ist. Du fickst ihn vielleicht gut, aber das macht auf Dauer niemanden glücklich.« Ihre Stimmlage veränderte sich. Es existierte nicht mehr der Hauch von Emotionen. Sie war wie ein Roboter, so hatte Levi sie auch immer beschrieben und zum ersten Mal verstand ich, was er gemeint hatte. »Es muss ein herber Schlag sein, dass er langsam erkennt, dass die kleine Hure nichts weiter ist als das: eine Hure. Und das sollte langsam jeder erfahren, meinst du nicht?«

Ich schluckte hart. Nicht provozieren lassen, redete ich mir immer wieder ein, doch es gelang mir nicht. Ich verlor die Kontrolle über die Situation, als ich die rechte Hand hob und auf ihre Wange zielte.

»Das wirst du bereuen«, zischte Evelyn und rieb sich über das Gesicht.

Möglicherweise würde ich das bereuen, weil ich ihr jetzt noch einen Grund mehr gegeben hatte, um mich zu hassen, aber ich hielt es nicht mehr aus, ständig den Mund zu halten. Sie machte Fehler. Sie war die Verrückte. Sie spazierte einfach in ein Haus, das ihr nicht gehörte.

Die schweren Schritte kamen immer näher und erst, als Henry mir die Hand auf die Schulter legte, rief ich mir ins Gedächtnis, dass er wohl alles gehört hatte. »Sie sollten jetzt besser gehen.«

»Das haben Sie nicht zu entscheiden.« Evelyn ließ sich von niemandem etwas sagen, das hatte ich in den letzten Jahren verstanden, doch in diesem Haus hatte sie nichts verloren. Hier gehörte sie nicht her.

»Andernfalls rufe ich die Polizei«, sagte Henry und klang dabei so herrisch, dass ich zu ihm aufsah. Wo hatte er die ganze Zeit diese Autorität versteckt? »Gehen Sie.« Er funkelte sie herausfordernd an. »Jetzt«, brüllte er und brachte mich synchron mit Evelyn zum Zusammenzucken.

Was auch immer es war, was er ausstrahlte, brachte sie dazu, ihre Tasche zu greifen und zu gehen. Sie ging, ohne ein weiteres Wort zu sagen. Mit offenem Mund schaute ich ihr hinterher. Er hatte sie mit einer Leichtigkeit verscheucht, dass ich mich fragte, wieso Levi solche Probleme damit gehabt hatte. Doch die Unruhe in meinem Inneren beruhigte es nicht. Sie hatte mir gedroht und die Geschichten, die ich über sie gehört hatte, ließen mich nicht ruhiger werden.

»Du zitterst ja«, stellte er fest und legte mir die Hände auf die Schultern.

Mein Herz raste und vereinnahmte meine Gedanken. Ich legte mir die Hand an die Stirn, was eine Mischung, aus der Peinlichkeit und dem Schock war. »Evelyn bringt mich immer aus der Fassung.« Das Atmen fiel mir mit jeder Sekunde, die ich daran dachte, was sie wohl als Nächstes tun würde, schwerer.

»Du musst keine Angst haben.« Henry sprach ruhig.

Doch das hatte keine Wirkung auf mich, immerhin war er nahezu ein Fremder. Er wusste nicht, wozu Evelyn in der Lage war, und ich wollte es auch nicht herausfinden. Immer fester presste ich mir die Hand gegen die Brust. Das Atmen wurde plötzlich so schwer. »Habe ich aber. Mein ganzes Leben geht den Bach hinunter und jetzt ist sie auch noch direkt in der Nachbarschaft. Ich halte das nicht aus.« Das war der Supergau. Sie konnte nicht hier leben, sodass wir ihr andauernd begegnen würden.

»Es wird alles gut.« Henry trat näher an mich heran und streichelte über meine Schultern.

Hatte er die letzten Minuten nicht mitbekommen? Sie hatte mir gedroht und das waren sicher keine leeren Worte. »Nichts wird gut. Nichts kann gut werden, solange sie in unserer Nähe ist.« Ungebremst stiegen die Tränen in meinen Augen empor.

Einige Sekunden schaute er mich regungslos an, während ein Sturm in meinem Inneren losbrach, dann schloss er die Arme um mich und hielt mich fest. Er überspielte meinen anfänglichen Widerstand und streichelte über meinen Rücken. »Psssht«, flüsterte er und presste mich immer näher an sich heran.

Kapitel 12

LEVI

Martha's Vineyard

Ich kam nach Hause und öffnete die Tür. Als ich den Flur betrat, bemerkte ich sofort eine ungewohnte Spannung in der Luft. Mein Blick wanderte langsam durch den Raum, und meine Augen blieben an meiner Frau hängen, die von den Armen eines anderen Mannes umschlossen war. Erst auf dem zweiten Blick erkannte ich den Kerl, der neulich in unserem Wohnzimmer gestanden hatte. Ein Stich durchfuhr mein Herz und ich erstarrte für einen Moment, unfähig zu begreifen, was ich sah. Die Welt schien sich für einen

Augenblick zu verlangsamen, während ich versuchte, meine Gedanken zu ordnen. Die Umarmung schien so vertraut und doch so fremd, dass ein Gefühl der Verwirrung und des Verrats mich überkam. Die Realität war wie eingefroren, während ich in diesem Moment gefangen war. Ich spürte, wie ich meine Hände zu Fäusten ballte und mein Atem schneller wurde. Ich kämpfte darum, meine Emotionen unter Kontrolle zu halten und klare Gedanken zu fassen. »Störe ich?« Ich räusperte mich schließlich, und die beiden ließen voneinander ab. Meine Frau drehte sich zu mir um, ihr Blick war von Schrecken und Scham gezeichnet. Henry wirkte unsicher, als er mich ansah. Die Stille war erdrückend.

»Evelyn war hier.« Als Matilda den Ausdruck auf meinem Gesicht sah, brachen Tränen aus ihren Augen hervor. Ein tiefer Schmerz spiegelte sich in ihren Augen wider. Ohne ein Wort zu sagen, eilte sie auf mich zu und warf sich in meine Arme. Die Worte schienen zwischen uns unnötig, denn die Emotionen sprachen lauter als jede Sprache es je könnte. Ich fühlte, wie sie zitterte, während sie sich fest an mich klammerte. Ihr Körper bebte und die Tränen benetzten meine Schulter, als sie sich an mich schmiegte. »Sie hat mir gedroht, Levi.« Ihre Augen waren von einer Traurigkeit gezeichnet, die mir einen Stich versetzte. Ich umarmte sie enger, hielt sie fest in meinen Armen und strich ihr beruhigend über den Rücken. Mein Herzschlag pulsierte in meinem Inneren und ich fühlte, wie die Mauer, die aus den erdrückenden Gefühlen entstanden war, langsam zu bröckeln begann.

»Was ist genau geschehen?« Sanft streichelte ich ihr über den Kopf.

Doch es war Henry, der antwortete: »Ihre Ex-Frau ist mit einem Schlüssel ins Haus gekommen und hat Ihre Frau verbal angegriffen.«

Ich drückte sie vorsichtig von mir weg, sodass ich in ihre Augen blicken konnte. Ihr Gesicht war von Tränen gezeichnet. Ich lächelte schwach, strich ihr eine Haarsträhne aus dem Gesicht und wischte eine Träne von ihrer Wange.

»Sie hat mir gedroht. Sie will jedem erzählen, wie wir uns kennengelernt haben«, sagte sie mit bebender Stimme.

Ich nickte. Diese Drohung hatte Evelyn nicht zum ersten Mal ausgesprochen, aber sie hatte eine Grenze überschritten, in dem sie es in Matildas Gegenwart getan hatte. »Henry, Sie können gehen. Ich kümmere mich darum.« Mit einem Nicken ging er an uns vorbei. »Danke, dass Sie da waren«, fügte ich noch hinzu, als er schon dabei war, die Tür zu schließen.

»Vielleicht habe ich mich falsch verhalten, aber du musst sie davon abhalten, hörst du? Du darfst das nicht zulassen.« Wimmernd sog sie die Luft ein und vergrub mein Hemd in ihrer Faust.

Ich schloss die Arme fester um sie, denn das war der einzige Weg, sie zu beruhigen. Sie war häufiger außer sich gewesen, aber so verzweifelt hatte ich sie niemals zuvor gesehen. »Ganz ruhig, Sugar«, flüsterte ich und drückte ihren Kopf gegen meine Brust. »Ich bin jetzt da und ich werde mich darum kümmern.« Mit einem tiefen

Atemzug sog ich den blumigen Duft ihres Parfüms ein, ehe ich sie wieder von mir schob und ihr tief in die Augen schaute. »Was habe ich dir versprochen, bevor wir geheiratet haben?«

»Dass ich mir nie wieder um etwas Sorgen machen muss«, wiederholte sie wie einen Automatismus.

»Genau.« Ich wollte, dass sie in dieser Gewissheit lebte. Sie musste sich nicht sorgen, wenn ich an ihrer Seite war. Das war meine Aufgabe. »Und dieses Versprechen gilt auch weiterhin, okay?«

Sie nickte und lehnte die Stirn gegen meine. »Warum bist du schon hier?«

»Ich hatte ein seltsames Gefühl und es scheint sich nicht zu täuschen«, meinte ich und konnte selbst nicht glauben, dass ich recht behalten hatte. Den gesamten Weg hatte ich mir eingeredet, dass ich sie vollkommen unversehrt vorfinden würde, doch mein Instinkt hatte sich nicht getäuscht.

Sie wischte sich die Tränen von den Wangen. »Versprichst du mir, dass du dich darum kümmern wirst?«

»Ich werde es direkt tun, sobald es dir besser geht.« Sanft streichelte ich ihr über die Wange. Alles in mir lief im Krisenmodus und ich konnte nicht mehr anders, als einfach zu funktionieren.

»Es geht mir gut«, sagte sie und nickte. »Mach irgendetwas.«

»Vertrau mir, Sugar.« Ich küsste ihre Stirn. Ich würde mich um die Sache kümmern, darauf konnte sie sich verlassen, Evelyn hatte den Bogen jetzt einmal zu oft überspannt. Es war die eine Sache, dass sie mich immer wieder piesackte, aber sie würde das Gleiche nicht mit Matilda tun. Niemals. Das schwor ich mir in diesem Moment. »Du hast nichts falsch gemacht. Evelyn ist…. Sie ist ein Miststück, das wissen wir beide.« Sie musste einfach wissen, dass ich ihr nicht böse war. Egal, was geschehen würde, es war Evelyns Schuld und niemals ihre.

»Sie darf nicht kaputtmachen, was wir haben.« Ein Schluchzen, das ziemlich verloren ohne die Tränen wirkte, drang über ihre Lippen.

»Nein, das lassen wir nicht zu«, erwiderte ich und ließ meine Arme langsam sinken. »Ich werde mich darum kümmern und du tust, was immer dich entspannt. Okay? Ich bin in ein paar Stunden zurück.«

»Gehst du zu ihr?«, fragte sie und musterte mich mit einer Mischung aus Schock und Furcht.

Doch ich schüttelte den Kopf. »Nein, ich werde mit Will sprechen. Er hat immer gute Ideen.« Er hatte nicht nur gute Ideen, sondern auch Kontakte für alle Fälle, aber das musste sie nicht wissen. »Alles ist gut. Wir bekommen das hin.« Zuversichtlich nickte ich ihr zu, ehe ich die Tür hinter mir schloss.

Ich lief am Strand entlang und spürte den feinen Sand unter meinen Füßen. Die Schuhe hatte ich schnell ausgezogen, denn ich hasste das Gefühl von Sand in Lackschuhen. Das Rauschen der Wellen und das Salz in der Luft ließen mich ausnahmsweise nicht ruhiger werden. Die Sonne stand an ihrem höchsten Punkt. Schließlich erreichte ich die *Velvet Lounge*. Die hellen

Holzmöbel und die gedämpfte Beleuchtung verliehen dem Ort eine gemütliche und einladende Note. Ein sanfter Jazz-Soundtrack füllte die Luft und ich konnte die Stimmung der Gäste spüren, die sich in angeregte Gespräche vertieft hatten. Der Duft von frisch gemixten Getränken hing in der Luft, als ich William an der Bar erblickte. Gottseidank war er hier, so wie ich es erwartet hatte. »Wir müssen uns unterhalten«, meinte ich und setzte mich neben ihn.

Es kostete ihn einen Blick, zu analysieren, in welcher Stimmung ich war. Dann hob er die Hand und bestellte mir ein Getränk. »Soll ich dir auch etwas zu essen bestellen?«

Hastig schüttelte ich den Kopf. »Du hast diesen Freund, der Probleme beseitig. Ich brauche seine Nummer.«

»Warum?«

»Weil ich Kaffee mit ihm trinken möchte«, erwiderte ich sarkastisch. »Natürlich, weil ich ein Problem beseitigen will.« Mein Cocktail wurde vor mich gestellt, kunstvoll garniert mit einer Orangenscheibe und einem Minzzweig. Der erste Schluck war eine Explosion von Geschmack auf meiner Zunge – süß, aber erfrischend, mit einer leichten Schärfe im Abgang. Ich lehnte mich zurück, nippte am Getränk und ließ den Blick durch den Raum schweifen, um sicher zu gehen, dass uns niemand hören würde.

»Wen?« Es machte ihn in meinen Augen noch sympathischer, dass er automatisch wusste, dass das Problem, das ich beseitigen musste, ein Mensch war.

Ich schaute mich in der Strandbar um, ehe ich mich näher an ihn heranbeugte. »Meine Ex-Frau.«

»Das ist ein sehr radikaler Schritt.« Seine dunklen Augen wurden immer größer.

»Sie ist vorhin in mein Haus eingedrungen und hat meine Frau bedroht. Wäre Henry nicht da gewesen, wer weiß, was geschehen wäre.« Ich hielt Matilda nicht für gefährlich, aber bei Evelyn tat ich es und ich würde es mir niemals verzeihen, wenn ihr etwas geschehen würde, weil ich nicht gehandelt hatte.

Verwundert musterte er mich. »Henry? Der Gärtner?«

»Ja.«

»Seltsam, dass er in letzter Zeit so oft auftaucht, oder?« William analysierte immer alles und jeden und in den meisten Fällen war es vollkommen unbegründet. Wenn er diese Fähigkeit damals schon auf Evelyn angewandt hätte, dann wäre die Sache niemals so aus dem Ruder gelaufen.

»Er hat gearbeitet, als es geschehen ist«, erklärte ich und trank einen weiteren Schluck des Cocktails. Es war einer der Momente, in denen ich die starken Drinks der *Velvet Lounge* schätzte. »Matilda hat panische Angst und ehrlich, ich kann das nicht mit ansehen.« Ich hatte ihr ein Versprechen gegeben und ich wollte es um jeden Preis halten.

Seufzend lehnte er sich zurück. »Das ist zu viel, Levi. Das bist doch nicht du.«

»Sie bedroht mein Leben.« Ich presste die Zähne fester aufeinander und musterte ihn eindringlicher. Ich scherzte nicht. Entweder sein Bekannter würde sich um die Sache kümmern oder ich würde es selbst machen. Wir waren uns hoffentlich einig, dass sein Bekannter die bessere Option war.

»Sie hat Matilda bedroht«, korrigierte er mich.

Sicherlich meinte er seine Rationalität in diesem Moment nicht böse, aber sie trieb mich zur Weißglut. »Sie ist mein Leben, Kumpel.«

»Okay, beruhigen wir uns.« Beschwichtigend hob er die Hände. »Was hältst du davon, wenn ich versuche, Evelyn ins Gewissen zu reden?«

»Du?«, entwich es mir ungebremst.

Er nickte mit einer Selbstverständlichkeit, die mich schlucken ließ. »Wir waren schließlich mal Freunde, bevor eure Ehe den Bach hinuntergegangen ist.« Ja, das Scheitern unserer Ehe hatte alles verändert.

»Ein Versuch ist es wert.« Doch ich hielt es nicht für richtig. Evelyn hatte keine weitere Chance verdient. Ich hätte sie schon vernichten sollen, als ich sie vor die Tür gesetzt hatte. Oder weit vorher, als sie mir ihren Ausrutscher gestanden hatte. »Aber, wenn das nicht klappt, dann möchte ich die Nummer. Verstanden?«

»Deal.« William nickte.

Kapitel 13

MATILDA

Martha's Vineyard

Die *V-Lounge* war mein zweites Zuhause, seitdem ich mit Lilian befreundet war. Ich betrat die Strandbar, obwohl sie noch geschlossen hatte. »Hey«, sagte ich und erblickte sie mit ihrer Tochter an der Bar.

»Hey, schön, dass du da bist.« Lilian lächelte von einer Wange zur anderen.

»Ich konnte deiner Einladung nicht widerstehen.« Ich stellte meine Handtasche auf einem der Stühle ab und ging auf die beiden zu. »Hey, Caissy.« Ich streckte die

Arme nach der Brünette aus und umarmte sie. Es hatte immer einen gewissen Beigeschmack gehabt, dass sie genauso alt war wie ich, aber inzwischen konnten wir das in den meisten Momenten gut ignorieren.

Sie musterte mich. »Die Haarfarbe steht dir wirklich gut. Die Strähnchen sind toll.« Mit der Hand glitt sie durch meine Haare, ehe sie sich wieder ihrer Mutter zuwandte. »So, ich mache mich jetzt wieder auf den Weg nach Hartford.« Lilian umarmte sie noch einmal und ließ sie dann gehen. Als wäre es ihr natürlicher Lebensraum, trat sie wieder hinter die Bar. Dorthin gehörte sie. Es passte einfach zu ihr.

»Möchtest du einen Lavender Martini?« Sie deutete auf einen Strauß Lavendel, der neben ihr stand.

Ich nickte. »Ausnahmsweise.«

»Du kannst ihn gebrauchen, nach allem, was mit Evelyn war, oder?« Mitleidig legte sie den Kopf schräg und begann, den Drink zu mischen. »Will hat es mir erzählt«, fügte sie hinzu, als ich sie irritiert anschaute. Es hätte mich auch nicht gewundert, wenn Levi es ihr selbst erzählt hätte, immerhin waren die beiden befreundet.

»Sie ist verrückt, Lilly. Kannst du glauben, dass sie einfach mit einem Schlüssel in unser Haus gegangen ist? Ich habe keine Ahnung, woher sie ihn hat.« Wild gestikulierte ich mit den Händen. In der Nacht war ich ständig aufgewacht, weil ich mich beobachtet gefühlt hatte. Jedes Mal, wenn es geraschelt hatte, war ich mir sicher gewesen, dass sie zurückgekommen war.

Als Dekoration steckte sie einen Strauch Lavendel in den Martini und stellte ihn vor mir ab. »Geht es Levi gut? Will hat eine komische Andeutung gemacht.«

»Ich denke schon. Er ist heute Morgen früh ins Büro gefahren.« Aber ob es ihm wirklich gut ging, konnte ich nicht beantworten. Spurlos ging das alles sicher nicht an ihm vorbei, allerdings hatte er sich irgendwann geschworen, mich nicht zu belasten und das zog er eisern durch. »Er will sich um die Sache kümmern«, sagte ich und war mir immer noch nicht sicher, ob das wirklich eine gute Idee war. Er sprach zu wenig, um ansatzweise einschätzen zu können, wie es ihm ging oder was das alles mit ihm machte.

»Hm«, brummte sie. »Er würde mit uns sprechen, wenn etwas nicht okay wäre, oder?«

»Ich denke schon.« Unsicher zuckte ich mit den Schultern. Sicher war ich mir nämlich nicht, dass er einen von uns einweihen würde. Immerhin schien William ihr auch nicht erzählt zu haben, was der Plan war. »Ich verstehe einfach nicht, was Evelyn bezweckt.« Eigentlich verstand ich gar nichts, was hier vor sich ging. Es war alles so undurchdringlich, dass ich in den meisten Momenten glaubte, dass sie uns nur quälen wollte.

»Sie möchte Levi zurück. Vermute ich«, meinte Lilian und nippte an dem Martini.

Ich folgte ihrem Vorbild, stellte ihn dann aber wieder ab. »Sie hat ihn betrogen. Ich bitte dich. Sie hat ihn doch nicht geliebt.« Wie konnte sie so sehr um einen Mann kämpfen, der nur als persönliches Sparschwein fungierte?

»Vermutlich nicht, nein.« Überzeugt klang sie von ihrer Aussage nicht.

»Ich würde zu gerne wissen, wer der Kerl ist, mit dem sie es getrieben hat. Weißt du es?« Allerdings war ich mir nicht sicher, ob ich ihn warnen oder auf Knien anflehen wollte, sie einfach aus unserem Leben zu nehmen. Evelyn musste verschwinden, denn sie belastete uns zu sehr.

»Ich habe keine Ahnung.« Lilian trank einige weitere Schlucke.

»Ehrlich nicht? Gab es keine Gerüchte?« Wenn man eine Sache über diese Insel behaupten konnte, dann war es die Tatsache, dass es immer Gerüchte gab. Das war so sicher wie das Amen in der Kirche.

Doch sie schüttelte den Kopf. »Levi hat alles im Keim erstickt. Die Familie steht für ihn immer an erster Stelle, das weißt du doch.«

»Sie braucht eine gute Therapie. Vielleicht sollte Levi dafür bezahlen, dann wäre uns allen geholfen«, meinte ich und stützte den Kopf auf die Arme. Wenn Evelyn so weitermachte, dann würde ich bald eine Therapie brauchen, immerhin kostete sie mich schon den Schlaf.

»Das hat in der Vergangenheit schon nicht geholfen.« Die Worte kamen leise, fast schon hämisch über Lilians Lippen.

Doch ich horchte auf. »Wie bitte?«

»Evelyn war lange in Therapie, aber ich weiß nicht warum. Darüber hat Levi nie gesprochen.« Da waren wir wieder am Punkt: Levi musste mehr mit uns reden, damit wir ihm auch helfen konnten. Er war immer für jeden da, aber niemand konnte es für ihn sein.

»Wahrscheinlich, weil sie geisteskrank ist und er das früh gemerkt hat.« Ich könnte niemals auch nur ein gutes Haar an ihr lassen, dafür hatte sie in den letzten Jahren gesorgt.

»Lilly, kannst du kurz kommen?« Der Ruf verhallte in der Bar.

»Bin gleich wieder bei dir.« Sie tätschelte meine Hand, ehe sie zu ihrem Mitarbeiter eilte. Mit einem leisen Seufzen lehnte ich mich auf die Theke und scrollte durch mein Handy. Vielleicht hatte Levi sich ja gemeldet. Doch von ihm hatte ich keine Nachricht, sondern von Henry.

Henry, 14:00 Uhr
Geht es dir besser, Boss?

Ich, 14:10 Uhr
Mir geht's gut. Dir auch?

Henry, 14:12 Uhr
Ja, mir auch.

Henry, 14:13Uhr
Ich habe über unser Gespräch nachgedacht und wie es leider so kurzfristig enden musste.

Henry, 14:13 Uhr
Ich hoffe, du hast verstanden, was ich gemeint habe.

Ich, 14:13 Uhr

Als du mir gesagt hast, dass du kein Interesse an Lilian hast, sondern an mir?

Henry, 14:14 Uhr
Genau das meine ich.

Ich, 14:15 Uhr
Ja, das habe ich verstanden.

Ich, 14:15 Uhr
Aber Lilian wird sehr enttäuscht sein.

Henry, 14:16 Uhr
Das ist mir egal.

Henry, 14:16 Uhr
Meine Entscheidung ist längst gefallen.

Ich, 14:17 Uhr
Du trittst ganz schön aufs Gas.

Ich, 14:17 Uhr
Eigentlich weiß ich gar nichts über dich.

Henry, 14:18 Uhr
Du weißt, woher ich komme, was ich mache, wie gut ich mich um Pflanzen kümmern kann. Was möchtest du sonst noch wissen?

Ich, 14:18 Uhr
Worauf stehst du?

Henry, 14:19 Uhr
Von allen Fragen auf der Welt ist das deine Frage?

Ich, 14:19 Uhr
Ich wusste nicht, dass meine Fragen weiterhin limitiert sind.

Henry, 14:19Uhr
Touché.

Henry, 14:19 Uhr
Ich mag es, wenn man mir zuschaut.

Ich, 14:20 Uhr
Wenn du selbst Hand anlegst?

Henry, 14:20 Uhr
Wenn ich ficke.

Ich, 14:20 Uhr
Und wie fickst du?

Henry, 14:20 Uhr
Leidenschaftlich.

Henry, 14:21 Uhr
Hart.

Henry, 14:21 Uhr
Ich habe gerne die Kontrolle über Frauen.

Ich, 14:22 Uhr
Was ist mit Männern?

Henry, 14:22 Uhr
Habe ich nie ausprobiert.

Ich, 14:23 Uhr
Möchtest du das ausprobieren?

Henry, 14:23 Uhr
Wenn es sich irgendwann mal ergibt.

Henry, 14:24 Uhr
Magst du das?

Henry, 14:25 Uhr
Von zwei Männern gefickt zu werden, die sich selbst auch nicht abgeneigt sind?

Ich, 14:25 Uhr
Das haben wir noch nie ausprobiert.

Henry, 14:26 Uhr
Okay.

Ich, 14:27 Uhr
Levi steht nicht auf Männer.

Henry, 14:27 Uhr
Aber?

Ich, 14:28 Uhr
Entspannung tut jedem gut, oder?

Henry, 14:28 Uhr
Das klingt wie eine Einladung, Boss.

Ich, 14:28 Uhr
Morgen Abend, 20 Uhr. Okay?

Henry, 14:29 Uhr
Ich freue mich.

Henry, 14:30 Uhr
Trag halterlose Strümpfe und schwarze Unterwäsche.

Henry, 14:31 Uhr
Du magst es doch, wenn man dir sagt, was du zu tun hast, oder? Ich konnte gar nicht weghören, als William all diese verdorbenen Dinge zu dir gesagt hat.

Kapitel 14

LEVI

Boston

Neugierig blätterte ich die Seiten um und begann, die Zahlen und Diagramme zu studieren. Zuerst warf ich einen Blick auf die Umsatzzahlen im Vergleich zum Vorjahr. Die steigende Linie auf dem Diagramm ließ mich aufschauen und ich suchte nach den Gründen hinter diesem Wachstum. Dann wandte ich mich den Gewinn- und Verlustrechnungen zu. Die detaillierten Aufschlüsselungen der Ausgaben gewährten mir Einblick in die verschiedenen Kostenbereiche des

Unternehmens. Ich konnte erkennen, welche Bereiche effizient waren und welche vielleicht überdacht werden mussten. Die Kommentare des Vorstandsvorsitzenden führten mich durch die Schlüsselpunkte und erklärten die strategischen Entscheidungen, die getroffen wurden, um die positiven Ergebnisse zu erzielen. Die Bilanzseite interessierte mich besonders, da ich wissen wollte, wie die finanzielle Gesundheit des Unternehmens aussah. Die Liquiditätsposition, die Anlagen und Verbindlichkeiten - all das wurde gründlich dargelegt. Ich überflog die Fußnoten, um sicherzustellen, dass ich keine wichtigen Details übersehen hatte.

Irritiert drückte ich auf die Gegensprechanlage und wartete, bis George antwortete. »Warum wurde so viel Geld in illiquide Anlagen investiert?«, fragte ich und konnte mit dem Bericht nicht fortfahren, solange dieser Punkt nicht geklärt worden war.

»Das kann ich nicht beantworten.« Er klang unsicher.

»Dann schaff jemanden hierher, der das beantworten kann.« Ich nahm den Finger von der Anlage und warf den Bericht in die Mitte des Schreibtisches. Ein Hedgefonds konnte in Anlagen investieren, die nur schwer oder langsam in Bargeld umgewandelt werden konnten. Diese Anlagen waren illiquide, weil es viel Zeit und Mühe kostete, sie wieder in Bargeld umzuwandeln. Allerdings schien jemand entschieden zu haben, genau das zu tun.

Das Warten kam mir wie eine Ewigkeit vor. Immer wieder schaute ich auf den Bericht und konnte nicht glauben, wie jemand so dämlich sein konnte, auf

Immobilien, Private-Equity-Beteiligungen und festverzinslichte Wertpapiere zu setzen. Das waren Anfängerfehler – tödliche Anfängerfehler.

»Sie wollen mich sprechen, Mr. Forbes?« Der Mann, der mein Büro betrat, war mir wohlbekannt. Er trug eine Hornbrille und immer einen maßgeschneiderten Anzug.

Ich erhob mich und ging mit langsamen Schritten auf ihn zu. Er wirkte gefasst für einen Mann, der uns das Wasser bis zum Hals trieb. »Robert… Sie sind einer meiner besten Männer.« Ich sprach ruhig, deutlich. Es war eine Tatsache gewesen, dass er einer meiner besten Männer gewesen war. Vergangenheit.

»Danke, das ist ein nettes Kompliment.« Er lächelte gequält, so als würde er die Anspannung spüren.

»Wie können Sie dann so eine verheerende Fehlentscheidung treffen?« Ich presste die Zähne fester aufeinander, um nicht zu schreien. Immer wieder flackerte der Bericht vor meinen Augen auf.

Unsicher wippte er von einem Bein auf das andere. »Was meinen Sie, Sir?«

»Es sind Unmengen an Geldern in Immobilien, Private-Equity-Beteiligungen und festverzinsliche Wertpapiere geflossen.« Ich nahm den Bericht von meinem Schreibtisch und präsentierte ihn ihm. Er hatte ihn geschrieben, dann sollte er doch eigentlich wissen, was darin stand, oder?

»Hm, verstehe. Ich hielt es für eine gute Idee während des Marktstresses und der wirtschaftlichen Unsicherheit auf Nummer sicher zu gehen. Viele Anleger haben gleichzeitig ihr Geld zurückgezogen.« Wild gestikulierte er mit den Händen und deutete immer wieder auf einzelne Abschnitte des Berichts.

Ich schmiss die Mappe mit aller Kraft auf den Boden. »Es ist Ihr Job, das zu verhindern, Robert.« Die Zurückhaltung, die ich gerade noch vortäuschen konnte, fiel von mir ab. Das hier hatte uns in die Scheiße geritten. *Er* hatte es getan.

»Ich kann nicht beeinflussen, wann die Leute Angst haben«, sagte er und hob beschwichtigend die Hände.

»Wir nehmen diese Angst. Das ist unser Kapital. Wenn die Leute Angst vor großen Investitionen haben, dann reden wir es ihnen aus. Das ist unsere Magie.« Das war unser Job. Wir hatten alle ein Talent dazu, den Investoren die Dinge zu sagen, die sie hören wollten. Niemand arbeitete mit echten Risikoeinschätzungen, um den Kunden keine Angst zu machen. »Aber jetzt stecken Unsummen in illiquiden Anlagen«, fauchte ich und deutete auf den Bericht, der am Boden lag. »Das ist ein Problem. Ein verdammt großes Problem.« Es war nahezu unmöglich, diese Anlagen schnell genug zu verkaufen, um das Rücknahmeverhalten der Anleger zu bedienen. Es steckte zu viel Geld, was wir im Fluss brauchten, in illiquiden Anlagen.

»Aber wir sind doch solvent«, sagte er und hob verwundert die Hände.

Noch, fügte ich in Gedanken hinzu. Noch hatten wir keine Probleme, aber ich spürte, dass die Schwierigkeiten zunahmen. Jeder Fond hatte mal Lasten, aber diese Probleme hielten jetzt schon mehrere Monate an. Ich schwamm, seitdem einige Investitionen nicht geglückt waren und jetzt hatte er uns noch näher an den Abgrund getrieben. »Solche Manöver gehören nicht zu ihrem Job.« Bedrohlich funkelte ich ihn an.

»Verzeihung, Sir, aber ich habe nach bestem Gewissen gehandelt.« Ich war mir sicher, dass ihm allmählich dämmerte, was er getan hatte, denn ich war nicht gut darin, meine blanke Panik zu verstecken.

Drohend hob ich den Zeigefinger. »Dann sorgen Sie jetzt dafür, dass wir diese Anlagen loswerden.« Wir brauchten liquide Mittel.

»Das wird so schnell nicht ohne Verlust möglich sein«, sagte er und senkte den Blick.

Das war mir durchaus klar. Ich war nicht erst seit gestern dabei und wusste, dass wir die illiquiden Anlagen zu niedrigeren Preisen verkaufen müssten, als ihre tatsächliche Wertentwicklung rechtfertigen würde. Diese Verluste waren riskant, aber nicht so riskant, wie sie zu halten. »Tun Sie es. Sie haben genug verbockt.«

»Das wirkt sich negativ auf die Fonds aus.« Auf seinem Gesicht lag die pure Warnung.

»Das wirkt sich negativ auf die Fonds aus«, äffte ich ihn nach. »Das ist mir bewusst, aber wir müssen liquide sein.« Das hatte oberste Priorität und solche Fehler durften nie wieder geschehen. »Immobilien, Private-Equity-Beteiligungen und festverzinsliche Wertpapiere… Ich fasse es nicht.« Das Brüllen entwich mir ungebremst und ich war überzeugt davon, dass George es vor der Tür auch gehört hatte.

Robert räusperte sich. »Die Anleger bekommen Panik, wenn wir jetzt nicht die Füße stillhalten.«

»Es ist ihr Fehler, der uns gerade die Schlinge um den Hals legt.« Mit schnellen Schritten ging ich auf ihn zu und stoppte erst, als sich unsere Fußspitzen berührten. »Glauben Sie nicht, dass sie noch einmal so viel Vertrauensvorschuss bekommen. Ab jetzt wird jeder einzelne Schritt überwacht werden.«

»Sir, andere Anleger könnten dann ebenfalls versuchen, ihre Investitionen zurückzuziehen, was zu einer Panik führen könnte. Sind sie sich sicher, dass ich wirklich beginnen soll, zu niedrigen Preisen zu verkaufen?«, fragte er noch einmal und schaute sich hilfesuchend in meinem Büro um. Hier war niemand, der ihm zur Hilfe kommen würde, nachdem er alles verbockt hatte.

»Werden Sie diese Scheiße los.« Energisch tippte ich ihm gegen das Brustbein. »Die Liquidität des Fonds hat Priorität. Um alles andere kümmere ich mich.« Ich schaute ihm tief und bedrohlich in die Augen. Er durfte jetzt keinen Fehler machen, sonst würde ich die Nerven verlieren. Als er nickte, drehte ich mich um und drückte auf die Gegensprechanlage. »George, geben Sie mir eine Liste aller Kunden. Ich werde sie persönlich anrufen, sie beruhigen und zu einem lockeren Zusammentreffen einladen.« Tief atmete ich durch. Mein Charme hatte uns schon durch einige Krisen geführt. Wir würden es auch jetzt schaffen.

»Ich werde Sie auf dem Laufenden halten, Sir.«

Das war wohl das Mindeste. »Wenn Sie diesen Fehler korrigiert haben, dann können Sie ihre Kündigung in der Personalabteilung abholen.« Er nahm meine Worte hin und verließ mein Büro. Was auch immer er sich dabei gedacht hatte, musste die pure Dummheit gewesen sein.

Ich saß am Schreibtisch und starrte auf den Bildschirm, als sich plötzlich der wachsende Frust in mir aufbaute. Die Spannung in meiner Brust fühlte sich an, als würde sie mich erdrücken. Ohne weiter nachzudenken, erhob ich mich abrupt von dem Stuhl. Meine Faust ballte ich automatisch, als ich mit energischen Schritten zur Wand marschierte. Die Dunkelheit der Wut schien meinen Blick zu trüben, während ich mich der Wand näherte. Ein unkontrolliertes Verlangen, all die angestaute Emotion loszuwerden, trieb mich voran. Meine Muskeln spannten sich an, als meine Faust mit einer plötzlichen Intensität auf die Wand traf. Ein dumpfer Aufprall durchzog meine Hand, begleitet von einem schmerzhaften Stechen. Doch der Schmerz schien unwichtig im Vergleich zu dem Ausbruch, den ich gerade erlebte. Mein Atem kam schwer, als ich meinen Arm langsam von der Wand zurückzog. Ein wildes Prickeln breitete sich von meiner Hand bis in meine Schulter aus. Als ich auf die Handfläche blickte, konnte ich die Spuren meines impulsiven Ausbruchs sehen - gerötete Haut und ein leichtes Zittern in den Fingern. Ich durfte nicht untergehen, nachdem ich all mein Herzblut in dieses Unternehmen gesteckt hatte.

Kapitel 15

MATILDA

Martha's Vineyard

Ich trug ein elegantes, schwarzes Kleid, das knapp über meinen Knien endete. Der Stoff floss über meinen Körper und betonte meine Silhouette auf eine dezente, aber verführerische Art und Weise. Die dünnen Träger des Kleides ruhten leicht auf meinen Schultern und der tiefe V-Ausschnitt verlieh dem Outfit eine subtile Sinnlichkeit. Unter dem Kleid trug ich schwarze Unterwäsche, so wie Henry es gefordert hatte. Der BH betonte meine Brust auf natürliche Weise und verlieh mir eine gewisse Selbstsicherheit. Die halterlosen Strümpfe vervollständigten den Look. Das feine Spitzenmuster am oberen Rand der Strümpfe fügte dem Ganzen eine verspielte Note hinzu, die meinen Auftritt noch raffinierter gestaltete. Vor dem Spiegel zog ich noch einmal den rosafarbenen Lippenstift nach und fuhr mit den Händen durch meine Haare. Dann ertönte das Klingeln. Die Nervosität breitete sich sofort in mir aus. Hoffentlich war es Levi, denn er war schon zu spät und ich hatte ihn nicht erreichen können. Für einen Moment waren nur die Absätze meiner Schuhe auf dem Marmorboden zu hören, ehe ich die Haustür öffnete. »Schön, dass du da bist, Henry.«

Seine hellbraunen Haare glänzten leicht im Abendlicht. »Ich freue mich auch.« In seiner Hand hielt er eine Flasche Wein, die mit einer Schleife verziert war. »Ich habe Wein mitgebracht.« Ein angenehmer Hauch der kühlen Luft umgab uns, während er mir die Flasche überreichte. Seine Augen waren freundlich und strahlten eine gewisse Vorfreude aus.

»Ich mache die Flasche auf. Levi ist noch nicht Zuhause«, sagte ich und trat einen Schritt zur Seite, damit er ins Haus kommen konnte. Kurz musterte ich das Etikett der Flasche und stellte fest, dass er meinen Geschmack ziemlich gut getroffen hatte.

Doch er bremste mich. »Lass mich das machen. Wo ist der Flaschenöffner?«

»Erste Schublade rechts in der Küche.« Mit dem Finger deutete ich ihm die Richtung. Als er aus meinen Blickfeld verschwand, richtete ich noch einmal den halterlosen Strumpf, ehe ich das Wohnzimmer ansteuerte und mich setzte. Ich hatte vorhin überlegt, ob ich den Kamin anzünden sollte, aber ich hatte mich dagegen entschieden. Stattdessen hatte ich einige der hüfthohen Kerzen erleuchtet. Es wirkte gemütlich, aber nicht aufdringlich. Hoffte ich zumindest. Ich atmete tief durch, betrachtete immer wieder meine Beine, die im Kerzenschein seidig schimmerten.

»Ich habe einfach mal spekuliert, dass du gerne süßen Rotwein magst«, rief er aus der Küche.

Ich schmunzelte in mich hinein. »Da hast du gut geraten.« Es vergingen einige Sekunden, in denen ich mich fragte, was ich eigentlich getan hatte, um ihn zu faszinieren. War es meine Art gewesen oder mein Aussehen, die ihn, ohne zu zögern, dazu brachte, sich mit Levi und mir zu treffen? Oder entsprach es einfach seinen Vorlieben? Ich hatte unendlich viele Fragen im Kopf, auf die ich nur zu gerne eine Antwort wollte.

»Ich habe eine gute Intuition«, sagte er und die schweren Schritte kamen immer näher. »Gehört das zum Spiel, dass Levi nicht hier ist?« Henry überreichte mir das Glas und zögerte kurz, sich neben mich zu setzen. Doch dann tat er es und der letzte Funken Widerstand, der sich noch in mir geregt hatte, erlosch.

Ich schüttelte den Kopf. »Vermutlich macht die Fähre wieder Probleme.« Er schien einen stressigen Tag gehabt zu haben, denn er hatte auf keine meiner Nachrichten reagiert.

»Du siehst gut aus.« Henrys Blick wanderte über meinen Körper. Die tiefe Stimme schickte mir einen Schauer über den Rücken.

»Danke«, erwiderte ich und fing seinen Blick ein. Irgendetwas hatte er an sich, was mich faszinierte, aber ich konnte es nicht deuten. Die Vertrautheit, die eigentlich nichts weiter als eine Illusion war, hatte sich schnell aufgebaut, aber es fühlte sich dennoch nicht falsch an. Ich zog den Stoff des Kleides etwas höher, damit er einen Blick auf die halterlosen Strümpfe werfen konnte. »Du magst es doch, wenn man deine Befehle befolgt, oder?«

»Gutes Mädchen«, raunte er und streckte die Hand zögerlich nach meinem Bein aus. Zart, sodass es kaum als Berührung gelten konnte, strich er von meinem Knie, über den Oberschenkel, bis zur feinen Spitze des Strumpfes. »Wie oft hast du das schon gemacht?«

»Befehle befolgt?«, hakte ich nach.

»Männer, die du kaum kennst, zum Sex eingeladen.« Seine Augen folgten den Bewegungen seiner Finger.

Ich stützte den Arm auf die Sofalehne und musterte ihn. »Hast du mir nicht gestern noch gesagt, dass wir uns schon sehr gut kennen?« Genau das hatte er mir geschrieben und kurz darauf meine Einladung angenommen.

»Beantworte meine Frage.« Henry rückte näher an mich heran.

»Levi und ich mögen das. Wir haben das vielleicht drei oder vier Mal gemacht.« Die Partner hatten dabei gewechselt, aber in den meisten Fällen waren wir zu dem zurückgekehrt, was wir mochten: Lilian. William hatte daran nie Interesse gehabt, weswegen wir uns irgendwann auch nach anderen Männern umgesehen hatten.

Henry nippte am Wein und ich spiegelte die Geste. »Sieht er gerne zu, wie du gefickt wirst, oder lässt er sich dabei zuschauen?«

»Unterschiedlich.« Ich biss mir auf die Unterlippe. Das Leben mit Levi folgte niemals einem festen Ablauf. Eigentlich war es immer verschieden und genau das mochte ich. Ich wusste nie, was mich im nächsten Moment erwartete und das bannte mein Interesse. »Der Wein ist wirklich gut«, sagte ich und trank einen weiteren Schluck.

Seine Hand verharrte auf meinem Bein. »Das freut mich.« Sein Lächeln hatte etwas Betörendes an sich, etwas, das mich bannte. Es war gleichermaßen schelmisch wie verführerisch. »Das gefällt mir«, raunte er und streichelte von der Oberseite meines Schenkels bis zur Innenseite.

»Du wirkst nicht, als würdest du das zum ersten Mal machen.« Ich streckte mich zu seinem Ohr und hauchte die Worte hinein.

»Oh, innerlich bin ich unglaublich nervös.« Mit einem Lächeln täuschte er über seine Worte hinweg.

Ich stutzte. »Ehrlich?«

»Das ist menschlich, oder?«

Ja, es war menschlich. Es war nur nicht klassisch männlich und das irritierte mich für den Bruchteil einer Sekunde. »Ich mag es, dass du das einfach zugibst.« Ich legte meine Hand auf seine Brust und streichelte sanft auf und ab. »Ohne dass du Angst um deine Männlichkeit hast.« Es war erfrischend. Vielleicht waren es diese Besonderheiten in seinem Handeln, die mich faszinierten.

»Meiner Männlichkeit geht es wunderbar.« Henry griff nach meiner Hand, streifte dabei den Ehering, und führte sie an der Naht seiner Hose entlang zu seiner Mitte. Ich schmunzelte, als ich fühlte, wie deutlich sein Penis sich unter der Jeans abzeichnete. Es war ein Instinkt, darüber zu reiben, ihn zu berühren und zu ertasten. »Fass fester zu.« Er lenkte meine Hand, steuerte jede Bewegung und passte den Druck an.

Plötzlich fühlte es sich gar nicht mehr seltsam an, ihn nicht bis auf den Grund seiner Seele zu kennen. Er hatte meine Neugier geweckt und jetzt gab es Dinge, die ich viel lieber erforschen wollte als seine Seele. Doch das Knacken der Haustür ließ mich aufhorchen. War ich ein schlechter Mensch, weil ich nicht auf Levi gewartet hatte? »Wir sind im Wohnzimmer«, rief ich und wurde im gleichen Augenblick von dem schlechten Gewissen geflutet.

Levis Schultern hingen nach unten, während er langsam durch den Flur ging. Sein Blick wirkte müde und abwesend, als ob er einen langen und anstrengenden Tag hinter sich hatte. Die Falten auf seiner Stirn verrieten die Sorgen und Belastungen, die er mit sich trug. Seine Schritte waren schwerer als gewöhnlich, als er sich langsam Richtung Wohnzimmer bewegte. Die Ringe unter seinen Augen zeugten von einer schlechten Nacht und einem Mangel an Schlaf.

»Ich… Ich habe vergessen, dass wir verabredet waren.« Wie ertappt fasste er sich an die Stirn.

»Ist alles okay?« Ich legte die Hand sofort in meinen eigenen Schoß.

»Ja«, sagte er und tigerte durch den Raum in die Küche.

Etwas stimmte nicht, das bemerkte ich sofort. Er war neben der Spur, auch wenn ich nicht ganz verstand, was eigentlich los war. »Ich bin gleich wieder bei dir.« Unsicher folgte ich meinem Mann, nachdem Henry genickt hatte. »Was ist los?«, fragte ich, als ich ihn mit beiden Armen auf die Arbeitsfläche gestützt erblickte.

»Ich hatte einen anstrengenden Tag.« Er seufzte schwer.

»Ist etwas geschehen?« So wie er aussah, hätte auch jemand gestorben sein können. Ich stellte mich hinter ihn und schloss die Arme um seinen Bauch.

Doch er drehte sich zu mir um. »Nichts, was wir jetzt klären müssten. Ich möchte, dass du Spaß hast.« Mit einem erzwungenen Lächeln streichelte er mir über die Wange. »Es sah aus, als würdet ihr euch gut verstehen«, sagte er und deutete mit dem Kopf auf Henry.

»Wir können das auch verschieben.« Das wäre kein Problem, immerhin hatten wir alle Zeit der Welt. Ein paar Tage mehr oder weniger würden keinen Unterschied machen.

»Gib mir Zeit für zwei Gläser Whisky und dann komme ich zu euch. Geht ruhig schon nach oben.« Seine Hand glitt in meinen Nacken.

»Sicher?«

»Absolut sicher.« Mit einem Ruck zog er mich näher an sich heran und lächelte. »Ich liebe dich, Matilda.« Seine Lippen trafen meine Stirn.

»Ich dich auch.« Lächelnd lehnte ich mich gegen ihn.

»Na los, geh. Ich komme gleich nach«, sagte er und deutete auf Henry. Es fühlte sich seltsam an, diesem Befehl zu folgen, weil ich eigentlich wissen wollte, was geschehen war, dass er so neben der Spur war. Aber ich unterdrückte den Impuls. Er wusste, dass er jeder Zeit mit mir reden könnte, wenn ihm danach war.

Ein Lächeln umspielte meine Lippen, als ich Henry an der Hand ins Schlafzimmer führte. Das gedämpfte Licht im Flur warf Schatten auf den Boden. Die Vorfreude wuchs mit jeder Sekunde weiter in mir. Als wir die Schwelle zum Schlafzimmer überquerten, konnte ich seine Entspannung fast spüren, als ob er ahnte, dass wir eine Menge Spaß haben würden. Der weiche Lichtschein im Schlafzimmer verlieh dem Raum eine warme und einladende Atmosphäre. Ich führte ihn in die Mitte des Schlafzimmers und ließ seine Hand los. Langsam zog ich den Reißverschluss meines Kleides auf und ließ es auf den Boden gleiten. Sein Blick folgte jeder meiner Bewegungen. Als ich unter meinem Kleid die feine Spitzenunterwäsche enthüllte, entwich ihm ein Keuchen.

Ohne den Blickkontakt zu unterbrechen, ging ich auf ihn zu und öffnete den Gürtel, doch er bremste mich harsch. »Habe ich dir das erlaubt?«

»Musst du mir etwas erlauben?« Mit großen Augen sah ich ihn an. Er gab gerne Befehle, so viel hatte ich schon verstanden, aber er hatte mir bisher nicht gesagt, dass er absoluten Gehorsam erwartete.

Blitzschnell packte er meinen Nacken und beugte mich über das Bett. Seine Hand prallte auf meinen nackten Arsch, der nicht vom Stoff des Slips bedeckt wurde. »Ich denke, dass ich hier das Sagen habe.«

»Yes, Sir«, raunte ich und schaute ihn über die Schulter an. Zu sehen, wie seine Augen aufleuchteten, brachte mein Herz zum Rasen.

»Du kannst ja doch brav sein.« Zärtlicher streichelte er über die Stelle, die er gerade noch mit seiner Hand getroffen hatte. Er ließ meinen Nacken nicht los, presste meinen Kopf immer fester auf die Matratze, obwohl ich mich nicht gewehrt hatte. »Oh, dein Arsch sieht fantastisch aus.« Mit beiden Händen umfasste er ihn und knetete ihn fester.

Die Schritte kamen immer näher und ich hätte ihn nicht sehen müssen, um zu wissen, dass sie zu Levi gehörten. »Hmm, das ist ein schöner Anblick.« In seiner Hand hielt er ein Glas Whisky, das er augenblicklich leerte und auf dem Nachttisch abstellte. Als er neben mir stand, streifte er sich das Hemd und die Hose ab. Dann stieg er zu mir auf das Bett und platzierte mich so, dass ich auf dem Rücken lag. Er übernahm so mühelos die Kontrolle, dass alles in meinem Körper zu rauschen begann. Er neckte mich, in dem er mir mit seinen Lippen immer näherkam, aber sich zurückzog, sobald ich ihn küssen wollte. Schließlich tat er es und im gleichen Moment spürte ich, wie Henry meine Beine weiter auseinanderdrängte. Er löste die Strapshalter und zog mir den Slip aus. Seine Hände wanderten die Innenseiten meiner Schenkel entlang.

Doch es war Levi, der seine Aufmerksamkeit auf mich zog. »Sugar, komm her«, raunte er und kniete sich neben mich. »Zeig mir, wie sehr du mich vermisst hast.« Seine Hand lag in meinem Haar, als er meinen Kopf zur Seite drehte und seinen Schwanz vor meinem Mund positionierte. »Und zeig es ihm auch gleich. Er muss doch wissen, worauf er sich einlässt.« Sein Lächeln war teuflisch, aber erwartungsvoll. Ich liebte es, wenn er mich so anschaute. Alles, auf das ich mich konzentrieren konnte, waren die vier Hände an meinem Körper. Henrys Hände, die immer wieder über meine Mitte glitten, ohne die Bereiche zu berühren, die so sehr danach schrien, berührt zu werden. Und Levis rechte Hand, die an meinem Hinterkopf verharrte und die linke, die an meinem Kinn lag. Meine Hand glitt über seinen Schwanz, was Henry genau beobachtete. Immer wieder schaute ich zu ihm, denn ich wollte wissen, was er tat – ob es ihm gefiel. Und ich hatte keinen Zweifel mehr daran, schließlich hatte er sich schon ausgezogen und rückte immer näher an mich heran. Ich sog die Luft scharf ein, als ich Henrys Lippen an meinen Nippeln spürte. Es war ein Sekundenbruchteil, in dem Levi sich ebenfalls herabbeugte und sie mit seiner Zunge umspielte. Sie saugten, leckten und umkreisten sie und begannen immer wieder von vorne damit. Meine Zweifel daran, dass wir uns erst zu kurz kannten, rückten in den Hintergrund, als das Kribbeln meinen Körper flutete. Ein Stöhnen drang über meine Lippen. Das war so viel besser, als ich es mir vorgestellt hatte. Es hatte eine natürliche Dynamik, einen Ablauf. Und es fühlte sich richtig an. Fuck, es machte mich auf eine Art an, die ich nicht erwartet hatte, die beiden nebeneinander zu sehen, wie sie mit meinen Brüsten spielten. »Ich habe einen Wunsch«, stieß ich atemlos aus. Mein Unterleib brannte auf eine Weise, die ich nie wieder in meinem Leben vergessen wollte.

»Wünsche muss man sich verdienen.« Levi schaute zu mir auf. Als ich den Blick erwiderte, leckte er demonstrativ mit seiner Zungenspitze über meinen Nippel. Die kleinen Blitze stachen durch meinen Körper.

Ich sog die Luft scharf ein, ehe ich mich aufrichtete und nach Henrys Hand angelte. Ich hatte einen Wunsch und ich war noch nie besonders gut darin gewesen, lange auf die Dinge zu warten, die ich unbedingt wollte. »Ich wünsche mir das«, flüsterte ich und lenkte seine Hand zu Levis hartem Schwanz. »Ich möchte, dass ihr diese Fantasie zum Leben erweckt.« Ich biss mir auf die Unterlippe und steuerte seine Bewegungen. Henrys Hand glitt unter meiner Kontrolle über seine samtweiche Haut und er ließ es zu, obwohl ich das nicht erwartet hätte.

Doch begeistert schien er davon nicht zu sein. Nicht einmal, als ich Henry zu der Stelle lotste, die meinen Mann sonst immer die Selbstbeherrschung kostete.

Henrys perplexer Gesichtsausdruck nahm auch nicht ab. »Das ist nicht der richtige Moment«, warf er ein und zog seine Hand zurück.

»Ich bin seiner Meinung. Sorry, Sugar.« Beide schüttelten synchron den Kopf. Zumindest schienen sie einer Meinung zu sein, dass sie ineinander nicht das Potenzial sahen, das ich in ihnen bemerkte. Levi stieß mich zurück auf die Matratze und beugte sich über mich. »Meinst du, du kannst uns auf einmal glücklich machen?« Möglicherweise war das seine Taktik, um die aufkeimende Stille zu überspielen.

»Ja.« Ich war überzeugt davon.

Henry schien seinen Teil der Aufforderung deutlich gehört zu haben und drängte meine Beine auseinander, so wie er es vorhin schon getan hatte. Diesmal verschwendete er die Zeit allerdings nicht mit Streicheln. Er kniete sich zwischen meine Beine und fuhr mit der Zunge über meine Mitte. In immer kleineren Kreisen umspielte er meinen Lustpunkt, trieb mich tiefer in das Gefühl hinein, dass das hier das Beste war, was ich jemals erlebt hatte. Ich begann unregelmäßiger zu atmen, als er fester an mir saugte. Während ich schließlich begann, unkontrolliert gegen ihn vorzugehen, hielt Levi mich ruhig. Allerdings stoppte Henry nicht, sondern saugte weiter an meinen empfindlichsten Stellen. Hin und wieder entwich ihm ein leises Keuchen, was mich nur noch mehr anmachte. Als Levi seine Hände an meine Brüste legte, war es beinahe um mich geschehen. Es war der Pause geschuldet, die Henry einlegte, um zu schauen, was Levi tat, dass ich nicht über die Grenze gestoßen wurde. Instinktiv vergrub ich meine Hand in seinem Haar und drückte seinen Kopf wieder zu meiner Mitte. Fuck. Er leckte mich und Levis Bewegungen passten sich dem Takt an. Seine Finger ließen meine Nippel unglaublich hart und empfindlich werden. Immer wieder wandte ich mich unter den Berührungen. Meine Mitte zuckte um Henrys Finger, die er langsam in mich pumpte, und ich bäumte mich immer wieder auf, doch Levi drückte mich zurück auf die Matratze.

Ich hatte mich noch nie so gefühlt. Es war seltsam, weil wir uns noch nicht gut kannten, und zugleich so spannend, dass ich nicht wollte, dass es allzu bald endete. Mein gesamter Körper bebte. Wieder ließ Levi seine Finger um meine Nippel kreisen, bis er schließlich zubiss. Das Stöhnen entwich mir ungebremst. Es war, als würden die Pfeile des Schmerzes direkt in meinen Unterleib schießen und alles befeuern, was Henry tat. »Hört nicht auf.« Die Worte kamen wie ein Automatismus über meine Lippen. Doch Levi hielt kurz inne und gab Henry ein Zeichen. Sie würden aufhören… und sie taten es in der gleichen Sekunde.

»Gib mir deine Hände«, forderte Levi und zog mich an den Handgelenken vom Bett hoch. Er fixierte meine Hände auf dem Rücken, in dem er seine Krawatte vom Boden griff und sie herumwickelte. Mit einem Ruck drehte er mich um und presste meinen Oberkörper auf die Matratze. Unweigerlich ließ ich den Kopf sinken. Meine Körperspannung war nicht die beste, was vermutlich einer der Gründe war, warum ich mich kaum halten konnte. Henry griff sofort nach meinem Arsch, massierte ihn und vergrub seine Finger tiefer in der Haut. Stöhnend ließ ich den Kopf auf das Laken sinken. Ich mochte es – nein, ich liebte es, wenn ich so angefasst wurde. Wenn nicht gefragt wurde, ob ich mich umdrehen möchte, sondern es einfach gemacht wurde. Plötzlich zog Levi mich an den Armen hoch und lächelte mich an. »Jetzt bist du uns vollkommen ausgeliefert.« Er konnte nicht verbergen, wie gut ihm das gefiel. Aus der Nachttischschublade griff er ein Kondom und warf es Henry zu, der sich hinter mir positioniert hatte. Sie sprachen sich mit einer Natürlichkeit ab, die mich immer wieder zum Schmunzeln brachte. Vielleicht hatten wir etwas Besonderes, eine Chemie, die perfekt war.

Levi drückte mich nach vorne, sodass sein Penis Zentimeter für Zentimeter in meinem Mund versank. Er war so hart, dass ich aufstöhnte. Instinktiv begann ich, zu saugen und zu lecken. »Oh, das fühlt sich gut an. Das fühlt sich verdammt gut an«, raunte er und steuerte meinen Kopf, in dem er mir in die Haare fasste. Den Teil der Krawatte, mit dem er mich aufrecht hielt, übergab er an Henry. Wenn er mich loslassen würde, dann würde ich fallen. Oh, ich würde fallen und es wäre sicher nicht das Schlechteste. Levis Schwanz fühlte sich unheimlich natürlich in meinem Mund an, als wäre das der Ort, an den er gehörte. Sein tiefes Stöhnen, dann Henrys Seufzen, als er mit seiner Spitze in mich eindrang, ließen mich beinahe das Gleichgewicht verlieren.

»Härter«, herrschte Levi Henry an. »Sie braucht das, keine Sorge.« Als ich zu ihm aufschaute, sah ich das Lächeln und ich war mir sicher, dass dieser Mann mich kannte. Er kannte mich bis auf den Grund meiner Seele und das hier war mein Platz in der Welt. Meine Zunge glitt immer wieder über seine Spitze, während ich mich darauf konzentrierte, mich durch mein eigenes Stöhnen nicht ablenken zu lassen. Das fühlte sich so verdammt gut an. Sein Schwanz glitt tiefer in meinen Mund und ich erhöhte den Druck. »Du nimmst ihn so tief in deinen Hals, das ist gut. Du machst mich sehr stolz.« Sanft streichelte er mir über die Wange. Ich ließ ihn wieder etwas frei, leckte über seine Eichel, bis er kaum noch an sich halten konnte und mich hochzog. Er küsste mich leidenschaftlich und zog mich immer näher an sich heran. Ihn zu küssen, während Henry das Tempo immer weiter erhöhte, machte mich an. Oh, es war eine Untertreibung zu behaupten, dass es mich anmachte. »Verkraftest du es härter in deinem Mund, Sugar?«

Ich nickte hastig. Ihre Hände waren überall gleichzeitig an meinem Körper, aber niemals an der gleichen Stelle. Henry stieß hart. Kompromisslos. Aber rhythmisch. Er hatte ein Muster. Doch mein Fokus verblasste, als Levi mir seinen Schwanz wieder in den Mund schob. Fuck. Er war so hart. Ich versuchte, mich auf die Bewegungen zu konzentrieren, aber es gelang mir immer weniger, je härter Henry stieß. Ob Levi mein Stöhnen an seinem Penis spürte? Ich machte weiter, fiel in das Gefühl der Schwerelosigkeit, als er schließlich kam und ich im gleichen Moment aufstöhnte. Plötzlich spürte ich, wie sich der Flüssigkeitsstrom in meiner Kehle veränderte. Ein unkontrolliertes Husten wollte aus mir herausbrechen, als ich spürte, wie sich ein Teil seines Spermas in die falsche Richtung zu bewegen schien.

Doch er reagierte schnell und hielt mir den Mund und die Nase zu. »Schlucken, Sugar. Du möchtest doch nichts verschwenden, was ich dir schenke.« Warnend funkelte er mich an. Ich nickte, versuchte, den natürlichen Reflex zu unterdrücken und dagegen zu arbeiten. Levis Hand glitt von meinem Mund an den Hals. Ich schluckte. Ob er spürte, wie es meine Kehle umspielte? Sanft streichelte er mir über die Wange. »Das ist mein gutes Mädchen«, raunte er und flutete mich mit einem Gefühl, das ich am ehesten mit Geborgenheit assoziieren würde. Dann trat er zurück und lehnte sich an den Bettpfosten. Er gab Henry ein Zeichen.

»Komm her«, flüsterte er tief und rau, sodass ich nicht verfehlen konnte, wie sehr er mich wollte. Vorsichtig löste er die Krawatte von den Handgelenken und legte sich auf das Bett. Mit der rechten Hand deutete er auf seinen Unterleib, während Levi alles beobachtete. »Ich will, dass du mich reitest. Tu es wie das gute Mädchen, das du bist.« Henry legte die Hand an meinen Hals und zog mich auf seinen Schoß.

Ich legte meine Hand auf seine Brust und drückte ihn gegen die Matratze. Dann beugte ich mich vor, die andere Hand in seinem Haar, und küsste ihn mit einer Leidenschaft, dass ich unweigerlich spürte, wie gierig sein Penis gegen meine nackte Haut schnellte.

Er packte meine Hüften und zog mich enger an sich heran. »Tu es«, forderte er und fuhr mit den Fingerspitzen über meine Haut. Die Gänsehaut benetzte mich, als ich begann, mein Becken lustvoll zu kreisen. Er packte mein Haar und zog mich wieder näher an sich heran. Seine Küsse wanderten von meinen Lippen zu meinem Kiefer, an meinem Hals hinab und schließlich über meine Schlüsselbeine. Mit den Händen umfasste er meine Brüste, umschloss sie und presste sie lustvoll zusammen. Er hielt sie fest, als wolle er sie beschützen, während seine Lippen über sie glitten.

Langsam drehte ich den Kopf zu Levi und lächelte ihn an. Er lehnte lässig am Bettpfosten und ließ sich keine Sekunde davon entgehen. Ohne den Blick von ihm abzuwenden, ließ ich mich auf Henrys Schwanz sinken. Das fühlte sich verdammt gut an. Kurz schloss ich die Augen. Die Lust durchströmte meinen Körper, je mehr ich ihn spürte, je mehr er mich ausfüllte. »Dieses Gefühl macht mich schwach«, keuchte ich und lehnte mich gegen seine Brust. Als er bis zum Anschlag in mir war, schloss ich für einen Moment die Augen und genoss das unglaubliche Gefühl, ausgefüllt zu sein. Wieder lehnte ich mich ein Stück zurück, begann aber diesmal, mein Becken kreisen zu lassen. Meine Bewegungen wurden immer fließender, leidenschaftlicher und intuitiver. Henry packte meine Hüften und drückte mich noch mehr auf seinen Schwanz. Mein raues Stöhnen brachte ihn beinahe um seinen Verstand, das sah ich ihm an, doch ich lächelte nur, schloss die Augen und begann, ihn zu reiten. Tiefer. In wellenartigen Bewegungen nahm ich mir, was ich wollte. Das Stöhnen wurde lauter und hemmungsloser. Ich stützte mich mit beiden Händen auf seiner Brust ab, während ich mich mit festen Stößen meinem Höhepunkt entgegenbrachte. Sein Körper erzitterte unter meinen Stößen. Mit seiner Hand in meinem Nacken zog er mich zu einem weiteren Kuss zu sich hinab. All mein Verlangen entlud sich in diesem

Kuss. Mit einigen letzten, tiefen Stößen nahm ich ihn so weit in mir auf, dass ich der Überzeugung war, er stieß an. Eine heiße Welle raste durch meinen Körper, direkt in meinen Unterleib. Ein letztes Mal stöhnte ich auf, ehe die Welle der Lust mich mitriss und kraftlos nach vorne sacken ließ.

Kapitel 16

LEVI

Martha's Vineyard

Ich, 6:30 Uhr
Ich brauche die V-Lounge Morgen Abend für eine Veranstaltung. Geht das?

Lilly, 6:32 Uhr
Puh, das ist ganz schön kurzfristig.

Ich, 6:35 Uhr
Es ist ein Notfall.

Lilly, 6:35 Uhr
Verstehe.

Lilly, 6:35 Uhr
Ich kümmere mich darum.

Ich schloss den Chat mit Lilian. Die Benachrichtigungsleiste meines Handys war mit verschiedenen App-Symbolen übersät und mein Magen verkrampfte sich unangenehm. Mit zittrigen Fingern tippte ich auf die erste Nachricht und begann zu lesen. *Dringendes Meeting morgen um 8 Uhr.* Mein Herz schlug schneller. Meetings um diese Zeit bedeuteten meistens unerwartete Probleme oder plötzliche Richtungswechsel. Ich schluckte schwer und wischte weiter. *Verkauf der Anlagen läuft schleppend. Maßnahmen erforderlich.* Die Worte stachen wie Nadeln in meine Gedanken. Ich hatte gehofft, dass es besser laufen würde, aber offensichtlich lag ich falsch. *Hohe Verluste absehbar*. Mein Atem stockte. Die Nachrichten schienen nicht enden zu wollen. Es war eine Kette von negativen Entwicklungen, eine nach der anderen. Die Anspannung in meiner Brust wurde unerträglich. Es fühlte sich an, wie auf dem verdammten Pulverfass zu sitzen und nicht zu wissen, wann es in die Luft gehen würde. Ich schaltete das Handy aus, als könnte ich so die Realität für einen Moment ausschalten.

Dann lehnte ich mich im Stuhl zurück und starrte an die Decke der Küche. Ich würde heute nicht arbeiten gehen, das beschloss ich in dieser Sekunde. Mein Kopf fühlte sich an, als würde er gleich explodieren. Ich musste tief durchatmen, um mich zu beruhigen. Die schlechten Nachrichten hatten mich wie eine Lawine überrollt und ich fühlte mich überwältigt von der Verantwortung, die auf meinen Schultern lastete. Langsam ließ ich die Hände über das Gesicht gleiten und versuchte, die aufkommenden Ängste in Schach zu halten. Ich wusste, dass ich mich diesen Problemen stellen musste, aber in diesem Moment brauchte ich eine Pause. Ich würde das Handy später wieder einschalten und die Situation angehen. Jetzt musste ich mir Zeit nehmen, um mich zu sammeln und einen klaren Kopf zu bekommen.

Mit langsamen Schritten tigerte ich durch das Haus, stieg die Treppe zum Schlafzimmer wieder hinauf und setzte mich neben Matilda auf das Bett. Ihr Gesicht war von der sanften Morgensonne erhellt, die durch das Fenster hereinschien. Die langen Wimpern warfen Schatten auf ihre Wangen, während sich ihr Atem ruhig hob und senkte. Ihr Haar lag wie ein seidiger Schleier auf dem Kissen, leicht zerzaust von unserem Abenteuer gestern.

Ein Lächeln huschte über mein Gesicht, während ich sie beobachtete. Es war, als ob all ihre Sorgen und Anstrengungen im Schlaf von ihr abfielen und sie in diesem Moment vollkommene Ruhe fand. Ich hatte keine Ahnung, wann ich das letzte Mal in meinem Leben so friedlich geschlafen hatte… ob ich überhaupt schon einmal, so ruhig geschlafen hatte? Ein sanftes Seufzen entkam ihren Lippen, als sie die Hand ausstreckte und nach meinem Bein tastete. »Wach auf, Sugar«, flüsterte ich und streichelte ihr sanft über den Kopf. Ich konnte nicht aufhören, an all die Momente zu denken, die wir in den letzten Jahren verbracht hatten. Die Höhen und Tiefen des Lebens hatten uns geformt, und in diesem ruhigen Moment wurde mir bewusst, wie kostbar jede einzelne Sekunde mit ihr war.

»Was ist los? Ist etwas geschehen?« Sie öffnete die Augen und schaute mich vollkommen verschlafen an.

»Ich will mit dir zum Strand gehen.« Das Lächeln huschte unweigerlich über meine Lippen. Es war der erste Tag seit Monaten, an dem ich nicht ins Büro gehen würde. An dem ich hier bei meiner Frau sein würde und ich wollte einfach nur mit ihr an den Strand.

Seufzend rieb sie sich über die Augen. »Was ist los, Levi? Warum bist du nicht im Büro?«

»Ich nehme mir heute frei. Komm, lass uns zum Strand gehen.« Ich schob die Bettdecke von ihrer Hüfte und ließ den Blick durch den Raum schweifen. Ein neuer Tag hatte begonnen und wir mussten ihn nutzen. Nur zögerlich stand sie auf. Ich ließ ihr keine Zeit, um sich anzuziehen oder sich zurechtzumachen. An unserem privaten Abschnitt des Strandes würde uns ohnehin niemand begegnen und das war das Allerbeste an diesem Tag.

Gemeinsam gingen wir durch die Terrassentür hinaus und die kühle Morgenluft umhüllte uns. Der Sand war noch feucht vom nächtlichen Tau und die salzige Meeresbrise trug den Duft der Ferne heran. Die Dünen erstreckten sich vor uns, sanfte Hügel aus goldenem Sand, von Gras und Gestrüpp gesäumt. Ein Lächeln breitete sich auf meinem Gesicht aus, als ich den Anblick der Brandung und des weiten Ozeans vor mir sah. Ich konnte die kühle Luft bereits auf meiner Haut spüren und wusste, dass der Morgen erfrischend werden würde. Wir erreichten den Strand, der sich weit erstreckte und von goldenen Sonnenstrahlen durchflutet wurde. Die Wellen rollten sanft an den Ufern entlang, ein ständiges Lied der Natur. Wir liefen Hand in Hand, unsere Fußspuren hinterließen temporäre Markierungen im Sand, die bald von der Flut des Meeres verschluckt würden. »Ich sollte mir viel öfter den Sonnenaufgang mit dir anschauen, das gibt mir Seelenfrieden.« Mein Blick huschte kurz zu ihr und dann wieder zum Horizont zurück. Vielleicht hatten meine Prioritäten immer falsch gelegen. Möglicherweise brauchte ich viel mehr von diesem Zustand.

Wir erreichten die Wasserlinie und ich spürte, wie das kalte Wasser meine Füße umspülte. Der Anblick des Sonnenaufgangs über dem ruhigen Ozean war atemberaubend – ein Farbenspiel aus Orange, Rottönen und zarten Rosatönen, das den Himmel überzog. »Wollen wir spielen?«, fragte ich sie und deutete auf eine Frisbee, die am Boden lag.

»Levi, ich bin noch gar nicht richtig wach.« Wahrscheinlich war sie deswegen auch so ungewohnt ruhig.

»Komm schon«, meinte ich und trat einige Schritte zurück. Ich warf das Frisbee durch die Luft.

»Oh, woher nimmst du nur diese Energie am frühen Morgen?« Sie taumelte wie eine Betrunkene durch den Sand, aber fing die Scheibe tatsächlich.

»Gut gemacht!« Ihr Nachthemd bedeckte nur die Hälfte der Oberschenkel. »Wirf sie zu mir«, rief ich und deutete es immer wieder mit den Händen an.

Nickend positionierte sie sich einige Schritte weiter von mir entfernt und warf die Scheibe, allerdings flog sie direkt ins Meer. »Das war der Wind. Ich schwöre, das war der Wind.« Sie lachte so herzhaft, dass ich unweigerlich mitlachen musste. Der Wind… Matilda konnte sich vor Lachen kaum halten und torkelte in meine Arme. Unsere Blicke trafen sich, und ohne ein Wort zu sagen, fanden sich unsere Lippen in einem zärtlichen Kuss wieder. Die Welt um uns herum schien für einen Augenblick still zu stehen, was ich gebraucht hatte. *Das* war es, was ich wirklich gebraucht hatte.

»Du machst mich unendlich glücklich«, flüsterte ich und ließ nicht zu, dass sie sich einen Zentimeter von mir entfernte. Lachend zog ich sie mit mir in den Sand, spürte die Körnung zwischen den Fingern und am Rücken.

Ihre Haare hatten beinahe die gleiche Farbe, wie der Sand im Morgenlicht. »Du solltest dir öfter mal freinehmen.« Die Sonne strahlte unvermindert, während wir Arm in Arm in der Düne lagen und in den Himmel schauten.

»Möglicherweise habe ich bald sehr viel Freizeit«, gab ich kleinlaut zu. Der Moment fühlte sich wie eine kostbare Ewigkeit an, in der die Zeit ihre Bedeutung zu verlieren schien. Ich konservierte den Frieden, den ich in den letzten Jahren mein Leben genannt hatte, denn ich war mir nicht mehr sicher, wie lange es anhalten würde.

»Was ist los?« Ihr Lächeln fror ein, verschwand allmählich immer mehr von ihren Lippen.

Ich ließ den Kopf in den Sand sinken. »Es wurden einige gigantische Fehler gemacht und es steht nicht gut um das Unternehmen.« Es fühlte sich schrecklich falsch an, hier im Sand zu liegen, während mir das Wasser bis zum Hals stand. Instinktiv richtete ich mich auf und zog die Beine näher an den Körper.

»Aber Fehler sind doch menschlich. Ist es wirklich so kritisch?« Matilda war nicht naiv, aber in den meisten Augenblicken zu gutherzig.

Ich nickte. »Das kann mich alles kosten.« Und das war keine Dramatik, die ich meinem Leben verleihen wollte. Es war die Wahrheit. Eine Tatsache. Möglicherweise mein Untergang.

Matilda ging auf die Knie und schaute mich mit großen Augen an, während sie auf meinen Schoß stieg. »Ich bin an deiner Seite, egal, was geschieht.« Ihr Blick war tief in meine Augen gerichtet, als sie die Arme um meinen Nacken schlang.

»Danke«, flüsterte ich und zog sie noch dichter an mich heran.

»Levi, du musst das nicht allein durchstehen.« Es entlockte mir ein leises Seufzen, dass sie mich mühelos durchschaute, dass sie immer wusste, dass ihr Wohl an oberster Stelle stand und ich sie um keinen Preis belasten wollte. »Ich meine es ernst. Ich möchte an deiner Seite stehen. Also, was kann ich tun?« Mit ihren Fingernägeln kraulte sie über meinen Nacken.

Sie konnte nichts tun, was die Situation besser machte, aber die Tatsache, dass sie hier war und nicht ging, so wie Evelyn es getan hätte, ließ mich ruhiger werden. Ich lehnte meine Stirn gegen ihre. »Du bist wirklich das Beste, was mir jemals geschehen ist.«

»Es ist selbstverständlich, dich damit nicht allein zu lassen.« Sanft streichelte sie über meinen Bart und ließ ihre Hand dort verharren. »Ich verstehe zu wenig von dem, was du tust, aber, wenn ich irgendwie helfen kann, dann sag es mir.« Und sie schaute mich mit einem Blick an, der mich darin bestätigte, dass sie alles tun würde, um mir zu helfen. Kurz überrannte mich das schlechte Gewissen darüber, dass ich sie so lange im Dunkeln gelassen hatte, dass ich nicht mit ihr gesprochen hatte, obwohl es augenscheinlich keinen Grund dafür gab. Vielleicht hatten meine Erfahrungen mit Evelyn mich doch zu sehr geprägt.

Ich legte meine Hände fester um ihre Hüfte. »Ich habe einige Investoren für Morgen in die *Velvet Lounge* eingeladen. Kommst du mit?«

»Natürlich komme ich mit«, erwiderte sie und ließ keinen Zweifel daran. Ich musste mich endlich daran gewöhnen, dass es bei ihr kein Bitten gab, kein *Aber meine Termine sind wichtiger, Darling.* Wir waren ein Team und das war ihre Priorität. »Levi, warum zweifelst du immer daran, dass ich an deiner Seite bin?«

Unsicher rollte ich die Lippen übereinander. Ich zweifelte nicht daran, weil ich Zweifel an ihr hatte oder ihrem Charakter misstraute. »Tue ich nicht. Ich bin es nur nicht gewohnt, dass du es mit so einer

Selbstverständlichkeit tust.« Sanft streichelte ich ihr über die Wange. Mit Evelyn wäre es eine Diskussion gewesen. Dann hätte sie gezickt und ich hätte geschrien. Sie hätte Termine verschieben müssen und es gab nichts, was sie mehr gehasst hatte, als Dinge aufzuschieben. Und so waren die normalsten Gespräche grundsätzlich aus dem Ruder gelaufen.

»Ich bin nicht Evelyn. Dein Wohl steht bei mir an oberster Stelle«, sagte sie mit leiser Stimme und küsste mich. »Wir werden das hinbekommen. Mach dir keine Sorgen.« In ihrer Stimme lag all die Überzeugung, die ich nicht mehr aufbringen konnte.

»Die Lage ist wirklich ernst. Jetzt dürfen keine Fehler mehr geschehen, sonst ertrinke ich in dem Haifischbecken.« Es war in meinen frühen Zwanzigern gewesen, als ich mich dazu entschlossen hatte, meinen eigenen Weg zu gehen und einen Hedgefonds aus dem Nichts aufzubauen. Die Idee war nicht über Nacht gekommen, sondern hatte sich aus einer Mischung aus Neugier, Leidenschaft und einer tief verwurzelten Sehnsucht nach Veränderung entwickelt. Mein Hintergrund hatte alles andere als glanzvoll ausgesehen. Ich war keines dieser reichen Kinder gewesen, das mit Daddys Geld eine Karriere starten konnte. Nach dem frühen Tod meiner Eltern hatten sie mir nichts hinterlassen, was meine Zukunft absichern konnte. Also hatte ich mit kaum mehr als meinem Charme und dem brennenden Ehrgeiz begonnen, mich in die Welt der Finanzen zu vertiefen. Die Tage waren zu Nächten geworden, als ich mich in ein Meer aus Informationen über Aktien, Anleihen, Derivate und Investmentstrategien gestürzt hatte. Es war harte Arbeit gewesen, die mich oft an den Rand meiner Belastbarkeit gebracht hatte, aber ich war entschlossen gewesen, mein Ziel zu erreichen. Es hatte unzählige Rückschläge und Herausforderungen gegeben, die meinen Weg gepflastert hatten. Es hatte Momente gegeben, in denen sich der Markt gegen mich gewandt hatte und meine hart verdienten Gewinne in Sekundenschnelle geschmolzen waren. Doch jedes Mal, wenn ich auf die Knie gezwungen worden war, war ich wieder aufgestanden – gestärkt durch den Gedanken an all die Hindernisse, die ich bereits überwunden hatte. Mit der Zeit hatten meine Bemühungen Früchte getragen. Mein unermüdlicher Einsatz und meine Fähigkeit, aus Fehlern zu lernen, hatten es mir ermöglicht, erfolgreiche Investitionen zu tätigen. Menschen hatten begonnen, an meine Fähigkeiten zu glauben und meine kleine Firma hatte zu wachsen begonnen. Das Märchen war perfekt gewesen, doch jetzt schien nichts mehr davon übrig zu sein.

»Ich lasse dich nicht untergehen.« In Matildas Stimme lag eine Hoffnung, die ich auch haben wollte. Ich wünschte mir diesen naiven Glauben so sehr, aber ich besaß ihn nicht. Vielleicht lag es daran, dass die Welt mich früh in etwas geformt hatte, das sie niemals kennengelernt hatte. »Wir bekommen die Herren schon überzeugt. Alte, weiße Männer sind mein Ding, das weißt du doch.« Ihr Zwinkern ließ mich schmunzeln.

»Ich kann deinen Charme gut gebrauchen.« Fester schloss ich die Arme um sie und presste sie mit aller

Kraft gegen meinen Körper. Ich brauchte sie. Ich brauchte sie so sehr.

Mit einem leisen Seufzen legte sie den Kopf in meiner Halsbeuge ab. »Wir schaffen das. Ich bin an deiner Seite.« Und ich hoffte so sehr, dass ihre Worte sich bewahrheiten würden.

Kapitel 17

X

Levi war nicht ins Büro gegangen, was mich tatsächlich überraschte. Die letzten Monate hatte er beinahe rund um die Uhr dort verbracht. Meine Morgenroutine veränderte sich, als ich ihn nicht wie gewohnt beobachten konnte. Seufzend lehnte ich mich zurück und scrollte durch die Dateien des Laptops. Er hatte einige Investoren zu einem Zusammentreffen in die *Velvet Lounge* eingeladen und wollte sie mit einem Imagefilm davon überzeugen, dass er kein miserabler Geschäftsmann war, war mir zu Ohren gekommen. Ich mochte kein Drama, zumindest nicht, wenn es mein eigenes war. Levis Drama vergötterte ich und ich konnte den Impuls nicht mehr unterdrücken, ihm zu zeigen, dass er nicht ansatzweise so grandios war, wie er selbst von sich glaubte.

Ich öffnete die Überwachungsbänder, die ich sorgfältig gesammelt hatte. Die Anspannung in mir stieg, als ich die ersten Aufnahmen abspielte. Die Szene entfaltete sich vor meinen Augen, als ob die Vergangenheit lebendig geworden wäre. Ich hatte die Möglichkeit, jedes Detail zu analysieren, jede Bewegung zu erfassen. Mit jedem Klick auf die Maus steuerte ich durch die Aufnahmen, verlangsamte sie, spulte vor und zurück. Ich wollte sicherstellen, dass ich keine wichtigen Details verpasste.

Als ich auf eine Szene stieß, die meine Aufmerksamkeit fesselte, hielt ich inne und begann, sie genauer zu betrachten. Der Schnittwerkzeug-Icon war mein Werkzeug der Wahl. Ich platzierte den Anfangspunkt sorgfältig und dann den Endpunkt. Mit einem gezielten Klick wurde der Ausschnitt erstellt. Die ausgewählte Szene wurde isoliert, bereit, von mir bearbeitet zu werden. Ich zoomte näher heran, um sicherzustellen, dass jeder Schnitt präzise war.

Die Minuten verstrichen, während ich mich darauf konzentrierte, die Szenen so zusammenzufügen, wie ich es mir vorgestellt hatte. Es war fast so, als ob ich ein Puzzle zusammenstellte, bei dem jedes Stück eine wichtige Information war. Während ich die Aufnahmen zusammensetzte, spürte ich, wie sich eine gewisse Spannung – oder war es Vorfreude? – in mir aufbaute. Diese Überwachungsbänder bargen Geheimnisse und es lag an mir, sie zu entwirren. Einzelne Clips wurden zu

Sequenzen, und diese Sequenzen erzählten eine Geschichte. Mit jedem fertigen Schnitt fühlte ich mich zufriedener. Ich hatte nicht nur einzelne Szenen betrachtet, sondern sie zu einem sinnvollen Ganzen geformt. Es war, als würde ich durch die Augen der Kameras sehen, die Vergangenheit wiedererleben und gleichzeitig die Kontrolle über die Erzählung behalten.

Als ich schließlich die letzte Szene zugeschnitten hatte, lehnte ich mich zurück und betrachtete meine Arbeit. Ein Gefühl der Erfüllung durchströmte mich. Ich hatte die Macht der Bearbeitung genutzt, um die Wahrheit aus den Überwachungsbändern herauszuziehen und sie in eine klare Darstellung zu verwandeln. Ich speicherte die Datei, denn sie würde noch einige Stunden ruhen, bis sie zum Einsatz käme.

Wie automatisch scrollte ich durch den Ordner und blieb an den Bildern von Matilda hängen. Ein flüchtiges Lächeln huschte über mein Gesicht, als ich die vertraute Aufnahme betrachtete. Sie hatte eine lebendige Ausstrahlung, ihre hellbraunen Haare umrahmten sanft ihr Gesicht. Ihre Augen funkelten voller Lebensfreude und ihr Lächeln war ansteckend. Die Erinnerungen an den Moment, in dem ich das Bild auf einer einschlägigen Website gefunden hatte, ließ mich schmunzeln. Ich betrachtete jedes Detail des Bildes – die feinen Linien um ihre Augen, die Spur von Sommersprossen auf ihrer Nase, die sorglose Art, wie sie ihren Kopf leicht neigte. Sie wirkte so unschuldig, so rein… dabei wussten wir doch alle, dass sie das nicht war.

Mit einem letzten, sanften Lächeln schloss ich das Bild und lehnte mich zurück. Sie hatte es nicht verdient, dass ihre Vergangenheit, die Entscheidungen, die sie getroffen hatte, sie definierten. Allerdings war der einzige Weg, um Levi wehzutun, der, seiner Frau Schaden zuzufügen. Und ich war bereit, das zu tun.

Kapitel 18

LEVI

Martha's Vineyard

Selbstvergessen betrat ich den Nebenraum der Velvet Lounge. Alles war vorbereitet und jetzt mussten nur noch die Gäste kommen. Doch vorher würde ich mir eine Verschnaufpause gönnen. Die bodentiefen, verspiegelten Fenster ließen das Sonnenlicht sanft hereinströmen und zauberten ein Spiel aus funkelnden Reflexionen auf den glatten Oberflächen. Die Möbel waren in einem zeitlosen Design gehalten, schienen förmlich zu leuchten, da sie das Licht elegant einfingen und in den Raum zurückwarfen. Die helle

Einrichtung wirkte wie ein erfrischender Atemzug, der den Raum öffnete und eine Atmosphäre von Leichtigkeit schuf. Die Farben der Möbel und Dekorationen erinnerten an den Strand, während die Brise durch die offenen Fenster den Duft des Meeres und der Ferne mit sich trug. Die Wellen des Ozeans glitzerten durch die Fenster, und das ferne Rauschen des Meeres vermischte sich mit dem leisen Klirren der Gläser und dem Murmeln der Mitarbeiter im Nebenraum.

Ich nahm die Zigarre aus dem edlen Humidor. Mit einer Zigarrenschere schnitt ich vorsichtig das Ende ab und enthüllte so das sorgfältig gerollte Tabakinnere. Es gab Momente, in denen ich William mehr schätzte als in anderen und dies war einer davon. Er hatte immer Zigarren in der Nähe. Ich zündete das Ende mit einem Zedernholz-Streichholz an und genoss den ersten Zug. Der Rauch strömte sanft und gleichmäßig in meine Lungen, während ich ihn für einen Moment in meinem Mund verweilen ließ, um die vielschichtigen Aromen zu erkunden. Ein Hauch von Erde, begleitet von Noten von Kakao und einer subtilen Würze, tanzten auf meiner Zunge. Während ich den Rauch ausstieß, ließ ich ihn in langgezogenen Wölkchen entweichen. Meine Bewegungen waren bedacht und ich redete mir ein, dass ich mir diese Ruhe nur lange genug selbst vorspielen musste, um sie zu verinnerlichen.

»Bist du nervös?« Matildas Stimme drang an meine Ohren.

Langsam drehte ich mich zu ihr um. »Ziemlich, ja.«

»Es wird alles gut werden. Davon bin ich fest überzeugt«, sagte sie und schloss die Tür hinter sich. Sie ging auf mich zu, stellte sich neben mich und schmiegte sich an meine Schulter.

»Wie kannst du dir so sicher sein?« Ich zog noch einmal an der Zigarre und pustete den Rauch an Matilda vorbei.

»Weil ich dir vertraue.« Sie lächelte. »Weil ich weiß, wie gut du in dem bist, was du tust, weil dein Herz involviert ist.« Sie legte die Hand an meine Wange und schaute mir tief in die Augen.

»Danke, dass du hier bist«, murmelte ich, während meine Finger sanft eine Strähne ihres Haares hinter ihr Ohr strichen. »Du siehst wirklich bezaubernd aus.« Sie trug ein hellrosafarbenes Kleid, das von der Taille abwärts mit lilafarbenen Blumen verziert war. Der tiefe V-Ausschnitt zog immer wieder meine Aufmerksamkeit auf sich. Ich griff ihr in den Nacken. Vorsichtig senkte ich meine Lippen auf ihre.

Obwohl sie den Tabakgeschmack hasste, küsste sie mich und ließ mich erst nach einigen Sekunden wieder frei. »Du musst nicht nervös sein, Levi. Ich bin an deiner Seite«, sagte sie und in ihren Worten lag eine Zartheit, die mich berührte. Mit langsamen Schritten ging sie auf die Tür zu und drehte den Schlüssel herum.

»Was wird das?« Automatisch zog ich eine Augenbraue in die Höhe. Mein Blick fiel auf die Uhr, die an der Wand hing. In zwanzig Minuten würden die Gäste ankommen.

Matilda setzte einen Fuß vor den anderen, bis sie wieder vor mir stand. »Erinnerst du dich, als ich eine Zeit für dich gearbeitet habe, bis du George eingestellt hast?« Ich nickte und zog noch einmal an der Zigarre. Wie könnte ich diese Zeit vergessen? »Ich weiß, wie ich dich entspannen kann und ich glaube, das brauchst du jetzt.« Ihre Hände glitten über meine Brust, streiften tiefer über meinen Bauch, bis sie an meinem Gürtel innehielt. Sie öffnete ihn, bevor ich ihr sagen konnte, dass ich nicht in der richtigen Stimmung war.

»Bist du dir sicher, dass das der richtige Zeitpunkt ist?« Ich widerstand dem Drang, sie zu bremsen und schaute ihr stattdessen dabei zu, wie sie meine Hose herunterzog.

»Ganz sicher«, hauchte sie dicht vor meinen Lippen und der Raum schien für einen Moment still zu stehen.

Schließlich nickte ich. Vielleicht war ich nicht in der richtigen Stimmung, aber ich war mir sicher, dass sie mich schnell hineinversetzen könnte. »Dann zieh das Kleid aus.« Meine Stimme wurde herrischer. Ich fixierte sie mit meinem Blick, mochte die Art, wie sie mich in diesem Moment ansah und ungewohnt ruhig wurde. Während sie den Reißverschluss ihres Kleides langsam aufzog, atmete ich tief durch und legte die Zigarre in den Aschenbecher. An ihren Armen schien die helle Haut durch, der Ausschnitt war einige Zentimeter tiefer, als ich es von ihr gewohnt war und es betonte ihren Arsch auf eine Art, die mich hart werden ließ. Nicht, dass ich irgendeinen Zweifel daran hatte, wie perfekt ihr Arsch aussah. Sie hatte ihn mir oft genug präsentiert, um dieses Bild nicht so schnell zu vergessen. »Langsamer«, befahl ich und lehnte mich gegen die Wand, um ihr dabei zuzusehen. Sie streifte den Stoff von ihrer linken Schulter und folgte ihren Händen mit dem Blick. »Schau nicht auf den Boden. Es gibt nichts, wofür du dich schämen müsstest.« Im Gegenteil. Dass Gott ihr diese perfekten Brüste geschenkt hatte, war eine Gabe – vielleicht sogar ein Werkzeug. Als sie sich auf die Lippe biss und den Blickkontakt nicht unterbrach, war ich mir sicher, dass sie es wollte. Sie gierte danach, mich glücklich zu machen, und das zu sehen, machte mich irgendwie an. Das Kleid fiel auf den Boden und sie stieg hinaus. Mein Blick schweifte über ihren Körper.

Matilda streckte ihren Kopf zu meinen Lippen, doch ich unterbrach ihren Versuch, mich zu küssen. »Knie dich hin.« Ohne zu zögern, ging sie auf die Knie und sah mit großen Augen zu mir auf. Mit der Hand fuhr ich die Linien ihres Kiefers nach, umspielte ihre Lippen mit dem Daumen. »Du hast immer die besten Ideen«, raunte ich und wischte den verbleibenden Lippenstift einfach weg. Sie war so mühelos auf die Knie gegangen, dass es beinahe routiniert gewirkt hatte.

»Ich kenne dich nun mal. Ich weiß, was in dir vorgeht.« Ihr aufmerksamer Blick zuckte direkt in meine Lenden.

»Du bist das Beste, was mir je geschehen ist.« Sie wartete meine Worte kaum ab, ehe sie die Hände nach meinem Penis ausstreckte, doch ich bremste sie erneut. Und ich wollte sie bitten, dass sie blieb, auch wenn wir heute scheitern würden. Doch die Worte kamen nicht über meine Lippen. Tief atmete ich durch und umspielte mit dem Daumen ihre Lippen. Immer wieder spielte ich mit ihrer Erwartungshaltung, dass ich meinen Finger in ihren Mund schieben würde, doch ich tat es nicht. »Du bist so verflucht perfekt für mich.« Sie war makellos, das war mir auch vorher schon bewusst gewesen und ich hatte immer gewusst, dass ich ein Glückspilz war. Mit meiner rechten Hand strich ich ihr durch das hellbraune Haar, bündelte es am Hinterkopf in meiner Hand und zog ihren Kopf in den Nacken. »Schau mir in die Augen. Ich will deine wunderschönen Augen die ganze Zeit sehen.« Als ihre Augen aufleuchteten, zuckte mein Schwanz ihr entgegen.

»Yes, Sir.« Sie lächelte engelsgleich und lehnte sich weiter in meine Hand.

»Gutes Mädchen.« Das mochte sie. Ich sah es an ihrem Gesicht, denn das Lächeln wurde breiter. Immer wieder führte ich sie in Versuchung, ihren Mund zu öffnen und meinen Penis zu berühren, doch im letzten Moment zog ich ihren Kopf wieder zurück. Es war ein Spiel, ohne Gefühle, vielleicht sogar ohne Leidenschaft. Es hatte etwas Triebgesteuertes an sich, zumindest von meiner Seite. Immerhin wollte ich, dass der Druck von mir wich.

»Sag mir, was ich tun soll.« Sie sprach, ohne den Blick von meinem Penis abzuwenden.

Mit deutlich mehr Druck zog ich ihren Kopf in den Nacken, damit sie zu mir aufsah. »Ich will, dass du deinen Mund jetzt weit öffnest.« Ihr Brustkorb bebte, als ich näher an sie herantrat. »Und dann wirst du deine Lippen um meinen Schwanz schließen.« Ich versank in ihrem Mund. Als sie mit der Zunge meinen Schaft entlangfuhr, entrang meiner Kehle ein tiefes Knurren.

Mit meiner freien Hand stützte ich mich an der Wand ab. Sie saugte und leckte meinen Schwanz mit einer Hingabe, die mich noch härter werden ließ, ohne dabei den Blick von mir abzuwenden. Sie vereinnahmte mich mit dem Gefühl ihrer Lippen, die sich sanft um mich schlossen. Ich griff ihre Haare fester und drängte mich tiefer hinein. Ein tiefes Keuchen entwich mir, als meine volle Länge in ihrem Mund verschwand. »Mach genau so weiter«, raunte ich in der Gewissheit, dass ich es nicht lange aushalten würde. Als sie weitermachte, schloss ich die Augen. Mein Gleichgewicht zu halten, wurde zunehmend schwerer, dennoch gewährte ich ihr mehr Freiheit, als ich ihren Kopf nicht mehr steuerte. »Das ist gut. Oh, das ist verdammt gut.« Ich sah ihr tief in die Augen, als ich ihr Haar wieder fester griff. »Tiefer«, forderte ich und führte sie zu meiner Spitze. Sie saugte weiter, ohne ihren Blick abzuwenden. Ein Blick von ihr genügte und es war um mich geschehen. Sie hatte keine Chance, zurückzuweichen, denn ich presste ihren Kopf so fest gegen meinen Penis, dass ich ihr Würgen spürte. Als ich ihr etwas mehr Freiraum gab, schluckte sie, was ich bereit war, zu geben. Mein Atem beruhigte sich nur langsam.

Mit dem Daumen rieb sie sich über die Mundwinkel, ehe sie aufstand und die Arme um mich schloss. »Wir bekommen das hin. Du musst nur daran glauben.« Und die Zuversicht in ihrer Stimme war für einen Augenblick alles, was ich brauchte.

»Ich habe eine Videopräsentation vorbereiten lassen, um die Vorteile für Investoren hervorzuheben«, sagte ich und war mir immer noch nicht sicher, ob das wirklich der richtige Schritt gewesen war.

»Das ist eine gute Idee.« Lächelnd nickte sie. »Levi, alles wird gut. Ich bin an deiner Seite.«

Kapitel 19

MATILDA

Martha's Vineyard

Die *Velvet Lounge* pulsierte förmlich vor Leben, als Levi und ich die Bar betraten. Die Luft war erfüllt von gedämpftem Gesprächslärm und dem Klang von Gläsern, die aneinanderstießen. Jedes Tischchen war von diskutierenden Gruppen belagert, während im Hintergrund das Rauschen der Brandung eine konstante Kulisse bildete. Die Barkeeper jonglierten mit Flaschen und mixten Cocktails, als wären sie Künstler in ihrem Element. Der Bartresen war gesäumt von Männern und Frauen in schicken Outfits, die in angeregte Unterhaltungen vertieft waren. Zwischen ihnen sah ich immer wieder blitzende Uhren und dekadenten Schmuck. Als einer der Kellner vorbeihuschte, nahm ich ein Glas von seinem Tablett. Die violette Flüssigkeit wurde mit einer zarten Lavendelblüte garniert. Ich nippte daran und ließ den erfrischenden Geschmack sich auf meiner Zunge entfalten - eine subtile Mischung aus Süße und floralen Noten. Lilians Lavender Martini war weit über die Insel hinaus bekannt. Während ich ihn genoss, beobachtete ich das Treiben in der Strandbar. Investoren tauschten Visitenkarten aus, diskutierten über Geschäftsstrategien und teilten ihre Perspektiven zu aktuellen Marktentwicklungen. Einige schienen in hitzige Diskussionen verwickelt zu sein, während andere mit einem Lächeln auf dem Gesicht ihre Gespräche führten.

Mit schnellen Schritten ging Lilian auf uns zu und erhob die Hände. »Verliert jetzt nicht die Nerven, aber Evelyn ist hier.« Unscheinbar neigte sie den Kopf nach rechts und wir folgten der Andeutung sofort.

»Wer hat sie reingelassen?«, fragte Levi und zupfte an der Krawatte herum.

»Sie begleitet einen deiner Investoren.« Es war offensichtlich, dass sie den älteren Herren neben sich begleitete, doch das erklärte nicht ansatzweise, warum sie nicht den Hauch von Schamgefühl besaß. Was zur Hölle wollte sie hier?

Ich sah, wie Levi für einen Augenblick die Gesichtszüge entglitten. »Sie ist wirklich unglaublich.« Das hätte ich ihm auch schon sagen können, als sie mit einem Schlüssel in unser Haus eingedrungen war, den ihr niemand gegeben hatte.

»Ansonsten ist alles unter Kontrolle. Henry hilft beim Kellnern aus, weil zwei Mitarbeiter krank sind, und William kümmert sich um die Technik für das Video.« Behutsam streichelte sie ihm über die Schulter. Ich hatte ihr erzählt, was auf dem Spiel stand und dass dieser Abend unter allen Umständen glatt laufen musste. »Alles wird gut.« Ihr Lächeln strahlte die pure Zuversicht aus.

Mit einem Nicken signalisierte ich ihr, dass ich mich darum kümmern würde und sie ging. Evelyn war ein Problem, das hatte ich schon die ganze Zeit erkannt und für einen Moment war ich mir sicher, dass mein Mann es auch bemerkt hatte. »Okay, das ist eine Abweichung, aber nichts, was wir nicht hinbekommen.« Ich lenkte seinen Blick auf mich, damit er sich fokussierte.

Doch er schaute immer wieder zu ihr. »Was will sie hier?«

»Vermutlich ist es eine weitere Provokation.« Anders konnte ich mir die Sache nicht erklären. Fest stand nur, dass wir dieser Herausforderung auf keinen Fall nachgeben würden. »Wer ist der Mann bei ihr?«

»Wallace. Er war auf unserer Hochzeit«, sagte er und musterte die beiden. Er war mindestens dreißig Jahre älter als Evelyn, was ihn alterstechnisch zu meinem Großvater machen könnte. »Sein Vermögen beträgt rund fünfundsiebzig Millionen.«

»Oh, ein neues persönliches Sparschwein.« Möglicherweise war die Größe seines Vermögens der Grund für ihre Begleitung. Ich wollte Evelyn nicht unterstellen, dass sie geldgeil war, aber um es in den Worten meines Mannes auszudrücken: Geld war ihr Aphrodisiakum. »Levi, es wird alles gut. Wir gehen die beiden begrüßen, dann hältst du deine Rede, zeigst den Film und alles wird gut.« Wir würden freundlich sein, weil es der gesellschaftlichen Norm entsprach. Hier würde keine Szene stattfinden, auch wenn ich das Gefühl nicht los wurde, dass Evelyn genau das provozieren wollte.

Ich nahm Levis Hand und steuerte die beiden an. Wallace Waverly war eine imposante Erscheinung mit einer Aura von Erfahrung und Weisheit, die ihn umgab. Seine grauen Haare waren sorgfältig frisiert und wiesen trotz des Alters noch immer eine gewisse Fülle auf. Die Linien um seine Augen und Mundwinkel verrieten ein Leben voller Lachen und Herausforderungen, die er mit Würde und Entschlossenheit gemeistert hatte. Sein Blick war durchdringend, als ob er mit einem einzigen Blick die Trends und Potenziale auf den Finanzmärkten durchschauen konnte. Die tiefen Falten auf seiner Stirn zeugten von vielen Stunden intensiven Nachdenkens über Investitionsstrategien und Marktanalysen. Doch gleichzeitig blitzten seine Augen mit einer gewissen

Lebendigkeit, die seine ansteckende Begeisterung für sein Metier verriet.

»Wallace, wie schön, dich zu sehen.« Levi ließ sich nicht den Hauch einer Anspannung anmerken, weil Evelyn sich ausgerechnet an diesen Mann zeckte.

»Gut siehst du aus, Levi.« Wallace klopfte ihm auf den Rücken. »Glaubst du mir, dass ich es noch nie hierhergeschafft habe? Evelyn schwärmt von diesem Ort und er steht schon so lange auf der Liste.« Er trug einen maßgeschneiderten Anzug, der seine stämmige Statur betonte. Die Qualität seiner Kleidung und die Art, wie er sie trug, vermittelten eine unausgesprochene Botschaft von Klasse und Raffinesse. Die Art, wie er sprach, verriet seine umfassenden Kenntnisse der Finanzwelt und sein Talent, komplexe Konzepte verständlich zu vermitteln. Seine Stimme trug eine Autorität in sich, die es einem einfach machte, ihm zuzuhören und von seinem Fachwissen zu profitieren. Wobei ich mir sicher war, dass Evelyn mit ihm nicht nur redete.

»Ich freue mich, dass du es dir nicht entgehen lässt«, sagte Levi mit seinem charmantesten Lächeln auf den Lippen, ohne seine Ex-Frau eines Blickes zu würdigen. »Das ist meine Frau Matilda. Du erinnerst dich sicher.« Dann deutete er auf mich und mein Lächeln wurde unweigerlich breiter.

Wallace nickte hastig. »Das letzte Mal haben wir uns auf der Hochzeit gesehen.« Er streckte mir die Hand entgegen und ich schüttelte sie sofort.

»Das stimmt. Wir haben uns sehr über das Geschenk gefreut.« Ehrlicherweise hatte ich keine Ahnung, was er uns geschenkt hatte, aber das waren die Dinge, die Leute hören wollten.

»Kann ich dich kurz sprechen, Levi?« Wallace Blick wurde ernster.

»Natürlich«, meinte er und deutete einige Schritte abseits von Evelyn und mir. Es war sicher das Beste, diese Details nicht im Beisein des Teufels zu besprechen.

Mein Blick schweifte durch den Raum, obwohl ich genau spürte, wie Evelyn mich von der Seite anstarrte. Schließlich erhaschte ich Henry, der einige Lavender Martinis auf einem Tablett balancierte. Es war nur eine Vermutung, aber die Gartenarbeit lag ihm besser. Als er mein Starren bemerkte, lächelte er und ich erwiderte es.

»Traurig, dass Levi solche Schwierigkeiten hat, findest du nicht?«, fragte Evelyn und stellte sich in mein Blickfeld. Ihre dunklen Haare verliehen ihr einen geheimnisvollen Ausdruck. Das rote Etuikleid schmiegte sich perfekt an ihre Figur und betonte ihre Konturen. Ihr Blick war fokussiert, als ob sie tief in Gedanken versunken war oder auf etwas Bestimmtes wartete. Die Lippen trugen einen Hauch von verführerischem Rot, das im gedämpften Licht der Bar schimmerte. Ein dezentes Lächeln umspielte ihre Mundwinkel, als sie einen Schluck aus ihrem Cocktailglas nahm.

»Wir bekommen das schon hin.« Ich presste die Zähne fester aufeinander. Mit ihr zu plaudern, stand heute nicht auf meiner To-Do-Liste.

»Oh, davon bin ich überzeugt.« Mehr als auffällig zwinkerte sie mir zu. Ihr gesamter Auftritt strahlte Selbstbewusstsein und Stil aus. Jede Bewegung war wohlüberlegt und anmutig und ihre Haltung verriet eine gewisse Eleganz, die sie von der Menge abhob. Die Blicke der anderen Gäste schienen immer wieder unaufhörlich zu ihr hinüberzuwandern, fasziniert von ihrer Präsenz.

Während ich meinen eigenen Drink nippte, versuchte ich, sie bestmöglich zu ignorieren. Doch das gelang mir nur, bis Levi auf mich zu ging und mich mehr in die Mitte des Raumes führte. »Dann mal auf in den Kampf.« Das Seufzen drang über seine Lippen.

»Was wollte er von dir?«, fragte ich und stellte mein Glas auf der Bar ab.

»Er hat mir seine Unterstützung zugesichert. Er vertraut mir, weil meine Moral an oberster Stelle steht.« Zum ersten Mal, seitdem er mir gesagt hatte, wie ernst die Lage war, schien er gelöst zu sein. Levi wirkte wieder wie der Mann, den ich kannte. »Evelyn hat wohl ein gutes Wort für mich eingelegt«, gab er kleinlaut zu.

»Natürlich hat sie das.« Unweigerlich schweifte mein Blick zu ihr, wie sie Wallace bezirzte, ohne dabei die Grenze zu überschreiten, sodass man glauben könnte, dass sie ernsthaft etwas miteinander hätten.

Tief atmete Levi durch, ehe er meine Hand nahm. »Komm, es wird Zeit für meine Rede.« Mit einem Nicken stimmte ich ihm zu und folgte ihm zu dem Podest, das Lilian aufbauen lassen hatte. Er hatte etwas an sich, was die Menschen bannte, das war mir schon immer aufgefallen, wenn er einen Raum betreten hatte und alle Augen auf ihn gerichtet waren. So auch heute. Noch etwas zögerlich tippte er gegen das Mikrofon. »Ich freue mich, Sie heute hier zu begrüßen, um über die aktuelle Situation zu sprechen. Zunächst möchte ich Ihnen meinen aufrichtigen Dank für Ihr anhaltendes Vertrauen und Ihre Partnerschaft aussprechen. In diesen herausfordernden Zeiten ist es verständlich, dass Unsicherheiten aufkommen können, aber ich möchte heute darüber sprechen, warum es mehr denn je wichtig ist, zusammenzustehen und unsere langfristigen Ziele zu verfolgen.«

Ich war mir sicher, dass Levi noch nie in einem Raum gestanden hatte, ohne dass jeder ihn angesehen hatte und fasziniert von der Art gewesen war, wie er mit Worten umgehen konnte. William hatte immer darüber gescherzt, dass er nicht das Million-Dollar-Lächeln hatte, sondern den Million-Dollar-Charme, der jeden Widerstand zwecklos machte. Ich schaute zu ihm auf und ich konnte nicht anders, als seine Hand noch fester zu halten. Der Stolz wuchs mit jedem Wort ein wenig weiter in mir.

»Wir befinden uns zweifellos in einem Umfeld, das von Volatilität, Unsicherheit und schnellen Veränderungen geprägt ist. Doch gerade in solchen Momenten zeigt sich der wahre Wert unserer Strategien und unseres Engagements. Ich möchte Ihnen versichern, dass wir unsere Hausaufgaben gemacht haben – unsere Analysen, Modelle und Expertise wurden sorgfältig auf die aktuelle Lage angepasst. Wir sind bereit, die Herausforderungen anzunehmen und Chancen zu nutzen, um nachhaltiges Wachstum für Sie zu erzielen«, sagte er und schaute dabei immer wieder einzelne

Investoren an. Ich spürte Evelyns Blick auf meiner Haut, wie sie mich mit den Augen beinahe durchbohrte, weil sie an meiner Stelle sein wollte. Sie schien nur eine Tatsache dabei immer wieder zu vergessen: Wenn sie Levi das gegeben hätte, was er brauchte, dann wäre er niemals gegangen. Er hätte sie nicht verlassen, wenn sie glücklich gewesen wären.

»Vertrauen ist der Grundpfeiler unserer Beziehung zueinander. Sie haben in uns investiert, weil Sie an unsere Fähigkeiten, unsere Ethik und unsere Strategien glauben. Uns zeichnet nicht nur unsere finanzielle Expertise aus, sondern auch unsere unerschütterliche Moral. Wir sind fest davon überzeugt, dass Integrität und Ethik den höchsten Stellenwert haben - nicht nur in Zeiten des Erfolgs, sondern insbesondere in Zeiten der Unsicherheit. Unsere Verantwortung Ihnen gegenüber geht über die finanzielle Performance hinaus - wir setzen uns für Transparenz, Fairness und verantwortungsbewusstes Handeln ein.« Die Anspannung fiel von ihm ab, das merkte ich deutlich, als sein Griff an meiner Hand lockerer wurde, doch er ließ mich nicht los.

Ich war fest davon überzeugt, dass Moral für meinen Mann den höchsten Stellenwert hatte. Seine Handlungen und Entscheidungen zeugten immer von einem tiefen Verständnis für das, was richtig und ethisch korrekt war. In jeder Situation, in der er sich befand, schien er von einem inneren Kompass geleitet zu werden, der ihn dazu trieb, die moralisch richtige Wahl zu treffen. Seine Überzeugungen waren nicht nur oberflächlich oder situativ bedingt, sondern waren tief in seiner Persönlichkeit verankert. Ich erinnerte mich an zahlreiche Momente, in denen er sich für das einsetzte, woran er glaubte, selbst wenn es unbequem oder herausfordernd war. Seine Aufrichtigkeit und Integrität waren unverkennbar und prägten seine Interaktionen mit anderen Menschen. Seine Beharrlichkeit, an seinen moralischen Prinzipien festzuhalten, beeinflusste nicht nur seine Handlungen, sondern auch seine Art zu kommunizieren. In Gesprächen über wichtige Themen war seine Stimme leidenschaftlich, wenn er über Gerechtigkeit, Empathie und Verantwortung sprach. Diese Überzeugungen schienen ihn zu motivieren, ein Vorbild für andere zu sein und positive Veränderungen in der Welt herbeizuführen. Und auf die gleiche Art machte er Geschäfte. Das mussten seine Investoren einfach erkennen.

»Ja, die Märkte können volatil sein. Doch lassen Sie uns daran denken, dass Volatilität auch Chancen birgt. Unsere Erfahrung und unser Know-how ermöglichen es uns, aus Marktveränderungen Nutzen zu ziehen und in verschiedenen Szenarien erfolgreich zu agieren. Wir sind bereit, die nötigen Anpassungen vorzunehmen und flexible Strategien umzusetzen, um Ihr Kapital zu schützen und zu vermehren.« Er gestikulierte mit den Händen, um seine Worte zu unterstreichen. »Unsere transparente Kommunikation wird fortgesetzt. Sie können sich darauf verlassen, dass wir Sie regelmäßig über die Entwicklungen in Ihrem Investment auf dem Laufenden halten werden. Unsere Tür steht Ihnen jederzeit offen, um Fragen zu beantworten und Unsicherheiten aus dem Weg zu räumen. Lassen Sie uns gemeinsam in die Zukunft blicken. Unsere langfristige Vision und unser gemeinsames Ziel sind unverändert: Wachstum, Stabilität und Wohlstand für unsere Investoren zu schaffen. Ihre Unterstützung ist entscheidend für unseren Erfolg, und wir sind fest entschlossen, dieses Vertrauen weiterhin zu verdienen.« Mit der rechten Hand gab er William ein Zeichen, ehe er fortfuhr. »In diesen Zeiten der Veränderung danke ich Ihnen erneut für Ihre Partnerschaft. Gemeinsam werden wir die Stürme überstehen und die Sonne des Erfolgs sehen. Ich lade Sie ein, mit uns auf dieser Reise zu bleiben und die Möglichkeiten zu nutzen, die vor uns liegen. Vielen Dank.« Und dann schenkte er ihnen wieder dieses Lächeln, das meine Knie weich werden ließ. »Ach, und weil ich noch nicht genug geredet habe, können Sie sich jetzt die Erfolge und Werte des Fonds noch einmal in einem Film ansehen.«

Das Licht in der Bar wurde gedimmt und lenkte die Augen automatisch auf die Leinwand. Levi trat mit mir zur Seite, ohne meine Hand loszulassen. Die Projektoren setzten langsam ein, projizierten ein kristallklares Bild auf die Leinwand. Die ersten Bilder waren von Naturmotiven, sanften Landschaften und strahlend blauem Himmel. Ein leiser, beruhigender Soundtrack begleitete diese Bilder, um eine Atmosphäre von Stabilität und Zuversicht zu schaffen. Während die Naturbilder allmählich übergingen, verschob sich der Fokus auf das Treiben einer modernen Finanzmetropole.

Hochhäuser, die in den Himmel ragten, und belebte Straßen zeugten von Dynamik und Möglichkeiten. Die Musik wurde energischer, jedoch weiterhin von einem Hauch Eleganz begleitet. Der Film präsentierte dann sorgfältig ausgewählte Schnitte von Analysten, die in Besprechungsräumen Diskussionen führten, Daten analysierten und Strategien entwarfen. Die Kamerafahrt folgte den Bewegungen dieser Fachleute und führte den Zuschauer in die Tiefe ihrer Entschlossenheit und Hingabe ein.

In den folgenden Szenen wurden Interviews mit erfahrenen Portfolio-Managern gezeigt, die ruhig und selbstbewusst ihre Herangehensweise an die Märkte erläuterten. Ihre Worte vermittelten eine Kombination aus Fachwissen und einem klaren ethischen Rahmen, der auf langfristigen Erfolg und Verantwortung abzielte. Der Höhepunkt des Films kam, als die Leinwand mit Zahlen und Diagrammen zum Leben erwachte. Daten und Statistiken, begleitet von einem pulsierenden Rhythmus, verdeutlichte die Tiefe der Analyse und das Geschick, das hinter jeder Investmententscheidung steckte. Es war eine visuelle Demonstration der Stärke und Präzision des Hedgefonds.

Mit einem sanften Übergang verlagerte sich der Fokus auf eine Reihe von Szenen, die das soziale Engagement des Unternehmens zeigten. Bilder von gemeinnützigen Aktivitäten, Umweltschutzprojekten und Bildungsinitiativen unterstrichen die Hingabe des Hedgefonds, positive Veränderungen in der Welt voranzutreiben.

Ich atmete erleichtert durch, als ich spürte, wie die Ruhe den Raum allmählich einnahm. Zuversichtlich lächelte ich Levi an. Letztlich war es der harte Cut und das Stoppen der Musik, das mich aufschauen ließ.

»Die beste Investition meines Lebens war meine Frau«, tönte Levis Stimme aus den Musikboxen. Die Bilder rauschten in Sekundenschnelle über die Leinwand. Ich lachte auf den meisten davon. Zuerst waren es normale Bilder, Schnappschüsse, die ich irgendwann einmal auf Social Media geteilt hatte, aber es wechselte zügig zu Bildern, die Levi aus dem Netz hatte löschen lassen. Ich hielt die Luft an, als es zu Aufnahmen wechselte, die niemals irgendwo veröffentlicht worden waren. Er hatte die Fotos selbst geschossen. Es waren Schnappschüsse gewesen, die wir für uns gewollt hatten. Jedes Bild, das ich ihm jemals in einem anzüglichen Kontext gesendet hatte, prangte auf der Leinwand. Hilflos schaute ich zu ihm, doch er starrte ins Leere und wurde immer bleicher.

»Ja, ich habe meine Frau betrogen, aber macht mich das zu einem schlechten Menschen?« Seine Stimme tönte wieder aus den Boxen, ließ ihn selbst erschaudern, während Bilder über die Leinwand flackerten, die zeigten, wie wir uns getroffen hatten, während Evelyn sich um ihr soziales Engagement gekümmert hatte. Ich wollte mir über das Gesicht reiben, aber ich konnte meine Arme nicht heben. Ich konnte mich keinen Millimeter bewegen.

Ein leises Lachen drang aus den Boxen. »Es macht dich nicht zu einem schlechten Menschen, deine Frau zu betrügen, aber zu einem moralisch verwerflichen, es mit einer derart jungen Nutte zu treiben.« Ich erkannte Lilians Stimme ohne jeden Zweifel. Immer fester krallte ich meine Finger in Levis Hand. Was geschah hier gerade? Was zur Hölle war hier los? Für einen Augenblick hörte ich nur noch meinen eigenen Herzschlag, als die Website aufblinkte, auf der ich Levi kennengelernt hatte.

Mein Blick schweifte durch den Raum, suchte nach einem Ausweg. Vielleicht sollte ich einfach rennen. Vielleicht sollten wir beide einfach rennen. Dann wurde es plötzlich still, als William alle Stecker zog und den Raum damit in Dunkelheit tauchte.

»Das ist alles nicht so, wie es klingt«, platzte es aus Levi heraus. »Ich kann das alles erklären.« Er warf mir einen Blick zu, der nichts mehr von der Liebe beinhaltete, die sonst in seinen Augen lag, ehe er meine Hand losließ.

Kapitel 20

LEVI

Martha's Vineyard

Das Licht ging wieder an. Als ich dort stand und mein Lebenswerk vor meinen Augen zusammenbrechen sah, wurde ich von grenzenloser Panik erfasst. Alles, woran ich so hart gearbeitet hatte, schien in diesem Moment zu zerfallen, und ich fühlte mich, als würde der Boden unter meinen Füßen nachgeben. Die Angst kroch wie ein eisiger Schauer meinen Rücken hinauf. Ich konnte das unheilvolle Knarren und Knacken hören, das Geräusch des Zerfalls, das mir durch Mark und Bein ging. Jeder Augenblick fühlte sich an wie eine Ewigkeit, während ich unfähig war, auch nur einen Finger zu rühren, um das Unvermeidliche aufzuhalten. Mein Atem wurde flacher, und ich spürte, wie sich mein Magen vor Anspannung verkrampfte. Die Welt schrumpfte um mich herum zusammen, während meine Gedanken in einem Strudel aus Verzweiflung gefangen waren. Ich konnte die Arbeit, die Hingabe und die Opfer, die ich gebracht hatte, nicht einfach wegschwemmen sehen - es war, als würde ein Teil von mir selbst zerstört. Instinktiv griff ich nach dem Mikrofon. Die Ungewissheit darüber, was als Nächstes passieren würde, verschärfte meine Ängste. Ich fühlte mich hilflos und gefangen in einer unwirklichen Realität.

Das Gefühl, die Kontrolle zu verlieren, war überwältigend und ich wusste nicht, wie ich damit umgehen sollte. Die Wucht der Emotionen ließ meinen Körper beben, während ich mich zwang, jeden Funken von Entschlossenheit zu finden, der noch in mir übrig war. Mein Verstand raste, während ich versuchte, einen Ausweg zu finden, eine Möglichkeit, den unaufhaltsamen Verfall meines Lebenswerks aufzuhalten. Doch in diesem Moment der scheinbaren Dunkelheit konnte ich nichts anderes als die Macht der Panik und Angst spüren, die mich gefangen hielten. Ich war so kurz davor gewesen, die Dinge wieder in ihre Bahn zu lenken. Wallace hatte mir sein Vertrauen zugesichert und jetzt brach alles vor mir zusammen wegen eines dummen Fehlers, den ich gemacht hatte.

»Hören Sie, ich kann das alles erklären«, begann ich, doch meine Stimme brach, als Matilda nach meiner Hand griff. Plötzlich überkam mich der Drang, mich von ihrer Berührung abzuwenden. Ein Gefühl der Distanz durchströmte mich plötzlich, als ob eine unsichtbare Barriere zwischen uns aufgetaucht wäre. Ich zögerte einen Moment, als ihre Finger sich um meine Hand legten und ein Konflikt zwischen meinem inneren Bedürfnis nach Nähe und meiner unerklärlichen Abweisung entstand. Ich konnte den Blick der Verwirrung und des Schmerzes in ihren Augen sehen, als meine Hand sich steif anfühlte und sich fast von ihrer Berührung zurückzog. »Mein Privatleben hat keinerlei Auswirkungen auf das Geschäft.« Es war, als ob eine unsichtbare Mauer um mich herum errichtet worden war, die mich davor zurückschrecken ließ, mich verletzlich zu zeigen oder mich auf einer emotionalen Ebene mit ihr zu verbinden. Es hatte nichts mit ihr zu tun – es war eine innere Abwehr, die ich kaum erklären konnte. »Das sind böswillige, kontextlose Zusammenschnitte, die zweifellos ohne mein Wissen aufgenommen wurden.«

Ich versuchte, meine Welt vor dem Zusammenbruch zu bewahren und zeitgleich sah ich in ihre Augen und suchte nach den richtigen Worten, um meine Abweisung zu erklären, aber es schien, als ob meine Sprache in diesem Moment versagt hätte. Ein Gefühl der Frustration durchströmte mich, während ich spürte, wie sich eine Kluft zwischen uns auftat. Trotz ihres liebevollen Versuchs, mich zu beruhigen, konnte ich die Mauer in meinem Inneren nicht überwinden. Ich zwang mich, einen Schritt zurückzugehen, meine Hand sanft aus ihrem Griff zu lösen und sah sie mit einem gequälten Ausdruck an. Es war eine schmerzhafte Entscheidung, die von einer Mischung aus Verwirrung, Selbstschutz und der Unfähigkeit, meine eigenen Emotionen zu verstehen, getrieben war. Ich musste mein Unternehmen retten.

Matildas Augen wurden immer trauriger, doch ich konnte mich nicht darauf konzentrieren, denn das leuchtende Rot von Evelyns Kleid zog die Aufmerksamkeit auf sich. »Brauchst du Hilfe?«, fragte sie und beugte sich zu meinem Ohr.

Ich wollte keine Hilfe von ihr. Oh, sie war der letzte Mensch, von dem ich Hilfe wollte, immerhin ging sie als Heilige aus diesem Video, während ich wie ein Arschloch und Matilda wie eine Nutte wirkte. Darum nein, ich wollte ihre Hilfe nicht, aber ich brauchte sie, also nickte ich, obwohl ich wusste, dass mir die Sache um die Ohren fliegen würde.

Sie nickte hastig und ging mit langsamen Schritten an mir vorbei und stellte sich auf den Platz, auf dem gerade noch Matilda gestanden hatte. »Meine Herren, Sie kennen Levi und mich seit unzähligen Jahren. Das sind Lügen.« Sie lächelte so engelsgleich, dass ich mich fragte, was mich diese Hilfe kosten würde. Bei Evelyn hatte alles einen Preis. »Abgesehen von den Fakten über seine Frau, die sind wahr.« Mit dem Finger deutete sie auf Matilda.

Sofort packte ich ihren Arm und zog sie näher an mich heran. »Was soll das?«, zischte ich ihr ins Ohr. Sie warf mir einen Blick zu, den ich nur zu gut kannte. Es war der

Vertrau-mir-Darling-Blick. Den gleichen hatte sie immer aufgesetzt, wenn wir Streit gehabt hatten. Perplex nickte ich. Was ritt mich, dieser Frau zu vertrauen? Vielleicht war es die pure Verzweiflung, die mich dazu trieb, zu glauben, dass Evelyn die Lösung war.

»Wissen Sie, manchmal machen Ehen schwierige Phasen durch, das kennen Sie bestimmt alle. Und in so einer Phase hat mein Mann seine Moral kurz vergessen. Er hat sich von einem Gefühl mitreißen lassen.« Matilda war nicht nur ein Gefühl, so wie sie es darstellte. Sie war alles, was ich jemals gewollt hatte und ich konnte nicht glauben, dass ich sie in diesem Moment sich selbst überließ und auf Evelyn setzte. Es war die Rationalität, die in meinem Kopf dominierte. Mein Gehirn ließ mein Herz verstummen, so wie ich es früh gelernt hatte. »Levi, sag Ihnen, dass du heute andere Entscheidungen treffen würdest«, sagte sie und deutete auf das Mikrofon. Ich trat näher an sie heran, aber schüttelte immer wieder den Kopf. Sie musste mir zuerst sagen, was sie vorhatte. »Jetzt. Rette dein Unternehmen.« Die Worte kamen leise über ihre Lippen.

Vielleicht war es der Glaube daran, dass ich reich mehr Wert für sie hatte als Arm, der mich daran glauben ließ, dass sie mich jetzt nicht untergehen lassen würde. »Im Nachhinein... Ich würde andere Entscheidungen treffen, ja.« Ein Blick zu Matilda reichte und es zerriss mir das Herz. Die Tränen lauerten in ihren Augenwinkeln, während ihre Unterlippe unaufhaltsam bebte.

»Mein Mann ist der beste Mensch, den sie sich wünschen können, um ihr Vermögen zu vermehren.

Seine Moral zeichnet ihn dabei aus und nur, weil er einen Fehler gemacht hat, macht ihn das nicht zu einem schlechten Menschen.« Evelyn sprach, als würde sie Wahlkampf für mich machen. Als hätte sie seit dem Tag unserer Scheidung darauf gewartet, sich für mich vor den Bus werfen zu können.

Ich vergrub die Finger fester in ihrem Arm. »Ich bin nicht dein Mann«, flüsterte ich und erinnerte sie daran. Ich war nicht ihr Mann und daran würde sich nichts ändern. Absolut gar nichts.

Wieder traf mich ihr Blick. Ich wollte ihr vertrauen. Oh, ich hatte ihr so oft vertraut und sie hatte mich immer wieder bitter enttäuscht. Aber sie kannte mich. Wir kannten uns. Und vielleicht würde sie mich nicht untergehen lassen, weil wir verbunden waren. Nicht durch eine Ehe, aber durch die Vergangenheit. »Es ist nicht meine Art, diese Dinge öffentlich zu klären, aber ich kann meinen Mann nicht einfach untergehen lassen. Vor Gott wurden wir niemals geschieden und das ist die Moral, an die ich mich halte.«

Die Wut, die sich in mir angesammelt hatte, ließ die Panik ruhig werden. Evelyn argumentierte mit Gott? Vermutlich hieß der Teufel sie eher in seinen Reihen willkommen. Meine Gedanken rasten, und mein Herz schien schneller zu schlagen, als ich mich ihr näherte. Ich wollte gerade etwas sagen, als sie zu Matilda schaute und ich ihrem Blick unweigerlich folgte. In letzter Sekunde stoppte sie ihren Vormarsch. Ihre Atmung war schwer, so wie meine, als sie innehielt und tief Luft holte.

»Darling, geh zur Seite, wenn die Erwachsenen reden«, sagte sie und legte Matilda die Hand auf die Schulter, um sie von Rednerpult wegzuschieben.

Ich wollte schreien, sie schütteln und fragen, wie sie es wagen konnte, so mit meiner Frau zu sprechen, allerdings verließen die Worte meinen Mund nicht. Die Erinnerungen an unsere Vergangenheit drängten sich in den Vordergrund - all die guten und schlechten Zeiten, die wir gemeinsam erlebt hatten. Ein Gefühl der Trauer mischte sich mit meiner Wut und ich erkannte, dass ich mich nicht von meinem Zorn beherrschen lassen wollte. Matildas erwartungsvoller Blick brannte auf meiner Haut. Ich wollte es ihr so gerne erklären, aber ich konnte nicht in Worte fassen, dass Evelyn der einzige Mensch war, der den Leuten in diesem Raum jetzt vermitteln konnte, dass ich nicht das größte Arschloch dieser Erde war… auch wenn ich gerade dazu wurde. Sie hatte diese Gabe und sie musste sie für mich nutzen.

Mein Schweigen ließ die Tränen in Matildas Augen übertreten. Sie nickte mir zu, ehe sie mit zügigen Schritten an mir vorbeiging. Meine Instinkte trieben mich dazu, meiner Frau nachzueilen, um sicherzustellen, dass sie in Ordnung war. Doch noch bevor ich einen Schritt machen konnte, spürte ich den Druck einer Hand hinter mir und drehte mich um, um meiner Ex-Frau direkt gegenüberzustehen. Ihre Augen funkelten vor einer Mischung aus Herausforderung und Überlegenheit. Sie hinderte mich daran, meiner Frau zu folgen und ich fühlte mich in diesem Moment wie zwischen zwei Welten gefangen. Einerseits zog mich die Sorge um meine aktuelle Beziehung zu meiner Frau hin, andererseits stellte meine Ex-Frau eine lange Geschichte von Konflikten und ungelösten Emotionen dar.

Während ich versuchte, einen klaren Gedanken zu fassen, spürte ich, wie sich meine Muskeln anspannten, bereit, mich von ihrer Einmischung zu befreien. Doch dann, als ich in ihre Augen sah, erkannte ich, dass ich mich nicht erneut von meiner Wut kontrollieren lassen durfte. Ich zwang mich, tief Luft zu holen und meinen Fokus zu behalten. Mit einem entschlossenen Blick auf meine Ex-Frau trat ich einen Schritt zurück, um Distanz zwischen uns zu schaffen.

»Deine Firma hat jetzt Priorität. Reiß dich zusammen.« Warnend funkelte sie mich an und riss mich in die Realität zurück.

Sie hatte recht. Ich musste mich zuerst um meine Existenzgrundlage kümmern. Das hatte Priorität. Während ich meiner Frau beim Gehen zusah, zog mein Herz sich immer mehr zusammen. Jeder Schritt, den sie machte, versetzte mir einen weiteren Stich. Es war, als würde ein Teil von mir mit jedem ihrer Schritte von mir weggetragen werden. Die Spannung in der Luft war förmlich greifbar und die Worte, die in dem Video gesprochen worden waren, hallten in meinem Kopf wider. Ich wollte nichts mehr, als zu ihr zu gehen, sie in meine Arme zu schließen und all die Differenzen beiseitezulegen. Doch während diese Sehnsucht mich erfüllte, war da noch etwas anderes, das an mir zerrte. Der Gedanke an meinen Investmentfond durchzog meine Gedanken wie ein hartnäckiger Schatten. Die finanziellen Verpflichtungen und die Verantwortung für meine wirtschaftliche Zukunft drängten sich in den Vordergrund. Es war, als würde die rationale Seite meines Geistes gegen meine emotionalen Bedürfnisse kämpfen. Ich war in einem inneren Konflikt gefangen, zwischen meinen starken Gefühlen für meine Frau und der Notwendigkeit, meine finanzielle Stabilität zu wahren. Ein Gefühl der Hilflosigkeit machte sich in mir breit, als ich zwischen diesen beiden Welten hin- und hergerissen wurde. Es schmerzte, meine Frau gehen zu sehen, während ich gleichzeitig wusste, dass ich mich auch um meine finanzielle Zukunft kümmern musste. Mit einem letzten Blick auf meine Frau, der von tiefer Trauer begleitet war, wandte ich mich ab und fokussierte mich auf meine nächsten Schritte im Umgang mit meinem Investmentfond. Es war eine bittere Entscheidung, aber ich konnte nicht leugnen, dass die Realität meiner finanziellen Verpflichtungen eine präsente Rolle in meinem Leben spielte, selbst wenn es mir das Herz zerriss, sie gehen zu lassen.

Kapitel 21

MATILDA

Martha's Vineyard

Wütend stürmte ich aus der stickigen Enge der Bar und trat hinaus in die wohlige Wärme. Der Himmel war ein Gemälde aus rötlichen und orangenen Tönen, während die Sonne langsam hinter dem Horizont verschwand, als ob sie die Dramatik meiner Emotionen widerspiegelte. Die Wellen des Ozeans leuchteten in sanften Goldreflexen, als sie auf den Sandstrand trafen. Meine Schritte wurden zu einem wilden Lauf, bei dem der Sand unter meinen Füßen nachgab und mir half, meine aufgestaute Wut freizusetzen. Der Wind strich durch mein Haar und schien meine Frustration mit sich zu tragen, während ich dem unerbittlichen Rauschen der Wellen lauschte, die nun als eine Art rhythmischer Begleitmusik zu meinem inneren Aufruhr dienten. Die Dämmerung warf lange Schatten auf den Strand und ich konnte den salzigen Geschmack der Meeresluft auf meiner Zunge spüren.

»Matilda!«

Für einen Moment war ich mir sicher, dass Levi mir folgen würde, doch das tat er nicht. Die Stimme gehörte nicht zu ihm. Es war Henry, oder? Ich drehte mich um, um mich selbst darin zu bestätigen. »Was machst du denn hier?«

»Nun… Ich wollte verhindern, dass du dich im Meer ertränkst«, sagte er und holte mit gemütlichen Schritten den Abstand auf.

»Oh, das wird nicht geschehen. Ich ertränke höchstens meinen Mann und sein Miststück von Ex-Frau im Meer.« Er hatte Evelyn gewählt, was nach allem, was sie getan hatte, wirklich eine dämliche Entscheidung war. Vermutlich hatte sie dieses Video noch selbst platziert, um sich dann als Retterin in der Not aufzuspielen. Meine Schritte wurden immer schneller und schneller.

Henry hob beschwichtigend die Hände. »Sie hat ja eine ordentliche Show abgezogen.«

»Das kann sie am besten.« Ich konnte den Hass nicht mehr verstecken. Eigentlich sah ich auch keinen Grund mehr dazu, immerhin hatte sie mich wie ein kleines Kind einfach zur Seite geschoben. Sie hatte es getan, als hätte ich keinen Platz in Levis Leben, als wäre ich nichts weiter als ein Platzhalter.

»Bleib mal stehen. Meine Füße tun ja schon weh.« Seufzend machte er es vor und ließ die Hände gegen seine Oberschenkel klatschen.

»Dich zwingt niemand, mir zu folgen.« Ich ging einfach weiter, denn für den Moment war es das Einzige, was mich daran hinderte, die Nerven zu verlieren. Vielleicht würde ich einfach weiter laufen, bis mein Herz sich nicht mehr anfühlen würde, als wäre es zerbombt worden.

Der feste Druck an meinem Oberarm ließ mich schließlich doch stoppen. »Bleib stehen«, murmelte er und ließ mich nicht los. Die Tränen, die ich gerade noch verstecken konnte, stiegen immer weiter in meine Augen auf. Deswegen wäre es besser gewesen, einfach weiter zu laufen. »Du bist verletzt, oder?«

»Ich wurde gerade vor dem Großteil der Geschäftspartner meines Mannes gedemütigt. Also ja, ich bin verletzt«, sagte ich und konnte die Prise Sarkasmus nicht herunterschlucken. Diese alten Säcke interessierten mich nicht. Wahrscheinlich würden sie sich auf die Bilder noch einen runterholen. Angewidert verzog ich das Gesicht über meine eigenen Gedanken. Es ging mir um Levi und die Wahl, die er getroffen hatte. Immer, wenn es Ärger gegeben hatte, hatte er mich ausgeschlossen, um mich zu schützen. Evelyn schien er nicht schützen zu müssen. Sie konnte er augenscheinlich sogar als Partnerin wahrnehmen, um an seiner Seite zu kämpfen.

Irritiert musterte Henry mich. »War das die Wahrheit?«

»Sowas in der Art«, meinte ich und zuckte mit den Schultern. »Die Zusammenhänge wurden absolut falsch dargestellt und Evelyn wirkt wie eine Heilige nach diesem Filmchen.« Aber der Rest war die Wahrheit. Einzig die Tatsache, dass sie wie die arme, betrogene Ehefrau wirkte, war vermutlich ein Detail, das sie erfreuen würde.

»Ich vermute eher, dass sie Evil-Lyn ist.« Er sprach die Worte ohne den Hauch von Emotionen aus.

Evil-Lyn… Wow. Ich musste unweigerlich schmunzeln. Nein, eigentlich war es nicht nur ein Schmunzeln, es war ein breites Lachen, was kurz über die Traurigkeit in meinem Inneren hinwegtäuschte. »Der war gut.« Anerkennend nickte ich ihm zu.

»Die Sache ist wirklich blöd gelaufen.« Henry legte den Arm um mich und ging deutlich langsamer weiter, als ich es zuvor getan hatte.

»Er hat meine Hand losgelassen«, sagte ich und schaute mir selbst dabei zu, wie in meinem Inneren alle Tore geöffnet wurden, damit die Trauer mich überrennen konnte. »Levi, meine ich.« Er hatte mich losgelassen, als seine Welt ins Wanken geraten war, anstatt mich festzuhalten, weil es wichtig war. »Als der Film gezeigt wurde und die Wahrheit rauskam, hat er mich einfach losgelassen und er hat zugelassen, dass Evelyn die Kontrolle übernimmt.« Ich war mir nicht sicher, ob ich ihm diese Sache jemals verzeihen könnte. Ob ich ihn ansehen könnte, ohne mich selbst daran zu erinnern, dass er im entscheidenden Moment eine andere Frau gewählt hatte.

Sanft streichelte er über meine Schulter. »Manchmal haben wir für Menschen nicht die Bedeutung, die sie für uns haben.«

Ich schluckte hart. Eigentlich hatte er nicht das Recht, mir diese Dinge zu sagen, immerhin waren wir nicht einmal Freunde. Eigentlich waren wir gar nichts. Warum war er mir gefolgt? »Ich möchte allein sein.« Die Worte kamen leise über meine Lippen.

»Ich werde dich nicht allein lassen«, erwiderte er mit einer Selbstverständlichkeit, die mich stutzen ließ.

»Warum nicht?« Ich würde mich nicht im Meer ertränken – zumal das rein physiologisch gar nicht möglich war. Ich hatte zwar häufig das Gefühl, zu ertrinken, aber kein Mensch konnte sich selbst ertränken.

»Weil ich dir nicht traue, wenn du jetzt allein bist.« Seine blauen Augen hatten plötzlich eine Tiefe, die ich vorher nicht bemerkt hatte. »Niemand sollte in so einem Moment allein sein.«

Er hatte nicht Unrecht, immerhin wusste ich selbst nicht, was ich in den nächsten Minuten tun würde. Ich war so verwirrt, unruhig, verloren. Vielleicht war *verloren* das Wort, nach dem ich gesucht hatte. »Musst du nicht arbeiten?« Immerhin brauchte Lilian dringend Kellner, wobei vermutlich die wenigsten Gäste jetzt noch trinken würden.

»Soll Lilian mich doch rauswerfen. Das hier ist gerade wichtiger.« Henry zuckte mit den Schultern. »Du hast gesagt, es war nur teilweise die Wahrheit. Erzählst du mir davon?«

Wenigstens fragte er, ob ich davon erzählen wollte, während alle anderen es einfach so erfahren hatten. Ich setzte meine Schritte fort, denn ich hielt es nicht mehr aus, auf der Stelle zu stehen. »Levis Ehe war schon kaputt, bevor ich gekommen bin. Ich habe das nicht zerstört, das war Evelyn selbst.« Und mir die Schuld daran zu geben, war absurd. Sie hatte ihn betrogen und wenn sie diesen Schritt nicht gegangen wäre, hätte Levi sich niemals nach einer anderen Frau umgeschaut, dafür würde ich meine Hand ins Feuer legen.

»Also stimmt es, dass er dich bezahlt hat?« Die Ungläubigkeit stand ihm ins Gesicht geschrieben.

»Ich war keine Nutte, falls du das jetzt denkst«, stellte ich sofort richtig, denn auf diesen feinen Unterschied legte ich wert. »Ich war Sugarbabe, was gewissermaßen ähnlich ist, aber ich habe es zum Spaß gemacht. Für den Kick.« Ich war niemals darauf angewiesen oder hatte es getan, um irgendetwas zu finanzieren. Ich hatte Erfahrungen sammeln wollen und hatte mir das Leben kreiert, das ich mir immer erträumt hatte.

Er nickte verständnisvoll. »Ich hatte mich schon gewundert, immerhin scheinst du ein normales Leben gehabt zu haben und in meinem Kopf landen nur Mädchen mit schwieriger Vergangenheit im Rotlichtmilieu.«

»Ich hatte nie Probleme. Meine Eltern waren immer für mich da«, antwortete ich und wollte auch diesen Zweifel ausräumen. Ich war mir sicher, dass ich nicht die einzige

Frau auf dieser Welt war, die es getan hatte, weil es ihr Spaß gemacht hatte. Gab es etwas Besseres auf der Welt, als für Sex, den ich ohnehin haben würde, bezahlt zu werden?

»Und dann hast du dich verliebt?«

Hastig schüttelte ich den Kopf. Ich war keine Idiotin, auch wenn er mich augenscheinlich dafür hielt. »Wir haben uns lange getroffen, sind gereist und irgendwann… ich glaube es waren zwei Jahre, in denen wir uns immer wieder getroffen haben. Und dann habe ich mich verliebt.« Ich hatte es getan, als ich alles über ihn gewusst hatte und es mir keine Angst mehr gemacht hatte. »Aber ich wäre diesen Schritt niemals gegangen, wenn er nicht das Gleiche empfunden hätte. Ich habe ihn nicht dazu gebracht, Evelyn zu verlassen. Das war er allein.« Ich hatte das genommen, was ich kriegen konnte und das war für mich in Ordnung gewesen. Mehr hatte ich nicht gewollt, bis das Schicksal es mir gegeben hatte.

»Hör mal, du bist ein guter Mensch und das, was dort geschehen ist, hast du nicht verdient.« Mit dem Finger deutete er den Strand entlang auf die *Velvet Lounge*, die wie ein Fleck am Horizont wirkte.

»Woher willst du das wissen? Vielleicht bin ich ein schlechter Mensch. *Die* halten mich jedenfalls dafür.« Die hielten mich für ein Miststück, das eine Ehe zerstört hatte, nachdem sie sich prostituiert hatte. Für die Frau, die der lieben und gutherzigen Evelyn den Mann ausgespannt hatte. Leider vergaßen sie, dass diese Frau weder gutherzig war noch ich ihr den Mann ausgespannt hatte.

Henry griff nach meiner Hand und brachte mich damit wieder zum Stehenbleiben. »Ich kenne schlechte Menschen und du bist gar nicht wie sie.«

»Danke«, sagte ich und senkte den Blick.

»Es gibt nichts, wofür du dich bedanken müsstest.« Vorsichtig hob er mein Kinn an und ließ es nicht los. Es war nicht nur Gerede, das sah ich in seinen Augen. Er schien es auch nicht nur zu sagen, um mich aufzuheitern, wozu er ohnehin nicht verpflichtet war. »Nichts davon hast du verdient.« Seine Hand glitt von meinem Kinn zur Wange.

»Er geht mir nicht einmal hinterher.« Unsicher zuckte ich mit den Schultern. Das wäre das Mindeste gewesen, oder?

»Er verdient dich nicht.« Henrys Stimme wurde tiefer. Unsere Blicke trafen sich und die Zeit stand für einen Augenblick still. Er durchdrang meine Augen und ich konnte die ungesagten Worte in seinen Pupillen lesen. Ein sanftes Lächeln umspielte seine Lippen, während mein eigener Herzschlag in meinen Ohren widerhallte. Die Spannung zwischen uns war greifbar, als ob die Luft geladen war mit einer unausgesprochenen Sehnsucht. Unsere Gesichter kamen einander näher, so nah, dass ich seinen warmen Atem auf meiner Haut spüren konnte. Die Zeit stand für einen Augenblick still, als wir uns dem Punkt näherten, an dem unsere Lippen sich endlich treffen würden. Die Anziehungskraft zwischen uns war plötzlich unwiderstehlich und ich konnte förmlich den Geschmack dieses Kusses auf meinen Lippen spüren. Doch dann, beinahe im selben Atemzug, wich ich leicht zurück. Ein kaum wahrnehmbares Zittern meiner Lippen verriet meinen inneren Kampf.

Wir zögerten beide, unsere Lippen voneinander zu entfernen und ein kaum wahrnehmbarer Luftzug schien zwischen uns zu stehen. In diesem Zwischenraum war die Anziehungskraft immer noch greifbar, aber gleichzeitig lag ein Hauch von Unsicherheit in der Luft. Die Mischung aus Verlangen und Zweifel schuf eine fragile Spannung, die den Moment mit einer elektrisierenden Energie erfüllte.

Unsere Blicke blieben ineinander verankert, während wir diesen winzigen Abstand zwischen uns bewahrten. Ein Lächeln des Bedauerns und der Leidenschaft schwelte in seinen Augen, als ich zurücktrat und ich spürte, wie sich meine eigene Enttäuschung ausbreitete. Es war ein Moment der Zerrissenheit, in dem die Welt um uns herum wieder in den Fokus rückte. Ein leises Seufzen entkam meinen Lippen. »Ich sollte gehen«, sagte ich leise.

»Wohin?« Sein Blick lag immer noch auf meinen Lippen.

Doch ich zuckte mit den Schultern. »Vermutlich nach Hause.«

Kapitel 22

LEVI

Boston

Gedämpftes Licht drang durch die Fenster des Büros, als ich mich nach dem Skandal hierher flüchtete. Als ich die Insel verlassen hatte, hatte ich bereits eine Sicherheitsfirma hergeschickt, um alles abzusuchen. Immer wieder hatten sie sich bei mir gemeldet, um mir Updates zu geben. Und sie hatten unzählige Kameras und Mikrofone gefunden. Irgendjemand hatte mich abgehört und das schon Gott weiß wie lange. Mein Herz schlug heftig in meiner Brust, während ich die Tür hinter mir schloss und für einen

Moment die Augen zusammenkniff, um tief durchzuatmen. Der Geruch von frisch gebrühtem Kaffee vermischte sich mit dem Duft von Papier und Druckerfarbe, als ich mich langsam wieder sammelte. Ich hing meine Jacke an die Garderobe und strich mir durch das leicht zerzauste Haar. Mit festem Entschluss nahm ich meinen Laptop aus der Tasche und legte ihn auf den Schreibtisch. Das Klicken der Tastatur beruhigte meine aufgewühlten Gedanken, während ich mich auf die Arbeit konzentrierte, die vor mir lag. Ich durfte nicht darüber nachdenken, was geschehen war oder wie unaufhörlich mein Telefon geklingelt hatte. Oder an den Ausdruck in Matildas Augen. Die Klänge um mich herum wurden dumpf, als ich in den Berichten und Tabellen versank. Jeder Tastenschlag war wie ein Schritt zurück zur Normalität, ein Versuch, den Skandal und die Aufregung vorübergehend hinter mir zu lassen. Die Zahlen und Texte verschwammen fast vor meinen Augen, als ich mich tiefer in die Details grub und versuchte, die Welt um mich herum auszublenden.

Die Uhr auf dem Bildschirm tickte unaufhörlich, während ich mich in meine Aufgaben vertiefte, von denen ich mir nicht mehr sicher war, ob sie einen Sinn hatten. Wer hatte diese Kameras in meinem Büro installiert? Und wer hatte ein Motiv, mich so in den Boden zu stampfen? Die ständigen Gedanken, wie ich in diese Situation geraten konnte, wurden von den Anforderungen meiner Arbeit überschattet. Die E-Mails, die sich in meinem Posteingang stapelten, verlangten nach meiner Aufmerksamkeit, aber ich konnte dem Drängen nicht nachgeben.

Die Stille im Büro wurde lediglich von den leisen Geräuschen der Technik durchbrochen – das Summen der Computerlüfter, das Klicken der Maus und das gelegentliche Klingeln eines Telefons. Ich fühlte mich, als ob ich in eine Blase eingetaucht war, in der nur meine Aufgaben und ich existierten. Die Unruhe, die mich draußen erwartete, schien für einen Moment vergessen.

Stunden vergingen wie Minuten, als ich mich immer tiefer in meine Arbeit stürzte. Die Zahlen begannen allmählich, Sinn zu ergeben und die klaren Zusammenhänge zwischen den Daten wurden deutlich. Die Gedanken an den Skandal verblassten weiter, während ich mich auf die konkreten Herausforderungen vor mir konzentrierte. Ich brauchte diese Zahlen, denn sie verstand ich, während mein Leben allmählich im Chaos versank.

Die Tür meines Büros schwang plötzlich auf. »Warum bist du hier und nicht Zuhause?« Lilly trug ein schwarzes Kleid, das ihren Körper umhüllte. Sie hatte es vorhin schon auf der Veranstaltung getragen. Die seidigen Stoffbahnen schimmerten im gedämpften Bürolicht, und der Ausschnitt des Kleides offenbarte dezent ihre Schultern und einen Hauch ihres Dekolletés.

»Wieso bist *du* hier und nicht Zuhause?«, stellte ich die Gegenfrage.

»Weil ich mir Sorgen mache.« Ihr Gesichtsausdruck war jedoch weit entfernt von der Anmut ihres Erscheinungsbildes. Sorge und Unruhe zeichneten sich auf ihrer Stirn ab, während ihre Augen hektisch durch den Raum wanderten. »Levi, was war da los?« Sie stieß die Tür hinter sich zu und trat näher an den Schreibtisch heran. Das Kleid schwang bei jedem ihrer Schritte mit.

Doch ich zuckte mit den Schultern. »Ich habe das Büro absuchen lassen und es war verwanzt.« Ich hatte nicht den Hauch einer Ahnung, wie lange das schon der Fall gewesen war. Wie lange hatte irgendwer jedes einzelne Wort gehört, das hier gesprochen worden war? Wie viele Mitschnitte von Telefongesprächen existierten noch?

»Hast du die Polizei gerufen?«

Schließlich schüttelte ich den Kopf. »Ich kann es nicht gebrauchen, dass sie hier herumschnüffeln.« Seufzend rieb ich mir über den Bart. Ich konnte nicht noch mehr Skandale gebrauchen, die mich nur immer tiefer in die Scheiße ziehen würden.

»Du versteckst doch nichts, oder?« Sie warf mir einen kritischen Blick zu. Ausgerechnet Lilian, die Meisterin der Versteckspiele und Abzweigungen, fragte mich, ob ich etwas vor der Welt versteckte.

»Jeder versteckt etwas, das hast du doch eindrücklich gesehen«, meinte ich und konnte den abfälligen Unterton nicht unterdrücken. Jeder hatte gesehen, dass ich in der Vergangenheit Wege beschritten hatte, die nicht sicher gewesen waren. Eigentlich hatte ich gedacht, dass ich mit einem Sugarbabe nicht auf die Nase fallen konnte, immerhin hatte sie von mir profitiert und musste schweigen. Nun, sie schwieg, aber die Welt tat es nicht. »Das sollte mein Rettungsboot werden und es ist gnadenlos abgesoffen.« Mir stand das Wasser nicht mehr bis zum Hals – ich war längst untergetaucht und hielt die Luft an, während mir der Sauerstoff mehr und mehr ausging.

Sanft legte sie die Hände auf meine Schultern. »Hast du mit Matilda gesprochen?«

»Ich kann nicht.« Immer wieder schüttelte ich den Kopf.

»Warum?«

»Weil ich mich furchtbar schäme. Das war keine Glanzleistung von mir.« Ich hatte sie losgelassen, obwohl es das Letzte war, was ich tun wollte. Und wenn irgendjemand behaupten würde, dass ich ein Idiot war, dann würde ich ihm zustimmen. Ich war ein verdammter Idiot. »Bitte sag mir, dass du mit ihr gesprochen hast.« Über die Schulter schaute ich sie an.

Leider schüttelte Lilian den Kopf. »Ich habe nicht gerade nette Dinge über sie in diesem Telefonat gesagt. Vielleicht sollte ich erstmal nicht mit ihr reden.«

»Damals kanntest du sie noch nicht.« Natürlich waren die Dinge, die sie ausgesprochen hatte, bösartig gewesen, aber sie hatte alles zurückgenommen, nachdem sie einmal mit ihr gesprochen hatte. Allein bei dem Gedanken, dass mein Büro mehrere Jahre lang abgehört wurde, wurde mir schlecht. Ich hatte in diesem Raum offen gesprochen, gefickt, gegessen und geschrien.

»Was kann ich für dich tun? Es muss doch etwas geben.« Ihre Stimme klang unsicher, als sie mir die Hände an die Schultern legte und sanft auf und ab massierte. Die rotlackierten Nägel bohrten sich dabei immer wieder in meine Haut.

Ich lehnte mich in ihre Berührungen, die die Anspannung zumindest kurz verschwinden ließen. »Irgendjemand versucht, mich fertigzumachen.«

»Ja, den Gedanken hatte ich auch schon.« In kreisenden Bewegungen lockerte sie die verspannte Muskulatur. »Hast du mal an die naheliegendste Lösung gedacht?«

»An Evelyn?« Es platzte ungebremst aus mir heraus. Sofort nickte sie. Ja, daran hatte ich gedacht, aber es ergab in meinem Kopf keinen Sinn. Es hätte zu ihr gepasst, Matilda in den Abgrund zu stürzen, aber sie riss mich mit. »Dann hätte sie mich doch einfach untergehen lassen können.« Und wenn das ihr Plan gewesen wäre, dann wäre er glorreich aufgegangen. Warum hatte sie mir dann geholfen?

»Das ist nicht ihr Stil. Sie ist eine Jägerin und das hier ist wie die Jagd. Sie erschießt dich nicht einfach, weil das Jagen der Spaß ist.« Ich hatte beinahe vergessen, dass es eine Zeit gegeben hatte, in der die beiden Freundinnen gewesen waren. Lilian hatte sie gekannt, allerdings selten verstanden.

»Und deswegen rettet sie mich, nur um mir irgendwann den Genickschuss zu geben?« Das war doch absurd. Evelyn hatte wahrlich keine Langeweile, vor allem nicht, seitdem sie mit Wallace zu tun hatte. Er hielt seine Gespielinnen immer auf Trapp, das hatte er mir oft genug im Detail erzählt.

»Möglicherweise«, sagte sie und ließ die Finger an meinen Nacken gleiten. »Mein Gott, du bist wirklich verspannt.«

Über die Schulter tadelte ich sie mit meinem Blick. Natürlich war ich verspannt. War das ein Wunder nach allem? »Evelyn spricht mit Wallace, damit er nicht abspringt. Wenn er geht, dann kann ich dichtmachen.« Das war keine Dramatik oder Schwarzmalerei, das war eine Tatsache. Wenn Wallace gehen würde, dann würden die anderen folgen.

»Oh, Levi… So viele Probleme und keine Lösungen«, flüsterte sie und schlang die Arme um mich. Der Duft ihres übertrieben süßen Parfüms strömte in meine Nase. »Will und ich stehen auf deiner Seite. Bedingungslos.«

Ich legte die Hand auf ihre Arme und rieb auf und ab. »Ich brauche die Überwachungsbänder der *V-Lounge*. Ich muss sehen, ob sich jemand an der Technik zu schaffen gemacht hat.«

»Natürlich, ich sage Will, dass er dir alles schicken soll. Du weißt ja, dass ich keine Ahnung von diesem technischen Zeug habe.« Als sie den Kopf zur Seite legte, verfingen sich ihre Haare in meinem Bart. »Du solltest mit Matilda reden.« Zärtlich streichelte sie mir über die Wange, zeichnete mit den roten Fingernägeln die Konturen nach.

»Ich weiß.« Seufzend lehnte ich mich gegen ihren Arm. »Aber das wird sie mir nicht verzeihen.« Es waren die kleinen Details, hatte sie immer gesagt, in denen man die wahre Liebe erkannte. Und die Tatsache, dass ich losgelassen hatte, war etwas, das sie als Hinweis deuten würde.

»Ich denke, dass die Tatsache, dass du dich hier in deinem Büro verkriechst, anstatt mit ihr zu sprechen, viel schlimmer ist.« Ihr Atem streifte mein Ohr, aber sie rückte keinen Millimeter von mir ab.

Ich wusste, dass sie recht hatte, aber ich verachtete mich selbst zu sehr, um jetzt mit Matilda zu sprechen. Mein Lebenswerk brach vor meinen Augen zusammen und ich wartete nur auf den finalen Knall, bis nichts mehr davon übrig war. »Ich habe ihre Hand losgelassen, so als würde sie nicht zu mir gehören.«

»Ja, das habe ich gesehen«, flüsterte sie und umarmte mich noch fester, als wollte sie mir sagen, dass ich kein schlechter Mensch war, sondern eine dumme Entscheidung getroffen hatte. Mein Körper hatte in den Autopiloten geschaltet, auch wenn es mir das Herz zerriss. In diesem Modus funktionierte nur mein Kopf und für einen winzigen Augenblick hatte mein Kopf sie als Teil des Problems angesehen.

»Das war das Schlimmste, was ich hätte machen können.« Ich hatte sie gehen lassen, ohne ihr zu folgen. Und das würde sie als Aussage werten. Sie würde es auch als Affront verstehen, dass ich nicht versuchte, sie anzurufen oder mich zu erklären. Aber ich hoffte, dass sie verstehen würde, dass meine Kraft dafür nicht ausreichte.

Lilian trat vor mich und lehnte sich gegen den Schreibtisch. »Hör mal, du warst überfordert. Jemand versucht, dich zu vernichten und wir haben nicht den Hauch einer Idee, wer es ist.« Mitleidig legte sie den Kopf schräg. »Es ist normal, dass du so reagiert hast. Matilda wird das verstehen.« In ihrer Stimme lag eine Überzeugung, die ich mir auch wünschte. Ich wollte diese Dinge glauben, das wollte ich ehrlich. »Ich habe Will gesagt, dass er nach ihr sehen soll und wenn sich alles beruhigt hat, dann redest du mit ihr.«

»Das wird ernste Konsequenzen für mich haben.« Nicht mit Matilda, aber berufliche Konsequenzen. Aus dieser Sache könnte ich meinen Kopf nicht einfach herausziehen.

Doch sie legte mir den Finger auf die Lippen, bevor ich mehr sagen konnte. »Pssht. Wir stehen alle an deiner Seite, Levi.«

»Hoffentlich erreicht Evelyn etwas bei Wallace.« Ich konnte nicht glauben, dass ich ausgerechnet auf meine Ex-Frau setzen musste, um nicht unterzugehen. Es fühlte sich wie ein Pakt mit dem Teufel an.

Lilian warf mir einen Blick zu, den ich nicht verstand. »Sie kann doch sehr überzeugend sein…«

»Warum sagst du das mit so einem Unterton?«

»Naja, glaubst du, sie versucht, ihn mit Worten zu überzeugen?«

Angeekelt verzog ich das Gesicht. Der Kerl hätte ihr Vater sein können… Ja, ausgerechnet ich brachte dieses Argument. »Ehrlicherweise bin ich davon ausgegangen, ja.«

»Ich denke, ihr Talent liegt woanders, aber das kannst du besser beurteilen. Sie wird das schon hinbekommen.« Ich hatte nicht den Hauch einer Ahnung, ob Evelyn ihren Körper einsetzen konnte, um Männer zu überzeugen, denn bei mir hatte sie das niemals getan. Bei mir hatte sie über Jahre hinweg nicht zugelassen, dass ich sie berührte. Und irgendwann hatte ich aufgehört, diese Dinge zu hinterfragen.

Als sie still wurde, goss ich mir einen Whisky ein und trank einige Schlucke, ehe ich wieder zu ihr aufschaute. »Ich bin keine gute Gesellschaft, Lilly. Du solltest nach Hause fahren.«

»Ich bin nicht den weiten Weg gefahren, um zu reden.« Plötzlich stand sie auf, als hätte sie eine spontane Entscheidung getroffen. Ohne zu zögern, setzte sie sich auf den Schreibtisch und ließ die Beine auf den Armlehnen des Stuhls abgleiten. Die Aktion war so unerwartet und gleichzeitig selbstbewusst, dass ich für einen Moment sprachlos war. Die feinen Konturen des schwarzen Kleides, das sie trug, wurden durch die Positionierung ihrer Beine auf eine Art und Weise betont, die mich gleichzeitig faszinierte und verwirrte. Ihre blauen Augen trafen meinen Blick und in ihrem Gesichtsausdruck konnte ich eine Mischung aus Unsicherheit und einer gewissen Kühnheit erkennen. Ohne noch einmal aufzustehen, schob sie ihren Rock höher.

Doch ich stoppte sie. »Ich bin nicht in der Stimmung.«

»Sicher?« Verführerisch schmunzelte sie mich an.

»Sicher.« Ganz sicher.

Kapitel 23

MATILDA

Martha's Vineyard

Zögernd trat ich durch den feinen, von der Gischt benetzten Sand. Das dumpfe Rauschen des aufgewühlten Meeres drang an meine Ohren und ließ meine Nervosität noch mehr anschwellen. Vor mir erstreckte sich das Strandhaus von Will und Lilian. Es war ein einsames Gebäude aus Holz, das von den Elementen gezeichnet schien. Ich blickte hinauf zu den Fenstern, durch die warmes Licht drang und konnte das rasende Herz in meiner Brust kaum ignorieren. Die Wolken hingen tief und schwer am Himmel, als wüssten auch sie um das bevorstehende Unheil. Levi hatte sich nicht bei mir gemeldet und ich hatte diese Geste gespiegelt. Also hatten wir nicht gesprochen und er war auch nicht nach Hause gekommen. Ein kalter Wind peitschte mir ins Gesicht und ließ mich frösteln, als ich mich dem Eingang näherte. Mit zitternden Fingern und einem Kloß im Hals streckte ich meine Hand aus und drückte den Knopf. Ein scharfer, durchdringender Ton zerschnitt die Stille und hallte in meinen Ohren wider.

Die Sekunden verstrichen, doch niemand öffnete die Tür. Die Verzweiflung kroch unaufhaltsam in mein Inneres, während ich auf eine Reaktion wartete. Die Gedanken wirbelten wild in meinem Kopf und die Angst fühlte sich an wie ein greifbares Gewicht auf meiner Brust. Wo war Levi? Was tat er? Und wieso hatten wir uns so schrecklich verloren?

Der Wind wurde stärker, und die ersten Regentropfen trafen mein Gesicht. Die Tür vor mir blieb fest verschlossen, als hätte sie mich abgewiesen. Meine Hände zitterten mittlerweile so sehr, dass ich noch einmal auf die Klingel drückte. Tränen vermischten sich mit dem Regen auf meinen Wangen und ich senkte den Blick, unfähig, das Strandhaus noch länger anzusehen. Dann endlich öffnete sich die Tür.

William trat sofort zur Seite und ließ mich hinein. »Princess, warum gehst du nicht ans Telefon, wenn ich anrufe?«

»Ich habe mein Handy ausgeschaltet.« Die Tränen flossen unaufhaltsam über meine Wangen und das konnte ich nicht mehr auf den Regen schieben. »Ich…«

Er hob die Hand und brachte mich damit zum Schweigen. »Du musst nichts sagen. Daddy ist da.« Dann schloss er die Arme um mich, ohne ein weiteres Wort zu sagen. Meine Hände hatte ich zu Fäusten geballt, während ich immer wieder versuchte, die Emotionen unter Kontrolle zu bekommen – vergeblich. Die Bitterkeit der Situation schien mich von innen heraus zu zerreißen und ich konnte nichts dagegen tun. Die Tränen verschleierten meine Sicht, und ich konnte nur noch Bruchstücke der Welt um mich herum wahrnehmen. Ein Wimmern entkam meinen Lippen. Mein Körper bebte vor Verzweiflung, und ich konnte den Schmerz physisch spüren, als ob er sich in meinem Inneren ausbreitete und mich komplett einnahm. Es fühlte sich an, als würde mein Herz in tausend Stücke zerspringen. »Levi ist nicht Zuhause«, flüsterte ich. Ein Teil von mir hatte sich daran geklammert, dass er irgendwann nach Hause kommen würde. Stattdessen hatte ich die ganze Nacht auf ihn gewartet.

»Er ist in Boston. Lilian ist bei ihm und sie versuchen, einen Teil der Krise abzuwenden.« William sprach so ruhig, dass es zumindest meine Tränen für einen Moment stoppte.

»Er ist einfach gegangen.« Einfach so, obwohl wir uns geschworen hatten, niemals im Streit wegzugehen.

Er legte den Arm um mich und führte mich ins Strandhaus. »Du solltest erstmal etwas Trinken. Hast du schon gegessen?« Ich schüttelte den Kopf, als der Duft von frisch gebackenem Brot den Raum erfüllte. Mein Magenknurren verriet mir, dass ich schon eine Weile nichts mehr gegessen hatte. Ich hatte es wohl einfach vergessen. »Ich mache dir ein Sandwich«, sagte er und steuerte die Küche an.

Wie ein verlorener Welpe dackelte ich ihm hinterher. Mit einer selbstverständlichen Leichtigkeit griff er nach einem frischen Laib Brot, das auf dem Tresen lag. Ich konnte nicht anders, als fasziniert zuzusehen, wie er die Scheiben mit einer Mischung aus Konzentration und Routine bearbeitete. Er wandte sich dem Kühlschrank zu, öffnete ihn mit einem leisen Ruckeln und begann, frische Zutaten herauszunehmen – knuspriger Salat, Tomatenscheiben, Käse und hauchdünne Scheiben Schinken. Nachdem er die Zutaten auf dem Tresen arrangiert hatte, nahm er ein kleines Glas mit einer cremigen, selbstgemachten Sauce. Mit Schwung verteilte er sie gleichmäßig auf dem frischen Brot. Dann begann er, die Zutaten darauf zu schichten, als würde er ein Kunstwerk erschaffen – zuerst den Salat, dann die Tomaten, den Käse und schließlich den Schinken.

Ob er verstand, wie sehr mich Levis Reaktion getroffen hatte? Die Blicke der anderen, die ich auf meiner Haut gespürt hatte, hatten sich in mich gebohrt und ich fühlte mich immer noch, als stünde ich nackt vor ihnen – verletzlich, gedemütigt, hilflos. Ich zwang mich, die Tränen zurückzuhalten, doch sie drängten hartnäckig gegen meine Augenlider. Die Worte, die mich getroffen hatten, spielten sich unaufhörlich in meinem Kopf ab, wie ein endloser, quälender Refrain. Ich fühlte mich klein, unwichtig, als hätte die Welt mich auf den Boden gedrückt und ihre Schuhe auf meinem Selbstwertgefühl abgewischt.

»Princess, nicht weinen«, sagte er mit sanfter Stimme und legte das Sandwich ab. Er ging auf mich zu und bedachte mich mit diesem liebevollen Ausdruck.

Mit jedem weiteren Blick, den ich auf mir spürte, wurde die Verzweiflung intensiver. Mein Atem kam in unregelmäßigen, flachen Stößen, und ich kämpfte gegen die aufsteigende Welle der Tränen an. Aber letztlich konnte ich nicht länger standhalten. Die ersten Tropfen rannen über meine Wangen und ich spürte, wie sich mein Gesicht heiß anfühlte.

»Du hast das nicht verdient.« Die Worte kamen noch sanfter über seine Lippen.

Nein, ich hatte das nicht verdient. Nichts davon. Aber hier war ich dennoch und stand vor ihm, spürte den Kloß in meinem Hals. Er kam langsam auf mich zu. Seine Augen lächelten, bevor seine Lippen es taten. Als er mich erreichte, breiteten sich seine Arme aus wie Flügel, die Schutz und Geborgenheit versprachen. Er zog mich sanft an sich, und ich spürte die Wärme seines Körpers, die sich um mich legte wie eine Decke. In diesem Moment fühlte ich mich wie das wichtigste Wesen in seiner Welt – geliebt, akzeptiert und umsorgt.

Sein Herzschlag drückte gegen meine Brust, als er mich festhielt. Die Umarmung war stark, aber nicht erdrückend, liebevoll und nicht aufdringlich. Sein Atem strich sanft über mein Haar und ich konnte die ruhige Gelassenheit spüren, die von ihm ausging. In seiner

Umarmung fand ich Trost, Schutz und ein Gefühl von Zugehörigkeit.

»Du verdienst etwas Besseres als einen Mann, der einfach wegläuft, wenn es schwierig wird.« Er presste seine Lippen gegen meine Stirn, auch wenn er das noch nie außerhalb unserer Treffen getan hatte. Aber ich wehrte mich nicht dagegen. Die Zeit schien sich in diesem Moment zu verlangsamen und ich konnte die Bedeutung dieser Umarmung in vollen Zügen spüren. Sie drückte all die Worte aus, die manchmal schwer auszusprechen waren.

»Dad?« Die helle Stimme durchdrang die Watte in meinem Kopf.

William ließ mich sofort los und drehte sich um. »Hey, Caissy«, sagte er und lächelte gequält.

»Was ist hier los?« Ihr Blick wechselte zwischen uns beiden hin und her. Sie schaute uns nicht an, wie sie es sonst getan hatte und lächelte. Nein, in ihren Augen lag ein Blitzen, dass mich unruhig machte.

»Nichts Besonderes.« William machte eine wegwerfende Handbewegung und schob das Sandwich zu mir.

»Das sah seltsam aus. Das ist euch bewusst, oder?« Ihr Blick brannte auf meiner Haut wie Feuer. Ich hatte doch nichts Verbotenes getan, oder? Eigentlich besuchte ich nur einen Freund. Es war doch nicht verwerflich gewesen.

Hastig wischte ich die Tränen von meinen Wangen. »Tut mir leid. Ich wollte nicht…«

Harsch schnitt sie mir das Wort ab. »Du willst doch nie irgendetwas, oder?«

»Bitte?« Ich schluckte hart. Was hatte ich ihr getan?

»Was hast du auf diese Art im Arm meines Vaters zu suchen? Weiß Mom das?« Caissys Stimme schoss hysterisch schrill in die Höhe. Aus ihrem Mund hörte es sich an, als hätte ich ihrem Vater die Zunge in den Mund gesteckt. Nun, das hatte ich zwar schon öfter getan, aber nicht heute. Heute waren wir einfach nur Freunde.

»Es nichts geschehen, entspann dich, Caissy«, meinte William und hob beschwichtigend die Hände.

»Wo ist Mom?« Sie schaute sich um, als würde sie krampfhaft nach ihrer Mutter suchen, um ihr zu sagen, was sie gerade gesehen hatte. Für ihre Verhältnisse schien sie ungewohnt paranoid zu sein.

»In Boston.« William deutete auf das Sandwich, aber ich konnte jetzt keinen Bissen herunterbringen. Ich war es leid, dass die Leute mich mit diesem Blick ansahen.

Caissy verengte die Augen zu Schlitzen. »Was macht sie da?«

»Sie ist bei Levi«, erwiderte er seelenruhig.

Ihrem Vater stimmte sie mit einem Nicken zu, dann glitt ihr Blick zu mir. Woher stammte dieser plötzliche Hass? Was hatte ich ihr getan? Die Warnung lag so deutlich in ihren Augen, dass ich es nicht übersehen konnte. Doch wovor warnte sie mich? »Ich rufe sie heute Abend an. Sag ihr das bitte.« Über die Schulter schaute sie zu ihrem Vater, ehe sie so schnell verschwand, wie sie gekommen war.

»Was habe ich ihr getan?«, fragte ich und musterte ihn mit großen Augen.

Doch er zuckte nur mit den Schultern. »Gar nichts. Sie ist wütend auf die Welt.«

»Was ist passiert?« Wann war es geschehen, dass das Leben aller in solchen Problemen versank? Vielleicht hatte ich den Moment verpasst, in dem es geschehen war. Mein Leben war perfekt gewesen und jetzt war nichts mehr davon erkennbar.

William setzte sich auf den Barhocker neben mir. »Sie hat nicht den Studienplatz bekommen, den sie gerne haben wollte, um ihr zweites Studium zu beginnen. Jetzt ist sie wütend auf alle und hat sich an Evelyn gewandt, damit sie ihr hilft. Sie hat ihr natürlich liebend gerne erzählt, was sie über dich denkt.« Aus seinem Mund klang es wie eine logische Schlussfolgerung, dabei waren es böswillige Lügen, die Evelyn nur allzu gerne verbreitete.

»Kann ich dich etwas fragen?« Unsicher rieb ich über meine Hand. Die ganze Zeit war ich mir nicht sicher gewesen, wem ich diese Frage stellen könnte, doch jetzt wollte ich sie loswerden.

Er nickte schließlich. »Du kannst mich alles fragen, Princess.«

»Glaubst du, dass sie diesen Skandal provoziert hat?« Ich hatte in den letzten Stunden unheimlich viel darüber nachgedacht und ich konnte nicht anders, als sie immer wieder im Verdacht zu haben. Evelyn hatte etwas an sich, was mich am Guten in den Menschen zweifeln ließ.

Er räusperte sich. »Unter uns«, begann er und atmete tief durch. »Ich wüsste nicht, wer sonst einen Vorteil dadurch hätte.«

»Sie hat so souverän reagiert, als hätte sie nur darauf gewartet, zur Hilfe eilen zu können.« Das war mir schon aufgefallen, als sie mit zielgerichteten Schritten auf die Bühne zugegangen war. Sie hatte sich nicht den Hauch von Schock anmerken lassen, was absurd in dieser Situation gewesen war. Jeder in diesem Raum war schockiert gewesen.

»Evelyn kann unheimlich gut reden, unterschätz das nicht. Aber es ist nichts dahinter«, sagte er und senkte den Blick. »Sie konnte Levi schon immer alles ein und wieder ausreden.«

Ich war mir nicht sicher, ob mein Mann an einem Punkt war, an dem er sich etwas ein oder ausreden ließ. Viel mehr Angst hatte ich davor, dass er sein Leben an sich vorbeiziehen sah. »Was meinst du damit?«

»Nichts Bestimmtes. Sie hat gerne die Kontrolle und ich könnte mir vorstellen, dass sie Levi das gerne noch einmal zeigen will.« Aus seinem Mund klang es, als hätte Evelyn eine versteckte Drohung ausgesprochen. Doch entsprach das ihrem Stil? Eigentlich hatte sie uns immer offen gedroht.

»Will…« Ich stockte und wollte die Worte herunterschlucken. »Ist der Kerl, mit dem sie ihn betrogen hat, Wallace?«

»Keine Ahnung. Ich weiß nicht, wer es war.« Immer wieder schüttelte er den Kopf. Hatte denn niemand den Hauch einer Ahnung, wer er gewesen sein könnte?

»Aber nachdem sie dich bedroht hat, habe ich versucht, mit ihr zu sprechen und sie hat mir geschworen, dass sie nichts gegen euch plant.« Für den Bruchteil einer Sekunde sah ich die Ungläubigkeit auf seinem Gesicht. Möglicherweise hatte er sich auch von ihr täuschen lassen. »Sie hat so ehrlich gewirkt, aber ich stelle das allmählich infrage.«

»Meinst du, er liebt sie noch?« Ich hatte die Art gesehen, mit der er sie angesehen hatte, während sie ihn gerettet hatte. Und vermutlich würde ich das nie wieder vergessen. Levi hatte seine Ex-Frau angesehen, als wäre er ein Verdurstender in der Wüste und sie die Wasserflasche.

William zuckte mit den Schultern und schnitt mein Sandwich in der Mitte durch. »Rede mit ihm. Ich weiß es nicht.«

»Aber was denkst du?« Ich wollte seine Meinung hören. Eigentlich wollte ich nur hören, ob er das gesehen hatte, was mir ins Auge gesprungen war.

»Ich denke nicht, dass er sie liebt«, sagte er mit ruhiger Stimme und streckte mir das Sandwich entgegen.

Doch ich schüttelte den Kopf. »Warum lassen sie dann nicht los?«

»Ich vermute, weil sie es niemals geklärt haben.« Dann atmete er hörbar aus, als fiel ihm ein Stein vom Herzen. »Er hat dich kennengelernt und Evelyn auf das Abstellgleis gestellt. Aber sie haben es niemals wirklich geklärt oder ausdiskutiert. Sie hatten keinen Abschluss«, sagte er und erinnerte mich unliebsam daran, wie schnell alles gegangen war. Levi hatte keine Zeit verloren.

»Sollte sie Wallace vögeln, dann hat sie Levi an den Eiern.« Und der Blick, den er mir zuwarf, sprach Bände. Er sprach Bände und brach mir gleichermaßen das Herz. »Rede mit ihm, Matilda. Er braucht dich.«

»Er hat sich nicht bei mir gemeldet, seitdem das passiert ist.« Instinktiv verschränkte ich die Arme vor der Brust, was mich sicher trotzig erscheinen ließ, aber für den Moment war mir das egal.

Allerdings ließ William das nicht gelten und legte die Hände an meine Wangen, damit ich ihn ansehen musste. »Levi kämpft ums Überleben. Nimm es ihm nicht so übel.«

Ich wusste, was sein Unternehmen ihm bedeutete und auch, dass diese Zeiten hart waren. Aber er schloss mich aus und das konnte ich ihm nicht einfach verzeihen, auch wenn ich wusste, dass er Gründe dafür hatte. Williams bohrender Blick lag auf mir. »Du hast recht. Du hast vollkommen recht«, sagte ich und atmete tief durch. Er hatte Recht und auf eine Art verstand ich Levi, allerdings konnte ich es nicht einfach vergessen.

Kapitel 24

LEVI

Boston

Das Summen hallte durch mein Büro. Es war kurz nach dreizehn Uhr und ich hatte keine Sekunde geschlafen. Gedankenverloren drückte ich auf die Gegensprechanlage.

»Wallace ist am Telefon«, platzte es sofort aus George heraus.

»Stell ihn durch.« Ich atmete tief durch, auch wenn sich meine Brust in der gleichen Sekunde schmerzhaft zusammenzog. Meine Zukunft hing an diesem Mann. Wenn er seine Gelder zurückziehen würde, so wie einige andere es bereits getan hatten, dann wäre ich gescheitert. Ich presste den Hörer fester gegen das Ohr. »Hey, Wallace. Wie geht's dir?« Mein Versuch, mir nichts anmerken zu lassen und den Skandal zu überspielen, scheiterte. Ich hörte mich elend an und das konnte ich nicht mehr verstecken. Irgendjemand wollte mich fertigmachen und die Liste an Verdächtigen wechselte ständig.

»Mir geht's gut und dir? Hast du alles im Griff?« Er hatte eine beinahe väterliche Sorge in der Stimme.

»Ja, alles unter Kontrolle.« Ich war der größte Lügner dieser Erde. Es hatte mich den Schlaf gekostet, ich hatte zu viel getrunken und die meiste Zeit die Wand angestarrt. Alles in der Hoffnung, dass ich es irgendwann durchschauen würde – dass ich begreifen würde, was geschehen war und warum. »Was kann ich für dich tun?«, fragte ich vorsichtig nach und betete zu Gott, dass er mir nur seine Unterstützung zusichern wollte.

Wallace räusperte sich. »Levi, mir fällt das nicht leicht, aber ich werde mein Geld zurückziehen.«

»Alles?« In meiner Stimme lagen keine Emotionen mehr, denn sie waren aufgebraucht. Es war die logische Schlussfolgerung und das hätte mir bewusst sein müssen.

»Alles«, stimmte er vorsichtig an.

Ich presste die Zähne fester aufeinander, als etwas in mir so schmerzhaft brach, dass ich mir sicher war, ich würde einfach nach vorne kippen und sterben. Die Bilder vergangener Tage und Erfolge begannen sich vor meinem inneren Auge abzuspielen. Die Erinnerungen an die Gründung meines Unternehmens, die harten Arbeitstage und die Momente des Triumphs fühlten sich plötzlich wie eine ferne Vergangenheit an. Ich dachte an die Gesichter meiner Mitarbeiter, die ich nun vielleicht entlassen musste – Menschen, die ich jahrelang begleitet und gefördert hatte. Alles raste durch meinen Kopf. Die ersten Jahre, in denen das Unternehmen floriert hatte, die Begeisterung für neue Ideen und Projekte, der Stolz auf das Erreichte. Dann kam der Wendepunkt: die Fehlentscheidung, die ich aus Unachtsamkeit oder Druck getroffen hatte. Die Zahlen, die rot auf den Berichten aufleuchteten, die harten Gespräche mit Investoren und Geschäftspartnern, die versuchten, das Unvermeidliche abzuwenden.

Der Film in meinem Kopf verlangsamte sich, als er zu den persönlichen Opfern kam. Die schlaflosen Nächte, die ich damit verbracht hatte, nach Lösungen zu suchen. Die Distanzierung von Freunden und Familie, während ich mich immer weiter in die Krise vertieft hatte. Die inneren Konflikte, das Grübeln darüber, wie ich so eine schwerwiegende Fehlentscheidung hatte treffen können. Die Bilder wechselten zu den letzten Tagen und Wochen. Die Bemühungen, das Ruder herumzureißen, die verzweifelten Versuche, das Unternehmen zu retten. Die Gespräche mit Beratern und Experten, die ich eingestellt hatte, um aus dieser Lage herauszufinden. Aber trotz all meiner Anstrengungen wurde mir langsam klar, dass die Auswirkungen nicht umkehrbar waren. »Wallace, wir kennen uns seit über zwanzig Jahren. Du warst mein erster, großer Kunde und du gehst wegen einer Entscheidung, die ich privat getroffen habe?« Er wusste nichts von der Fehlentscheidung, die Robert getroffen hatte und für die ich geradestehen würde.

»Es geht nicht um Matilda oder was sie war, bevor du sie kennengelernt hast. Mir ist die Ehe heilig und ich kann nicht mit ansehen, wie deine Familie gezwungen ist, bei so einem Schmierentheater mitzuspielen. Evelyn steht immer noch hinter dir, obwohl du sie so vorgeführt hast.« Vielleicht hatte ich mich verspekuliert, in dem ich geglaubt hatte, dass ich diese Sache überstehen könnte, dass Gras darüber wachsen würde. Die Familie… Ich musste unweigerlich schmunzeln. Diesem Mann war auch die Ehe nicht heilig, sonst hätte er keine Affären.

»Das sind private Angelegenheiten. Du weißt doch, dass du mir vertrauen kannst«, sagte ich und presste die Zähne fester aufeinander.

»Meine Moral ist mir wichtiger, Levi.« Er klang entschlossen, als könnte ich ihm alle Versprechen dieser Welt geben, ohne dass es etwas verändern würde. »Ich wünsche dir weiterhin viel Erfolg.« Dann legte er auf, als hätte er mich nicht auf einem Großteil meines Weges begleitet.

Seufzend sank mein Kopf auf die Hände. Schon seit geraumer Zeit hatte mich das Gefühl der Bedrohung fest im Griff und ich hatte es zu keinem Zeitpunkt ernstgenommen. Es hatte schleichend begonnen, mit anonymen Nachrichten – Briefe, die Drohungen in düsteren Worten beinhalteten. Anfangs hatte ich gedacht, es sei vielleicht nur ein schlechter Scherz, ein geschmackloser Versuch, mich aus der Fassung zu bringen. Doch die Intensität der Nachrichten und ihr bösartiger Ton, hatten mich nachts wach liegen lassen. Ich hatte es immer ignoriert, einfach weggeworfen, um der Sache keine Bedeutung zu geben. Doch es schien eine Bedeutung zu haben. Jemand hasste mich und war bereit, mir alles zu nehmen und er hatte damit begonnen. Die Ungewissheit darüber, wer hinter diesen Worten steckte, nagte an mir. Ich grübelte unentwegt, durchsuchte meine Erinnerungen, um nur irgendeinen Hinweis darauf zu finden, wer mich so vehement ins Visier genommen haben könnte. War es jemand, den ich kannte? Oder ein völlig Fremder, der vielleicht nur durch Zufall über meine Existenz gestolpert war? Die Möglichkeiten waren endlos und jede von ihnen trieb meinen Herzschlag in die Höhe.

Die Bedrohungen waren nach und nach konkreter geworden, persönlicher. Fotos von mir an Orten, an denen ich mich nie hätte beobachtet fühlen sollen, tauchten in meinem Postfach auf. Unheimliche Anrufe in der Nacht, bei denen niemand am anderen Ende sprach, hatten meine Panik verstärkt. Die Welt um mich herum begann sich zu verengen, als hätte jemand ein unsichtbares Netz um mich gezogen. Die Angst nagte an meiner Vernunft. Ich fühlte mich wie ein Tier, das auf der Flucht war, ständig in Alarmbereitschaft, die Sinne geschärft, auf der Suche nach irgendeinem Zeichen der Gefahr. Die Verzweiflung wuchs mit jedem Tag, jede Minute war von dieser drückenden Last begleitet.

Meine Gedanken drehten sich im Kreis, ich versuchte alles zu durchdenken, jede mögliche Verbindung zu dieser Bedrohung zu finden. Die Furcht, alles zu verlieren, was mir wichtig war – meine Familie, meine Freunde, meine Existenzgrundlage – trieb mich weiter an den Rand des Abgrunds. Die Ohnmacht, die ich empfand, raubte mir den Schlaf, die Nächte wurden zu endlosen Qualen des Grübelns und der Angst. Ich sehnte mich nach Antworten, nach einem Ausweg aus diesem Albtraum. Doch je mehr ich suchte, desto undurchdringlicher schien das Netz der Bedrohung zu werden. Ich war gefangen in einem Strudel aus Angst und Verzweiflung, unfähig, der Bedrohung zu entkommen, die mich langsam zu erdrücken schien. Und dann kam die Verzweiflung. Die Verzweiflung, nicht zu wissen, wer hinter all dem steckte. Die Verzweiflung, nicht zu wissen, was ich tun konnte, um mich zu schützen. Die Verzweiflung, zu fühlen, wie alles, was ich kannte, aus den Fugen geriet. Es fühlte sich an, als würde ich in einem undurchdringlichen Netz aus Ängsten gefangen sein, ohne Ausweg.

Das Summen der Gegensprechanlage ließ mich zusammenzucken. »Matilda ist hier«, sagte George.

Mein Blick schweifte durch den Raum. Jetzt war ich nicht in der Lage, mit irgendwem zu sprechen. Ich goss den Whisky in das Glas und leerte es in einem Schluck, um es dann wieder aufzufüllen. Ich war der größte Versager, den Boston jemals gesehen hatte. Jeder hatte mich immer gewarnt, dass nach dem Höhenflug der Fall kommen würde, aber ich hatte ihnen nicht geglaubt, bis ich auf den Asphalt geprallt war. Ich presste den Finger auf die Gegensprechanlage. »Jetzt nicht.« Zwei Worte, die mein Herz brachen.

Mein Magen zog sich schmerzhaft zusammen, als ich mich zurücklehnte und ein weiteres Glas Whisky leerte. Irgendwann hatte ich aufgehört zu zählen.

Die Tür flog blitzschnell auf. »Jetzt nicht?« Fassungslos musterte Matilda mich. »Wofür bestrafst du mich eigentlich? Du hast seit zwei Tagen kein einziges Wort mit mir gesprochen, obwohl ich dir rein gar nichts getan habe.« Sie ließ sich auch nicht von George abwimmeln, der immer wieder versuchte, meinen Befehl zu befolgen. Ich wollte niemanden sehen. Niemanden. Deswegen hatte ich auch Lilian weggeschickt.

»Du hast mir nichts getan? Deine Vergangenheit kostet mich gerade alles.« Die Worte platzten einfach aus mir heraus.

Scharf sog sie die Luft ein. »Was?«

»Tut mir leid, das war unfair«, sagte ich und hob beschwichtigend die Hände. Möglicherweise brauchte ich einen Schuldigen, damit ich mir nicht eingestehen musste, wie falsch ich in den letzten Monaten mit der Situation umgegangen war. Ich hätte diese Bedrohung niemals ignorieren dürfen, dann wäre es vermutlich auch nicht so weit gekommen.

Matilda verschränkte die Arme vor der Brust. »Schön, dass du es wenigstens einsiehst.«

»Ich kann jetzt nicht mit dir streiten. Ich habe etwas zu tun. Können wir das bitte verschieben?« Immer wieder rieb ich mir über das Gesicht. Ich hatte nicht geschlafen und mein Gehirn funktionierte nicht so, wie es sollte, was vermutlich am Alkohol und dem fehlenden Schlaf lag.

Mit schnellen Schritten ging sie auf den Schreibtisch zu und schlug vor mir auf die Arbeitsfläche. »Levi, ich bin keine Puppe, die du in die Ecke legst, wenn es dir zu blöd wird.«

»Aber du wirst gehen.« Ich brüllte und mit diesem einen Satz platzte alles aus mir heraus, was ich die ganze Zeit angesammelt hatte. »Du wirst mich verlassen und nicht zurücksehen.« Das war der Lauf der Dinge, denn ich konnte ihr nicht mehr geben, was sie sich so sehr wünschte. Matilda hatte immer Sicherheit gewollt und jetzt war nichts mehr davon übrig. Es existierte keine Sicherheit mehr.

»Nein, werde ich nicht.« In ihren Augen spiegelte sich ein Schmerz, der sich mit meinem verband. Immer wieder schüttelte sie den Kopf.

Doch das interessierte den destruktiven Teil meiner Persönlichkeit nicht. Ich glaubte nicht mehr. Weder an mich noch an sie oder an uns. »Du wirst deine Koffer packen und sie aus dem Haus schieben, weil ich dir nicht das geben kann, was ich dir versprochen habe.« Ich klang so überzeugt davon, dass es mir selbst den größten Schmerz zufügte.

»Ich bin nicht an deiner Seite, weil du mir etwas geben kannst, Levi.« Die Tränen stiegen in ihren Augen auf.

»Oh, ich bitte dich. Irgendwo unter dieser selbstlosen Fassade muss dein Eigennutz stecken. Du bist so wunderschön, so perfekt, und du suchst dir keinen

Mann, der so ist, wie ich, wenn du dir nicht etwas davon versprichst.« Eine Frau wie sie würde sich niemals einen Versager suchen…

Matilda umrundete den Schreibtisch und stellte sich neben mich. »Ich liebe dich«, sagte sie überdeutlich.

»Ich kann mich nicht mal selbst lieben und du schon gar nicht. Es war die ganze Zeit das Geld, oder?« Sie musste es mir sagen, denn ich würde darüber hinwegkommen. Irgendwie. Redete ich mir zumindest ein. Ich hatte alles verloren und etwas mehr Schmerz würde ich schon irgendwie aushalten.

»Nein.« Entsetzt schüttelte sie wieder den Kopf.

Ich erhob mich, baute mich vor ihr auf. »Gib es zu. Tu es für uns beide und sag mir, dass es dir die ganze Zeit nur um das Geld ging, denn ich bin bankrott. Es wird keins mehr da sein. Wallace ist abgesprungen.« Ein Teil von mir wollte sie greifen und schütteln, bis sie einsah, was für eine schlechte Wahl ich war. Doch ich brachte es nicht über das Herz, sie anzurühren. »Wenn du also gehen willst, dann solltest du keine Zeit verlieren.«

»Ich will nicht gehen«, sagte sie und schaute mir dabei tief in die Augen. »Ich habe dir gesagt, dass ich an deiner Seite stehe, aber du hast meine Hand losgelassen. Du hast Evelyn gewählt, um dir zu helfen und dann hast du mich ignoriert.« Ihre Tränen traten über die Wasserlinie und fielen von ihren Wangen.

Ich hatte Evelyn nicht gewählt, aber mir fehlte die Kraft, um sie davon zu überzeugen. Meine Ex-Frau war ein Strohhalm gewesen, nach dem ich gegriffen hatte. Nicht mehr und nicht weniger. »Ich kann mich jetzt nicht mit dir streiten. Mein Unternehmen geht den Bach runter. Meine wichtigsten Investoren sind abgesprungen.« Wieder rieb ich mir über den Bart, um mich in der Realität zu halten. »Gib mir einfach ein paar Tage und dann klären wir die Sache. Aber nicht jetzt. Ich kann das jetzt nicht.« Ich brauchte Abstand, um über die Dinge nachzudenken, um sie zu evaluieren. Zuerst musste ich einen Weg finden, um alles zu retten und dann könnten wir sprechen.

»Levi, das ist nicht fair. Ich wollte dir nur helfen.« Ihre Stimme brach.

»Ich weiß… aber mir kann man nicht helfen.« Vielleicht hätte sie mir glauben sollen, als ich ihr gesagt hatte, dass ich nicht streiten konnte. Ich schottete mich ab und sie hatte mir das niemals geglaubt, weil wir uns nicht gestritten hatten. »Ich möchte jetzt gerne allein sein.« Die Last auf meinen Beinen wurde zu schwer, weswegen ich mich wieder auf den Stuhl sinken ließ. Ein weiteres Glas Whisky würde meine Nerven sicher beruhigen. Vielleicht würde es auch den Schmerz lindern, der meine Brust durchzuckte, als ich ihr in die Augen schaute. Die Worte, die ich gerade ausgesprochen hatte, hingen wie eine düstere Wolke über uns. Der Blick meiner Frau war eine Mischung aus Verletzung, Wut und Enttäuschung. Die Sekunden dehnten sich zu einer quälenden Ewigkeit, während ich versuchte, meine Gedanken zu ordnen und zu verstehen, wie ich alles über Bord werfen konnte, was jemals einen Wert für mich gehabt hatte. Der Ausdruck auf ihrem Gesicht sagte mehr als tausend Worte. Der Schmerz, den ich verursacht hatte, war greifbar und er zerschnitt mir das Herz. Es war, als würde sich ein Abgrund zwischen uns auftun, ein Abgrund, den meine unbedachten Worte geschaffen hatten. Ich wollte die Zeit zurückdrehen, die Worte zurücknehmen, aber es war zu spät.

Ihre Augen funkelten vor unterdrückter Wut und ich konnte sehen, wie sie kämpfte, um ihre Emotionen unter Kontrolle zu halten. Ihr Schweigen war ohrenbetäubend, und es hallte in meinem Inneren wider. Und dann geschah das, was ich gefürchtet hatte. Mit einem letzten enttäuschten Blick drehte sie sich um und verließ das Büro. Das Geräusch der schließenden Tür war wie ein letzter Schlag in mein gebrochenes Herz. Ich wollte ihr hinterherlaufen, sie festhalten, mich entschuldigen – aber ich war wie gelähmt. Die Leere, die in ihrer Abwesenheit entstand, war erdrückend. Ein Wirbelsturm aus Reue und Schuldgefühlen tobte in meinem Inneren. Wie konnte ich nur so unbedacht sein, so egozentrisch? Ich liebte sie doch mehr als alles andere auf der Welt.

Die Minuten verstrichen und ich konnte nichts anderes tun, als über meine Worte nachzudenken. Ich hätte alles gegeben, um die Zeit zurückzudrehen, um diese Worte unausgesprochen zu lassen. Aber nun waren sie da, und ich musste mit den Konsequenzen leben. Das Büro war erfüllt von einer erdrückenden Stille, die nur von meinem eigenen Selbstvorwurf übertroffen wurde. Mein Herz schmerzte bei dem Gedanken daran, wie sehr ich sie verletzt hatte, wie sehr ich unser Glück gefährdet hatte. Sie wegzustoßen, obwohl sie alles war, was ich brauchte – was ich wollte – war selbstzerstörerisch.

Kapitel 25

MATILDA

Martha's Vineyard

Weinend saß ich auf dem kalten Boden des Wohnzimmers, umgeben von einem Meer aus zerknüllten Taschentüchern. Meine Gefühle waren ein wildes Durcheinander aus Wut, Trauer und Enttäuschung. Levis Vertrauensbruch saß tief. Verdammt tief. Die Verzweiflung umklammerte mich wie eiskalte Hände, die mich in einen dunklen Abgrund zogen. Mein Verstand war gefangen in einem endlosen Kreislauf von Gedanken, die mich quälten und mich nach Antworten suchen ließen, die ich vielleicht niemals finden würde.

Ich fühlte mich verletzlich und bloßgestellt, als hätte jemand mein Innerstes nach außen gekehrt. Jedes Mal, wenn ich mich dabei erwischte, dass ich in der Wahrscheinlichkeitsform dachte, erinnerte ich mich selbst daran, dass genau das geschehen war. Jemand hatte meine Vergangenheit enthüllt und obwohl ich mich nicht dafür schämte, wollte ich nicht, dass jeder davon wusste. Ich konnte die Wucht der Emotionen kaum ertragen, die in mir aufkamen. Levi und ich hatten immer noch nicht gesprochen. Die Tränen strömten unaufhörlich über mein Gesicht, als würden sie all die unausgesprochenen Worte und den Schmerz aus mir herauswaschen wollen. Meine Brust fühlte sich an, als wäre ein schwerer Stein darauf niedergelegt worden, und jeder Atemzug war ein Kampf gegen die Enge in meiner Kehle.

»Geht es dir immer noch nicht besser?«

Inzwischen erkannte ich Henrys Stimme ohne Probleme, aber es änderte nichts an der Tatsache, dass ich zusammenzuckte. Ich würde mich wohl nie daran gewöhnen, dass er Zutritt zum Haus hatte. »Mir geht's gut«, bestätigte ich mit bebender Stimme und wischte die Tränen von meinen Wangen.

»Wer hat dir diese Scheiße beigebracht?« Er lehnte sich gegen das Sofa und schaute auf mich herab.

»Was?«

Als er in die Hocke ging, trafen sich unsere Blicke. »Dieses ständige Zusammenreißen. Wer hat dir das beigebracht?«

Meine Tränen flossen nicht mehr, aber das Gefühl, das mich flutete, war nicht maßgeblich angenehmer. Ich war nun mal so, wollte ich ihm bestätigen, doch ich ließ mir einen Moment Zeit, um über seine Frage nachzudenken. Riss ich mich zu sehr zusammen? Eigentlich hielt ich es für normal, immerhin war ich so aufgewachsen. Der Gedankenblitz traf mich plötzlich. »Vermutlich meine Eltern.«

»Das ist nicht unbedingt das, was man seinem Kind beibringen sollte. Meinst du nicht?« In seiner Stimme lag etwas, das ich nicht richtig deuten konnte. War es der übliche Generationshass, den man seinen Eltern gegenüber empfinden musste, weil es nun mal der Kreislauf war?

»Ich… Ich weiß nicht. Darüber habe ich noch nie nachgedacht«, sagte ich und schob die Taschentücher, die ich auf dem Boden verteilt hatte, alle auf einen Haufen. Auch wenn es absurd war, überkam mich das Gefühl von Scham, weil er mich schon wieder in einem schwachen Moment erwischt hatte. Oh, er musste mich wirklich für ein Wrack halten.

Henry griff nach der Taschentücherbox und streckte sie mir entgegen. »Du darfst weinen, Matilda. Das ist wichtig.«

»Ich wusste gar nicht, dass du auch einen Abschluss in Psychologie hast.« Ich war schlecht darin, vor nahezu Fremden zu weinen, auch wenn es sich bei ihm nicht anfühlte, als wären wir vollkommen fremd. Aber trotzdem. Ich musste mich zusammenreißen. Mit einem

Seufzen erhob ich mich vom Boden. »Was machen meine Pflanzen?«

Er tat es mir gleich. »Sie erwachen langsam wieder zum Leben, aber einige sind deiner Herrschaft zum Opfer gefallen. Ich wollte gerade zum Pflanzenmarkt fahren und neue kaufen.« Der Autoschlüssel raschelte in seiner Tasche, als er darauf klopfte. »Jetzt bin ich mir ja sicher, dass sie überleben werden. Zumindest solange ich in der Nähe bin.«

»Viel Spaß«, meinte ich und dachte daran, wie ich mich um das Chaos hier kümmern würde. Vielleicht würde Levi auch nach Hause kommen und wir könnten endlich über alles sprechen. Ich musste diese Wut nämlich loswerden und meinen Verdacht endlich mit jemandem teilen.

»Danke.« Er lächelte, aber wandte den Blick nicht von mir ab. Erst, als er einige Schritte gegangen war, blieb er wieder stehen und intensivierte den Blick. »Weißt du was? Komm doch mit.«

»Ich?« Er schaute mich an, wie er es neulich schon getan hatte, als die Vergangenheit enthüllt worden war. Es war eine Mischung aus Sorge und Wärme. In seinen Augen lag der Hauch eines Hinweises darauf, dass irgendetwas zwischen uns war, das ich nicht greifen konnte.

Verteidigend hob er die Hände. »Keine Sorge, die Pflanzen werden dich nicht angreifen, nur weil du ihre Freunde und Familienmitglieder verdursten lassen hast.«

»Witzig«, brummte ich, aber lächelte dabei. Er sollte mich nicht für mürrisch halten, auch wenn ich das zweifellos hin und wieder war.

Dann blickte er demonstrativ durch das Wohnzimmer. »Oder hast du etwas Besseres vor, als mich zu begleiten?«

Ich konnte jetzt lügen und behaupten, dass ich immer unsagbar beschäftigt war, aber es wäre eine Lüge. Meistens, wenn Levi nicht da war, hatte ich nicht viel zu tun, außer mich um mich selbst zu kümmern und dafür zu sorgen, dass alles im Haus glatt lief. »Eigentlich nicht.« Die Worte kamen nur leise über meine Lippen. Ablenkung würde mir guttun, davon war ich überzeugt, allerdings war ich mir nicht sicher, ob er der Richtige war, um es mir zu geben. Ich wurde das Gefühl nicht los, dass die Nähe zwischen uns gefährlich war.

Doch er legte den Arm blitzschnell um mich. »Dann werden wir jetzt neue Pflanzen kaufen, die anschließend sogar gegossen und am Leben gehalten werden.« Sein hämisches Grinsen ließ mich ebenfalls schmunzeln.

Ich brauchte Ablenkung. Die Tatsache, dass er genau das erkannt hatte, ließ mich in seiner Gegenwart ruhiger werden. Und es war doch nur der Pflanzenmarkt… Was sollte schon passieren? Ich folgte ihm aus dem Haus und nahm auf dem Weg noch meine Handtasche mit. Wir stoppten erst, als wir vor dem in die Jahre gekommenen Pick-up stehen blieben, den er nicht gegen einen Dienstwagen von uns eintauschen wollte. Er strahlte einen rustikalen Charme aus, der Geschichten vergangener Abenteuer erzählte. Die Lackierung hatte die Sonne über die Jahre hinweg ausgeblichen und der Chrom an den Stoßstangen und den Felgen hatte Rostspuren angesetzt. Henry öffnete mir die Tür und ich stieg ein. Während er sich hinter das Lenkrad setzte, konnte ich jede Bewegung seiner Hände beobachten. »Bist du immer so?«, fragte ich und drehte den Kopf zu ihm.

Seine Finger strichen über die Wölbung des Lenkrads, als würde er mit dem Auto auf eine ganz besondere Art kommunizieren. Ein zufriedenes Lächeln huschte über sein Gesicht, als der Motor mit einem vertrauten Aufheulen zum Leben erwachte. »Wie bin ich denn?« Herausfordernd funkelte er mich an.

»Unbeschwert«, gab ich zurück. Möglicherweise war ich auch nur unfassbar verkrampft, weswegen mich sein lockerer Umgang mit allem faszinierte.

Er steuerte den Pick-up vom Grundstück und schließlich auf die Hauptstraße. »Das Leben ist nur so schwer, wie man es nimmt, Matilda.«

»Ist das ein Kalenderspruch?« Jedenfalls klang es wie die Worte, die Menschen mit Edding auf Toilettenwände schrieben. Ich für meinen Teil war noch nie in meinem Leben in die Versuchung gekommen, beim Pinkeln einen Stift rauszuholen und meine Gedanken auf einer Tankstellentoilette zu verewigen.

»Meine Mutter hat das oft gesagt«, meinte er und beschleunigte das Auto. »Sie hat fest daran geglaubt, dass wir mit unseren Gedanken und Einstellungen alles beeinflussen können.«

»Sie hat recht.« Gedanken hatten die Macht, alles zu verändern. Objektiv betrachtet waren es auch nur meine Gedanken, die mir einredeten, dass zwischen uns irgendetwas war, was mir guttat. Vielleicht nahm er das gar nicht wahr und ich manipulierte mich selbst in diesen Glauben. Ich beobachtete, wie er sich im Sitz zurücklehnte. Das leise Quietschen der Federung und das Vibrieren des Lenkrads verrieten, dass dieser Pick-up seine Eigenheiten hatte, die er über die Jahre hinweg bewahrt hatte. »Leider ist das nicht immer so einfach.« Das Leben lief nicht immer so, wie man es sich wünschte, das stellte ich aktuell wieder fest. Alles war so perfekt gewesen und jetzt war nichts mehr davon übrig.

Die Geräusche des Motors füllten die Luft um uns herum. Während die Landschaft draußen vorbeizog – malerische Dörfer, weitläufige Felder und die sanften Konturen der Hügel – konnte ich die Freiheit förmlich spüren, die durch das halbgeöffnete Fenster hereinwehte. Sein Profil hob sich vor der Kulisse ab, als er die Straße vor sich verfolgte. Das Radio spielte 80er, die die Atmosphäre perfekt untermalten. Plötzlich lenkte er ein. Das Knirschen der Räder auf dem Kies unterstrich den Wechsel der Straße.

Henry drehte den Schlüssel herum und schnallte sich ab. Das war sicher nicht der Pflanzenmarkt, worauf ich ihn hinweisen wollte, doch er brachte mich mit seinem Blick zum Schweigen. »Ich möchte, dass du lachst«, sagte er in die aufkeimende Stille hinein. Es war eine Mischung aus meinem eigenen Wunsch und der Angewohnheit, Befehlen zu folgen, ohne sie zu hinterfragen, die mich lächeln ließ. Doch er schüttelte den Kopf. »Nicht so. Ich will, dass du ehrlich lachst, dass du wieder glücklich bist.«

Nun, das wollte ich auch, aber das Leben war gerade nicht zum Lachen. Alles versank gnadenlos im Chaos und ich konnte nichts dagegen tun, weil ich keine Ahnung hatte, wer es auf uns abgesehen hatte. Ich hatte einen Verdacht, aber mir fehlten die Beweise. Seufzend lehnte ich mich zurück und ließ den Kopf gegen die Lehne sinken. »Erzähl mir doch einen Witz.«

Er schmunzelte und rückte näher an mich heran. Wie selbstverständlich beugte er sich zu meinem Ohr und ich war mir sicher, dass er alles tun würde, aber keinen Witz erzählen würde. Sein Atem streifte mein Ohr und schickte eine Gänsehaut über meinen gesamten Körper. Für den Bruchteil einer Sekunde spürte ich seine Lippen an meinem Ohrläppchen. »Treffen sich zwei Holzwürmer. Sagt der eine: *Meine Tochter arbeitet jetzt in der Bank.*«

Ein herzhaftes Lachen brach aus mir heraus, als ich den schlechtesten Witz aller Zeiten hörte. Meine Augen funkelten, während meine Lippen sich zu einem breiten Grinsen verzogen. »Der ist wirklich schlecht.« Das Lachen rollte förmlich durch meinen Körper, ließ meine Schultern wackeln und meine Bauchmuskeln zucken. Es war ein Lachen, das von einer ansteckenden Energie durchzogen war – ein Zeichen dafür, dass der Witz so schlecht war, dass er schon wieder gut war. Vielleicht lag es auch an der Art, wie er ihn in mein Ohr geflüstert und mir damit schon eine Reaktion entlockt hatte.

»Immerhin lachst du jetzt wieder.« Und er tat es auch.

In diesem Moment war der Witz selbst nebensächlich geworden. Es ging nicht mehr darum, ob er lustig oder flach war, sondern darum, wie er mich dazu brachte, in einem solchen Ausmaß zu lachen. Dieses herzliche Lachen war wie eine kurze Flucht aus dem Alltag, ein Moment purer Freude und Unbeschwertheit, der mir ein warmes Gefühl im Inneren schenkte. Ich bog mich leicht zur Seite, stützte meine Hand auf dem Sitz ab. »Du bist nicht nur gut darin, Pflanzen am Leben zu halten. Ich glaube, du kannst auch gut mit Menschen umgehen.«

»Eigentlich mag ich Menschen nicht besonders.« Seine Hand glitt mühelos über mein Bein, als wäre nicht der Hauch von Distanz noch vorhanden.

Ich schaute zu ihm auf, als er den Saum meines Sommerkleides umspielte. »Warum?«

»Die meisten von ihnen sind ziemlich verlogen und auf ihren eigenen Vorteil bedacht.« Seine Lippen waren dicht an meinem Ohr, so wie gerade, als er den Witz erzählt hatte. Doch dieses Mal würde er wohl keinen Witz erzählen.

Schließlich drehte ich den Kopf und streifte dabei die Bartstoppeln an seiner Wange. »Für einen Menschenhasser bist du aber ganz schön aufgeschlossen.«

»Auch wir brauchen Menschen, die wir weniger hassen als die anderen.« Seine Augen leuchteten auf, als er mich anschaute. Immer höher ließ er seine Hand an meinem Bein gleiten.

»Und… hasst du mich ein bisschen weniger als die anderen?«, fragte ich und unterbrach den Blickkontakt nicht. Die Worte waren nichts weiter als ein Hauchen. Ich war ihm ohnehin nahe genug, damit er alles hörte.

Henry nickte und legte seine Hand an meine Wange. »Ja, das tue ich.«

»Das ist vermutlich ein großes Kompliment aus dem Mund eines Menschenhassers.« Unweigerlich musste ich schmunzeln. Er war kein Mensch, der mit Hass erfüllt war, das sah ich ihm deutlich an. Ich glaubte, dass er jemand war, dessen Herz so groß war, dass er es nur vor Schaden bewahren wollte.

»Darauf kannst du sehr stolz sein.« Ich fühlte seine sanfte Berührung, als er zärtlich über meine Wange strich. Henrys Blick verriet eine Mischung aus Zuneigung und Vertrautheit, während seine Handbewegung eine Intimität ausdrückte, die ich leugnen musste. Es war doch unmöglich, dass ich dieses Gefühl immer wieder in seiner Nähe bekam, oder? Wie konnte er mir genau das geben, was ich brauchte? Es schien, als ob die Zeit für einen Augenblick stillstand, während wir uns in dieser ruhigen Geste und dem intensiven Blick verloren. »Ich würde dich jetzt gerne küssen«, sagte er und strich mit dem Daumen über meine Lippen.

»Das wäre nicht richtig.« Aber wenn ich ehrlich war, dann war es genau das, was ich auch wollte. Meine Augen schweiften immer wieder zu seinen Lippen und es gab wenig, was ich so sehr wollte, wie ihn jetzt zu küssen.

Henry biss sich auf die Unterlippe. »Matilda, dann sieh mich nicht so an. Schau mich nicht an, als wäre ein Kuss alles, was du willst.«

Es war alles, was ich gerade wollte. Es war alles, wovon ich überzeugt war, dass ich es brauchte, um mich augenblicklich besser zu fühlen. Vielleicht war es mein Herz, das diesen Eindruck erweckte. »Ich kann nicht wegsehen«, sprach ich gegen seine Lippen, ohne sie dabei zu berühren.

Seine Hand glitt von meiner Wange in den Nacken, was mich augenblicklich erzittern ließ. Die Gänsehaut kroch meine Wirbelsäule hinauf, als ich seine Finger in meinem Haar fühlte, zart und dennoch voller Entschlossenheit. Ein Flüstern von Vorfreude huschte durch die Luft, als sich unsere Blicke trafen und sich in diesem intimen Moment ineinander verloren. Sein Griff wurde fester, aber immer noch so behutsam, als wüsste er genau, wie viel Kraft er aufwenden sollte, um Verlangen zu wecken, aber keine Unsicherheit zu hinterlassen. Ein Schauer der Erregung durchzuckte mich, als er meine Haut streichelte. Und dann, in einem Augenblick, der wie eine Ewigkeit zu dauern schien, zog er mich an sich heran. Unsere Lippen trafen sich mit einer Intensität, die den Puls in meinen Adern anschwellen ließ. Seine Küsse waren leidenschaftlich, ein Tanz aus Verlangen und Vertrautheit, der mich die Welt um uns herum vergessen ließ. Die Wärme seiner Lippen brannte auf meiner Haut, während er mich näher an sich zog.

Es war, als ob die Zeit stillstand, während wir uns in diesem Kuss verloren. Die Welt um uns herum verschwamm und es gab nur noch uns beide. Unsere Atemzüge verschmolzen miteinander und ich konnte spüren, wie sein Herzschlag im Einklang mit meinem eigenen pochte. Henrys Hände erforschten meinen Rücken, während der Kuss sich vertiefte. Jeder zärtliche Griff, jeder sanfte Druck erzählte von einer Sehnsucht, die über Worte hinausging. Und als ich in seine Augen blickte, konnte ich die leidenschaftliche Glut sehen, die dort brannte – Flammen, die nur darauf warteten, erneut entfacht zu werden. Seine Lippen waren weich und fordernd zugleich, eine Mischung aus Verlangen und Hingabe. Der Kuss war wie ein Wirbelsturm, der mich mit sich riss, meine Gedanken und Sorgen forttrug und nur das Hier und Jetzt zählte. Die Welt um uns herum verschwamm, und es schien, als wären wir die einzigen zwei Menschen, die in diesem Augenblick existierten. Er umfasste meinen Nacken fester, während der Kuss intensiver wurde. Die Hitze seines Atems mischte sich mit meinem, und jede Faser meines Körpers schien sich nach dieser Nähe zu sehnen.

Kapitel 26

LEVI

Martha's Vineyard

Immer fester hielt ich die roten Rosen in meiner Hand. Jeder Moment fühlte sich wie eine Ewigkeit an, während ich darauf wartete, dass Matilda nach Hause kommen würde. Meine innere Unruhe drückte sich in meinem Herzklopfen aus, das lauter wurde, je näher der Augenblick rückte. Die Rosenblütenblätter fühlten sich zart zwischen meinen Fingern an, als ich sie leicht drückte. Ein Hauch von Nervosität mischte sich mit dem Duft der Blumen. Die Zeit schien stillzustehen, als ich darüber nachdachte, wie ich mich bei ihr entschuldigen konnte. Ich hatte mir vorgenommen, meine Worte sorgfältig zu wählen und ihr von Herzen zu zeigen, wie leid es mir tat.

Endlich hörte ich Schritte und mein Herzschlag beschleunigte sich noch mehr. Als sie die Haustür öffnete und mich ansah, konnte ich ihre Überraschung und Unsicherheit spüren. Ich trat auf sie zu, die Rosen in meiner ausgestreckten Hand, als ein unsicheres Lächeln sich auf meine Lippen schlich. Nichts an dieser Situation war zum Lächeln, aber ich musste irgendetwas tun. »Ich habe auf dich gewartet.« Die Worte fanden endlich den Weg aus meinem Mund, begleitet von einer aufrichtigen Entschuldigung und dem Versprechen, es besser zu machen. Die Rosen überreichte ich ihr als symbolische Geste meines Bedauerns.

»Warum?« Als wäre es gar nichts, legte sie die Rosen auf dem Beistelltisch ab.

»Ich…« Ich stockte. Es gab nichts auf der Welt, das ich so sehr hasste, wie mich zu entschuldigen. »Ich weiß, dass ich einen Fehler gemacht habe.« Aber ich würde nicht die richtigen Worte finden, um ihr zu erklären, was in mir vorging. In den meisten Momenten verstand ich es nämlich selbst nicht.

»Einen Fehler?« Scharf sog sie die Luft ein. »Oh, Levi… Das war nicht nur ein Fehler.«

Fuck. Ich wusste doch, dass es nicht nur ein Fehler war. Das war eine gigantische Katastrophe und ich hatte nicht den Hauch einer Ahnung, wie es so weit hatte kommen können. Aber sie musste mir eine Chance geben, es wiedergutzumachen. »Setz dich bitte und lass uns reden«, sagte ich und deutete auf das Wohnzimmer. Sie musste mir nicht vergeben, das war nicht meine Erwartungshaltung. Sie könnte auch noch einige Zeit wütend auf mich sein, aber wir durften uns nicht verlieren. Nicht deswegen.

Doch Matilda schüttelte den Kopf. »Das habe ich versucht, als ich in dein Büro gekommen bin. Aber du hast mich seitdem ignoriert und wie eine Fremde behandelt.« Ich konnte den Schmerz in ihrer Stimme so deutlich hören. »Ich bin aber deine Frau«, brüllte sie und ließ mich zusammenzucken. Es war nicht oft vorgekommen, dass sie geschrien hatte, vermutlich machte es mir deswegen deutlich, wie ernst die Situation war.

»Ich musste selbst erst einmal zurechtkommen.« Verteidigend hob ich die Hände. Sie wurde gedemütigt, aber ich stand kurz davor, alles zu verlieren, was ich mir aufgebaut hatte. Mein Leben war im freien Fall, alles, was ich mir aufgebaut hatte, drohte zu zerbrechen.

»So funktioniert keine Ehe, Levi.« Entschlossen schüttelte sie den Kopf. »Vielleicht hat das mit Evelin geklappt, aber nicht mit mir.«

Ich war mir nicht sicher, ob es sie mehr störte, dass ich nicht mit ihr gesprochen hatte, oder ob es das leidige Evelyn-Thema war, das der Ursprung dieser Diskussion war. »Es tut mir leid, okay?«

»Was tut dir leid? Dass du dir von Evelyn helfen lässt und mich ausschließt? Oder ist es die Tatsache, dass du dich wie das letzte Arschloch verhältst?« Ihre Augen wirkten leer.

»Es tut mir leid, dass ich dir nicht erklären kann, was in mir vorgeht«, sagte ich mit ruhiger Stimme. »Ich würde das wirklich gerne tun, aber ich kann es nicht in Worte fassen.« Vielleicht lag es daran, dass ich ein Mann war oder daran, dass ich wirklich ein Arschloch war, doch ich konnte es nicht greifen. Es gab nichts, was ich in diesem Moment so sehr wollte, wie ihr zu erklären, was in mir vorging, aber ich konnte es nicht, weil ich es selbst nicht wusste. Diese Verzweiflung musste sie doch sehen, oder?

Als sie den Blick abwandte, wurde ihr Gesicht weicher. »Ich wollte nicht schreien.«

»Ich kann nicht gut mit Gefühlen umgehen und es hat mich einfach überrannt. Ich habe mich so gedemütigt und zeitgleich ungerecht behandelt gefühlt.« Es war eine Abwärtsspirale, von der ich überzeugt gewesen war, dass ich sie nur lange genug ignorieren müsste, um dem Skandal zu entgehen. »Alles bricht zusammen und das Letzte, was ich möchte, ist, dass wir beide Ärger haben.« Sanft legte ich ihr die Hände auf die Schultern und entgegen meinem vorherigen Gefühl, wich sie nicht aus. »Ich weiß, dass ich einen Fehler gemacht habe.«

»Dein Herz hängt an dem Unternehmen«, erwiderte sie mit leiser Stimme.

»Ich habe wahnsinnige Angst, alles wegen eines Fehlers zu verlieren.« Und das hatte nichts mit den Enthüllungen zu tun, sondern mit den Dingen, die weit vorher geschehen waren. Es waren die Fehlinvestitionen, die mir Angst machten, die illiquiden Anlagen, die wir nur bedingt verkaufen konnten. »Und damit meine ich nicht dich. Du bist kein Fehler. Niemals. Ich meine, Roberts Fehler. Er hat uns an den Abgrund getrieben.« Matilda war das einzig Richtige in meinem Leben. Sie war alles, was ich immer gewollt und gebraucht hatte. »Mein Leben, unser Leben, läuft auf wirklich seltsame Art aus dem Ruder.« Ich glaubte nicht länger daran, dass es ein Zufall war. Nichts davon war ansatzweise ein Zufall.

Mit einem Nicken stimmte sie mir zu. »Levi, ich glaube, jemand hat es auf dich abgesehen.«

»Ja, das glaube ich auch. Irgendjemand versucht, mich fertigzumachen, aber ich habe keine Idee, wer es sein könnte.« Die letzten Tage hatte ich rund um die Uhr darüber nachgedacht und war zu keiner Lösung gekommen. Alles fühlte sich seltsam zerrissen an, wir hatten unzählige Teile, aber keins davon passte zusammen. Immer wieder wandte sie den Blick ab, als versuchte sie, die Worte, die ihr durch den Kopf gingen, nicht auszusprechen. »Warum schaust du so seltsam?«

»Weil ich sehr wohl eine Idee habe.« In ihrer Stimme lag die Überzeugung, die mir fehlte.

»Wen?«

»Evelyn«, antwortete sie, ohne eine Sekunde zu zögern. »Bevor du sagst, dass das unmöglich ist, denk einige Sekunden darüber nach. Wer hat ein Motiv dazu? Wer hasst uns beide? Wer war sofort da, um sich auf deine Seite zu schlagen und als Retterin aufzuspielen? Und wer hat einen Draht zu Wallace, um seine Meinung zu beeinflussen?« Es war nicht nur Überzeugung in ihrer Stimme, es war Gewissheit. Matilda war sich sicher.

Seufzend rieb ich mir über das Gesicht. »Ich habe viel darüber nachgedacht, warum Wallace sein Geld zurückgezogen hat, und ich glaube nicht, dass er das aufgrund moralischer Bedenken gemacht hat. Er ist ein Frauenheld und wenn man den Gerüchten glauben kann, hat er kranke Vorlieben. So jemand argumentiert nicht mit Moral.«

Es war nicht so, dass mir dieser Gedanke nicht gekommen war, aber ich hatte ihn wieder verworfen, denn ich war mir sicher gewesen, dass Evelyn nicht so dämlich wäre, mich auf diese Art anzugreifen. »Meinst du, sie hat deswegen das Haus am Ende der Straße gekauft?« Saß sie dort und dachte die ganze Zeit darüber nach, wie sie mir das Leben schwermachen konnte? War das ihr neuer Lebensinhalt?

»Sie will dich zurück, Levi.« Ich wollte es abstreiten, doch ich wusste, dass es sinnlos war. Wenn Matilda sich einmal für eine Meinung entschieden hatte, dann blieb sie dabei. Manche nannten das Charakterstärke, ich nannte es Sturheit. »Du sollst mich hassen und wie geht das besser, in dem ich deinem Unternehmen schade?«

Ihr Blick durchdrang mich und spießte mein Herz auf. »Du schadest mir nicht, Matilda. Dass ich diesen Anschein erweckt habe, tut mir unendlich leid.« Allerdings musste ich zugeben, dass ihre Version durchaus schlüssig klang. Vor allem hörte es sich nach Evelyn an. Ich tigerte durch den Eingangsbereich. Sollte das wirklich wahr sein?

»Glaubst du, dass sie es sein könnte?«, fragte sie und schaute mir hinterher.

Wenn ich an Evelyns und meine Ehe zurückdachte, hatte mich oft ein Gefühl von Wehmut und Traurigkeit überkommen. Die Erinnerungen daran, waren ein Mix aus emotionalen Höhen und dunklen Tiefen gewesen, die mich bis zu diesem Zeitpunkt beeinflussten. Ihre psychische Verfassung war oft fragil gewesen und es war schwer gewesen zu sehen, wie sehr sie mit ihren eigenen inneren Dämonen gekämpft hatte. Die bösen Nachrichten, die sie sich selbst geschrieben hatte, waren schwer zu ertragen gewesen. Sie schien regelrecht von Selbstzweifeln und negativen Gedanken beherrscht worden zu sein, die sie unaufhörlich gequält hatten. Es war frustrierend und schmerzhaft gewesen mitanzusehen, wie sie sich selbst sabotiert hatte und sich in einem Teufelskreis aus Unsicherheit und Angst gefangen gehalten hatte.

Die Auseinandersetzungen und der Hass zwischen uns waren überwältigend gewesen. Es hatte so gewirkt, als könnten wir uns in diesen Zeiten nicht mehr als Partner sehen, sondern nur als Gegner, die einander verletzen wollten. Die Worte, die im Zorn ausgetauscht worden waren, hatten ihre Narben hinterlassen, sowohl in mir als auch in ihr. Die Grenzen zwischen der Realität und dem, was Evelyn dafür gehalten hatte, waren mit der Zeit verschwommen. Es hatte so gewirkt, als ob sie in ihrer eigenen Welt gefangen gewesen wäre, in der Fiktion und Wirklichkeit miteinander verschmolzen waren.

Trotz all dieser Schwierigkeiten hatte ich versucht, mitfühlend und geduldig zu sein. Aber letztendlich hatte ich die Distanz zwischen uns nicht überbrücken können.

Unsere Ehe war von den tiefen Rissen der psychischen Belastungen gezeichnet gewesen, und es war immer klarer geworden, dass wir beide nicht das richtige Umfeld füreinander gewesen waren. »Ja, ich denke, das kann sein. Aber ich werde mich darum kümmern.« Die Entscheidung, Evelyn zu verlassen, hatte etwas in ihr zerstört, das war mir immer bewusst gewesen, allerdings war ich mir nicht sicher, wie schlimm die Sache war. »Gnade ihr Gott, wenn sie das war.« Warnend funkelte ich Matilda an. Ich könnte für nichts garantieren, wenn dieser Verdacht sich bestätigen würde.

Kapitel 27

MATILDA

Martha's Vineyard

Henry, 13:10 Uhr
Hast du die neuen Pflanzen gesehen? Gefällt es dir?

Ich, 13:12 Uhr
Es sieht sehr schön aus.

Henry, 13:10 Uhr
Gehst du mir aus dem Weg?

Ich, 13:12 Uhr
Ein bisschen.

Henry, 13:10 Uhr
Hör auf damit.

Ich, 13:12 Uhr
Henry… Du hättest mich nicht küssen dürfen.

Henry, 13:10 Uhr
Du wolltest das doch auch, oder?

Ich, 13:12 Uhr
Ich war verwirrt.

Henry, 13:10 Uhr
Es hat sich angefühlt, als wenn du das wolltest.

Ich, 13:12 Uhr
Wollte ich auch.

Ich, 13:12 Uhr
Aber Levi und ich haben Regeln und ich will nicht dagegen verstoßen.

Henry, 13:10 Uhr
Also darfst du andere Männer nur küssen, wenn er dabei zusieht?

Ich, 13:12 Uhr
Es gibt Grenzen, Henry. Und das hier ist eine Grenze.

»Ist das William?« Lilians Stimme riss mich aus meinen Gedanken an Henry.

»Hm?« Irritiert schaute ich auf.

»Ob mein Mann dir schreibt, will ich wissen.« Die Worte kamen forsch über ihre Lippen, während sie auf mein Handy deutete. Das war nicht die Art von Gespräch gewesen, mit der ich gerechnet hatte.

Hastig steckte ich es weg, um mich nicht erklären zu müssen. »Nein«, erwiderte ich und holte tief Luft. Ich war mir nicht sicher, ob wir so gute Freunde waren, dass ich mit ihr über Henry sprechen könnte. Und solange ich das nicht wusste, würde ich es nicht riskieren. Abgesehen davon hatte ich sicher irgendeinen Kodex gebrochen, in dem ich ihm nähergekommen war, während es ihr Ziel war, ihn zu den Partys einzuladen.

»Bist du dir sicher?« Sie tadelte mich mit ihrem Blick und ich konnte das Misstrauen darin nicht übersehen. Allerdings konnte ich es auch nicht verstehen.

Ich stützte beide Arme auf die Theke. »Was soll das? William schreibt mir in der Regel keine Nachrichten.« Hin und wieder kommunizierten wir natürlich, aber nicht regelmäßig. Wir hatten auch keine ellenlangen Chats oder etwas, wovon sie nichts wusste.

»Ich habe nur überlegt, ob sich kürzlich etwas an eurer Verbindung verändert haben könnte.« In diesem Augenblick war ich mir sicher, dass sich etwas an ihrer und meiner Verbindung verändert hatte. Sie schaute mich anders an.

»Zwischen William und mir ist nichts passiert«, sagte ich und verstand weiterhin nicht, worauf sie hinauswollte. Es war nichts geschehen. Alles war wie immer.

»Okay.« Sie sprach das Wort zwar aus, aber es klang nicht ansatzweise so, als wäre irgendetwas okay.

»Ich verstehe die Frage nicht, Lily.« Dachte sie wirklich, dass ich hinter ihrem Rücken etwas mit William zu tun hatte? Als wir uns dazu entschieden hatten, hin und wieder zusammen Spaß zu haben, war Ehrlichkeit die oberste Regel gewesen. Wir hatten uns geschworen, nichts hinter dem Rücken der anderen zu tun. Und bisher hielt sich jeder daran. Abgesehen von mir. Ich hatte Henry geküsst.

»Ich möchte nur verhindern, dass irgendjemand die Grenzen überschreitet, die wir uns gesetzt haben.« Sie strahlte nicht, so wie es sonst der Fall war. Ihr Gesicht hatte den Glanz verloren, den ich immer so sehr bewundert hatte.

War ich möglicherweise zu entspannt mit allem umgegangen? War es ein Problem, dass ich zu William gegangen war, als ich nicht weiter gewusst hatte? Im Grunde hatte er nichts getan und wir hatten auch keine Grenze überschritten. Im Gegenteil. Er hatte mir gesagt, dass ich unbedingt mit Levi sprechen sollte. »Wir sind Freunde. Dürfen wir uns nicht unterhalten?« Wenn das ein Problem war, dann war es mir in den letzten zwei Jahren entgangen.

»Ich weiß nicht, ob ihr euch unterhaltet… Umarmungen in meiner Küche, während niemand Zuhause ist, zähle ich eigentlich nicht zur Freundschaft. Zumal ich dachte, wir beide sind Freunde«, stellte sie richtig und bedachte mich schon wieder mit diesem bitterbösen Blick.

»Mach mal langsam.« Beschwichtigend hob ich die Hände. Aus ihrem Mund hörte es sich an, als hätte ich ihren Mann angemacht und das war nicht der Fall. Zumindest nicht außerhalb unserer Absprache. »Wir sind Freunde, aber ich bin auch mit William befreundet.« Automatisch gestikulierte ich mit den Händen, um meine Worte zu unterstreichen.

»Warst du deswegen bei uns?«

Rasch nickte ich. »Ich musste mit jemandem reden und du warst in Boston.« William war nicht meine erste Wahl gewesen, immerhin hatte ich sie mehrfach angerufen und sie war nicht ans Telefon gegangen.

»Kannst du mir zeigen, dass er dir nicht geschrieben hat?«, fragte sie und deutete auf die Handtasche, die neben mir auf dem Barhocker stand.

Ich stutzte. Hatte sie mich das gerade wirklich gefragt? Wollte sie mein Handy kontrollieren, so wie meine Mutter es zuletzt mit dreizehn getan hatte? Irritiert nippte ich am Martini, um mir Zeit zu verschaffen. Sie würde keine Ruhe geben, das ahnte ich. »Henry schreibt mir.« Ich bereute meine Worte in der gleichen Sekunde, als ich ihren verwunderten Gesichtsausdruck sah.

»Henry, der Gärtner?« Sie zog eine Augenbraue in die Höhe.

»Ja.« Mit einem Nicken stimmte ich mir selbst zu. »Er hat neue Blumen gepflanzt«, fügte ich hinzu. Ich würde ihr nicht erzählen, dass er mich geküsst hatte – dass wir uns geküsst hatten, korrigierte ich mich in Gedanken. Und dass ich direkt danach auf Levi getroffen war und mich wie der schlechteste Mensch auf der ganzen Welt gefühlt hatte.

Seufzend rieb sie sich über das Gesicht. Der Ausdruck darin wechselte so schlagartig, wie der Hass aufgekommen war. »Tut mir leid. Ich bin irgendwie paranoid, seitdem Caissy euch in der Küche gesehen hat und William sein Handy vor mir versteckt.« Sie streckte die Hand nach meiner aus und rieb sanft darüber. »Ich habe einfach kein gutes Gefühl dabei.«

»Wobei?«

»Ich glaube, dass er eine Affäre hat.« Lilian war niemals paranoid gewesen oder eine dieser Frauen, die die Nerven verloren, sobald ihre Männer andere Frauen anschauten. Aber so durch den Wind hatte ich sie auch noch nie gesehen.

Ich stieß ein Lachen aus. »William? Nein, niemals. Ehrlich nicht.« Er war einer der loyalsten und aufrichtigsten Männer, die ich kannte. Außerdem hatte er keinen Grund, sie zu betrügen. Die beiden hatten eine Vertrauensbasis, die offene Kommunikation ermöglichte.

»Caissy hat ihn in Hartford im Park gesehen, wie er mit einer Frau spazieren gegangen ist«, erzählte sie und ließ meine Hand nicht mehr los.

»Vielleicht ist sie eine Kollegin.« Nur, weil unser aller Leben aktuell chaotisch war, durften wir nicht anfangen, immer nur an das Schlimmste zu glauben. Und vor allem nicht bei William. Er war nicht so.

Die Tränen stiegen in ihre Augen auf und spiegelten die Verzweiflung. »Und warum darf ich dann nicht in die Nähe seines Handys kommen?«

»Okay, wir sollten uns etwas beruhigen.« Ich hob die Hände. »Wenn du möchtest, spreche ich mal mit ihm und schaue, was ich erfahren kann. Okay?« Gar nichts würde ich erfahren, davon war ich fest überzeugt, aber ich wollte ihr zumindest das Gefühl geben, dass ich ihre Sorge ernstnahm.

»Du bist wirklich meine Freundin, oder?« Lilian klang, als hätte sie Zweifel daran gehabt.

Wir waren Freunde – vielleicht keine besten Freunde oder Freunde bis in den Tod, aber für den Moment waren wir Freunde. Ich nahm ihre Hand. »Natürlich bin ich das«, sagte ich und lächelte. »William würde dir das niemals antun. So ein Mann ist er doch nicht.« Dafür würde ich meine Hand ins Feuer legen.

»Männer sind Schweine.« Sie hörte sich an, als wollte sie mich belehren. »Ich glaube nicht, dass meiner eine Ausnahme ist.«

»Oh, mach dir nicht so viele Sorgen. Vielleicht gibt es eine ganz einfache Erklärung.« William war nicht so ein Mann und auf eine Art war er mehr mein Freund, als sie es gewesen war, auch wenn ich ihr das nicht sagen konnte.

Kapitel 28

LEVI

Martha's Vineyard

Die Sonne neigte sich langsam dem Horizont entgegen, als ich nach einem anstrengenden Arbeitstag die Fähre verließ. Die Autos zogen vorbei, als ich mich in meinen eigenen Gedanken verlor. Ein Mix aus Nervosität und Entschlossenheit ergriff von mir Besitz, als ich an der Ampel stehenblieb. Meine Finger trommelten nervös auf das Lenkrad, während ich den Blick auf die Straße gerichtet hielt, aber in Wirklichkeit meine Gedanken ganz woanders waren. Ich entschied mich, von der üblichen Route abzuweichen. Die Straßen, die ich entlangfuhr, wurden ruhiger und die Häuser verwandelten sich allmählich in kleine Wohnungen. Ich parkte meinen Wagen ein Stück entfernt und stellte den Motor ab. Ein tiefer Atemzug sollte mir die nötige Ruhe verschaffen, doch meine Herzschläge schienen lauter zu sein als meine Gedanken.

Von weitem konnte ich mein Haus sehen. Evelyns war deutlich kleiner. Bei weitem kleiner als das Appartement, in dem sie angeblich über sich selbst gestolpert war. Ich fühlte mich wie in einer Zwischenwelt, zwischen Vergangenheit und Gegenwart, zwischen den Erinnerungen und der Realität. Ich wollte nicht zu ihr gehen, aber Matildas Worte ließen mich nicht mehr los. Aus dem Inneren des Hauses drangen die lauten Stimmen an meine Ohren. Erst wollte ich klingeln, doch die beiden Stimmen kamen mir unheimlich bekannt vor. Eine davon gehörte zweifellos Evelyn. Aber wem gehörte die andere?

Ein Knoten der Verwirrung bildete sich in meiner Brust, als ich mich bückte und die Fußmatte anhob, um zu prüfen, ob das immer noch ihr Versteck war. Und ich hatte recht. Sie hatte sich nicht verändert. Ich schloss auf und schob den Schlüssel zurück unter die Matte, als wäre er ein Stück einer Vergangenheit, die ich noch nicht bereit war, endgültig hinter mir zu lassen. Ein Stich der Unsicherheit durchzog mich, als ich meine Hand auf die Klinke legte und die Tür öffnete. Einige Schritte ging ich durch das Haus, sog ihren wohlbekannten Duft ein und folgte den Geräuschen. Der Schlag traf mich unerwartet. Im Wohnzimmer stand meine Ex-Frau, die wild mit den

Händen gestikulierte, und neben ihr stand Lilian. Sie schienen in ein lebhaftes Gespräch vertieft zu sein, als ob sie alte Bekannte wären. Dabei hatte zumindest eine von beiden behauptet, die andere zu hassen. Verblüfft und verwirrt trat ich ein, und der Raum füllte sich mit ihrer überraschten Stille. Ich spürte, wie mein Herz schneller schlug, während ich versuchte, die richtigen Worte zu finden. In diesem Moment wurde mir klar, dass die Konfrontation, die ich gesucht hatte, in eine völlig unerwartete Richtung gegangen war. »Das ist eine Kombination, die ich niemals erwartet hätte.«

Evelyn musterte mich einen Moment lang, während ihre Augen auf der Suche nach etwas waren, das sie vielleicht nur zwischen den Zeilen finden konnte. Dann trat sie beiseite, gab mir stumme Erlaubnis einzutreten. »Levi«, stellte Evelyn fest und wurde mit jeder Sekunde bleicher.

Das Schweigen war erdrückend, aber ich wusste, dass ich es durchbrechen musste. Ich holte tief Luft und begann, die Worte zu formen, die seit langem in mir geschlummert hatten. »Ja, das ist mein Name.« Jeder Satz war wie ein Schritt auf unsicherem Boden, aber ich wusste, dass es keine Umkehr gab. »Was machst du hier, Lilly?«

Die Worte waren verklungen, und eine erdrückende Stille legte sich wie eine schwere Decke über das Gespräch. Die Atmosphäre wurde dichter, fast greifbar, als ich nach Luft rang, um die unbehagliche Stille zu durchbrechen. Meine Blicke trafen auf die Bodenfliesen, während ich meine Gedanken in Worte zu verwandeln versuchte. In dieser Stille schienen Sekunden zu Minuten zu werden, und meine innere Unruhe wurde immer greifbarer. Jedes Mal, wenn ich den Mund öffnete, um anzusetzen, verharrte die Luft in meiner Kehle und die Worte verfingen sich in einem Knoten aus Unsicherheit. Ein nervöses Räuspern erfüllte den Raum, gefolgt von einem schüchternen Blickkontakt, der ebenso schnell wieder abgebrochen wurde. Die Blicke wanderten, suchten Halt an Wänden, Decken oder zufälligen Gegenständen im Raum, als ob sie verzweifelt nach einer Fluchtmöglichkeit suchten. Die Stille schien nicht nur unsere Worte zu umhüllen, sondern auch unsere Gedanken einzufangen, als hätte sie die Fähigkeit, jede Nuance unserer Unsicherheiten zu verstärken. Selbst das leiseste Geräusch, sei es das Ticken einer Uhr oder das Rascheln von Papier, schien in dieser Stille übermäßig laut und aufdringlich zu sein. Die Spannung im Raum wuchs, und ich konnte die schleichende Ungewissheit spüren, die sich zwischen uns ausbreitete. »Ich habe dir eine Frage gestellt«, erinnerte ich sie, denn ich wartete auf diese Antwort. Wohin war ihr plötzlicher Hass verschwunden, um hierher zu kommen? Sie hatte nicht einmal über Evelyn sprechen können, ohne wütend zu werden.

Unsere Blicke trafen sich in kurzen Momenten, aber sie hielten nie lange genug, um tiefere Bedeutung zu gewinnen. Die Stille hatte eine unerwartete Macht, unsere Worte zu verschlucken, sie in einem unsichtbaren Netz gefangen zu halten, das jede Bewegung, jedes Atmen erstickte. »Ich wollte dir helfen«, stieß sie schließlich aus und holte tief Luft. »Ja, ich bin hier, weil ich dir helfen wollte. Eigentlich wollte ich nur herausfinden, ob sie etwas damit zu tun hat.«

Meine Finger begannen unruhig auf meinem Oberschenkel zu trommeln, ein verzweifelter Versuch, mich selbst zu beruhigen und von dem seltsamen Gefühl zu befreien, das mich flutete. Ein flüchtiges Lächeln versuchte, meinen Mund zu erreichen, aber es erstarb noch, bevor es wirklich Form annehmen konnte.

»Womit?«, fragte Evelyn, doch ich brachte sie mit einer Handgeste zum Schweigen. Jetzt war nicht ihr Moment.

»Lass uns bitte allein. Ich kläre das.« Die erdrückende Stille schien den Raum zu füllen, nicht nur zwischen unseren Worten, sondern auch innerhalb unserer Gedanken und Gefühle.

Die Art, wie sie mich anschaute, weckte Zweifel in mir. Irgendetwas stimmte hier nicht. Hatte sie erfahren, wonach ich noch auf der Suche war? Schließlich nickte Lilian. »Ruf mich danach bitte kurz an, okay?«

Ich nickte, damit sie ging und ich mich meiner Ex-Frau zuwenden konnte. Ich konnte nicht anders, als sie kritisch zu mustern, während eine Welle von Gedanken durch meinen Verstand raste. Ihre Augen, die einst so vertraut waren, schienen jetzt wie verschleierte Fenster zu sein, hinter denen ich nur noch Schatten erahnen konnte. Während ich sie betrachtete, drängte sich eine brennende Frage in meinen Kopf: Wollte sie mich wirklich zerstören?

Mein Blick wanderte über ihr Gesicht, suchte nach Anzeichen von Absichten oder Wahrheiten, die sie vielleicht verbarg. Ihre Mimik war undurchdringlich, ihre Worte vorsichtig gewählt. Jede Bewegung, jeder Ausdruck schien von einer undurchsichtigen Absicht begleitet zu sein. War das die gleiche Frau, die einst so offen und zugänglich gewesen war?

Ein Knoten bildete sich in meiner Magengegend, während ich mich fragte, was hinter ihrer Fassade steckte. Die Erinnerungen an unsere gemeinsame Vergangenheit vermischten sich mit den gegenwärtigen Unsicherheiten. Ich spürte, wie ich versuchte, zwischen den Zeilen zu lesen. Die Stille zwischen uns fühlte sich noch erdrückender an, als ich mich fragte, ob sie mich wirklich zerstören wollte. Eine Lawine von Gedanken stürzte auf mich ein, als ich nach Hinweisen suchte, nach Beweisen, die meine Zweifel entkräften könnten. Aber je mehr ich suchte, desto mehr schienen die Puzzleteile auseinanderzufallen, anstatt sich zu einem klaren Bild zusammenzufügen.

»Es ist schön, dass du hier bist. Entschuldige bitte das Chaos. Ich habe noch nicht alle Kartons ausgeräumt. Möchtest du etwas trinken?« Sie lächelte einfach darüber hinweg, dass sie augenscheinlich mit Lilly aneinandergeraten war. Ein bitteres Lächeln spielte um meine Lippen, als ich daran dachte, wie naiv ich einst gewesen war und wie ich in einer Welt voller Versprechen und Hoffnungen gelebt hatte. Die Unsicherheit in ihren Augen, als sie mich ansah, schien mich zu durchbohren und ich konnte nicht anders, als mich zu fragen, ob sie in diesem Moment die gleichen Zweifel hatte wie ich.

»Das ist kein Höflichkeitsbesuch, Evelyn.« Während ich sie kritisch beobachtete, wie sie einen Whisky einschenkte, erkannte ich, dass ich mir selbst gegenüber ehrlich sein musste. »Seit wann hast du wieder mit Lilly zu tun?« Es war seltsam anzusehen, wie die beiden erst beste Freundinnen gewesen waren, dann kein Wort mehr miteinander gesprochen hatten, nur um sie jetzt wieder gemeinsam vorzufinden.

»Sie stand einfach vor meiner Tür«, sagte Evelyn und ließ einen Eiswürfel in die goldene Flüssigkeit fallen. Ich hatte ihr eine Million Mal gesagt, dass es andersherum gemacht werden musste. »Ich finde es erstaunlich, wie gut du mich kennst.« Sie hob den Finger vom Glas und deutete auf die Haustür. Vermutlich spielte sie auf die Sache mit dem Schlüssel an.

»Ich wette, dass es das häufigste Versteck ist, den Schlüssel unter der Fußmatte zu verstecken.« Sie überreichte mir den Whisky. »Ich möchte nichts trinken. Ich möchte eine Erklärung hören.« Deswegen war ich hier und danach würde ich nach Hause gehen und darüber nachdenken, ob ich ihr glaubte oder nicht. »Eine ehrliche Antwort«, fügte ich hinzu.

»Worauf?«

Ich hielt das Glas immer fester, als ich durch das spärlich eingerichtete Wohnzimmer tigerte. »War das dein Werk bei der Investoren-Veranstaltung?«

»Nein.« Irritiert kniff sie die Augen zusammen.

»Lüg mich nicht an. Ich kenne dich.« Dieser Schock war nicht echt. Der vorhin hingegen, als ich in ihr Haus geplatzt war, war es gewesen. »Warst du das?« Ich würde ihr nicht wehtun, das hatte ich mir festvorgenommen, auch wenn es mir wahrlich alles abverlangen würde. Doch ich würde es nicht tun. Nein, ich musste mich beherrschen.

Evelyn hob die Hände verteidigend. »Ich würde dir niemals mit Absicht schaden.«

»Aber es ist doch der perfekte Weg, um dich wieder in mein Leben zu spielen. Du bringst mich in eine Situation, aus der du mich retten kannst und dann tust du es auch noch, ohne eine Gegenleistung zu fordern.« Das war ungewöhnlich für sie. Bei Evelyn hatte jedes nette Wort, jede Hilfe und jeder Gefallen immer ein Preisschild.

Mit schnellen Schritten ging sie durch den Raum und stoppte dicht vor mir. »Levi, ich war nicht immer fair zu dir. Als ich die Chance hatte, wollte ich nur etwas wieder gutmachen.« Und ich wollte ihr glauben, das wollte ich wirklich, aber aus ihrem Mund waren immer so viele Lügen gekommen, dass ein Teil von mir ihr niemals glauben könnte.

»Ich habe dich schon einmal gewarnt, mich nicht anzulügen.« Ich packte ihre Schultern und drängte sie gegen die Wand. »Und das war eine Lüge. Du handelst niemals ohne Eigennutz.« Sie war nicht plötzlich zu Mutter Theresa geworden. Warum auch? Der Teufel hatte ihr deutlich mehr Vorteile beschert.

»Ich wollte dir nur helfen.« Wie automatisch wanderten ihren Hände auf meine Brust.

Ich rechnete damit, dass sie mich wegschieben würde, doch das tat sie nicht. »Warum konntest du Wallace dann nicht überzeugen?«

»Weil seine Bedingungen für mich nicht tragbar waren.« Unsicher rollte sie ihre Lippen übereinander.

Ohne den Blick abzuwenden, trat ich noch näher an sie heran. »Was waren seine Bedingungen?«

»Er wollte, dass ich mit ihm schlafe«, sagte sie und lehnte den Kopf gegen die Wand. Sie fühlte sich nicht von mir bedroht und auf eine Art wurmte mich das. Viel eher schien es für sie ein Spiel zu sein, das sie sogar genoss.

»Wo ist das Problem? Willst du mir erzählen, dass du das noch nicht getan hast?« Ich hielt sie nicht für eine Schlampe, aber für eine Frau, die wusste, wie sie durch ihren Körper bekam, was sie wollte. Und sie hatte es oft genug genutzt. Jedes Mal, wenn sie sich bei mir entschuldigt hatte, war es auf diese Art gewesen.

Unaufhörlich schüttelte sie den Kopf. »Ich hatte niemals etwas mit Wallace.«

»Hm«, brummte ich. »Dann war es irgendein anderer. Wenn ich dir so wichtig bin, wie du behauptest, dann hättest du es tun können. Dann hättest du einen Teil des Schmerzes wiedergutgemacht.« Sie konnte nicht immer nur nehmen, das wollte ich ihr sagen, manchmal musste sie auch geben. Und das wäre eine gute Gelegenheit gewesen.

»Ich bin keine Nutte, Levi.« Sie schaute mir tief in die Augen, als wartete sie nur darauf, dass ich eine spitze

Bemerkung abgeben würde. »Aber schick doch deine Frau bei ihm vorbei.«

Blitzschnell packte ich ihren Hals und drängte sie bestimmter gegen die Wand. »Vorsicht«, warnte ich sie. Ein Wort gegen meine Frau und wir würden diese Diskussion vollkommen anders führen.

»Kannst du nicht einfach annehmen, dass ich dir helfen wollte?« Sie legte die Hand an mein Handgelenk, als könnte sie damit verhindern, dass ich den Druck erhöhen würde.

»Ich vertraue dir nicht. Das spielt dir alles viel zu sehr in die Karten.« An dieser ganzen Sache war etwas faul und die Einzige, die als Siegerin hervorging, war sie. Sie profitierte, während wir anderen alle nur verloren.

Sanft streichelte sie über mein Handgelenk und schaute mir dabei eindringlich in die Augen. »Was spielt mir in die Karten? Du entfernst dich immer weiter von mir und ich kann absolut nichts dagegen tun. Das ist nicht, was ich will.« Evelyn richtete die Schultern.

»Was willst du dann? Mich bluten sehen? Mich bekämpfen? Rache?« Sie konnte es mir sagen, denn dann würden wir offen kämpfen. Oh, sie konnte glauben, dass ich nicht so einfach untergehen würde.

»Ich will dich, Levi. Ich will zurück, was wir hatten.« Die Worte kamen leise über ihre Lippen, ohne dass sie eine Miene verzog. Für den Bruchteil einer Sekunde hatte ich sogar das Gefühl, dass sie sich an meiner Hand festhielt, um nicht die Kontrolle zu verlieren.

Das Lachen drang über meine Lippen. »Niemals. Niemals und unter gar keinen Umständen.« Ich hatte eine Ehe mit ihr überstanden und das genügte für ein Leben. Es würde keine Wiedervereinigung geben.

»Ich liebe dich…« Ihre Augen wurden plötzlich feucht, und ich sah, wie die Tränen darin aufstiegen. Ein leiser Kloß bildete sich in meinem eigenen Hals, als ich ihre Verletzlichkeit erkannte, aber überraschenderweise ließ mich dieser Anblick kalt. Die Verbindung, die einst zwischen uns bestanden hatte, schien sich in einen undurchdringlichen Abgrund verwandelt zu haben, der mich von den Gefühlen abschirmte, die sie jetzt durchmachte. Ein Hauch von Bedauern zog durch mich hindurch, als ich daran dachte, wie wir einst füreinander da gewesen waren, wie ihre Tränen früher eine tiefere Reaktion in mir ausgelöst hätten. Doch jetzt blieb nur eine Distanz, eine Mauer aus Unsicherheit und Enttäuschung.

Ihre Blicke suchten meine und ich konnte das stille Flehen in ihnen sehen, die unausgesprochene Hoffnung, dass ich irgendeine Reaktion zeigen würde, irgendein Zeichen von Mitgefühl. Aber meine Emotionen waren wie erstarrt, und die Worte, die ich einst so leicht gefunden hätte, schienen in der Leere meiner Gedanken verloren zu sein.

»Aber ich liebe dich nicht.« Es war, als ob ich von einem Schutzschild umgeben war, das mich vor den Emotionen abschirmte, die ich früher so intensiv empfunden hatte. Die Tränen, die über ihre Wangen rollten, trafen auf dieses Schutzschild und prallten ab, unfähig, auch nur einen Riss darin zu hinterlassen.

»Das hast du nie getan, oder?« Ihre Worte wurden leiser, als sie versuchte, ihre Tränen zu verbergen, aber ich konnte die Verletzung in ihrem Blick nicht übersehen.

Ein Teil von mir wollte ihr Trost spenden, sie in die Arme nehmen und ihr sagen, dass alles in Ordnung sein würde. Doch der Abstand zwischen uns schien unüberbrückbar, und meine eigenen Gefühle waren so abgestumpft, dass ich nicht wusste, wie ich darauf reagieren sollte. »Oh, ich habe dich geliebt. Ich habe dich so sehr geliebt und so viel mehr, als es gesund war. Aber du hast diese Liebe nicht gewollt.«

»Ich will sie jetzt«, meinte sie und hielt sich verzweifelter an meinem Handgelenk fest. »Ich will nichts so sehr, Levi.« Sie streckte sich näher zu mir, immer weiter in Richtung meiner Lippen. »Lieb mich. Bitte wähle mich.« Plötzlich spürte ich ihre Nähe, bevor ich sie überhaupt kommen sah. »Ich brauche dich«, flüsterte sie und legte ihre Hand auf meine Schulter. Ihre Berührung war sanft, fast flehend. Und dann, bevor ich reagieren konnte, spürte ich ihre Lippen auf meinen. Es war ein verzweifelter Kuss, als ob sie durch diese Geste alles retten könnte, was zwischen uns verlorengegangen war.

Ihre Lippen waren weich, vertraut und doch fremd. In diesem Moment schienen die Jahre, die wir getrennt waren, wie eine Erinnerung aus einer anderen Welt. Ihre Arme legte sie um meinen Nacken, als wollte sie mich festhalten, mich in diesem Kuss gefangen nehmen, um mich nie wieder loszulassen. Die Verzweiflung in ihrem Kuss war greifbar, als ob sie all ihre Hoffnungen und

Sehnsüchte hineingepackt hätte. Ihre Lippen bewegten sich gegen meine, in einem stummen Bekenntnis, in einem Versuch, die Zeit zurückzudrehen und die Dinge zu reparieren, die zwischen uns zerbrochen waren.

Ein Gefühl der Unsicherheit durchzog mich, als ich spürte, wie sich ihre Lippen bewegten, wie sie versuchte, unsere Vergangenheit in diesem Kuss zu vereinen. Doch meine eigenen Gefühle waren durcheinander, ein Wirrwarr aus Erinnerungen und Gegenwart. Ich ließ den Kuss geschehen, fühlte die Intensität darin, aber es war, als ob ich von außen zuschaute, als ob ich mich von diesem Moment distanzierte.

Ihr Atem vermischte sich mit meinem, und für einen Augenblick schien die Welt um uns herum zu verschwinden. Es war nur dieser Kuss, dieser verzweifelte Versuch, die Spuren der Zeit auszulöschen und uns zurückzubringen zu dem, was wir einmal waren. Aber die Realität war komplexer, die Zeit hatte ihre Narben hinterlassen, die nicht so leicht verblassen würden.

Ihr Kuss wurde intensiver, ihre Lippen suchten meine, als ob sie in dieser Berührung all ihre Worte ausdrücken wollte, die sie nie auszusprechen vermochte. Doch trotz ihrer Bemühungen fühlte ich mich weiterhin wie ein Fremder in diesem Moment, unfähig, die Vergangenheit auszublenden und mich in die Gegenwart zu begeben. Schließlich löste sie sich von mir, ihre Augen suchten die meinen, voller Hoffnung und Angst zugleich. Ein schweres Schweigen lag zwischen uns, als unsere Blicke sich trafen und ich versuchte, in ihren Augen nach

Antworten zu suchen. Aber in diesem Moment war alles, was ich fand, eine Mischung aus Emotionen, die sich nicht so leicht entwirren ließen.

Ich trat zurück, als wäre sie im Bruchteil einer Sekunde giftig für mich geworden. »Mach das nie wieder.« Mit dem Handrücken wischte ich mir über den Mund, um jede Spur von ihr zu beseitigen. »Wag es nie wieder, mich zu küssen, mich anzufassen oder auch nur in meine Nähe zu kommen.« Drohend erhob ich den Zeigefinger. »Wir beide sind geschiedene Leute, Evelyn.« Sie wollte mich nicht fertigmachen, das wurde mir nun bewusst. Jedenfalls hatte sie es bisher nicht gewollt. Ich hatte keine Ahnung, was geschehen würde, wenn ich diesen Raum verließ.

»Aber ich brauche dich.« Ich konnte den Schmerz in ihrer Stimme nicht überhören.

Immer wieder schüttelte ich den Kopf. »Das hättest du dir überlegen können, bevor du fremdgefickt hast.«

Ihre Beine gaben der Last in dem Moment nach, in dem ihre Augen den Kampf gegen die Tränen endgültig verloren. »Das hatte doch niemals eine Bedeutung.« Hilflos schaute sie zu mir auf und erinnerte mich an all die Jahre unserer Ehe, in denen fast jeder Streit so gelaufen war. »Ich wollte immer nur dich und ich weiß, dass du mich auch willst.«

»Ich will eine Antwort darauf, ob du mich fertigmachen willst. Hast du dieses Video erstellt?« Und abgesehen von dieser Fragestellung wollte ich Matilda. Ich wollte meine Frau, die mich zum glücklichsten Mann auf dieser Erde machte, die meine Vorlieben teilte, offen war, der ich alles erzählen konnte. Gott, ich würde sie niemals gegen meine Ex-Frau eintauschen.

»Ich hatte nichts damit zu tun«, sagte sie.

Ich nickte. »Das hoffe ich für dich, Evelyn, denn sollte ich mitbekommen, dass du das warst, dann Gnade dir Gott.« Und ich sprach niemals leere Drohungen aus, das wusste sie wohl am besten.

»Levi, bitte…« Ihr Wimmern durchzog den Raum, als ich mich langsam von ihr löste. Es war ein schmerzlicher Klang, der mir das Herz zusammenziehen ließ, aber trotzdem spürte ich, dass es an der Zeit war, zu gehen. Ihre Augen baten mich, zu bleiben, ihre Lippen formten stumme Worte, die ich nicht hören konnte, aber ich wusste, was sie sagen wollten. Meine Hand lag auf der Klinke der Tür und ich spürte, wie die Unsicherheit in mir tobte. Ein Teil von mir wollte umkehren, sie festhalten, ihr Trost spenden. Aber ein anderer Teil, ein stärkerer vielleicht, erinnerte mich an all die Dinge, die zwischen uns passiert waren, an all den Schmerz und die Verwirrung, die uns getrennt hatten.

Ihr Wimmern wurde lauter, als ob es meine eigene innerliche Zerrissenheit widerspiegelte. Ich wandte mich ihr zu, meine Augen trafen auf ihre und für einen Moment fühlte es sich an, als ob die Zeit stillstand. Ich sah den Schmerz in ihren Augen, den Bruch, den ich mitverursacht hatte, und es tat weh.

Aber dann atmete ich tief durch und schüttelte langsam den Kopf. Die Worte, die ich sagen wollte, blieben in meiner Kehle stecken, als ob sie von den Erinnerungen erstickt wurden, die mich umgaben. Ein letzter, langer Blick, und dann drehte ich mich um, öffnete die Tür und verließ das Haus. Ihr Wimmern verblasste allmählich, wurde von der Stille aufgesogen, die mich empfing, als ich die Tür hinter mir schloss. Das Wimmern hallte noch in meinen Gedanken nach, ein Nachklang des Schmerzes, den ich verursacht hatte. Es war ein schmerzlicher Abschied, aber ich wusste, dass es der einzige Weg war, den ich gehen konnte. Und während ich weiterging, ließ ich nicht nur sie hinter mir, sondern auch eine Zeit, die unwiderruflich vergangen war.

Kapitel 29

MATILDA

Martha's Vineyard

»Ihr könnt nächstes Mal auch einfach anrufen, bevor ihr vorbeikommt«, sagte ich und musterte meine Eltern mit strenger Miene. Die beiden saßen vor mir, als wollten sie jeden Augenblick ein Verhör starten und warteten nur auf den richtigen Augenblick.

Doch meine Mutter lächelte nur. »Wir wollten dich überraschen.«

»Überraschung gelungen.« Es war die Art Überraschung, die ich nicht mochte. Ich wollte nicht, dass sie ohne Ankündigung vorbeikamen, auch wenn ich mir durchaus denken konnte, warum sie hier waren. Die gesamte Insel sprach darüber, was bei Levis Investoren-Party geschehen war. Es war also nur eine Frage der Zeit gewesen, bis es bei meinen Eltern ankommen würde.

»Arbeitet der Gärtner immer ohne Oberteil?« Die Augen meiner Mutter schweiften immer wieder an mir vorbei, das war mir schon die ganze Zeit aufgefallen. Automatisch drehte ich den Kopf. Die strahlende Sonne tauchte alles in warmes Licht und ließ den Schweiß auf Henrys Haut glitzern.

»Meistens. So erträgt er die Hitze besser«, erwiderte ich und faltete die Hände vor dem Bauch. Wie dem auch sei, ich würde ihnen die Wahrheit sagen, dann würden sie mich einige Tage hassen und anschließend würden wir uns wieder vertragen.

»Ah, die Hitze«, stimmte meine Mutter an. »Ich glaube, ich komme jetzt öfter vorbei.« Ihr Zwinkern war so überdeutlich, dass ich noch einmal zu unserem Gärtner schaute. Er begann gerade damit, den Boden umzupflügen und seine Muskeln arbeiteten im Einklang mit der Natur. Jeder Spatenstich ließ seine Bauchmuskeln angespannt und fest erscheinen.

Das Räuspern meines Vaters ließ uns synchron den Blick abwenden. »Und Levi stört das nicht?«

»Dass der Gärtner seine Arbeit macht? Nein, Dad, das stört ihn nicht.« Henry widmete sich den Pflanzen, die in voller Blüte standen. Behutsam entfernte er das Unkraut und kümmerte sich um jeden einzelnen Strauch und jede Blume. Während er weiterarbeitete, griff er nach dem Gartenschlauch, um den Pflanzen eine erfrischende

Dusche zu gönnen. Das kühle Wasser traf seine Haut und ließ ihn kurz zusammenzucken, bevor es über seinen Körper floss. Die Tropfen glänzten auf seinen trainierten Bauchmuskeln, während er den Schlauch führte, um jeden Winkel des Gartens zu erreichen.

»Wo ist er? Ich hätte erwartet, dass er hier ist und dich unterstützt, nach allem was geschehen ist.« Mein Vater konnte nicht aufhören, gegen Levi zu sticheln, das wurde mir immer wieder bewusst, allerdings konnte ich es nicht mehr ignorieren. Nichts davon könnte ich länger ignorieren.

Mit besorgter Miene legte meine Mutter ihre Hand auf meine. »Süße, wir wissen, dass das alles böswillige Lügen sind. Dein Vater war schon beim Anwalt, um gegen diese Fotomontagen vorzugehen.«

»Mom, es…« Ich stockte. Sollte ich behaupten, dass es Lügen waren? Eigentlich war es nicht meine Art, zu lügen. Allerdings hatte ich auch niemals daran gedacht, dass der Moment eintreten würde, in dem mein Vater diese Bilder zu Gesicht bekommen würde. Als der Erdboden sich nicht auftun wollte, damit ich einfach darin versinken könnte, ließ ich den Kopf in den Nacken fallen. Das war die Art von Bildern, die man seinem eigenen Vater nicht zeigen sollte. Wie von selbst schaute ich zu Henry und er lächelte mir zu. Ich sollte nicht lügen, das war nicht gut fürs Karma. Außerdem hatte ich nichts Verbotenes getan. Es war lediglich peinlich, aber nicht verboten. Und peinlich war es auch nur, weil ich meinem Vater vermutlich nie wieder in die Augen sehen könnte. »Das waren keine Lügen«, gab ich kleinlaut zu und schaute sie wieder an.

Den beiden fiel alles aus dem Gesicht, doch das war es nicht, was mich aus dem Konzept brachte. Es war der erschütternde Schrei, den Henry ausstieß. Abrupt ließ er die Gartenschere fallen. Der Klang drang voller Überraschung, Schmerz und Panik an meine Ohren. Es war, als ob der Schmerz ihn in diesem Moment völlig überwältigt hätte, seinen Körper mit einem plötzlichen, intensiven Gefühl durchzuckte. »Oh, fuck«, brüllte er und wickelte sich das T-Shirt, das auf dem Rasen lag, um seine Hand. Die Luft schien förmlich von der Intensität des Augenblicks zu vibrieren, während der Klang des Schreis langsam in der Stille verhallte. »Mrs. Forbes, ich brauche dringend Ihre Hilfe.«

Hastig nickte ich und sprang vom Stuhl auf. Henry kam mir schon entgegen, presste die eingewickelte Hand gegen den Bauch. »Hast du dich geschnitten?«

»In den Finger. Ich muss dringend in die Notaufnahme.« Er sprach so schnell, dass alles, woran ich denken konnte, die Tatsache war, dass ihm nichts passieren durfte.

»Ich fahre dich«, sagte ich und stimmte mir selbst mit einem Nicken zu. Krisensituationen und ich waren keine Freunde. In der Regel kam ich nicht gut mit so etwas zurecht, allerdings schien ich in seiner Gegenwart dennoch zu funktionieren. »Mom, Dad, können wir das verschieben?«

»Natürlich. Ruf uns einfach an.« Sie nahm ihre Handtasche und deutete meinem Vater mit dem Kopf den Weg.

Ich war noch dabei, meine wichtigsten Dinge auf dem Flur zusammenzusuchen, als das herzhafte Lachen die Stille durchdrang. Der Klang durchdrang den Raum und füllte die Luft mit positiver Energie. Es war, als ob sich jede Sorge und Anspannung im Nu auflöste, während sein Lachen fröhlich durch den Raum schwebte. »Was ist so lustig daran, beinahe zu verbluten?« Vielleicht stand er unter Schock. Das führte bei Menschen doch häufig zu paradoxen Reaktionen, oder?

Sein Lachen war voller Leben, begleitet von einem warmen Timbre, das seine gute Laune widerspiegelte. Es kam in kräftigen, ausgelassenen Ausbrüchen, die sich in Wellen ausbreiteten. »Ich habe mich nicht geschnitten«, meinte er, als ich schon die Hand an der Türklinke hatte, um ihn ins Krankenhaus zu fahren.

Langsam schloss ich die Tür wieder. »Was soll das dann?«

»Ich hatte so ein Gefühl, dass ein Gespräch mit deinen Eltern nicht das ist, was du jetzt gerade brauchst.« Henry ließ das T-Shirt, das er um seine Hand gewickelt hatte, einfach fallen.

»Ralph, unser alter Gärtner, hat sowas nie gemacht.« Ich fauchte die Worte und stellte meine Handtasche wieder ab. Mein Herz raste, was nicht zuletzt sein Verschulden war… aber er hatte dafür gesorgt, dass ich dem Gespräch mit meinen Eltern länger aus dem Weg gehen konnte.

»Hoffentlich hast du ihn nicht geküsst und mit ihm geschlafen.« Er hörte nicht auf zu grinsen.

Blitzschnell presste ich ihm die Hand vor den Mund und schloss damit auch den letzten Abstand zwischen uns. »Nicht so laut.« Warnend funkelte ich ihn an. Irgendwann würde nämlich der Moment kommen, in dem ihn jemand hören würde.

»Deine Eltern sind schlechte Menschen«, meinte er, nachdem er meine Hand von seinem Mund geschoben hatte.

»Ich weiß…« Die Worte waren nur ein Murmeln, ehe ich den Eingangsbereich durchquerte und ins Wohnzimmer ging. Wobei sie keine vollends schlechten Menschen waren, aber nun mal auch keine guten.

Ich hörte seine schweren Schritte hinter mir. »Sie tun dir nicht gut und sie haben ein wirklich abscheuliches Bild von dir.«

»Ich weiß«, erwiderte ich und warf ihm über die Schulter einen Blick zu. Irgendwann hatte ich mich daran gewöhnt, dass ich nicht das war, was sie gewollt hatten und sie nicht das, was ich gebraucht hatte.

»Und das stört dich nicht?« Die Empörung in seiner Stimme konnte ich nicht überhören.

Ich nahm das Buch, das ich gestern Abend begonnen hatte und warf es auf das Sofa. »Du meinst die Tatsache, dass sie mich nicht für eine Nutte halten wollen? Nein, das finde ich eigentlich schmeichelhaft.« Zumindest glaubten sie in diesem Punkt an mich und hatten den Hauch von Vertrauen.

»Sie halten dich nicht dafür, weil sie eine hohe Meinung haben, sondern, weil sie es dir nicht zutrauen. Deine Eltern trauen dir nicht zu, dass du auf dich selbst aufpassen kannst oder erwachsene Entscheidungen treffen kannst«, verkündete er und stellte sich mit verschränkten Armen neben das Sofa. Das Buch fiel aus meinen Händen. Wann waren wir an diesen Punkt gekommen, an dem er mir solche Dinge geradeheraus sagte? »Tut mir leid, ich wollte eigentlich nicht lauschen, aber…«

Ich fiel ihm ins Wort. »Aber dann hast du es doch getan?«

»Wenn sich jemand mit komischen Familien auskennt, dann ich.« Seine Gesichtszüge wurden wieder weicher, was mir erst bewusst machte, wie verhärtet sie gewesen waren.

Ich atmete tief durch, versuchte, mich auf die positive Absicht hinter seinem Handeln zu fokussieren, so wie ich es bei meinen Eltern auch immer tat. Schließlich klopfte ich neben mir auf das Sofa, damit er sich setzte. »Was ist an deiner Familie so seltsam?« Die Neugier, die mich schon die ganze Zeit getrieben hatte, flutete mich. Eigentlich wollte ich ihn nicht verhören, aber es interessierte mich wirklich, was er zu sagen hatte.

»Ich hatte niemals das Gefühl, dazuzugehören. Ich hatte niemals harmonische Weihnachten oder Geburtstage, an denen alle am Tisch saßen. Als meine Mutter mit mir weggezogen ist, hat sie rund um die Uhr gearbeitet und ich war viel allein.« Henry angelte nach dem Kissen und presste es vor seinen Bauch.

Ich nickte zustimmend. »Meine Eltern haben auch die meiste Zeit gearbeitet, aber ich hatte eine Nanny.« Zugegebenermaßen war sie nicht die Beste gewesen, aber wir hatten uns verstanden. Sie war die Konstante in meinem Leben gewesen, wenn meine Eltern nicht da waren.

»Ich habe schnell gelernt, Essen in der Mikrowelle warmzumachen«, sagte er, als wäre es eine Fähigkeit, auf die er stolz war.

Zu behaupten, dass es mein Herz brach, war eine Untertreibung. Es tat weh. Verdammt weh. »Das ist schrecklich.« In meinem Kopf flammte immer wieder das Bild auf, wie ein kleiner Junge die Plastikfolie von einem Mikrowellengericht zog und es sich warmmachte, um dann allein zu essen.

»Das war nun mal mein Leben.« Er zuckte mit den Schultern. Hatte er sich damit abgefunden? Wenn ja, wie hatte er das geschafft? Denn ich machte meinen Eltern in den meisten Momenten immer noch Vorwürfe, weil sie niemals dagewesen waren.

Das Niesen riss mich in die Realität zurück. Vielleicht war ich genau das, was ich niemals sein wollte, in dem ich über mein Leben jammerte, was sicher nicht ansatzweise so schlimm gewesen war wie seins. »Ich darf nicht jammern. Wir hatten immer Essen und ein Dach über dem Kopf. Es war nur niemals ein Zuhause.« Im Vergleich zu seinen Problemen hörte es sich aber harmlos an.

»Das ist eigentlich ein Grund zum Jammern.« Henry legte den Kopf schräg und musterte mich. Seine Finger zuckten in meine Richtung, aber er gab dem Drang nicht nach. »Immerhin hast du die Chance, alles besser zu machen.«

Doch ich schüttelte den Kopf. »Die Chance werde ich nicht haben.« Ehrlicherweise hatte ich viel zu viel Angst, wie meine Eltern zu werden, um diesen Schritt zu gehen.

»Tut mir leid, ich wollte nicht ins Fettnäpfchen treten.« Beschwichtigend hob er die Hände.

Ich machte eine wegwerfende Handbewegung. Es war kein Fettnäpfchen, weil es ein Thema war, das mich eigentlich nicht berührte. »Alles gut. Das ist eine Entscheidung, die wir gemeinsam getroffen haben.« Ich konnte damit leben, weil ich mich selbst nicht als klassische Mutter sah. Ich konnte mir nicht vorstellen, zwanzig Mal in der Nacht aufzustehen, mein Leben zurückzustellen und einen anderen Menschen zu meinem Mittelpunkt zu machen. Möglicherweise war ich einfach zu jung, vielleicht würde sich dieser Standpunkt aber nicht verändern. Ich war mir jedenfalls sicher, dass meine Mutter ähnlich tickte und ich war mit ihr zusammen aufgewachsen. Ich wusste, wie es sich anfühlte, so eine Mutter zu haben und so wollte ich niemals werden.

»Mr. Forbes hat keine Kinder, oder?«, fragte er und stützte den Kopf auf die Hand.

Ich verneinte. »Für Levi war es immer eine Entweder-Oder-Frage. Entweder Kinder oder Karriere, weil er Sorge hatte, beidem nicht gerecht zu werden. Er hat die Karriere gewählt.«

»Wie siehst du das?« Sein Blick lag auf mir, aber nicht auf eine unangenehme Art, so wie es häufig der Fall war, wenn ich mit anderen über dieses Thema gesprochen hatte. Lilian zum Beispiel hatte niemals verstanden, wie ich so einen Standpunkt haben konnte, denn sie hatten um ihre Tochter gekämpft, nachdem die Natur ihnen einen Strich durch die Rechnung gemacht hatte.

»Naja, du hast meine Eltern kennengelernt. Die Arbeit war immer wichtiger und tatsächlich habe ich große Angst davor, genauso zu sein«, sagte ich und wusste, dass bei mir die Arbeit zwar keine Rolle spielen würde, aber möglicherweise ich selbst. Mein eigenes Leben war mir einfach zu wichtig.

Henry senkte den Blick. Er ließ die Stille für einen Moment gewinnen, ehe er seine Hand über meine gleiten ließ. »Du bist nicht ansatzweise wie die beiden.«

»Kinder verändern alles«, meinte ich und erinnerte mich selbst daran, dass meine Eltern sicher auch nicht immer die Menschen gewesen waren, die sie heute waren. »Ich möchte nicht eines morgens aufwachen und mit der Tatsache leben müssen, dass mein Kind sich selbst Essen in der Mikrowelle machen muss, weil unsere Lebensumstände sich verändern.« Allein der Gedanke daran versetzte mir einen Stich. Wie schwer musste das für ihn gewesen sein, so sehr auf sich allein gestellt zu sein? »Hast du dich dann auch um deine Schwester kümmern müssen? Du hast sie mal erwähnt.« Es platzte aus mir heraus, obwohl ich diesen Impuls ursprünglich unterdrücken wollte. Ich wollte keine Wunden aufreißen.

»Das ist eine lange Geschichte… ich sollte jetzt den Rasen mähen gehen.« Die Entschlossenheit, die er sonst in der Stimme hatte, war wie weggewischt. Nichts war noch übrig, als er sich erhob, aber keinen Schritt von der Stelle rührte.

Ich überschlug die Beine und setzte mich bequemer hin. »Erzählst du sie mir irgendwann?«

»Erzählst du mir irgendwann, was dich wirklich glücklich macht und warum du dich so sehr gegen Glück wehrst?« Er fixierte mich mit den Augen.

Abwägend legte ich den Kopf schräg. »Vielleicht«, erwiderte ich.

»Dann werde ich dir auch mehr über meine Familie erzählen.« Noch während er sprach, ging er in die Hocke und hob das Buch auf, das mir heruntergefallen war. Sein Blick fiel auf das Cover und heizte das Schmunzeln auf seinen Lippen an. »Wir sind alle Sünder, nicht wahr?« Ich nickte mechanisch. Ja, wir waren alle auf irgendeine Art Sünder.

Kapitel 30

LEVI

Martha's Vineyard

Die Last auf meinen Schultern war erdrückend, als würde ich unter der Flut der Informationen ertrinken. Angst, Wut und Frustration kämpften in mir um die Vorherrschaft, während ich verzweifelt nach einer Lösung suchte. In den endlosen Nächten hatte ich wach gelegen und die Decke angestarrt, während mein Verstand unaufhörlich die Möglichkeiten durchgespielt hatte. Wie konnte ich das verlorene Vertrauen der Investoren wiedergewinnen? Wie sollte ich die entstandenen Verluste kompensieren und die Reputation meines Fonds wiederherstellen? Die Gedanken schienen sich in einem Kreis zu drehen, ohne dass ich einen Ausweg finden konnte.

Der Druck von allen Seiten verstärkte sich unaufhaltsam. Die Medienberichte wurden immer negativer und die Anrufe der besorgten Investoren häuften sich. Jeder Blick in den Spiegel zeigte die Erschöpfung, die sich in meinen Augen abzeichnete. Ich konnte es mir nicht leisten, zu verzagen, aber die Situation schien aussichtslos. Tief in meinem Inneren wusste ich, dass ich Verantwortung übernehmen musste. Es war an der Zeit, mich den Konsequenzen zu stellen und nach einer Möglichkeit zu suchen, die Schäden zu begrenzen. Ich begann, intensive Gespräche mit meinem Team und den Anwälten zu führen, um einen Plan auszuarbeiten. Gemeinsam arbeiteten wir Tag und Nacht daran, eine Strategie zu entwickeln, die uns aus dieser Lage herausführen konnte. Die Selbstzweifel waren allgegenwärtig, aber ich konnte es mir nicht leisten, mich von ihnen überwältigen zu lassen. Jede Entscheidung, die ich traf, schien das Potenzial zu haben, alles noch schlimmer zu machen, aber ich durfte nicht aufgeben. Meine Idee hatte mich zu William getrieben, der schon einige Zeit schweigend neben mir her ging. Er war meine Lösung, mein Strohhalm. Dieser Gedanke war mir letzte Nacht gekommen.

Unsere Schritte waren gelassen, als wir entlang der Wasserkante schlenderten. Das goldene Sonnenlicht tanzte auf den Wellen und zauberte glitzernde Reflexionen, die wie Diamanten im Wasser schimmerten.

Die salzige Luft vermischte sich mit dem Duft von Sonnencreme, während wir uns langsam in das Gespräch vertieften. »Danke, dass du Zeit hattest. Ich muss mit dir über das Geschäft sprechen«, stimmte ich vorsichtig an. Er sollte nicht den Eindruck bekommen, dass ich mich nur deswegen gemeldet hatte, auch wenn das der Hauptgrund war.

»Gottseidank, ich dachte schon, du willst deine Ex-Frau umlegen lassen.« Erleichtert atmete er aus. Ob Lilian ihm erzählt hatte, dass ich ihr Gespräch mit Evelyn unterbrochen hatte?

»Du glaubst also auch, dass sie das war?« Augenblicklich blieb ich stehen. War sich jeder um mich herum sicher, dass meine Ex-Frau mich fertigmachen wollte? Ich wurde das Gefühl nicht los, dass sie alle in ihr etwas anderes sahen als ich. In meinen Augen war sie verletzlich, mitgenommen. Sie war verzweifelt und gebrochen, aber kein Monster. Eigentlich hielt ich sie in den meisten Momenten nicht einmal für stark.

William klopfte mir auf die Schulter, damit ich weiterging. »Denkst du das nicht?«

»Doch, aber sie bestreitet es vehement.« Zumindest glaubte ich es irgendwie. Sie war die naheliegende Lösung und ehrlicherweise wäre es mir auch die liebste. Bei Evelyn wusste ich, wie ich die Sache unter Kontrolle bringen könnte. Der Anblick des endlosen Ozeans erinnerte mich daran, wie ich immer geglaubt hatte, dass er meine Probleme klein erscheinen ließ – leider war das heute nicht der Fall.

»Naja, wer hat sonst ein Motiv, es zu tun? Eigentlich niemand. Du bist auch nicht unbedingt ein Mann, den man hassen muss.« Mit seiner sachlichen, abgeklärten Art hatte er mich schon oft zum Schmunzeln gebracht, so auch heute. Ich war kein Mann, den man hassen musste, war seine Art zu sagen, dass man mich lieben musste.

Wir zogen unsere Schuhe aus, als wir dem Sand immer näherkamen und die Promenade verließen. »Eigentlich ist es egal, wer mich fertigmachen will. Es muss einfach nur enden.« Der warme Sand umspielte meine Füße, als ich mich darauf konzentrierte, die Wut im Zaun zu halten. Ich durfte nicht die Nerven verlieren. Nicht noch mehr und vor allem nicht schon wieder. Vor mir lag eine Ansammlung Muscheln, die vom Meer an den Strand gespült worden waren. Ich beugte mich hinunter, musterte die Formen und verschiedenen Farben. Einige Muscheln waren winzig und zart, andere groß und robust. Es war, als ob das Meer einen Schatz aus seiner Tiefe freigelassen hatte.

»Wie steht es um dein Unternehmen?«, hakte er schließlich nach. Diese Frage hatte er die ganze Zeit vermieden.

Mit einem Seufzen richtete ich mich wieder auf. »Es wurden einige Entscheidungen getroffen, die uns wirklich nahe an den Abgrund treiben… Hätte es diese Entscheidungen nicht gegeben, dann wäre alles halb so schlimm gewesen.« Der Sand war warm und angenehm unter meinen Füßen, als wir immer weiter entlang des Strandes liefen. Die Küstenlinie erstreckte sich in sanften Kurven und ich konnte in der Ferne Menschen beobachten, die sich beim Schwimmen und Sonnenbaden vergnügten. »Wallace ist abgesprungen.« Und wieder fühlte es sich wie ein Schlag in die Magengrube an.

»Er war doch von Anfang an dabei, oder?«

Ich nickte. »Er hat moralische Bedenken.« Wieder blieb ich stehen, doch diesmal ließ ich mich in den Sand sinken. Das tiefblaue Wasser erstreckte sich bis zum Horizont, wo es sich mit dem strahlend blauen Himmel zu vereinen schien. Wallace war gegangen und meine letzte Chance saß direkt neben mir. Zögerlich öffnete ich meinen Mund, versuchte, die Worte zu formen, die durch meinen Kopf kreisten. »Will, ich habe dich noch nie um etwas gebeten und du weißt hoffentlich, dass das nicht meine Art ist…«

»Was gibt es?«, fragte er und ließ seine Hand durch den Sand gleiten.

Während wir hier saßen, spürte ich, wie die Verbundenheit zwischen ihm und mir noch intensiver wurde. Es war, als ob wir die Gedanken des anderen lesen könnten, ohne ein einziges Wort sagen zu müssen. Diese tiefe Freundschaft, die wir im Laufe der Jahre aufgebaut hatten, musste mich jetzt retten. »Ich brauche deine Hilfe. Ich brauche sie wirklich.«

»Inwiefern?« Seine dunklen Augen blitzten auf.

»Ich brauche dringend Investoren«, sagte ich, als wäre es nicht ohnehin schon klar gewesen. Mir stand das Wasser bis zum Hals. Nein, eigentlich stand es mir schon bis unter die Nase und beim nächsten Atemzug würde ich es aufsaugen und daran ersticken.

Die Irritation breitete sich auf seinem Gesicht aus. »Wie kann ich dir dabei helfen?«

»Ich brauche dich, damit deine reichen Nerd-Freunde nachziehen.« Er musste der Erste sein und dann würden seine Freunde und Kollegen folgen. Es war nicht mein übliches Klientel, aber auch ich war bereit, mich zu verändern.

Hastig schüttelte er den Kopf. »Ich habe keine Nerd-Freunde, das sind Geschäftsmänner, Levi. Und wenn ich dich erinnern darf, dann wolltest du nie etwas mit ihnen zu tun haben.«

Ich hatte sie nicht gemocht, weil sie seltsam waren. Sie waren der Inbegriff dessen, was wir als Nerd abstempelten. In ihrer Freizeit kommunizierten sie mehr mit Computern als mit Menschen. »Das war vor der Krise. Jetzt sieht es anders aus. Ich brauche sie und ich kann gute Konditionen bieten.« Das Meer rauschte in einer endlosen Melodie, die mich sofort in ihren Bann zog, während er schwieg.

»Du weißt, was sie für Geschäfte machen, oder?« Andeutend musterte er mich.

»Es ist legal, oder?« Das war alles, was ich wissen musste. Das Einzige, was ich nicht tun wollte, war meine Freiheit in Gefahr bringen. Alles andere war mir vollkommen egal.

Abwägend bewegte er die Hand. »Ich würde nicht bei jedem einzelnen die Hand dafür ins Feuer legen.«

Ein leises Grollen kündigte die Ankunft der größeren Wellen an, die mit einer beeindruckenden Kraft an Land rollten. Dann folgte das leise Plätschern der kleineren

Wellen, die sich sanft über den Sand legten und dabei kleine, glänzende Pfützen hinterließen. »Ich möchte die kennenlernen, für die du die Hand nah ans Feuer hältst.« Das Rauschen des Meeres hatte auch etwas Beruhigendes, fast Meditatives an sich. Die konstante Wiederholung der Wellenbewegung schuf einen regelmäßigen Rhythmus, der meine Gedanken in Gelassenheit versetzte. Ich schloss die Augen und lauschte diesem natürlichen Konzert, das mich von den Sorgen des Alltags befreite. Gelegentlich vermischte sich das Rauschen mit entfernten Geräuschen: das Lachen von Kindern, die am Strand spielten, das Rufen von Möwen, die hoch über dem Wasser kreisten, und das leise Murmeln der vorbeigehenden Spaziergänger. »Und ich möchte, dass du investierst«, sagte ich und wandte mich ihm zu. Er war mein Freund und ich wollte, dass er auch an Bord war.

»Oh, ich habe Lilly versprochen, solche Risiken nicht mehr einzugehen.« Hastig schüttelte er den Kopf.

»Ich habe dir das Startkapital für deine Firma verschafft. Das war doch das Risiko wert, oder?« Die Intensität des Rauschens änderte sich, je nachdem, wie sich die Wellen bewegten und es wurde deutlicher, je mehr die Stille zwischen uns übernahm. »Will, wir sind seit so vielen Jahren Freunde. Ich würde dich nicht bitten, wenn es nicht wirklich wichtig wäre.« Er war mein Freund. Wir hatten das gleiche Ziel und wir würden es gemeinsam erreichen. Seine Investition würde mich retten und ihm würde es eine Menge Geld beschaffen. »Du weißt, dass ich mein Handwerk beherrsche.« Eindringlich musterte ich ihn.

»Wenn wir das machen, können wir es so handhaben, dass Lilly nichts davon mitbekommt?« William war ein Spieler. Er pokerte gerne und es gab ihm den Kick, den er hin und wieder brauchte. All diese Dinge waren mir letzte Nacht bewusst geworden, deswegen war er auch der Mann, den ich brauchte.

»Natürlich«, meinte ich schmunzelnd. Es war unser kleines Geheimnis. Ich streckte ihm die Hand entgegen, um das Geschäft zu besiegeln. Der Handschlag war kräftig und zugleich respektvoll, eine Geste, die tiefe Bedeutung trug. »Dann sind wir im Geschäft.« In der gleichen Sekunde fiel die Last wie eine Welle von mir ab. »Danke, Kumpel. Du hast etwas gut bei mir.«

Kapitel 31

MATILDA

Martha's Vineyard

Die Sonne brach durch die Küchenfenster und ließ den Raum in einem warmen Licht erstrahlen. Henry lehnte an der Küchentheke neben mir. Die Idee, eine Lasagne zuzubereiten, hatte mich im Griff. Also machte ich mich voller Enthusiasmus daran, die Zutaten auszuwählen.

»Ich bin fast ein bisschen neidisch, dass ich nicht mit dir essen kann«, meinte er und ich spürte seinen Blick überdeutlich auf meinem Körper.

Ursprünglich hatte ich ihn nur in die Küche gebeten, weil er mir von der Gartenplanung erzählen wollte. Ich hatte nicht damit gerechnet, dass wir so schnell abdriften würden. »Hör auf, sowas zu sagen.« Warnend funkelte ich ihn über die Schulter an. Mein erster Schritt war das Schälen und Hacken einer Zwiebel. Das leichte Prickeln in meinen Augen konnte meine Vorfreude nicht mindern.

»Warum?«, fragte er, als hätte er nicht den Hauch einer Ahnung, was er mit mir machte.

Ich hörte das Zischen von Olivenöl in der Pfanne, während ich die gehackten Zwiebeln hineingab. Ein verführerischer Duft begann sich auszubreiten, als die Zwiebeln langsam ihre Farbe änderten. »Weil du flirtest.« Und er wusste das genau.

»Das macht deine Ausstrahlung mit mir. In deiner Gegenwart kann ich einfach nicht anders.« Ich spürte, dass er mir nahekam, bevor ich es fühlen konnte. Seine Hände glitten wie selbstverständlich über meine Hüfte, während ich die Zwiebeln umrührte. »Ich will dich und ich mache kein Geheimnis daraus.« Ich biss mir auf die Unterlippe, als seine Hände zu meinem Bauch glitten und wie in Zeitlupe immer höher streiften. Unweigerlich musste ich lächeln, aber versuchte, mich auf das zu konzentrieren, was ich gerade tat. Ich gab das Hackfleisch in die Pfanne. Das scharfe Zischen ertönte, als es die Pfanne berührte. Ich griff nach einem Holzlöffel und begann, das Hackfleisch zu zerkleinern, zu rühren und zu wenden. »Du hast mich angefüttert und jetzt will ich mehr. Ich will alles«, raunte er mir ins Ohr und zog mich entschieden an sich heran.

Mein Herz setzte einen Schlag aus. »Nicht«, entwich es mir leise. Es war die eine Sache, zu flirten und dieses Spiel fortzusetzen. Die andere war es, diese Grenze zu überschreiten.

Doch Henry ließ sich von meinen Einwänden nicht beirren. Er schob mein Kleid weiter nach oben, bis es meinen Hintern freilegte. »Und ich bin fest davon überzeugt, dass du auch mehr möchtest.« Er fasste so fest zu, dass ich beinahe vergaß, was ich gerade mit dem Salzstreuer machen wollte.

»Wir dürfen das nicht…« Ich sprach so zögerlich, dass ich mir selbst nicht abkaufte, was ich gerade sagte. Es war auch nur die halbe Wahrheit, denn es hätte sicher einen Weg gegeben, es möglich zu machen. Ich war mir nur nicht sicher, ob ich das wirklich wollte. Sollte ich diese Grenze überschreiten?

Mit einem Ruck drehte Henry mich um und presste mich gegen die gegenüberliegende Kücheninsel. Ich konnte seinen Herzschlag spüren, als wir uns gegenüberstanden. Unsere Blicke trafen sich und in diesem Moment schien die Welt um uns herum zu verblassen. Seine Augen funkelten voller Begehren, was meine eigene Aufregung wachsen ließ. Es war, als würden unsere Seelen in diesem Augenblick miteinander verschmelzen. »Wir sollten es einfach tun, Matilda. Willst du uns beide noch länger quälen?« Seine Hände fanden sanft den Weg zu meiner Taille, während ich meine Hände auf seine Brust legte. Ein verlangender Atemzug entkam meinen Lippen, als er sich langsam näherte. Die Spannung zwischen uns war greifbar, eine elektrische Ladung, die die Luft zwischen uns vibrieren ließ. Und dann, endlich, trafen sich unsere Lippen in einem leidenschaftlichen Kuss. Es war, als würden tausend Funken gleichzeitig explodieren. Seine Lippen waren warm und weich und ich konnte die Zartheit seiner Berührung spüren. Unsere Küsse waren intensiv und dennoch sanft, als ob wir beide die Magie dieses Moments voll auskosten wollten.

»Du bringst mich in eine schreckliche Lage, Henry«, hauchte ich zwischen zwei Küssen. Seine Hände glitten von meiner Taille zu meinem Rücken, er zog mich noch näher an sich heran. Ich konnte seinen Herzschlag noch schneller werden fühlen, als unsere Lippen sich voneinander lösten, nur um sich dann wieder zu vereinen. Ein leises Seufzen entkam mir, als ich meine Arme um seinen Nacken legte, ihn fest an mich zog und unsere Küsse intensiver wurden. »Du machst mich zu einem Menschen, der ich nicht sein will.« Die Worte entwichen mir leise, doch er reagierte nicht darauf. Stattdessen küsste er mich noch hungriger, intensiver. Die Grenzen zwischen uns verschwammen. Seine Hände wanderten über meinen Rücken, während meine Hände über seinen Nacken und seine Schultern strichen.

Abrupt legte er die Hand an meinen Hals und bremste mich. »Aber ich verstehe dich.« Irritiert schaute ich ihn an. Vermutlich war es die Antwort auf meine Zweifel, die ich irgendwo zwischen seinen Lippen vergessen hatte. »Deswegen weiß ich auch, dass du dich nach mir sehnst, dass du mich willst.« Er spielte mit mir, kam mir immer wieder näher, nur um sich dann wieder zurückzuziehen. »Und ich will dich auch.« Hauchzart streiften mich seine Lippen.

»Ich bin verheiratet.« Als wäre es ein Automatismus zeigte ich ihm den Ring. Vielleicht musste ich mich auch nur selbst daran erinnern.

Henry fasste fester zu, was mir ein leises Stöhnen entlockte. »Ich habe nicht gesagt, dass du deinen Mann verlassen sollst. Dieser Ring zählt für mich nicht und deine Loyalität ist löblich, aber wir wissen beide, dass du etwas anderes brauchst.« Ich brauchte ihn, dieser Gedanke ploppte sofort in meinem Kopf auf. Ich wollte ihn, weil es eine faszinierende Mischung aus Spaß und Verbundenheit war, die ich nicht erklären konnte. »Sag es«, forderte er, als könnte er meine Gedanken lesen.

Vorsichtig formte ich die Worte. »Ich brauche Zerstreuung.«

»Geht doch. Warum muss ich dich immer erst dazu bringen, ein gutes Mädchen zu sein?« Immer noch lag seine Hand an meinem Hals, als er mich näher an sich heranzog, sodass ich auf die Zehenspitzen gehen musste.

»Weil es so mehr Spaß macht«, raunte ich dicht vor seinen Lippen. Warum fesselte er mich so? Was hatte er an sich, dass ich alle Absprachen vergaß und mich ihm einfach hingeben wollte?

Das leise Drehen des Türgriffs riss mich aus den Gedanken. Mein Blick richtete sich auf die Haustür und ich konnte nicht anders, als von Henry wegzutreten und ihm ein Zeichen zu geben. Er musste gehen, denn Levi kam nach Hause. Nervös strich ich mir durch die Haare und stellte mich wieder an den Herd. Das Hackfleisch war inzwischen angebrannt. Ich schob die Pfanne zur Seite und zog mein Kleid wieder zurecht. Hatte ich mich schon jemals so verlogen gefühlt? Nein. Schweifte mein Blick dennoch zu Henry, um zu prüfen, ob er gegangen war? Ja. Er stand vor dem Fenster und schnitt die Rosen, als wollte er mich um jeden Preis im Auge behalten.

Ein Lächeln schlich sich auf mein Gesicht, als Levi die Küche betrat. »Hey.« Da stand er in der Tür, mit einem begeisterten Lächeln. Er trug seinen typischen, leicht lässigen Stil – ein Hemd mit hochgekrempelten Ärmeln und eine Stoffhose. Aber das, was meine Aufmerksamkeit auf sich zog, war die Champagnerflasche in seiner Hand. Hatten wir etwas zu feiern?

»Sugar, du siehst unglaublich aus.« Sein Lächeln vertiefte sich, als er meine Reaktion bemerkte. Die Flasche Champagner hielt er wie einen kostbaren Schatz und sein Blick sprach Bände über die Freude, die er empfand.

»Ich bin nicht zurechtgemacht.« Irritiert musterte ich ihn.

Seine Schritte führten ihn näher zu mir. »Du bist die schönste Frau auf der ganzen Welt.« Ein leises Lachen entkam seinen Lippen, als er die Flasche behutsam auf den Tresen stellte und seine Arme um mich legte. Die Wärme seines Körpers drückte sich gegen meinen. Ein Lächeln breitete sich auf meinem Gesicht aus, als er mir einen sanften Kuss auf die Stirn gab.

»Bist du betrunken?«, fragte ich und konnte das Schmunzeln nicht verbergen. Es war Monate her, dass ich ihn zuletzt so zufrieden gesehen hatte.

»Noch nicht.« Ohne ein Wort zu sagen, näherte er sich mir und legte seine Hände sanft auf meine Taille. Seine Berührung fühlte sich warm und vertraut an und ich spürte, wie mein Herzschlag sich beschleunigte. Es war anders, als es gerade noch mit Henry gewesen war – vertrauter, irgendwie geborgener. Ein Kribbeln durchzog meinen Körper, als er mich zärtlich an sich zog. Seine Nähe war elektrisch, und ich konnte die Spannung zwischen uns förmlich in der Luft fühlen. »Ich habe unsere Probleme gelöst.«

»Mit Evelyn?« Hoffentlich war es so, dann würde diese Frau endlich keine Rolle mehr in unserem Leben spielen.

Sein fester Griff wurde stärker und bevor ich es richtig realisieren konnte, hatte er mich sanft auf die Hüfte gehoben. »Das auch, aber vorrangig habe ich das Investoren-Problem gelöst.« Meine Hände schlangen sich reflexartig um seinen Nacken, während seine Hände fest um meine Hüfte ruhten.

»Das ist ja wundervoll.« Unsere Blicke trafen sich erneut und ich konnte in seinen Augen die Leidenschaft sehen, die zwischen uns loderte. Seine Lippen fanden meine in einem Kuss. Der Kuss war sanft und dennoch voller Verlangen, ein Versprechen von Dingen, die kommen würden. Ich spürte, wie sich seine Lippen von meinen lösten, nur um meinen Hals entlang zu wandern. Ein leises Seufzen entkam meinen Lippen, als seine Küsse meinen Puls schneller schlagen ließen. Ich vergrub meine Hände in seinen Haaren, während ich mich ihm hingab und alles um mich herum vergaß.

Mit einem dumpfen Geräusch setzte er mich vor sich auf die Theke. »Deswegen werden wir jetzt feiern«, raunte er und angelte nach der Champagnerflasche. Er entfernte das Papier und rüttelte an dem Korken. Als er herausschoss, stieß ich einen Schrei aus, der allerdings zu einem Lachen wurde. Er schien die Flasche geschüttelt zu haben, denn ein Teil des Champagners ergoss sich über mein weißes Kleid. »Wie schade um das Kleid. Du solltest es einfach ausziehen.« Er zupfte an dem T-Shirtkleid herum, das ich vorhin auf die Schnelle übergezogen hatte, als ich aus der Dusche gekommen war. Wissend schmunzelte er mich an und ließ es auf den Boden fallen. »Ich mag es, wenn du keine Unterwäsche trägst.« Das war noch so eine Sache, die auf die Schnelle geschehen war, denn ich hatte festgestellt, wie spät ich in der Zeit gewesen war und hatte unbedingt die Lasagne vorbereiten wollen.

Seine Berührungen waren wie ein Tanz, sinnlich und doch liebevoll. Seine Hände wanderten über meine Taille, meine Hüften und meine Oberschenkel. Die Hitze zwischen uns war unverkennbar und ich konnte spüren, wie mein eigenes Verlangen sich in meinem Inneren aufbaute. Ein begehrlicher Blick, ein leises Lächeln, und dann hob er mich wieder leicht an. Meine Beine schlangen sich um seine Hüften und ich konnte die Spannung in seinen Muskeln spüren. Unsere Blicke trafen sich erneut und in diesem Moment schien die Welt um uns herum stillzustehen. Ich konnte seinen

Herzschlag spüren, der im Einklang mit meinem eigenen zu sein schien. Ich umfasste seinen Nacken, während er mich in seinen Armen hielt. Die Intensität unserer Nähe war überwältigend und ich konnte die Liebe, das Verlangen und die Verbundenheit zwischen uns förmlich spüren. Schließlich widmete er sich meinem Hals, küsste jeden Zentimeter der Haut und bahnte sich den Weg über meine Schlüsselbeine zu meinen Brüsten.

Als er sie gierig umschloss, bremste ich ihn. »Levi«, begann ich, doch er schnitt mir das Wort ab, als seine Zunge über meinen Nippel glitt. »Levi, der Gärtner schleicht hier irgendwo herum.« Die Erinnerung war plötzlich wieder in meinen Kopf gekommen.

Mit einem verdächtigen Funkeln in den Augen schaute er zu mir auf. »Und?« In seinem Blick lag eine Gier, die mir nicht verborgen blieb.

»Ich meine ja nur«, gab ich kleinlaut zurück. Es war nur ein Gedanke gewesen, der mit jeder Berührung von ihm ein wenig mehr verstummte.

»Entspann dich, Sugar.« Seine tiefe Stimme schickte mir einen Schauder über den Rücken. Sanft strich er meine Haare von den Schultern und ließ die Fingerspitzen über die freigelegte Haut gleiten. »Du magst das doch, oder?«

Lächelnd legte ich den Kopf ein wenig zur Seite und genoss die Zärtlichkeit seiner Berührungen. Quälend langsam neigte er seinen Kopf zu meiner Schulter und hauchte federleichte Küsse auf die Haut. Dann nahm er meine Hand und küsste sie. Seine Finger glitten mit einem leichten Druck von meinem Handgelenk, über den

Arm, bis hin zu meinem Brustkorb. »Ich… Ich liebe das«, flüsterte ich und ließ mich langsam nach hinten sinken. Die Kälte des Marmors brachte meinen Körper zum Erzittern.

Levi packte meine Hüfte und zog mich näher an die Kante der Kücheninsel. Dann noch einmal, aber diesmal weniger abrupt, dafür mit einer Bestimmtheit, die mich nicht daran zweifeln ließ, dass ich ihm nahe sein sollte.

»Endlich kann unser Leben wieder in normalen Bahnen verlaufen.« Ich schluckte hart, als er seine Erektion gegen meine Mitte presste und in kreisenden Bewegungen rotierte.

Endlich. Es würde wieder Normalität einkehren und das war verdammt gut. Vielleicht war es der aufkeimenden Ruhe geschuldet, dass es nicht mehr möglich war, meinem Verlangen, ihn zu küssen, zu widerstehen. Also zog ich ihn mit Nachdruck an mich heran. Ich stöhnte sanft in seinen Mund, während er meine Brüste massierte. Diesmal begann er langsam, die andere Brust zu necken. Mit seinen Fingern strich er in kreisförmigen Bewegungen über die Rundungen bis zur Spitze.

Als er seine Hose abstreifte, bremste ich ihn. »Warte… Warte kurz.« Mein Atem kam so schnell, dass ich auch einen Marathon gelaufen sein könnte.

»Was ist los?« Es gelang ihm kaum, mir in die Augen zu schauen und nicht immer wieder zu meinen Brüsten zu gleiten.

»Ich habe die Pille ein paar Tage vergessen. Du solltest dir ein Kondom holen.« Ich wollte diesen Moment nicht ruinieren, in dem er durch das Haus bis ins Schlafzimmer laufen musste, aber ich konnte nicht anders. Wir würden es andernfalls beide bereuen.

Verheißungsvoll grinste er mich an. »Riskieren wir´s.« Er zuckte mit einer Schulter, als sprach er über einen Positionswechsel. Zufrieden lächelte er, ehe er sich wieder meinem Dekolleté widmete. Mit seinen Händen umspielte er meine Brüste, streifte dabei immer wieder meinem Nippel, ehe er sie mit seinem Mund umschloss und sanft daran saugte.

»Das ist es doch nicht, was du willst.« Ich bremste ihn nicht, aber appellierte an die Dinge, die wir besprochen hatten. Doch ich unterbrach mich selbst, als ich scharf die Luft einsog. Mit einem Ruck und ohne jegliche Vorankündigung hatte er zwei Finger in mich eingeführt. Er zog seine Finger zurück, so schnell, wie er sie eingeführt hatte, und betrachtete mich.

»Das ist genau, was ich will«, raunte er und stieß seine Finger tiefer in mich hinein. Mal pumpte er härter, dann wieder langsamer und sanfter. Er hatte ein natürliches Gespür dafür, wann er mich zu nahe an die Grenze trieb. »Das ist mir klar geworden, als ich bei Evelyn gewesen war.« Er zog seine Finger zurück und rieb über seinen harten Penis.

Langsam, ganz langsam platzierte er sich vor meiner Mitte. Ich spürte, wie seine Spitze eintauchte und Zentimeter für Zentimeter versank und er nichts tat, um es zu verhindern, während wir uns in die Augen sahen. »Red nicht über diese Frau, während du mich fickst.« Die Lust durchströmte meinen Körper, je mehr ich ihn spürte, je mehr er mich ausfüllte. Als er bis zum Anschlag in mir war, schloss sie für einen Moment die Augen und genoss das unglaubliche Gefühl, ausgefüllt zu sein. Wieder lehnte ich mich ein Stück zurück, begann aber diesmal, mein Becken kreisen zu lassen. Meine Bewegungen wurden immer fließender, leidenschaftlicher und intuitiver.

»Denk einfach daran, wie wütend es sie macht.« Das Lachen entwich ihm ungebremst. Vielleicht dachte er daran und es brachte ihn in Stimmung. »Bei ihr ist mir klar geworden, dass ich mir mit dir alles vorstellen kann. Mit dir an meiner Seite ist das Leben nur halb so schlimm.« Er packte meine Hüften und zog mich noch näher an sich heran.

»Oh, Levi… das ist so süß.« Ich formte einen Schmollmund und schaute ihm tief in die Augen. »Aber jetzt leg deine Hand an meinen Hals und fick mich richtig.« Ich griff nach seiner Hand und lenkte sie zu mir, was ihn zum Grinsen brachte. Es war schön, dass er wieder lachte, dass er glücklich war. Alles würde wieder normal werden und ich war mir nicht sicher, ob sich schon jemals etwas so gut angefühlt hatte.

Levi umfasste meinen Hals fester, was mich dazu brachte, die Augen zu verdrehen und den Kopf in den Nacken zu werfen. Ihn in mir zu spüren, war das beste Gefühl überhaupt. Mein Herz setzte einen Schlag aus, als ich Henry neben dem Rosenbusch erhaschte. War er in die Hocke gegangen, damit Levi ihn nicht bemerkte? Wie ferngesteuert glitten meine Hände zu meinen Brüsten, während ich danach schrie, dass Levi fester zufasste.

Doch mein Blick lag auf Henry. Ich schaute ihn an und erwiderte es mit einem Nicken. Was wohl in seinem Kopf vorging? Ich leckte mir über die Lippen, stöhnte immer lauter auf. Levis Keuchen trieb mich beinahe an die Grenze. Mir hatte niemals ein Mann das Gefühl gegeben, so begehrenswert zu sein, wie er. Und doch starrte ich unseren Gärtner an, während er mich fickte.

Er kam, bevor ich meine Gedanken von Henry zu einem Orgasmus lenken konnte. Sanft strich er über meinen Hals. »Kann es sein, dass du irgendwie schon in der richtigen Stimmung warst, bevor ich nach Hause gekommen bin?«

Ich richtete mich auf und schlang die Beine um seine Hüften. »Hm, möglicherweise.«

»Hast du einen Wunsch, Matilda? Gibt es irgendetwas, was du mich nicht fragen möchtest?« Wissend schaute er mich an. Vielleicht war ich durchschaubar wie Glas für ihn. »Du kannst mir alles sagen«, raunte er und hauchte einige Küsse auf mein Schlüsselbein.

Unruhig biss ich mir auf die Unterlippe. Sollte ich ihn wirklich fragen, ob ich mich mit unserem Gärtner treffen durfte? Andererseits… was sprach dagegen? Er hatte mich damals auch gefragt, ob er sich mit Lily treffen durfte und ich hatte zugestimmt. So waren wir überhaupt erst ein Teil von den Partys geworden. »Ich würde mich gerne mit Henry treffen«, stieß ich ungebremst aus, als mein Kopf mein Herz überlistete. »Aber nur, wenn das für dich wirklich kein Problem ist. Ich möchte nicht, dass es zwischen uns irgendetwas verändert.«

»Das passt sich gut. Ich möchte mich nämlich mit Lilly treffen.« Sanft küsste er meine Wange.

»Ehrlich?«

»Ehrlich.« Er ließ nicht den Hauch eines Zweifels daran, dass es vollkommen okay war. Dann beugte er sich zur Seite und öffnete die Schublade, in der wir einige Medikamente aufbewahrten. Er zog den Blister meiner Antibabypille hervor. »Hier, damit du sie nicht wieder vergisst.«

Ich lächelte und nickte. »Levi, ist das wirklich kein Problem?« Ich versuchte, in seinem Blick irgendeinen Hinweis darauf zu finden, dass es nicht okay war. Vielleicht brauchte ich diese doppelte Sicherheit einfach für mich.

»Ist es für dich ein Problem, wenn ich Lilly treffe?«, fragte er und schaute mir tief in die Augen. Ich schüttelte den Kopf. »Siehst du, dann ist es für mich auch kein Problem.« Es war nur fair, wenn wir beide die gleichen Rechte hatten, oder?

Kapitel 32

X

Martha's Vineyard

Die Sonne neigte sich langsam dem Horizont zu, tauchte den Strand in ein warmes, goldenes Licht. Ich schlenderte entlang des Ufers und spürte den Sand unter meinen Füßen, während ich meinen Blick auf Matilda und William richtete, die einige Meter vor mir spazieren gingen. Die beiden schienen in ihrer eigenen Welt zu sein, eine Welt des Lachens und der Freude. Ihre Silhouetten hoben sich vor dem glühenden Abendhimmel ab. Die Wellen spielten ein leises Lied, das mit ihrem Gelächter verschmolz und eine Melodie der

Fröhlichkeit schuf. Sie lachte endlich wieder und auch William schien fröhlich zu sein.

Je näher ich kam, desto deutlicher konnte ich ihre kindliche Unbeschwertheit wahrnehmen. Sie kitzelten sich gegenseitig, rannten einander lachend hinterher und sprangen wie junge Abenteurer über die Wellen, die an den Strand rollten. Es war ansteckend - ihr Lachen zog mich förmlich in den Bann und auch ich konnte ein breites Grinsen nicht unterdrücken. Die Energie ihrer Spielfreude erfasste mich und ließ mich für einen Moment alles um mich herum vergessen. Levi hatte diese Frau nicht verdient. Nichts von dem, was sie ihm gab, hatte er auch nur ansatzweise verdient. Früher oder später würde sie zwischen die Fronten geraten, davon war ich fest überzeugt.

Immer wieder unterbrachen die beiden ihre Spielereien, um sich in tiefsinnigen Gesprächen zu verlieren. Zwar konnte ich es nicht hören, aber ich sah es an Williams Gesicht, als er plötzlich ernst wurde. Es schien, als würden sie die ganze Bandbreite menschlicher Emotionen in diesem kurzen Moment teilen - von ausgelassener Freude bis hin zu nachdenklicher Ernsthaftigkeit. Als wäre der Strand ihr Zufluchtsort für Intimität und Gedanken, ein Ort, an dem sie sich frei ausdrücken konnten.

William rieb sich irgendwann über das Gesicht, wurde unruhiger, als sie wild gestikulierend auf ihn einredete. Schließlich fanden sie einen ruhigen Fleck am Wasser und setzten sich. Ihre Blicke verloren sich im endlosen Blau des Meeres, während die Wellen rhythmisch an

Land schwappten. Ob er ihr ein Versprechen gab? Er hob die Hand und es sah aus, als würde er etwas schwören.

Ich hätte zu gerne gehört, was die beiden sich zu sagen hatten. Berichtete sie ihm davon, wie es ihr ging? War sie ehrlich zu ihm? Oder fickte sie ihn nur, wenn ihr danach war? Es zog sich auf absurde Art durch Levis Leben, dass die Frauen ihn immer wieder betrogen… Vielleicht würde er irgendwann erkennen, dass es an ihm lag. Dass es niemand lange an seiner Seite aushalten konnte, weil er ein schlechter Mensch war. Er würde noch lernen, dass die Vergangenheit immer die Gegenwart beeinflusste.

Kapitel 33

MATILDA

Martha's Vineyard

Mein Blick lag auf William. »Es ist jedenfalls beruhigend, dass du Lilly nicht betrügst.« Er hatte mir nicht gesagt, was er mit besagter Frau im Park gemacht hatte, aber er hatte Vertrauen eingefordert. Und das wollte ich ihm geben, denn er hatte mir geschworen, dass er Lilian nicht betrog.

»Hast du mir das wirklich zugetraut?« In seinen Augen lag ein Schmerz, den ich nachvollziehen konnte. Diese Zweifel waren nicht fair, zumal er mir niemals einen Grund gegeben hatte, ihn infrage zu stellen.

»Eigentlich hast du keinen Grund dazu, immerhin gibt sie dir doch bei den meisten Frauen einen Freifahrtschein«, sagte ich und bestätigte mich selbst wieder darin, dass Lilian übertrieben hatte. Ich hatte ihr ja gleich gesagt, dass sie sich täuschte.

»Hm«, brummte er.

Sanft legte ich ihm die Hand auf die Brust. Ich hatte mein Versprechen gehalten und mit ihm gesprochen. Das war alles, was ich tun konnte und wollte. Alles andere würde unsere Freundschaft nur unnötig belasten. Außerdem hatte ich kein Problem mit ihm. Den Rest könnte Lilian selbst klären. Mein Blick schweifte in die Ferne, als er nickte und blieb an einer Gestalt hängen, die an den Felsen lehnte. Erst auf dem zweiten Blick erkannte ich Henry. Verfolgte er mich? Jedenfalls starrte er mich an, das spürte ich. »Ich gehe noch ein paar Schritte, aber wir hören uns, okay?« Ich lächelte William an.

»Komm gut nach Hause, Princess«, meinte er und küsste meine Wange.

Ich lief barfuß entlang des Sandstrandes, meine Füße sanken bei jedem Schritt leicht in die warme Oberfläche ein. Die Körnchen fühlten sich angenehm kühl an, während sie zwischen meinen Zehen hindurchglitten. Die salzige Meeresbrise strich sanft über meine Haut und ich spürte, wie sich meine Haare im Wind bewegten. Die Sonne hing tief am Himmel und tauchte alles in ein goldenes Licht. Die Wellen des Ozeans rollten rhythmisch an Land und hinterließen kleine Schaumkronen, die sich schnell auflösten. Ich genoss den

Klang ihrer sanften Brandung, der mich begleitete, während ich unserem Privatstrand entgegenschritt. Mein Blick lag immer noch auf Henry, der jeden einzelnen Schritt beobachtete, den ich ging.

Je weiter ich lief, desto weicher wurde der Sand unter meinen Füßen. Es war fast so, als würde er meine Schritte förmlich schlucken, mich in eine langsame und gemächliche Bewegung versetzen. Die Luft roch nach Salz und Freiheit, und ich konnte das ferne Rauschen der Wellen immer deutlicher hören. Schließlich erreichte ich unseren Privatstrand, einen abgeschiedenen Ort, den ich für mich allein hatte. Der Sand hier war besonders fein, fast schon weiß und das klare Wasser des Ozeans schimmerte in verschiedenen Blautönen. »Stalkst du mich?«, fragte ich und verschränkte die Arme vor der Brust.

»Eigentlich nicht. Aber du glaubst mir vermutlich nicht, dass es ein Zufall ist, oder?« Mit der Hand strich er sich durch die hellbraunen Haare.

»Nein.« Das glaubte ich ihm nicht, denn er starrte mich viel zu intensiv an, um es nicht geplant zu haben.

»Blöd für dich«, raunte er und packte meinen Arm. Blitzschnell drehte er mich herum und tauschte Plätze mit mir. Die raue Wand der Felsen drückte gegen meinen Rücken. »Jetzt gibt es kein Zurück mehr, hm?« Herausfordernd blitzten seine Augen auf.

»Was soll das bedeuten?« Ich ließ meine Hände über seine nackte Brust gleiten. Es war erstaunlich, wie definiert sein Körper war. Er musste mit einer Hingabe

Sport machen, die ich vermutlich niemals für mich entdecken würde.

Abrupt bremste er meine Hand. »Levi hat dir erlaubt, dich auf mich einzulassen. Ich habe es ganz genau gehört.«

»Und deswegen lauerst du mir auf?« Plötzlich setzte sich das Puzzle zusammen und ergab Sinn. Das war also sein Grund. Er hatte nicht nur zugeschaut, sondern auch zugehört.

»Ich lauere dir nicht auf. Ich habe dich durch einen Zufall getroffen.« Mit zwei Fingern griff er nach meinem Kinn und hob es an, sodass ich die Augen von seinen Muskeln abwenden musste. »Ich wusste nicht, dass William und du befreundet seid«, stimmte er vorsichtig an. Seine Hände wanderten immer wieder über meinen Körper.

Ich nickte. »Hm, wir verstehen uns gut.« Ich hatte in der Regel nur mit Männern Sex, die ich auch mochte und mit denen ich Gespräche führen konnte. Wenn sie dazu nicht in der Lage waren, dann gefielen sie mir meistens auch nicht.

»Wie ist er so?« Mit einem Ruck zog er mich näher an sich heran.

Henrys dirty Talk war auch schon einmal besser gewesen. Kurz verengte ich die Augen zu Schlitzen, doch er warnte mich vor einer falschen Reaktion, in dem er mein Kinn fester hielt. »Er ist ein guter Mensch, lustig… und für Caissy ein wunderbarer Vater.« William war ein unheimlich guter Zuhörer und das bewunderte ich an ihm. Die Familie stand an erster Stelle und er versuchte immer, es allen recht zu machen.

»Ich sehe dich nicht gerne mit anderen Männern.« Seufzend vergrub er den Kopf in meiner Halsbeuge und hauchte federleichte Küsse auf die Haut meines Halses.

Sofort unterdrückte ich den Impuls, noch einmal zu betonen, dass ich verheiratet war. Denn das war ich und daran würde sich auch nichts ändern. Mein Herz gehörte Levi. »Das hat neulich ganz anders ausgesehen, als du meinem Mann und mir zugesehen hast.« Mein Herz… Es war absurd in diesem Moment darüber nachzudenken, während ich meine Hand immer tiefer gleiten ließ, bis ich den Bund seiner Shorts ertasten konnte.

»Das war etwas anderes. Außerdem hast du mir die ganze Zeit in die Augen gesehen.« Aus seinem Mund klang es, als hätte ich mir vorgestellt, wie er mich fickte, obwohl mein Mann es getan hatte.

Ich lachte darüber hinweg, wie richtig er damit lag. »Hat es dir gefallen?« Denn mir hatte es gefallen. Es hatte mich darin bestätigt, dass ich dieser Versuchung nachgeben wollte und mit Levis Zustimmung stand der Sache nichts mehr im Weg. »Das Zuschauen, meine ich«, ergänzte ich.

»Nicht besonders. Ich habe dich lieber für mich.« Seine Stimme war tief, rau und sie schickte mir einen Schauder über den Rücken – das und die Tatsache, dass er den vorderen Reißverschluss meines Kleides aufzog und es von meinen Schultern streifte.

»Und was möchtest du jetzt machen?« Ich ließ es zu, dass er mich auszog, dass er mich mit diesem gierigen

Blick betrachtete und mich in dem Gefühl verlor, das er in mir auslöste.

»Ich werde dich ficken.« Er sprach die Worte dicht vor meinen Lippen und streifte seine Hose ab. »Aber du hast die Wahl, wo wir es tun. Hier oder im Meer.« Sein Blick glitt nach links. Der Sonnenuntergang begann langsam, den Himmel in leuchtende Orange- und Pinktöne zu tauchen.

»Das Wasser ist eiskalt.« Hastig schüttelte ich den Kopf, als er mich immer wieder in die Richtung des Meeres drängte. Selbst der Sommer hatte nicht die Chance, den Ozean so aufzuwärmen, dass es angenehm war, darin zu baden.

»Ich bin da, um dich zu wärmen.« Seine Hände lagen an meinen Hüften und ich war mir sicher, dass er das Beben spürte, das er in mir auslöste. Er würde es nicht wagen, mich in dieses eiskalte Wasser zu treiben, oder? »Ich deute dein Schweigen als ein Ja.« Henry packte mich und warf mich über die Schulter, als würde er einen Sack Mehl tragen. Meine Schreie und das Strampeln ignorierte er dabei gekonnt. Das Wasser spritzte gegen meine Haut, als er immer weiter in die Wellen lief und mich erst absetzte, als er hüfttief im Wasser stand.

»Fuck, ist das kalt.« Ich seufzte laut auf, als ich mir die nassen Haare aus dem Gesicht strich.

Doch er zog mich näher an sich heran und hob mich wieder auf seine Hüfte. »Weißt du, Kälte ist gut. Sie sorgt für einen klaren Kopf«, raunte er und beobachtete mich dabei, wie ich mich gegen ihn presste.

»Glaube ich nicht.« Herausfordernd funkelte ich ihn an. In erster Linie war Kälte einfach nur kalt. »Mein Kopf fühlt sich jedenfalls nicht klar an.« Meine Lippen bebten vor Kühle, ebenso breitete sich die Gänsehaut auf meinem Körper aus, obwohl er mir so nah war, dass ich jeden Zentimeter von ihm spüren konnte.

»Du magst das, oder?« Er hauchte die Worte gegen meine Lippen, ohne sie zu berühren. »Zu verführen, meine ich. Du spielst gerne.« Meine Lippen wurden immer blasser, das spürte ich, als die Kälte aufstieg. Vielleicht redete ich mir das auch nur ein, weil ich unbedingt wollte, dass er mich küsste und mich damit wieder aufwärmte. Das nasse Haar klebte an meinen Schultern.

»Ja.« Ich biss mir auf die Unterlippe, ohne den Blickkontakt zu ihm zu verlieren. Dann verringerte ich die Distanz zwischen uns, bis er meinen Hals mit seinem heißen Atem streifte und schlagartig flutete mich die Wärme, als hätte es die Kälte nie gegeben. »Ich glaube, es hat dir doch gefallen, Levi und mir zuzuschauen. Sonst hättest du es doch nicht so lange getan«, raunte ich mit heiserer Stimme. Ich würde mich erkälten, davon war ich niemals überzeugter als jetzt.

Er lachte kurz auf, ehe er mich mit Nachdruck gegen seine Erektion presste. »Ich habe dich angeschaut. Ich schaue dich immer an.« Immer wieder spielte er mit mir, zog seine Lippen zurück, ehe ich sie berühren konnte. Und dann küsste er mich doch und ich war mir sicher, dass ich viel zu lange darauf gewartet hatte. Wie konnte ich mich so sehr nach einem Menschen sehnen, den ich kaum kannte? Ich erwiderte seinen Kuss mit der gleichen Leidenschaft. Er brachte mich um den Verstand. Ich vergrub die Hände in seinem Haar und ließ ihm keine Freiheit mehr.

»Henry«, entwich es mir atemlos, als ich mich von ihm löste. »Ich möchte, dass du mich fickst.« Das letzte Wort sprach ich mit einem so breiten Grinsen aus, dass ich spürte, wie sein Schwanz gegen meine Mitte presste. Er gab mich nicht frei, zog mich mit jeder Welle wieder näher zu sich.

»So, so«, raunte er und strich mit dem Finger mein Kinn entlang, hinab zu meinem Hals. An meinem BH, der vollkommen durchnässt war, hielt er inne, baute die Spannung weiter auf, bis er mit der Hand unter den nassen Stoff glitt und meine Brust zu kneten begann. »Du hast nur darauf gewartet, oder?«

»Ich nutze nur die Gelegenheiten, die sich mir bieten.« Ich ließ den Kopf in den Nacken fallen, als er fester zufasste. Ein leises Aufstöhnen entwich meiner Kehle, als er den Verschluss des BHs öffnete und ihn in Zeitlupe auszog. Er ließ ihn einfach davon treiben und ehrlicherweise war es mir vollkommen egal, denn gerade zählten andere Dinge als ein Fetzen Stoff. Seine Finger glitten über meine Brüste, die von der Gänsehaut übersäht waren. Unweigerlich bäumte ich mich auf und presste mich gegen seinen harten Schwanz.

»Kluges Mädchen«, knurrte er voller Erregung und strich mit den Fingern über meinen Slip. Er strich darüber, ehe er sich die Unterhose auszog, damit ich ihn endlich fühlen konnte. Neckend strich er über meine

Mitte, bis zu meinem Lustpunkt, über den er mit wachsendem Druck so lange rieb, bis ich den Kopf in den Nacken fallen ließ. »Mach die Augen nicht zu.«

Ich hob den Kopf wieder an und sah ihn direkt an. »Nimm mich«, flüsterte ich und entlockte ihm damit ein leises Knurren. Er musste es tun, denn ich wollte es. Ich brauchte es. Und ich wollte keine Sekunde länger warten.

Mit einer Hand packte er meinen Oberschenkel und drängte seine Hüfte weiter gegen mich. Mit der anderen Hand, die immer noch meine Klitoris umkreiste, glitt er tiefer, um meine Bereitschaft zu prüfen. Ich war so bereit für ihn. So verdammt bereit. Als ich es nicht länger aushielt, umfasste ich sein Gesicht mit beiden Händen. »Ich will, dass du mich fickst. Jetzt.« Das letzte Wort sprach ich deutlich aus, immerhin war es eine Anweisung.

Ich fühlte seine Spitze vor meiner Mitte. »Du genießt das, hm?«

»Oh, du hast ja keine Ahnung.« Wieder ließ ich den Kopf in den Nacken sinken.

Henry drang mit einem Stoß in mich ein, was mich die Luft einziehen ließ. Die Tatsache, dass er Levi und mir zugeschaut hatte, hatte etwas in mir ausgelöst. Möglicherweise war es eine Reihe von Ereignissen gewesen, die zu diesem Moment geführt hatten. »Frierst du oder macht es dich so sehr an, dass du zittern musst?« Er hielt kurz inne, gab mir Zeit, mich an seine Größe zu gewöhnen.

»Es ist die Kälte«, erwiderte ich und krallte mich in seinen Nacken. Ich überspielte den kurzen Moment, in dem mir die Luft weggeblieben war. Das fühlte sich unglaublich an. Ihm in die Augen zu sehen, während keiner von uns sich bewegte und nur die Wellen unsere Bewegungen steuerten, war berauschend.

Immer schneller und mit zunehmend mehr Kraft drang er in mich ein, presste meinen Körper bei jedem Stoß heftig gegen sich. Meine Brüste spiegelten seine Stöße. Fester vergrub er seine Hände in meinem Arsch und steuerte die Bewegungen. Mein Körper passte sich ihm auf atemberaubende Art an, dass es mich jegliche Selbstbeherrschung kostete, nicht zu schreien. Ihm schien es ähnlich zu gehen, denn er biss mir in den Hals, als er aufstöhnte. Vielleicht hatten wir zu lange auf diesen Moment gewartet und jetzt explodierte alles in uns. Seine Stöße büßten keinerlei Tempo ein, was ich genoss. Ich mochte es, gefickt zu werden. Und das tat er. Oh, das tat er. Ich schloss die Augen und öffnete den Mund leicht, aber diesmal korrigierte er mich nicht. Ich konnte es nicht mehr unterdrücken, denn es fühlte sich perfekt an.

Henry stieß härter, obwohl mein Körper unkontrolliert zuckte und jetzt lag es nicht mehr an der Kälte. Mein Stöhnen wurde lauter, unkontrollierter und ich konnte mich nicht mehr beherrschen, als er meine Hand griff und sie zu meinem Lustpunkt führte. Instinktiv rieb ich darüber, was mich nur noch weiter in das Gefühl trieb. Mich flutete dieses unbeschreibliche Gefühl, für einen Moment am richtigen Ort zu sein. Es war perfekt. Für einen Wimpernschlag war alles perfekt. Mein Leben fühlte sich wieder normal an.

Keuchend lehnte er seine Stirn gegen meine und ich kam. Ich kam in der Sekunde, in der er mir in die Augen sah und ich irgendetwas darin bemerkte, was mir Sicherheit vermittelte. Dann erst gab er auch seine letzte Selbstbeherrschung ab. Mit rasendem Puls und wild pochendem Herzen sackte ich gegen ihn.

Kapitel 34

LEVI

Martha's Vineyard

Ich stand am Fenster meines Arbeitszimmers und ließ die Gedanken schweifen, als Lilian wütend in das Haus stürmte. Ihre Augen funkelten vor Zorn und die blonden Haare wirbelten wild um ihren Kopf. Blitzschnell trat sie über die Schwelle und ihre Schritte hallten laut im Flur wider. Während sie sich umsah, konnte ich den Ausdruck der Frustration auf ihrem Gesicht erkennen. Ihr Mund formte Worte, die mich augenblicklich aufhorchen ließen. »Du brauchst dich nicht wundern, dass diese Verrückte in dein Haus eindringt, wenn du nicht abschließt.«

Warum war sie so aufgebracht? Ich blieb still im Hintergrund, um zu beobachten, wie sie in ihrem Ärger hin und her lief. Es schien, als ob sie nach irgendetwas suchte. Sie strahlte eine Intensität aus, die schwer zu übersehen war. Schließlich blieb sie abrupt stehen, atmete tief ein und aus, offensichtlich bemüht, ihre Wut unter Kontrolle zu bringen. In diesem Moment trafen sich unsere Blicke und ich konnte die Mischung aus Wut, Frustration, vielleicht sogar Verzweiflung, in ihren Augen sehen. »Sind wir nicht erst heute Abend verabredet?«, fragte ich und ging einige Schritte durch das Arbeitszimmer.

»Ich muss aber jetzt mit dir sprechen.« Sie verschränkte die Arme vor der Brust und stürmte auf mich zu.

»Was gibt es?« Eigentlich war ich nicht in der Stimmung, jetzt mit ihr zu sprechen, immerhin hatte ich schon den gesamten Vormittag mit William verbracht, um Strategien zu entwickeln. Wir hatten uns abgestimmt, welche Investitionen vertretbar waren und welche nicht.

»Ernsthaft? Das fragst du noch?« Sie sog die Luft scharf ein. Plötzlich spürte ich den Schmerz, als ihre Hand mit einer Wucht gegen mein Gesicht knallte, die ich ihr nicht zugetraut hätte. Die Ohrfeige traf mich unerwartet und ließ meinen Kopf zur Seite schnellen. Ein scharfer Schmerz durchzog meine Wange und für einen Moment fühlte es sich an, als ob die Zeit stillstand. Die Berührung war begleitet von einem lauten Klatschen, das in meinen

Ohren widerhallte. Mein Blick wirbelte zurück zu Lilian, die mich geschlagen hatte. »Du ziehst William in deine Geschäfte hinein.« Energisch tippte sie mir mit dem Finger gegen die Brust. Ob sie mein Herz rasen fühlte? Die Worte hingen jetzt in der Luft. »Diese Summen sind Jenseits von Gut und Böse«, fauchte sie und presste dabei die Zähne immer fester aufeinander.

Die Wut baute sich immer weiter in mir auf, begleitet von dem stechenden Schmerz in meiner Wange. Lilian konnte zuschlagen, um diese Erkenntnis war ich nun auch reicher. »Halte deine Hand unter Kontrolle.« Mahnend funkelte ich sie an.

»Sonst was?«

Als die Wut über ihre Reaktion die Oberhand gewann, packte ich sie an den Schultern und drückte sie gegen die Wand. Die Intensität meiner Gefühle überwältigte mich, und bevor ich überhaupt realisierte, was ich tat, spürte ich bereits den Widerstand ihres Körpers gegen meinen Griff. Der Schrecken in ihren Augen fuhr mir wie ein Stich ins Herz. Die Wucht des Augenblicks brachte mich dazu, meine Hände fest um sie zu schließen, während ich versuchte, meine Gedanken zu beruhigen. »Sonst halte ich dich fest. Ich lasse mich nicht von dir schlagen, Lilly«, beantwortete ich ihre Frage. Die Kälte der Wand drückte gegen ihren Rücken, und ich konnte den Anflug ihres Atems auf meiner Haut spüren. Ein Mix aus Reue, Scham und dem Bewusstsein für die Schwere meiner Überreaktion durchströmte mich. Ein innerer Kampf tobte, während ich versuchte, meine aufgestauten Emotionen zu zähmen und die Situation zu entschärfen.

»Vielleicht ist es aber mal bitternötig, dass es jemand tut.« Sie schaute mir tief in die Augen.

»Beruhige dich. Ich habe die Sache mit Will unter Kontrolle.« Ich hatte nicht vor, meinen Freund in den Abgrund zu stürzen oder irgendjemandem Schaden zuzufügen. Eigentlich war es eine Win-Win-Situation. Doch sie hielt nicht viel vom Risiko. Lilian konnte mit mir befreundet sein, sich von mir ficken lassen, aber sie vertraute nicht. Möglicherweise war sie auch ein wenig paranoid.

Mit den Händen presste sie gegen meine Brust, versuchte immer wieder, mich wegzuschieben. »Das hast du auch von Evelyn und Wallace behauptet. Du hast immer gesagt, dass du alles im Griff hast, dabei versinkt es im Chaos.«

»Reiß dich zusammen.« Meine Stimme wurde lauter, herrischer. Sie durfte jetzt nicht die Nerven verlieren. Es war nichts geschehen, außer dass William wieder mein Partner geworden war. Woher wusste sie das überhaupt so schnell?

»Levi, alles gerät außer Kontrolle und du ziehst Will hinein. Matilda verhält sich nicht wie sie selbst und dir will jemand ans Bein pissen.« Aus ihrem Mund hörte sich das an, als wäre die Apokalypse nahe. Als würden wir im nächsten Moment alle draufgehen. Doch so finster sah die Zukunft nicht aus.

Ich drängte mein Bein zwischen ihre, um sie ruhig zu halten. »Kann es sein, dass du dieser Jemand bist?«

»Was?«, entwich es ihr atemlos.

»Ich habe lange darüber nachgedacht und du hast so geschickt versucht, uns alle auf Evelyn zu stoßen, dass ich dich mittlerweile im Verdacht habe.« Es war immer jemand, von dem man es am wenigsten glaubte, oder? Und ihr Besuch bei Evelyn hatte mich stutzig gemacht.

»Mich? Drehst du jetzt vollkommen durch?« Mit der flachen Hand schlug sie auf meine Brust.

Doch ich packte sie und umfasste sie diesmal ohne jede Gnade. »Mach dir keine Sorgen um meinen Verstand, sondern um deine Ehe.« Ihr Wimmern ließ mich den Griff etwas lockern. »Deswegen bist du doch so neben der Spur, oder?« Hier ging es nicht darum, ob William investierte oder nicht. Sie hatte ein vollkommen anderes Problem und so wie er ausgesehen hatte, ging es schon wieder um ihre Ehe.

»Levi, lass mich los«, fauchte sie und zerrte an ihrem Handgelenk als würde es nicht zu ihr gehören.

Allerdings ließ ich mich nicht davon beeindrucken. »Hast du wieder Angst, dass William dich betrügt?« Lilian war einfach gestrickt. Als sie mitbekommen hatte, dass William kein gesteigertes Interesse mehr an ihr gehabt hatte, hatte sie ihm die Partys vorgeschlagen. So hätten sie beide die Möglichkeit, sich auszuleben. Und ich konnte mich daran erinnern, als wäre es gestern gewesen, wie ich die beiden gewarnt hatte, dass sie sich verlieren würden, wenn das Fundament nicht mehr passte. Das war auch der Grund gewesen, warum Evelyn und ich niemals eingestiegen waren. Ich hatte unseren Zerfall verhindern wollen.

»Ja«, gab sie kleinlaut zu. »Ja, verdammt. Das habe ich.«

Mein Blick ruhte ruhig auf ihr, während ich bewusst einen Hauch von Wissen in meinen Augen versteckte. Ein subtiler Schimmer von Erheiterung tanzte in meinen Pupillen, als ich ihre Worte hörte. Ein fast unmerkliches Lächeln spielte um meine Lippen, während ich mich bemühte, eine neutrale Miene zu bewahren. Ich wusste, was William tat, was er begehrte und was er wollte. Und vor allem wusste ich, dass sie es nicht war. Was mich auch nicht verwunderte, denn diese Szenen erlebte er beinahe täglich. Meine Augenlider flatterten leicht, als ob sie eine unausgesprochene Verbindung zu meinen Gedanken herstellten. Der Blick war ein subtiler Tanz zwischen Zurückhaltung und Enthüllung, ein Spiel, das ich beherrschen wollte. Ich genoss den Moment der Geheimniskrämerei, als ob ich ein Geheimnis zwischen uns beiden teilte, das noch nicht vollständig enthüllt worden war.

»Du weißt doch etwas. Sag es mir.« Lilian vergrub mein Hemd in der Faust.

Sie hatte einen Schwachpunkt und das war ihre Eifersucht. Nein, eigentlich hatte sie auch nicht nur einen Schwachpunkt, sondern unzählige, aber das war einer, den ich nutzen würde. »Sag mir zuerst, was du bei Evelyn gemacht hast.«

Sie schluckte hart. »Ich habe mit ihr geredet.«

»Aber nicht, um mir zu helfen, oder? Nichts davon war für mich.« Lilian war immer eine gute Freundin gewesen, daran hatte ich bisher nicht zweifeln müssen, allerdings wurde ich das seltsame Gefühl nicht mehr los. Sie und Evelyn hatten nicht gewirkt, als hätte sie auf sie eingeredet oder ihr gedroht, mich in Ruhe zu lassen. »Rede! Ich habe deinen Blick gesehen. So hast du sie früher auch angeschaut und irgendwann ist es in diesen Hass umgeschlagen, den nicht einmal dein Mann verstanden hat.« Keiner von uns hatte verstanden, was zwischen den beiden geschehen war. Aber irgendwann hatte ich damit begonnen, mir einzureden, dass ihre Loyalität zu mir größer war als zu meiner Ex-Frau. Dass sie es vielleicht nicht ertragen konnte, wie Evelyn mit mir umgegangen war. Doch selbst das glaubte ich jetzt nicht mehr. Und William auch nicht.

»Ich…« Sie stockte und rieb sich über das Gesicht.

»Wenn du wissen willst, was dein Mann tut, dann sei ehrlich zu mir. Darauf basiert Freundschaft doch, oder?« Ich intensivierte den Blick weiter, durchbohrte sie mit meinen Augen, damit sie irgendwann schwach wurde und mir gestand, was ich hören wollte.

Schließlich senkte Lilian den Kopf. Ich konnte das leichte Beben spüren, das ihren Körper überkam. »Levi, ich habe Angst, dass wir danach keine Freunde mehr sind und das möchte ich nicht.«

»Was hast du getan?« Sie war impulsiv, das war mir immer bewusst, deswegen würde es mich auch nicht wundern, wenn sie weit über das Ziel hinausgeschossen war, aber ich wollte es aus ihrem Mund hören. Als sie immer wieder den Kopf schüttelte, umfasste ich ihre Schultern fester. »Was hast du getan, Lilly?«, hakte ich deutlicher nach.

Mit zitternden Händen rieb sie sich über das Gesicht. Ihre Augen hatten so schlagartig den Glanz verloren, dass es mir einen Stich versetzte, doch Lilian schien nicht länger schweigen zu wollen. Immer wieder öffnete sie den Mund, suchte wohl die richtigen Worte. »Sie hatte die Affäre mit mir.« Ihre Stimme brach.

Ich lachte so hämisch auf. Das war noch so eine Sache, für die ich sie schätzte: ihren Humor. Meistens war er unpassend und zu vulgär, aber sie verstand es, mit Worten zu spielen. Allerdings lachte sie nicht mit, was mich immer ruhiger werden ließ. Die Tränen lauerten in ihren Augenwinkeln. »Du meinst das ernst?«

»Sie hat mit mir geschlafen und es war auch nicht nur eine Nacht. Es war eine andauernde Affäre.« Jedes Mal, wenn ich mich zu schnell bewegte, kniff sie die Augen zusammen.

Ich hatte keine Intension, sie zu schlagen. Stattdessen ließ ich sie los und trat einige Schritte zurück. Das… Das ergab keinen Sinn. »Du hast mir überhaupt erst davon erzählt, dass sie mich betrogen hat. *Du* hast diesen Mann erwähnt.« Nur durch sie hatte ich überhaupt von Evelyns Affäre erfahren, was andernfalls vermutlich noch Jahre gedauert hätte.

»Nein, ich habe niemals gesagt, dass es ein Mann war. Das hast du daraus gemacht und ich habe dich nicht korrigiert.«

Ich hob die Hand, um sie zum Schweigen zu bringen. Ich brauchte einen Moment, um das zu verarbeiten. Mein Gehirn arbeitete auf Hochtouren, um zu begreifen, was sie mir gerade gesagt hatte. »Warte mal, du hast mit

Evelyn geschlafen?«, wiederholte ich noch einmal, damit es auch die letzte Faser meines Körpers verstand.

»Das war nicht nur Sex.« Erneut schüttelte sie den Kopf.

Was war es sonst? Liebe? Zumindest sah sie mich an, als wollte sie mir genau das sagen. Die Enthüllung traf mich wie ein tonnenschwerer Amboss, der auf meine Brust niedersauste und mir die Luft zum Atmen nahm. Alles, woran ich geglaubt hatte, zersplitterte in tausend Stücke, als die Wahrheit langsam, aber unaufhaltsam ans Licht kam. Ein dumpfer Schmerz breitete sich in meinem Inneren aus, während die Realität meiner Vergangenheit auf mich einschlug wie eine unaufhaltsame Flutwelle. Die Erkenntnis, dass mein Leben mit Evelyn auf Lügen aufgebaut war, überrollte mich wie eine Welle. Der Boden schien unter mir wegzubrechen und ich fühlte mich wie ein Schiff ohne Anker, in den stürmischen Wellen der Wahrheit treibend. »Sie ist lesbisch?« Ich konnte das nicht glauben. Die Frau, mit der ich über ein Jahrzehnt verheiratet gewesen war, war eine Lesbe und ich hatte es nicht bemerkt?

»Ich glaube, sie weiß selbst nicht so richtig, was sie ist.« Sie klang mitgenommen, bedrückt. Es schien ihr wirklich wehzutun, dass Evelyn in dieser Art Existenzkrise steckte.

»Lilly, sie hat mich auf Knien angefleht, sie zurückzunehmen.« Warum sollte sie das tun, wenn sie keinerlei Interesse an Männern hatte? Das ergab doch keinen Sinn.

Doch sie nickte. »Ja, sie steht nicht zu dem, was sie will. Das hat sie damals nicht getan und tut es heute auch nicht.«

»Evelyn ist eine Lesbe«, wiederholte ich immer wieder, um zu verstehen, dass mein Leben mit ihr eine vollkommene Lüge gewesen war. Gedanken, Erinnerungen, Beziehungen - alles war von dieser neuen Erkenntnis geprägt und ich wusste nicht mehr, wie ich die Puzzlestücke meines Lebens wieder zusammenfügen sollte. Ein Schwindelgefühl überkam mich, während ich versuchte, die Wahrheit mit den Bildern aus meiner Vergangenheit in Einklang zu bringen. Die Emotionen schwankten zwischen Wut, Trauer und einer Art Leere, die mich gleichzeitig verängstigte und betäubte. Alles, was ich einmal für selbstverständlich gehalten hatte, war nun fragil und brüchig. Wie hatte ich das nicht bemerken können?

»Es war nicht nur Sex, Levi. Wir haben uns wirklich geliebt«, sagte sie und stand immer noch an der Wand, als würde ich sie festhalten.

Liebe... Die Veränderung war überwältigend, ein Strudel aus Gefühlen, der mich unablässig mitriss. Es war, als ob ich mein eigenes Leben aus einer völlig neuen Perspektive betrachtete und ich war irgendwie verloren in dieser neu entstandenen Realität, die sich so anders anfühlte als alles, was ich zuvor gekannt hatte. »Und dann?«

»Dann hatte sie zu viel Angst, um zu unserer Liebe zu stehen und hat den sicheren Weg gewählt - dich.« Sie sprach die Worte, als wäre ich ein Trostpreis.

Es ging mir auch weniger um Evelyn und mehr um die Tatsache, dass sie meine beste Freundin war und dennoch diesen Schritt gegangen war. Sie hatte mich betrogen, sogar William. »Und in all den Jahren, ist dir nie der Gedanke gekommen, es mir zu sagen? Ich habe uns für Freunde gehalten.« Für beste Freunde, korrigierte ich mich in Gedanken.

»Sie hat mir das Herz gebrochen. Ich habe sie wirklich geliebt.« Ich sah es in ihren Augen. Das war die Wahrheit… leider mochte ich gar nichts davon.

Ich nickte langsam, während ich die dumpfen Schritte näherkommen hörte. Ein Hauch von Nervosität kitzelte meine Haut, doch ich unterdrückte die aufkommende Unruhe. In meinem Inneren spielte sich ein Sturm der Emotionen ab, während ich an den Moment dachte, bevor das Geständnis ausgesprochen worden war. Ich hatte ihr nicht erzählt, dass ihr Mann mich aufgesucht hatte. Ein fieses Gefühl des Triumphes durchströmte mich, obwohl meine eigene Welt gleichzeitig zu zerfallen schien. Aber nach allem hatte sie das Gleiche verdient. Es war eine seltsame Mischung aus Genugtuung und Bedauern, die mich erfüllte. Sie hörte die Schritte auch und ich sah an ihrem Gesicht, dass sie sich fragte, zu wem sie gehörten und wer alles mitgehört hatte. In diesem Moment waren wir keine Freunde mehr. Eigentlich waren wir gar nichts mehr. Die Vorfreude darauf, wie sich die Wahrheit vor ihr entfaltete, erfüllte mich fast mit Schadenfreude, obwohl das Gewicht meiner eigenen Komplikationen nicht von mir wich. Der Kontrast zwischen meinem inneren Triumph und der

Zerbrechlichkeit meiner eigenen Realität war unübersehbar.

Während ich meine eigenen Dämonen bekämpfte, nahm ich mir diesen Moment des kleinen Sieges, wenn auch mit einem bitteren Beigeschmack. Es war eine Lektion darüber, wie selbst inmitten von Chaos und Zerstörung ein kleiner Funke von Überlegenheit aufkeimen konnte. »Nun, das wollte ich dir vorhin schon sagen, aber du warst zu beschäftigt damit, mich anzubrüllen.« Wenn mein Leben und alles, woran ich geglaubt hatte, in den Abgrund fiel, dann konnte ihr Leben das Gleiche tun.

Kapitel 35

MATILDA

Martha's Vineyard

Es war zehn Minuten her, dass Lilian mich vollkommen aufgelöst angerufen und um ihr Leben geschrien hatte. Voller Angst rannte ich zum Strandhaus. Mein Herz hämmerte in meiner Brust, als die Wellen gegen den Küstenstreifen krachten. Jeder meiner Schritte wurde von einem nagenden Gefühl der Besorgnis begleitet. Die Sonne war bereits am Horizont untergegangen und der Himmel färbte sich in dunklen Nuancen von Blau und Violett. Der Weg zum Strandhaus führte durch einen schmalen Pfad, umgeben von dichtem Dünenbewuchs. Das Rauschen des Meeres wurde lauter, je näher ich dem Haus kam. Meine Gedanken waren wie ein Wirbelsturm, gefüllt mit möglichen Gefahren und Szenarien. Hatte sie sich verletzt? War sie sicher? Sie hatte nur angedeutet, dass William die Nerven verlor, auch wenn ich mir das bei ihm überhaupt nicht vorstellen konnte. Was musste sie getan haben, um ihn dazu zu bringen?

Als ich das vertraute Holz des Strandhauses in Sichtweite bekam, beschleunigte ich meinen Lauf noch mehr. Die Fenster waren dunkel und ich konnte nur hoffen, dass sie drinnen war und in Sicherheit. Der Wind trug den salzigen Duft des Meeres zu mir herüber, während meine Lungen brannten und meine Muskeln sich anspannten. Schließlich erreichte ich die kleine Veranda des Strandhauses.

William hämmerte mit verzweifelter Intensität gegen die Tür. Jeder Schlag erzeugte ein dumpfes, donnerndes Geräusch. Seine Hände prallten gegen das Holz, als er all seine Kraft einsetzte, um sich Zutritt zu verschaffen. Seine Augen waren weit aufgerissen, die Stirn von Schweißperlen überzogen und sein Atem kam in hastigen, unregelmäßigen Stößen. »Will, hey«, rief ich und trat näher an ihn heran. »Hör auf damit.« Bei jedem Schlag schien sich seine Frustration und Wut zu manifestieren. Seine Knöchel wurden weiß vor Anstrengung, während seine Muskeln sich unter der Spannung seiner Bemühungen verkrampften. Das rhythmische Donnern füllte den Raum mit einer bedrückenden Energie, die die Anspannung spürbar machte.

»Geh einfach. Das betrifft nur Lilian und mich.« Er brüllte, als wollte er, dass sie jedes einzelne Wort hörte – sie und jeder im Umkreis.

»Was ist passiert?«, hakte ich vorsichtig nach. Ich stellte mich nicht zwischen ihn und die Tür, aber ich legte meine Hand beruhigend auf seine Schulter.

Die Tür selbst gab kaum nach, widerstand den Angriffen. Ein leises Quietschen und Krachen ertönten, als das Holz gegen die Belastung protestierte. Ein Splitter flog ab, als seine Schläge an Intensität gewannen. Die Türzarge ächzte unter dem Druck, doch sie hielt stand, als wäre sie genauso entschlossen, ihn draußen zu halten. »Mach die verdammte Tür auf oder ich trete sie ein.« Er schien seine Umgebung fast zu vergessen, während er weiter gegen die Tür hämmerte. Sein Fokus war ganz auf das Ziel gerichtet – ob es darum ging, sich Zutritt zu verschaffen oder eine Art inneren Kampf auszutragen, war mir unklar. Die Geräusche seiner Bemühungen füllten den Raum, während die Spannung auf ein scheinbar unvermeidliches Crescendo zusteuerte.

»Will, sieh mich an«, sagte ich und wagte mich in einer Pause zwischen ihn und die Tür. »Schau zu mir.« Vorsichtig legte ich ihm die Hände an die Wangen und lenkte seinen Blick zu mir. »Was ist passiert?« Irgendetwas war in ihm gebrochen, das sah ich an seinen Augen, die jeglichen Glanz verloren hatten und von Tränen überlagert wurden.

»Sie fickt Evelyn.« Mit einem plötzlichen, rohen Schrei entlud sich seine Wut. Seine Stimme durchbrach die Stille mit einer schneidenden Intensität. Sein Schrei hatte etwas Animalisches, Ursprüngliches, das die Luft selbst zu zerreißen schien. Er schien den Schmerz und die Frustration seines Inneren in diesen Schrei zu legen, als ob er versuchen würde, die Welt um sich herum zum Beben zu bringen.

»Was?« Meine Stimme war ein Hauchen im Vergleich dazu.

»Hat deine ach so gute Freundin etwa vergessen, dir das zu sagen?« Beinahe mitleidig funkelte er mich an. »Hm, Lilian, sieht aus, als wäre ich nicht der Einzige, den du verarscht hast«, schrie er und boxte noch einmal gegen die Tür.

»Ich habe niemanden verarscht«, brüllte sie, aber kam der Tür keinen Schritt näher.

Was war zwischen den beiden vorgefallen? Abgesehen von der wirklich abscheulichen Behauptung, die er aufstellte. Lilian hasste Evelyn. Das wäre doch absurd… Doch als ich es aussprach traf es mich wie ein Schlag, dass all der Hass vielleicht nur Show gewesen war. »Hast du ihr wehgetan? Will, sieh mich an.« Ich lenkte seinen Blick wieder auf mich.

»Nein, ich habe sie nicht angerührt. Was denkst du von mir?« Seine Hände waren immer noch in der Luft, was ihn irgendwie bedrohlich erscheinen ließ, auch wenn ich das nicht wahrhaben wollte.

»Das ist gut.« Ich stimmte mir selbst mit einem Nicken zu, als mein eigener Herzschlag mich vereinnahmte.

»Wir sollten uns alle beruhigen«, sagte ich so laut und deutlich, dass sie es im Haus auch hören musste.

Doch er schüttelte entschieden den Kopf. So hatte ich ihn noch nie erlebt. »Pack deine Sachen, Lilian. Du wohnst hier nicht mehr.« Ich war mir sicher, dass er die Ironie auch verstanden hätte, wenn er nicht so aufgebracht war, immerhin war sie im Haus und er vor der Tür. Dann geriet er außer Kontrolle und ich hatte keine Ahnung, was gerade geschah. Seine Augen waren wild und aufgerissen, als wären sie von einem unsichtbaren Feuer entflammt worden. Sein Gesicht war verzerrt vor Wut, die Muskeln in seinen Wangen und seinem Kiefer spannten sich bei jedem Atemzug an. Ein tiefes Knurren entwich seiner Kehle, ein unmissverständlicher Ausdruck seiner aufgestauten Emotionen.

»Hey, überstürz die Dinge nicht.« Beschwichtigend hob ich die Hände.

»Hast du mir nicht zugehört? Sie hat Evelyn all die Zeit gefickt. Sie hat sogar von Liebe gesprochen, frag Levi.« Als ich versteinerte, schob er mich zur Seite. »Ich kläre das allein mit ihr.« Sein Blick fiel auf die Tür vor ihm und ein gefährlicher Glanz trat in seine Augen. Ohne zu zögern, holte er aus und trat mit aller Kraft gegen die Tür. Ein dumpfer, donnernder Schlag ertönte, als sein Fuß auf das Holz traf. Die Tür erzitterte unter dem Aufprall, die Erschütterung übertrug sich bis in den Boden und die Wände.

Die Sache würde aus dem Ruder laufen, davon war ich jetzt fest überzeugt. Wenn Levi Bescheid wusste, musste er herkommen. Er musste es entschärfen, denn das konnte er deutlich besser als ich. Ich zog mein Handy aus der Tasche und tippte seine Nummer an. Das Telefon klingelte schrill, durchdringend. Mein Herz schlug schneller, als ich den ersten Klingelton hörte. Ein kleiner Funken Hoffnung glimmte in mir auf. Doch als die Klingeltöne weiter ertönten und er den Anruf nicht entgegennahm, begann sich die Verzweiflung in mir auszubreiten. Jeder Klingelton schien wie ein Pochen in meinem Kopf, ein pochender Rhythmus meiner sich verstärkenden Besorgnis. Meine Blicke waren auf das Telefon gerichtet, während die Sekunden wie Stunden vergingen, während William immer mehr die Fassung verlor. Der Klang wurde zu einem quälenden Lärm, der meine Nerven zermürbte. Mit jedem ungehörten Klingeln wuchs meine Frustration. Ein Gefühl der Hilflosigkeit breitete sich aus, als ob ich in einem endlosen Kreislauf gefangen war. Ich starrte auf das Telefon, als ob ich durch meine Anstrengung allein die Situation ändern könnte. Die Stille, die nach jedem Klingeln folgte, war unerträglich.

Meine Hände begannen zu zittern, als ich auflegte. Ein Gefühl der Ohnmacht breitete sich in mir aus, und ich kämpfte damit, die aufsteigenden Tränen der Frustration zurückzuhalten. Die Stille im Raum fühlte sich an, als würde sie mich erdrücken, während die Ungewissheit an meinen Nerven zerrte. Ich legte auf und stellte mich wieder vor William. »Gewalt ist keine Lösung.« Warnend funkelte ich ihn an.

»Frieden auch nicht.« Seine Hände ballte er zu Fäusten, die Knöchel weiß vor Anspannung. Jeder Schrei, jeder Tritt schien ihm eine Erleichterung zu verschaffen, eine Möglichkeit, die Kontrolle über seine eigene Welt zurückzugewinnen. Die Intensität seiner Wut ließ ihn außer Atem geraten, doch er konnte nicht aufhören. Es war, als ob er sich in einem Strudel aus Zorn verfangen hatte, aus dem es kein Entkommen gab. »Ich habe mich jahrelang an alles gehalten, was diese Schlampe wollte. Wir sind auf diese Partys gegangen, wir haben andere Paare getroffen, sie hatte Freiheiten und wofür? Dafür, dass sie am Ende hinter meinem Rücken Levis Ex-Frau poppt.« Sein Atem wurde keuchend, sein Körper bebte vor Anstrengung und Erschöpfung. Die Tür war schwer lädiert, gezeichnet von den Spuren seines Wutausbruchs. Er vergaß sich selbst und ich konnte nicht mehr dagegen ansteuern. Lilian hatte ihn über die Grenze getrieben. Es war geschehen, wovor Levi mich immer gewarnt hatte. Er hatte prophezeit, dass die beiden sich irgendwann gegenseitig umbringen würden und ich war mir sicher, dass dieser Moment jetzt gekommen war.

Ich trat wieder zur Seite und zückte mein Handy. Hastig wählte ich die Nummer. Als ich den grünen Hörer drückte, durchzuckte mich eine Mischung aus Hoffnung und Nervosität. Die Töne des Wählens schienen lauter zu sein, als sie tatsächlich waren.

Dann, bevor ich es erwartete, hörte ich ein rasches Piepen, gefolgt von einer vertrauten Stimme. »So schnell habe ich mit deinem Anruf nicht gerechnet.« Henry.

Mein Retter in der Not. Gottseidank ging er ans Telefon, sonst hätte ich die Polizei rufen müssen.

»Ich brauche deine Hilfe.« Erst jetzt spürte ich, wie mein Herz gegen die Brust presste und mir immer wieder die Luft zum Atmen nahm.

»Okay, was ist los?«, fragte er schließlich.

»Du musst zum Strandhaus von Lilian kommen. Bitte beeil dich, ich weiß nicht, wie lange es noch gut geht.« Dann legte ich auf, denn ich sah, wie er nach einem Holzstück griff. Er würde die Nerven verlieren. »Will, hör mir zu. Ich verstehe, dass du wütend bist«, rief ich und versuchte, es ihm aus der Hand zu nehmen.

Er stieß einen Laut aus, der eine Mischung aus Lachen und purer Verzweiflung war. »Wirklich? Verstehst du, wie es sich anfühlt, seinen Freund zu besuchen und dann dieses Geständnis zu hören? Sie spricht von Liebe. Sie hat gesagt, dass sie Evelyn liebt - dass die beiden sich lieben.« Der Ekel stand ihm ins Gesicht geschrieben.

»Ich hänge gedanklich noch bei der Tatsache, dass Evelyn eine Lesbe ist. Irgendwie hat sie nie auf mich gewirkt, als hätte sie Interesse an Frauen.« Bedacht nahm ich ihm das Holzstück aus den Händen. Er würde damit nichts einschlagen. Nicht, solange ich hier war.

»Lilian wollte mich verlassen, aber Evelyn ist bei Levi geblieben.« Er sprach etwas leiser, aber boxte dennoch gegen die Haustür, als wollte er, dass sie ihn hörte. »Also war es für sie die logische Konsequenz, auch zu bleiben.« Und das tat weh, das verstand ich. Das war eine beschissene Aktion von ihr. »Ich bin ein Trostpreis. Verstehst du das?« Seine Augen wurden glasig, verloren das wütende Blitzen immer mehr. »Sie war meine Priorität und ich bin nichts weiter als die zweite Wahl.«

Ich konnte mir nicht vorstellen, wie sich das anfühlen musste, denn ich hatte das noch nie durchgemacht. Aber ich wusste, wie schrecklich es für ihn sein musste, denn er war mein Freund. Und das war eine Aktion, die ich ihr nicht verzeihen würde. Nicht, weil sie ihren Mann betrogen hatte, sondern, weil sie uns alle betrogen hatte. Schon von weiten sah ich Henry auf uns zukommen. »Gottseidank bist du da«, flüsterte ich, als er sich neben William stellte.

Er fuchtelte immer noch wild mit den Armen herum. Seine Gesichtsfarbe war rötlich vor Zorn, und seine Augen funkelten vor Aufregung. Es schien, als könnte jeden Moment die Kontrolle verloren gehen, und die Spannung in der Luft war förmlich greifbar. Henry griff nach Williams Unterarm. Mit sanfter, aber bestimmter Kraft zog er ihn zur Seite, weg von der aufgeheizten Situation. Will sträubte sich zunächst, seine Augen funkelten vor Wut und Protest. Doch Henry ließ nicht nach, er behielt seinen Griff und sprach mit ruhiger Stimme. Seine Worte waren kaum zu hören inmitten des Lärms, aber seine Präsenz schien beruhigend zu wirken. »Du wirst mir dafür noch sehr, sehr dankbar sein.« Langsam ließ die Wut in Wills Augen nach. Sein Atem ging immer noch schwer, aber die Aggression in seinen Bewegungen ließ nach. Henry führte ihn langsam weg von der aufgeladenen Situation, hin zu einem ruhigeren Ort, an dem sie sich setzen konnten.

Panisch stürmte Lilian auf mich zu. Ihre Augen riss sie vor Angst auf. Bevor ich reagieren konnte, fiel sie mir in die Arme und umarmte mich fest. Ich spürte ihr Zittern und die schnellen, flachen Atemzüge, die ihre Verzweiflung widerspiegelten. Ein Moment des Mitgefühls überkam mich, während ich versuchte, sie zu beruhigen.

Doch plötzlich spürte ich eine Welle der Frustration in mir aufsteigen. Ich schob sie sanft von mir weg, meine Hände auf ihren Schultern und traf eine Entscheidung im Bruchteil einer Sekunde. Mit einer schnellen Bewegung holte ich aus und meine Handfläche traf ihr Gesicht mit einem klatschenden Geräusch. »Das ist für all die Lügen, die du verbreitet hast.« Die Ohrfeige war nicht brutal, eher ein reflexartiger Akt der Verzweiflung meinerseits.

Lilian taumelte einen Schritt zurück, hob die Hand schnell an ihre Wange. Ihre Augen weiteten sich vor Schock und Überraschung, während mein eigener Herzschlag wild in den Ohren klopfte. »Das hatte doch niemals etwas mit dir zu tun.« Die Tränen liefen über ihre Wangen.

»Das stimmt, aber jetzt hat es etwas mit mir zu tun, denn das nehme ich persönlich. Ich nehme es persönlich, wenn man sich meinen Feinden zuwendet und mir ins Gesicht lacht.« Jetzt war es eine Sache zwischen uns beiden geworden und das würde ich ihr nicht so schnell vergeben.

»Bitte… wir sind doch Freunde«, sagte sie und musterte mich mit großen Augen.

Dennoch schüttelte ich den Kopf und trat einige Schritte zurück. »Wir *waren* Freunde und ich denke, das gilt für Levi auch.« William war unser Freund und sie war soeben zu einer Feindin geworden.

Kapitel 36

LEVI

Boston

Mit einem schweren Kloß in der Kehle saß ich in meinem Büro, umgeben von den vertrauten Wänden, die jetzt auf einmal so erdrückend schienen. Die Wahrheit über meine Ex-Frau und meine beste Freundin hatte mich mit Wucht getroffen und der Schmerz saß tief in meinem Inneren. Ich hatte mir vorgenommen, stark zu sein, aber heute war nicht der Tag dafür. Ich starrte auf meinen Schreibtisch, auf dem sich eine halb leere Flasche Whisky befand, die ich mir vor einiger Zeit eingeschenkt hatte. Die golden-braune

Flüssigkeit schimmerte im sanften Licht der Schreibtischlampe und schien mich förmlich anzulocken. Ein verzweifeltes Verlangen nach Ablenkung und Betäubung durchzog meinen Körper. Ohne viel nachzudenken, griff ich nach dem Glas in meiner Hand und brachte es zitternd an meine Lippen. Der alkoholische Geschmack brannte auf meiner Zunge, während ich den ersten Schluck hinunterstürzte. Die Wärme, die sich langsam in meinem Magen ausbreitete, fühlte sich an wie ein trügerischer Trost. Ich wusste, dass ich mich auf diese Weise nicht wirklich von meinen Gefühlen befreien konnte, aber in diesem Moment war es mir egal.

Mit jeder weiteren Glasöffnung verblassten die Gedanken an Verrat und Schmerz ein wenig. Die Worte, die ich gehört hatte, verloren an Schärfe und wurden von einem Schleier aus Alkohol überlagert. Ich war gefangen in einem Strudel aus Emotionen, und der Whisky schien der einzige Ankerpunkt zu sein, der mich vor dem Ertrinken bewahrte.

Irgendwann griff ich nach meinem Handy, das auf dem Schreibtisch lag. Die Gedanken an meine Ex-Frau und meine beste Freundin ließen mich nicht los und ich fühlte den Drang, ihr zu schreiben. Meine Finger tippelten unbeholfen auf der Tastatur herum, während ich mir überlegte, was ich sagen sollte. Es war schwer, die richtigen Worte zu finden, um den Wirbelsturm meiner Gefühle auszudrücken. Schließlich tippte ich eine Nachricht, in der ich versuchte, meinen Schmerz und meine Enttäuschung in Worte zu fassen. Ich las die

Nachricht mehrmals durch, bevor ich den Mut fand, auf *Senden* zu drücken. Sofort überkam mich ein Gefühl der Leere - ich wusste, dass eine Nachricht nicht ausreichen würde, um all das zu klären oder meine Wunden zu heilen.

Ich, 20:38 Uhr
Warum musste es ausgerechnet Lilian sein?

Evelyn, 20:40 Uhr
Wovon sprichst du?

Ich, 20:42 Uhr
Du hattest keine Affäre mit einem Mann. Du hast meine beste Freundin gefickt.

Evelyn, 20:43 Uhr
Wie kommst du darauf?

Ich, 20:44 Uhr
Bitte lüg jetzt nicht.

Ich, 20:44 Uhr
Lilly hat alles gestanden.

Ich, 20:45 Uhr
William weiß es auch.

Die Minuten vergingen und ich setzte meinen Kampf mit der Flasche fort, während ich auf eine Antwort wartete, die wahrscheinlich nie kommen würde. In meinem betrunkenen Zustand schwankten die Gedanken zwischen Wut, Trauer und Verzweiflung. Der Schmerz war zwar nicht verschwunden, aber er fühlte sich vorübergehend gedämpft an, als ob er hinter einem Schleier aus Alkohol versteckt wäre. Eigentlich blieb nur die Erkenntnis, dass Betrunkenheit nicht die Lösung war. Der Whisky hatte meine Realität nicht verändert, sondern nur vorübergehend verschleiert. Mit einem tiefen Seufzen lehnte ich mich in meinem Bürostuhl zurück und starrte auf die leere Flasche vor mir. Der Weg der Betäubung würde mich nicht zu Heilung oder Klarheit führen - aber das war ein Kampf, den ich nicht nüchtern angehen konnte.

Evelyn, 21:00 Uhr

Ich wollte es dir sagen, aber du wolltest nicht hören, mit wem ich Sex gehabt hatte.

Ich, 21:01 Uhr

Das hätte ich wissen wollen.

Ich, 21:03 Uhr

Wir waren danach weiterhin befreundet. Himmel, sie war andauernd bei mir.

Ich, 21:04 Uhr

Ich habe ihr vertraut.

Ich, 21:04 Uhr

Wie lange lief das?

Evelyn, 21:05 Uhr

Einige Monate.

Ich, 21:07 Uhr
Wo?

Ich, 21:08 Uhr
Wo hattet ihr Sex?

Ich, 21:10 Uhr
Wann?

Ich, 21:10 Uhr
Mein Gott, ich habe so viele Fragen.

Ich, 21:12 Uhr
Warum musste es Lilly sein?

Evelyn, 21:15 Uhr
Sie war auch meine beste Freundin, Levi.

Ich, 21:17 Uhr
William ist auch mein bester Freund und deswegen ficke ich ihn dennoch nicht.

Ich, 21:18 Uhr
Es gibt Grenzen im Leben, die man nicht überschreitet.

Ich, 21:18 Uhr
Aber davon hast du ja noch nie etwas gehalten.

Evelyn, 21:19 Uhr
Ich treffe mich heute noch einmal mit Wallace.

Evelyn, 21:20 Uhr
Ich mache es wieder gut. Versprochen.

Ich, 21:23 Uhr
Lass die Scheiße.

Ich, 21:25 Uhr
Ich vertraue dir nicht.

Ich, 21:26 Uhr
Du lügst, sobald du den Mund aufmachst.

Ich, 21:27 Uhr
Ich hätte dir so viel verziehen…

Ich, 21:28 Uhr
Aber das kann ich dir nicht vergeben. Das ist zu viel.

Ich, 21:34 Uhr
Sie war meine beste Freundin. Wir haben so viel miteinander geteilt und du hast das kaputt gemacht.

Ich, 21:37 Uhr
Fuck.

Ich, 21:40 Uhr
Das verzeihe ich dir nicht, Evelyn. Ganz egal, was du tust.

Ich, 21:45 Uhr
Das war zu viel.

Ich, 21:52 Uhr
Du bist tot für mich.

Kapitel 37

MATILDA

Martha's Vineyard

Die Wellen brachen mit einem donnerähnlichen Grollen und schleuderten weiße Gischt in die Luft. Die salzige Luft erfüllte meine Sinne, während der Wind kräftig an meinen Haaren zerrte. Ich konnte den salzigen Geschmack auf den Lippen schmecken, während ich mich mit den Füßen fest im Sand verankerte, um nicht von der Kraft der Flut mitgerissen zu werden. Die Wellen kamen unaufhörlich, eine nach der anderen und schienen dabei die ganze Energie des Ozeans in sich zu tragen. Jeder Aufprall auf den Strand erzeugte ein mächtiges Rauschen, das sich wie ein endloses Lied anhörte, das der Ozean der Welt darbot. Der Sand unter meinen Füßen wurde von der aufgewühlten Brandung fortgespült, während die Flutlinie sich immer weiter dem Ufer näherte. »Danke, dass du so schnell gekommen bist.« Ich schaute zu Henry auf, der schweigend neben mir stand. Die Ereignisse hatten mich aufgewühlt, weswegen ich einen Moment der Ruhe brauchte.

»Du kannst mich immer anrufen, wenn du Hilfe brauchst.« Henry hatte sofort vorgeschlagen, William zu uns nach Hause zu schicken, damit man ihn im Auge behalten könnte. Und das war gut, denn er wäre allein in einem Hotel sicher durchgedreht.

Die Gischt stieg in die Höhe und hüllte mich für einen Augenblick ein, als ob der Ozean mir seine unermessliche Kraft und Größe direkt ins Gesicht schleuderte. Der Anblick war überwältigend, und ich konnte nicht anders, als ehrfürchtig auf das Naturschauspiel zu starren. »Oh, ich brauche vor allem erstmal Ruhe. William wird eine Zeit bei uns bleiben und ich kann es ihm nicht verübeln, dass er wütend auf sie ist.« Die Flut schien die Welt für einen Augenblick zu verschlingen, nur um sie dann mit jeder zurückweichenden Welle wieder freizugeben. Ich fühlte mich klein und demütig angesichts der unerbittlichen Macht des Ozeans, die in diesem Moment so lebendig und intensiv erschien. Es war ein Schauspiel der Natur, das mich mit seiner Kraft und Schönheit gleichermaßen gefangen nahm.

»Matilda, wo ist Levi?« Er hatte diese Frage die ganze Zeit nicht gestellt, auch wenn sie unaufhörlich durch meinen Kopf gekreist war.

»Keine Ahnung«, gab ich zurück, ohne ihn dabei anzusehen. Mit jedem Atemzug sog ich die Energie dieses Augenblicks in mich auf, ließ mich von der tobenden Flut inspirieren und berühren. Vielleicht würde ich mit der gleichen Wucht über Levis Leben hineinbrechen, weil er nicht erreichbar gewesen war. Vielleicht würde ich aber auch das Gegenteil tun, weil es verschenkte Mühe war.

»Warum ist er nie da, wenn du ihn brauchst?« Ich spürte seinen Blick auf meiner Haut, obwohl ich in die Weite des Meeres schaute.

»Das stimmt nicht«, meinte ich und schüttelte den Kopf. Levi war nicht *nie* da, wenn ich ihn brauchte. Es waren winzige Momentaufnahmen, die er mitbekommen hatte. Das spiegelte nicht seinen Charakter.

»Doch, das stimmt und das weißt du.« Mit zwei Fingern griff er nach meinem Kinn und hob es an. »Du verdienst das nicht.«

Ich verdiente viele Dinge nicht. Unter anderem, dass er mir immer wieder unter die Nase rieb, wie beschissen alles lief. »Wir haben einfach nur eine schwere Zeit. Das wird wieder.« Irgendwie verloren wir uns immer wieder, obwohl es das gewesen war, was niemals geschehen sollte.

»Ich habe dich nie für dumm gehalten.« Sein kritischer Blick traf mich beinahe mehr als die Tatsache, dass ich Levi nicht erreichen konnte. Was sollte das bitte bedeuten? Dass ich naiv war, weil ich glaubte, dass Levi genauso überfordert mit all dem Chaos war, das über uns hineinbrach wie ich?

»Für was hast du mich denn gehalten?« Ich wurde ernst, was selten der Fall war, aber in diesem Moment konnte ich es nicht mehr verhindern. Meine Mutter hatte immer gesagt, dass Ernsthaftigkeit eine schlechte Eigenschaft für eine Frau war. Männer wünschten sich so etwas nicht. Sie wollten leichte Frauen, lachende Frauen und keine, die den Ernst des Lebens kannten.

»Für eine oberflächliche Zicke, so wie die anderen Frauen, die mit Lilian zu tun haben«, erwiderte er vollkommen unverblümt.

Ich stutzte. »Charmant.« Jetzt konnte ich den Sarkasmus nicht mehr unterdrücken.

»Ich habe meine Meinung immerhin korrigiert.« Er zog mich zu sich, als ich sicher war, dass ich einfach gehen würde, weil ich sonst etwas Falsches sagen würde. Er durfte den Frust nicht abbekommen, der sich in mir angesammelt hatte. »Ich meine es ernst, du bist ein guter Mensch und ich mag dich.«

Ich nickte. Mir war durchaus bewusst, dass mein Kopf gerade nach Fehlern suchte, an denen ich mich festbeißen konnte, um das große Ganze nicht sehen zu müssen. »Magst du es, mich zu ficken oder magst du mich als Mensch?«

»Beides. Du bist besonders, Matilda, auch wenn du das in den meisten Momenten nicht wahrhaben willst.« Sanft, sanfter, als er es bisher gewesen war, presste er seine Lippen gegen meine Stirn. »Manchmal habe ich das Gefühl, ich würde dich schon viel länger kennen.«

Ich wurde ruhiger in seiner Nähe. Alles in mir wurde ruhig und ich verwarf den Gedanken, dass ich Streit provozieren musste, um in diesem Moment etwas zu fühlen, denn er ließ mich fühlen. »Das ist seltsam, oder? Mir geht es manchmal genauso. Du… du bist irgendwie immer da, wenn ich dich brauche.«

»Ich vertraue auf mein Bauchgefühl und es führt mich immer wieder zu dir.« Sein Blick traf meinen mit einer Intensität, die mich unweigerlich gefangen nahm. Ein sanftes Lächeln umspielte seine Lippen, während er mich aus der Ferne ansah. Seine Augen waren tiefblau und ich verlor mich sofort darin. Er schien direkt in meine Seele zu blicken, als ob er meine Gedanken und Gefühle in diesem einen Moment ergründen konnte. Ein Hauch von Geheimnis lag in seinem Blick, und doch strahlte er eine aufrichtige Wärme aus, die mich unwillkürlich lächeln ließ. In diesem Augenblick schien die Zeit stillzustehen. Die Geräusche um mich herum wurden gedämpft, während sein Blick und meiner in einem unsichtbaren Band verknüpft waren. Es fühlte sich an, als ob wir in unserem eigenen kleinen Universum gefangen waren, in dem nur wir beide existierten. Die Art und Weise, wie er mich ansah, verriet mehr als Worte es je könnten. In seinem Blick lagen Bewunderung, Zuneigung und ein Funken von Vertrautheit, als ob er schon lange gewusst hatte, dass wir uns irgendwann begegnen würden. Sein Lächeln vertiefte sich, als unsere Blicke sich nicht voneinander lösten und ich spürte, wie mein Herz schneller zu schlagen begann.

»Du darfst mich nicht so ansehen.« Die Worte entwichen mir leise.

»Wie sehe ich dich denn an?« Mit zwei Fingern strich er mir über die Wange.

»Verliebt«, erwiderte ich und löste damit eine Pause aus. Die Stille umhüllte mich wie eine sanfte Decke, als nur das Meeresrauschen zu hören war. Doch, obwohl die Stille äußerlich so beherrschend war, spürte ich, wie sie auch meine Gedanken in den Fokus rückte. In diesem stillen Raum hatten meine Emotionen und Erinnerungen Platz, sich auszubreiten, ohne von der äußeren Welt übertönt zu werden. Die Stille schuf eine Bühne für meine eigenen Reflexionen und inneren Monologe. Während ich still verharrte, schien die Zeit eine unwichtige Rolle zu spielen. Minuten dehnten sich aus, während ich in meine eigenen Gedanken versank.

»Wäre das denn so schlimm?« Seine Augen leuchteten auf, als er mich anschaute.

»Ja, das wäre es. Zumindest für dich.« Er durfte sich nicht in mich verlieben, wenn ich ihm von Anfang an sagen konnte, dass es vollkommen aussichtslos war.

Henry legte den Kopf schräg. »Weil du es nicht erwiderst?«

Ich nickte. Vielleicht auch, weil ich verheiratet war, aber vorrangig, weil ich Levi liebte.

»Ich glaube dir das nicht«, sagte er und schüttelte immer wieder den Kopf.

»Was glaubst du mir nicht?«

»Dass ich dir egal bin.« Ich hatte nicht gesagt, dass er mir egal war. Im Gegenteil. Ich verbrachte viel mehr Zeit mit ihm, als ich mit meinem Gewissen vereinbaren konnte. »Leg doch die Karten mal auf den Tisch, Matilda.«

Seufzend hob ich meine rechte Hand und deutete auf den Ring. »Was willst du von mir hören? Ich bin verheiratet, das weißt du.«

»Ich habe dir schon einmal gesagt, dass dieses Stück Metall für mich nicht zählt.« Er drückte meine Hand herunter, als wollte er den Ring um jeden Preis ausblenden. »Wo ist dein Mann, wenn du ihn brauchst? Richtig. Niemand weiß es.« Er ließ meine Hand nicht los, sondern führte sie zu seiner Brust und presste sie dagegen. »Was fühlst du?«

»Deinen Herzschlag«, erwiderte ich trocken.

Es verlangte ihm ein Augenverdrehen ab. »Bist du immer so unromantisch?«

»Ja, ich bin nicht gut in sowas.« Ich konnte mich nicht darauf einlassen, dass wir im Halbdunkeln allein am Strand standen, niemand hier war und wir nur uns beide hatten. Das war die pure Verführung und ich wollte keine dieser Frauen sein, die sich auf diese Art verhielten.

Die Wellen plätscherten sanft ans Ufer, begleitet von einem leichten Sommerwind. Eine geheimnisvolle Spannung lag in der Luft, als ob die Welt um uns herum den Atem anhielt. »Was fühlst du?«, flüsterte er leise, als wir Seite an Seite am Rand des Wassers standen. Ich sah ihn mit diesen tiefen, durchdringenden Augen an. Ich spürte, wie sich mein Herzschlag beschleunigte, als er meine Hand streichelte. »Was fühlst du, wenn ich dich berühre?«, fragte er und ließ seine Finger über meine Haut gleiten, als würde er jedes Geheimnis, das ich verbarg, enthüllen. Meine Atmung war flach und sicher konnte er sehen, wie ich nach Worten rang, um das zu beschreiben, was zwischen uns passierte.

»Es ist wie ein Kribbeln, das von meinen Fingerspitzen bis tief in mein Inneres wandert«, antwortete ich schließlich, obwohl meine Stimme kaum mehr als ein Hauchen war. Ein Lächeln huschte über meine Lippen, als ob ich selbst überrascht war von den Empfindungen, die er in mir weckte.

»Und was fühlst du, wenn ich dir näherkomme?« Er trat einen Schritt näher an mich heran. Ich konnte den Puls in meinem eigenen Hals spüren, während ich mich in seinem Blick verlor. Die Zeit schien stillzustehen, als ob wir allein auf dieser Welt wären.

»Es ist, als ob die Welt um uns herum verschwimmt«, flüsterte ich, die Worte so zart wie der Anflug eines Windes. »Alles, was bleibt, bist du und dieses Gefühl der Nähe.« Ich spürte den Sog, der uns beide in seinen Bann zog, und beugte mich langsam vor.

»Und was fühlst du, wenn ich dich küsse?« Seine Lippen waren nur einen Atemzug von meinen entfernt.

»Dann…«, hauchte ich, meine Lippen dicht vor seinen. »Dann fühlt es sich an, als ob alles endlich am richtigen Platz ist.« Und in diesem Moment schlossen sich unsere Lippen in einem zarten, leidenschaftlichen Kuss, der all die unausgesprochenen Gefühle in sich trug.

Henrys Hände glitten zu meinem Hintern, bis sie dort zum Erliegen kamen. »Geht doch«, raunte er und zog mich näher an sich heran.

Plötzlich riss mich das Klingeln meines Handys aus diesem Moment. Der Ton zerriss die Stille und schickte einen kurzen Schauer über meinen Rücken. Ich unterbrach den Kuss und wandte meinen Blick ab, um nach dem Handy in meiner Tasche zu greifen. »Es ist Levi«, sagte ich und nahm den Anruf an. »Wo bist du?« Ich konnte die Spur von Vorwurf darin nicht verstecken.

»Auf dem Weg nach Hause. Wo bist du?«

Ich hielt das Handy mit einer Hand am Ohr und versuchte, seine Worte zu verstehen, während ich mit der anderen Hand meine Stirn massierte. Seine Stimme klang unsicher, seine Worte flossen nicht richtig und ich konnte den Geruch von Alkohol in der Luft fast spüren. Ein Seufzen entglitt mir, während ich versuchte, ruhig zu bleiben. »Ich bin noch am Strand.«

»Komm bitte nach Hause. Wir müssen reden«, sagte er und ich hörte so deutlich, dass er betrunken war. »Es ist so viel passiert. Ich muss dir einiges erzählen.«

Ich führte das Telefonat mit Geduld, trotz der aufkommenden Frustration. Mein Gesicht spiegelte die Bemühungen wider, nicht zu schreien, weil er augenscheinlich die Kontrolle verloren hatte. Mein Blick wanderte kurz zu Henry, der mich besorgt ansah und ich lächelte, um ihm zu signalisieren, dass ich die Situation im Griff hatte. »Ja, ich auch. Ich mache mich auf den Weg.« Eine Diskussion würde jetzt in jedem Fall eskalieren. Seufzend schaute ich Henry an. »Tut mir leid, ich muss los.« Mein winziger Moment des Friedens hatte geendet.

»Du musst dich nicht entschuldigen. Deine Ehe hat Priorität.« Zärtlich streichelte er mir über den Hintern.

»Was hast du davon?«, fragte ich und wollte den Ursprung dieser Frage eigentlich unterdrücken.

»Wovon?«

»In meiner Nähe zu sein.« Hatte er ein Ziel? Gab es ihm einen Kick, mich hin und wieder zu ficken? Waren wir so etwas wie Freunde?

Henry lachte. »Verdammt guten Sex«, meinte er und zog mich näher an sich heran. »Ich genieße deine Gesellschaft und deswegen möchte ich, dass du später noch zu mir kommst. Okay?«

»Ich weiß nicht, wie ich das erklären soll.« Levi war betrunken und das war nicht der beste Moment, um so etwas mit ihm zu besprechen. Vor allem nicht, wenn er wusste, was zwischen Evelyn und Lilian geschehen war.

Sein Blick wurde ernst. »Das war ein Befehl. Du bist doch ein gutes Mädchen, oder? Lass mich nicht noch länger warten.« Er wusste, wie er meine Knie weich werden lassen konnte. Oh, ich kniff die Augen zusammen, um das Kopfkino auszublenden, das sich in mir ausbreitete. »Andernfalls falle ich irgendwann einfach über dich her.«

»Du forderst mich heraus.« Ich seufzte tief. Herausforderungen waren für mich das, was für andere Komplimente waren. Ich mochte sie. Ich liebte sie. Und ich wollte so viel mehr davon.

»Du scheinst das zu mögen«, raunte er und lehnte seine Stirn gegen meine.

»Du hast ja keine Ahnung…« Ich würde einen Weg finden, heute Abend noch zu ihm zu kommen. Nicht, weil er es gefordert hatte, sondern, weil ich es wollte. Das war es, was ich gerade brauchte.

Henrys Augen leuchteten auf. »Ich möchte, dass du einen Mantel trägst, aber nichts darunter.« Seine Lippen streiften meine. »Gar nichts«, hauchte er gegen meine Lippen.

Kapitel 38

LEVI

Martha's Vineyard

Der Stress lastete schwer auf meinen Schultern, als ich mich durch das Wohnzimmer zur Bar begab. Jeder Schritt fühlte sich an, als würde er mich tiefer in den Strudel der Gedanken ziehen, die mich quälten. Die Gläser und Flaschen auf der Baroberfläche strahlten eine vorübergehende Flucht vor den Sorgen aus, die mich plagten. Ich griff automatisch nach der Whiskyflasche und das Klingen der Eiswürfel in meinem Glas hallte durch den Raum. Ich goss den bernsteinfarbenen Whisky ein und beobachtete, wie er sich langsam im Glas verteilte. Der Duft stieg mir in die Nase, ein Hauch von Trost und Ablenkung. Eigentlich hatte ich schon genug getrunken, aber ich konnte nicht stoppen. Wenn ich jetzt aufhören würde, würden mich die Erinnerungen überrennen. Ich hob das Glas an meine Lippen und ließ den ersten Schluck langsam meine Kehle hinabgleiten. Die Wärme und der Geschmack des Whiskys wirkten fast beruhigend, während sie meine Gedanken für einen flüchtigen Moment in den Hintergrund drängten. Ich lehnte mich an die Bar und versuchte, den Moment der Ruhe zu genießen, den mir der Alkohol schenkte.

Die Minuten verstrichen und ich ließ meinen Blick durch die Terrassentür schweifen, wo der Abendhimmel langsam in tiefere Schattierungen von Blau überging. Die Spannung in mir wuchs, während ich darauf wartete, dass meine Frau zurückkehrte. Ich hoffte auf ihre Anwesenheit, auf die Ablenkung und den Trost, den sie mir oft brachte. Schließlich hörte ich das leise Rascheln der Tür und mein Herzschlag beschleunigte sich. Sie trat herein, ein strahlendes Lächeln auf den Lippen, das sofort einen Hauch von Erleichterung in meine Brust brachte. Ihr Blick traf meinen, und plötzlich schien der Raum heller zu werden, als ob sie das Licht mit sich brachte. »Ich hätte William beinahe mit einem Regenschirm erschlagen.«

Sie zuckte zusammen. »Was?«

»Er stand einfach im Haus und ich dachte, er ist ein Einbrecher.« Ich stellte das Glas ab und trat auf sie zu, als ob ich von einer unsichtbaren Last befreit worden wäre.

Der Whisky mochte für einen Moment meinen Stress gemildert haben, aber ihre Gegenwart war es, die mir wirklich Frieden schenkte.

»Wo ist er jetzt?«, fragte sie und schaute sich rasch um.

»Ich habe ihn im Garten verscharrt.« Unsere Blicke trafen sich und ich konnte förmlich spüren, wie sich meine Anspannung in ihrer Nähe löste. In diesem Moment wusste ich, dass ich nicht allein war und dass wir gemeinsam jede Herausforderung bewältigen würden, die das Leben uns gab.

»Das ist nicht lustig.« Sie warf mir einen warnenden Blick zu.

Sie hatte recht, in letzter Zeit war nichts wirklich lustig gewesen. »Er ist oben und telefoniert mit Caissy«, erklärte ich, damit sie sich entspannte.

»Wo warst du, Levi?« Ihr strenger Blick tadelte mich.

Ich blinzelte einige Male, um sie schärfer zu sehen. »Ich bin in mein Büro gefahren und dann habe ich getrunken und… Ich habe keine Ahnung, wo ich anfangen soll.« Seufzend rieb ich mir über die Stirn. »Evelyn und Lilly hatten eine Affäre.«

»Ich weiß, deswegen ist William hier.« Ihr ruhiges Wesen durchzog den Raum, als sie mit einem Glas Wasser zurückkehrte und es mir reichte. »Ich habe versucht, dich anzurufen. Die beiden haben heftig gestritten.« Die Decke, die sie um meine Schultern legte, schien nicht nur die Kälte zu vertreiben, sondern auch meine Ängste zu beruhigen. »Wie viel hast du getrunken?«

»Zu viel…« Ich hätte mich beherrschen sollen, aber dazu hatte mir die Kraft gefehlt.

»Levi, das bist doch nicht du.« Besorgt strich sie mir über die Schulter. »Du musst auf dich aufpassen.« Ihre Stimme war ein sanftes Murmeln der Besorgnis, erreichte meine Ohren und drang zu meinem verwirrten Geist vor.

»Lilly war meine beste Freundin.« Matilda hielt meine Hand, als sich diese Erkenntnis immer weiter in mich hineinfraß.

»Ich weiß«, äußerte sie leise und legte die Hände an meine Wangen. Ihre Geduld kannte keine Grenzen. Sie ließ mir Zeit, mich zu erholen, ohne mich zu bedrängen. In ihren Augen las ich Verständnis für meine Schwächen und eine stille Bereitschaft, mich in meinem Tempo aufzurichten. »Das war eine furchtbare Aktion, die niemand von uns verstehen kann.« Matilda schloss die Arme um mich und ich tat es ihr gleich. Ich hielt sie einfach nur fest, mit dem Wunsch, sie nie wieder loszulassen.

»Ich kann das alles nicht begreifen… wie konnte ich das nicht merken?« Irgendwelche Anzeichen musste es doch gegeben haben. Wie konnte die Frau, die mehr als ein Jahrzehnt neben mir geschlafen hatte, sich überhaupt nicht zu Männern hingezogen fühlen? Und wie konnte ich das nicht merken?

Schließlich schaute sie zu mir auf. »Falls dich das tröstet: Ich habe es auch nicht bemerkt.«

»Ich will hier weg, Matilda. Ich brauche eine Auszeit.« Die Gedanken platzten aus mir heraus. Es waren die

Worte, die ich seit Monaten zurückhielt, weil ich sie nicht aussprechen konnte. Und jetzt waren sie da.

Sie nickte verständnisvoll. »Es war ziemlich viel für dich, ich weiß. Aber wir bekommen das hin.«

»Lass uns die Koffer packen und einfach verschwinden. Bitte.« Es war nicht das Gebrabbel eines Betrunkenen. Ich brauchte Frieden und meine Frau. All dieses Drama musste für einige Sekunden pausieren.

Wieder nickte sie. »Ja, von mir aus. Ich kann beim Reisebüro vorbeigehen und uns ein paar Prospekte holen.«

»So schnell wie möglich«, meinte ich und ließ sie langsam los. Wir brauchten eine Pause, bevor wir uns irgendwann selbst in diesem Chaos verlieren würden.

»Ich werde es gleich machen und wenn dort niemand mehr ist, klingele ich bei Jolene. Okay?« Ihre großen, blauen Augen leuchteten auf. »Aber vorher solltest du dich hinlegen. Du hast zu viel getrunken.« Mit liebevoller Strenge schob sie mich Richtung Sofa.

Ich hatte ihr keine Umstände machen wollen. Die Reue flutete mich unaufhörlich. »Es tut mir leid. Mir tut das alles so leid…« Ich ließ mich auf das weiße Leder fallen und sie hob meine Beine an, als mir die Kraft dazu fehlte. »Irgendjemand will mich fertigmachen und ich habe Angst, dass derjenige es schafft.« Der Stich in meiner Brust war schmerzhaft. So unglaublich schmerzhaft.

»Leg dich hin, Levi. Du musst schlafen und Morgen sieht die Welt schon wieder ganz anders aus.« Matilda legte die Decke über mich und setzte sich dann auf die

Sofalehne. Ihr liebevoller Blick lag auf mir, als sie mir über den Kopf streichelte.

»Ich liebe dich, Matilda.« Und das war die einzige Gewissheit, die ich noch hatte. Ich liebte sie mehr als mein Leben, denn sie war alles für mich. Verdammt nochmal alles und ich musste endlich aufhören, sie andauernd zu enttäuschen, in dem ich vergaß, wer ich sein wollte.

»Ich dich auch.« Sanft küsste sie meine Stirn. »Ich werde mich darum kümmern, dass du eine Auszeit bekommst.«

»Warte kurz«, meinte ich und hielt ihre Hand fest.

»Was ist los?«

In dem Moment, in dem ich in ihre Augen blickte, spürte ich die Worte in mir aufsteigen. Eine Mischung aus Verletzlichkeit und Verzweiflung durchströmte meinen Geist. Ich wollte sie nicht verlieren, nicht jetzt, wo alles so zerbrechlich schien. Der Gedanke daran, dass alles um mich herum auseinanderfallen könnte, verstärkte nur meinen Drang, sie festzuhalten. Die Erkenntnis, wie sehr ich sie brauchte, traf mich wie ein Schlag. Ich hatte das Gefühl, dass sie der einzige Anker war, der mich in dieser stürmischen See hielt. Die Welt um mich herum schien in Chaos zu versinken, und doch strahlte sie Ruhe und Verständnis aus. Ihre Nähe war der sichere Hafen, den ich in diesem Moment so dringend suchte. Jeder Blick, den sie mir zuwarf, jedes Lächeln, das sie mir schenkte, war wie ein Versprechen, das mich gleichzeitig ermutigte und ängstigte. Die Worte *Bitte verlass mich nicht* drängten sich unausgesprochen zwischen die Gedanken, aber ich fand nicht den Mut, sie auszusprechen. Die Angst davor, dass sie mich vielleicht nicht verstehen würde oder dass ich zu bedürftig erscheinen könnte, hielt mich zurück. Stattdessen versuchte ich, meine Gefühle in meinem Blick zu übertragen, in der Hoffnung, dass sie meine innere Unruhe sehen könnte. Während ich in ihre Augen tauchte, hoffte ich, dass sie meine Liebe und meinen Wunsch, bei mir zu bleiben, spüren konnte. Die Sekunden fühlten sich an wie Stunden und doch war es nur ein flüchtiger Augenblick, in dem meine Sehnsucht nach ihrer Nähe alles durchdrang. In dieser Stille, in diesem intensiven Austausch von Blicken, fühlte ich eine Verbindung, die tiefer ging als Worte es je könnten. Ich wusste, dass sie meine Unsicherheiten und Ängste verstand, auch ohne, dass ich sie aussprechen musste. Es war, als ob sie meine Gedanken lesen konnte und mir still versicherte, dass sie da sein würde, egal was kommen mochte.

»Mach die Augen zu.« Ihre Stimme hüllte mich ein, während sie immer wieder über meinen Kopf streichelte. »Es wird alles wieder gut.«

Ich hielt sanft die Hand meiner Frau, meine Finger umschlossen ihre. Die Berührung fühlte sich vertraut an, als würde sie mich in diesem Augenblick mit all ihrer Liebe und Unterstützung umgeben. Die Wirkung des Alkohols machte sich allmählich bemerkbar. Ein sanftes Gefühl der Müdigkeit überkam mich, und meine Augenlider wurden langsam schwerer. Der Raum um mich herum schien sich zu verlangsamen und die

Geräusche wurden gedämpft, als ob sie von weit her kämen.

Ich kämpfte gegen die aufkommende Erschöpfung an, wollte diesen Moment mit meiner Frau noch ein wenig länger festhalten. Die Hand, die ich hielt, wurde zu meinem Anker, zu einem letzten Berührungspunkt mit der Wirklichkeit, bevor meine Sinne allmählich abzudriften begannen. Trotz meiner Bemühungen konnte ich nicht verhindern, dass meine Augen sich schlossen. Ein Gefühl der Entspannung durchzog meinen Körper, und ich spürte, wie die Grenze zwischen Wachsein und Schlaf verschwamm. Die Wärme ihrer Hand pulsierte in meinem Bewusstsein und ich ließ mich in diesen friedlichen Übergang gleiten, wissend, dass sie da war, um mich zu halten, selbst wenn ich in den Schlaf glitt.

Kapitel 39

MATILDA

Martha's Vineyard

Der weiche Stoff des Mantels rieb über meine nackte Haut, als ich mich über das Geländer von Henrys Balkon lehnte. Ich hatte es getan und war hierhergekommen. Ich hatte es riskiert und bisher keine Sekunde bereut. Mein Blick schweifte über die ärmliche Wohngegend, die sich unter mir erstreckte. Trotz der bescheidenen Umgebung bot meine Position im höher gelegenen Stockwerk eine unerwartet atemberaubende Aussicht auf den sternenklaren Himmel und den Hafen. Die rostigen Dächer und die schäbigen Fassaden der umliegenden Häuser wurden von der Dunkelheit gestreift. Die Fenster der Wohnungen gegenüber funkelten wie kleine Lichtpunkte in der wachsenden Dunkelheit.

Der Lärm der Straße unten und die entfernten Stimmen der Nachbarn verblassten vor der Kulisse. Ein leichter Wind trug den Duft von Abgasen und Fisch zu mir herauf und ich konnte die unterschiedlichen Gerüche des Hafens wahrnehmen, die sich in der Abendluft vermischten. Die Konturen der Dächer und Antennen hoben sich in scharfen Umrissen ab, während der Himmel allmählich in ein tiefes Blau überging.

»Die zwei schönsten Anblicke – Du und die Nacht.« Henrys Stimme ließ mich tief durchatmen.

Ich drehte mich zu ihm um und ließ die Hände über das Geländer schweifen. »Bist du immer so romantisch?« Wenn ja, dann müsste ich mich wohl daran gewöhnen.

»Neben dir wirkt jeder romantisch, Matilda.« Seine Hände wanderten wie automatisch an meine Hüften und verharrten dort.

»Ist das so?«, fragte ich und spielte mit dem Gürtel meines beigefarbenen Mantels. Ich hatte mich an seine Aufforderung gehalten, auch wenn ich mir nicht sicher war, ob es eine gute Idee gewesen war, Levi allein zu lassen. William hatte versprochen nach ihm zu schauen, aber… Ach, ich wusste nicht recht, was ich denken sollte.

»Hm, das ist so, weil ich es sage«, meinte er und trat einen Schritt zurück. »Zieh den Mantel aus.« Diese tiefe, dunkle Stimme würde mir irgendwann noch den Verstand rauben.

»Was ist mit deinen Nachbarn?« Ich konnte sie hören, wie sie auf den anderen Balkonen lachten und sich unterhielten. Bei manchen dröhnte der Fernseher aus den geöffneten Fenstern.

Doch er zuckte mit den Schultern. »Dich kennt doch hier niemand.«

»Aber dich.« Herausfordernd funkelte ich ihn an.

Mit einer entschlossenen Geste griff er nach dem Stoff und zerriss ihn über meinen Brüsten. »Wenn ich dir etwas sage, dann solltest du es sofort befolgen.« Die Naht hatte den Kampf gegen ihn verloren.

»Das war Burberry«, warf ich gespielt schockiert ein.

Er nickte, versuchte sogar, betroffen zu wirken, doch ich wusste, dass es eine Show war, als er sein T-Shirt über den Kopf zog und die Muskeln darunter enthüllte. »Dein reicher Ehemann kauft dir sicher einen neuen.«

Dazu müsste ich meinem Ehemann nur erklären, wie er kaputtgegangen war und ich hätte direkt fünf neue. So war Levi. Wir lebten beide im Überfluss. Meine Finger glitten sanft über seine Haut und ich konnte die Spannung seiner Muskeln unter meinen Berührungen fühlen. Ein leiser Atemzug entwich seinen Lippen, als meine Küsse langsam über seine Schultern wanderten. Meine Lippen trafen auf seine Haut, warm und fest unter meinen Küssen. Ich folgte den Linien seiner Arme, die sich bei jeder Bewegung unter meiner Berührung anspannten. Ein zarter Kuss auf seinem Bizeps ließ ihn leicht zucken, und ich konnte ein Lächeln erahnen, das über sein Gesicht huschte.

»Ich habe nicht erwartet, dass du wirklich kommst«, gab er ungewohnt kleinlaut zu.

Ich ließ meine Lippen über seine Brust gleiten, spürte die Definition seiner Muskeln, die sich bei jeder Bewegung leicht bewegten. Meine Lippen drückten die Bewunderung und Zuneigung aus, während ich jeden Zentimeter seiner Muskeln erkundete. »Ich hielt es für sinnvoll.« Kurz schaute ich zu ihm auf. Unsere Blicke trafen sich und ich konnte die tiefe Emotion in seinen Augen spüren, die meine Zärtlichkeiten in ihm hervorriefen.

»Warum?«

Hörbar atmete ich aus. »Es ist eine bessere Option, als mit einer Flasche Wein über mein Leben nachzudenken. Meinst du nicht?«

Er nickte und ließ die Hände über meine Schultern gleiten. Ohne eine Sekunde zu zögern, schob er den Mantel hinunter. Im nächsten Moment lagen seine Lippen schon auf meinen und es wurde vollkommen egal, dass ich splitternackt vor ihm stand und jeder der Nachbarn mich sehen könnte. Immer näher zog er mich an sich heran. Mit der einen Hand griff er nach meinem Nacken, um mir jede Chance zur Flucht zu nehmen. Ruckartig drehte er mich um. Weniger sanft als neulich massierte er meine Brüste, umspielte die Nippel und atmete sein Vergnügen in mein Ohr. »Es ist friedlich hier, findest du nicht? Man hört das Meer, die Möwen, aber all die reichen Bonzen hört man nicht.«

Immer wieder stöhnte ich auf und lehnte meinen Kopf gegen ihn. »Es war schwer, die Wohnung zu bekommen, oder?« Henrys Hand schweifte über meinen Bauch und hinterließ eine feine Gänsehaut, ehe sie tiefer glitt und auf meiner Mitte zum Liegen kam. Mit einem Ruck drehte er mich um und drängte mich mit der nackten Haut gegen das eiskalte Geländer. Er spreizte meine Beine ein wenig und stellte sich so nah hinter mich, dass ich seinen harten Penis an meinem Arsch fühlen konnte.

»Die Aussicht wollten viele, aber ich hatte Glück.« In kreisenden Bewegungen rieb ich mich an seinem Becken. Ich hörte nicht auf zu stöhnen, als seine Finger meine Klitoris umkreisten, stattdessen zuckte ich vor Lust unter seinen Berührungen. Ruckartig drehte er mich um und drückte mich mit dem Rücken gegen das Geländer. Wie in Zeitlupe ging er vor mir auf die Knie und küsste meinen Bauch hinab, bis zu meiner Mitte.

»Sollen wir nicht lieber reingehen?«, fragte ich, als er mein Bein über seine Schulter hob.

»Auf keinen Fall«, hauchte er zwischen zwei Küssen. Langsam küsste er an meinen Oberschenkeln hinauf, bis er wieder an seinem Ziel ankam, aber er stoppte. Stattdessen saugte er in kleinsten Bewegungen an der Innenseite meiner Oberschenkel.

Ich seufzte tief und warf den Kopf in den Nacken. »Oh, mein Gott.«

»Es reicht vollkommen, wenn du mich Henry nennst.« Sein Lachen spürte ich an meiner Mitte, doch er berührte mich nicht mit seiner Zunge, so wie er es immer wieder andeutete.

»Sehr lustig.« Den Sarkasmus konnte ich nicht unterdrücken. Möglicherweise gab es Bereiche in seinem

Leben, in denen er wie ein Gott war, aber das würde ich nicht zugeben. Stattdessen verteilte er unzählige Küsse um meine Mitte herum. Mit jeder Berührung seiner Lippen wurde mein Stöhnen lauter. Er würde mich um den Verstand bringen. »Das fühlt sich gut an. Mach weiter«, flehte ich und sah ihn mit großen Augen an. Das war sicher Melodie in seinen Ohren.

»Du musst leise sein, sonst hören dich die Nachbarn und du möchtest sicher nicht, dass sie dich hier erwischen, oder?« Hastig nickte ich und er berührte mich mit seiner Zunge. Ich konnte nicht anders, als meine eine Hand in seinem Haar zu vergraben und die andere um das Geländer zu klammern. Mit der Zunge umspielte er meine empfindsamsten Stellen immer intensiver, in kleinen Kreisen, mal mit mehr Druck und dann wieder mit weniger. Immer wieder drückte ich ihm mein Becken entgegen, bis er schließlich mit den Fingern in mich eindrang und begann, mich langsam zu ficken. Es war richtig gewesen, hierher zu kommen. Es war absolut richtig gewesen, denn es entspannte mich. All der Ärger geriet in Vergessenheit. Er genoss es, meine Lust bis ins Unermessliche zu steigern. Ich war so nass und bereit für ihn. Sein Lecken wurde mit jeder Sekunde intensiver und mein Stöhnen immer lauter. Immer wieder lehnte ich den Kopf nach hinten, ließ die Haare über das Geländer hängen.

Henry stoppte und richtete sich auf. »Du musst leise sein«, erinnerte er mich, als ein enttäuschtes Seufzen über meine Lippen drang. »Ansonsten muss ich dir den Mund zu halten.« Ruckartig drehte er mich um und stellte sich hinter mich. Meinen Oberkörper presste er gegen das eiskalte Geländer, was die Gänsehaut über meinen Körper jagte, während ich ihm meinen Hintern entgegenstreckte. Fest legte er mir die Hände um die Taille und führte seinen Penis zwischen meine Beine. »Oder ist es genau das, was du möchtest?« Er hielt kurz inne. »Möchtest du, dass ich dich härter anfasse?«

Wieder nickte ich hastig. »Bitte tue es.« Die Hitze stieg in mir auf, das feine Reiben seiner Haut an meinem Rücken ließ mich erschaudern. Zentimeter für Zentimeter versank er tiefer in mir. Fordernd schob ich ihm mein Becken entgegen. Als er begann, sich in mir zu bewegen, stöhnte ich immer lauter auf. Doch ich erinnerte mich daran, was ich versprochen hatte. Mit jeder Bewegung spürte ich, wie seine Muskeln sich mehr entspannten. Mit meiner zweiten Hand stimulierte ich meinen Lustpunkt. Ob er die kreisenden Bewegungen wohl auch spürte? Als er sich in einem schnelleren Rhythmus bewegte, konnte ich mich nicht mehr zurückhalten. Mein Stöhnen wurde lauter, ungehaltener.

»Ich kann mich nicht erinnern, ob sich schon jemals eine Frau so gut angefühlt hat.« Er seufzte mir tief ins Ohr und fuhr mit seiner Hand von meiner Schulter, über meinen Hals, bis hin zu meinem Kinn. Immer wieder bewegte ich mein Becken und versuchte, Einfluss auf sein Tempo zu nehmen.

Ich hatte die Augen geschlossen und spürte, wie mein gesamter Körper sich entspannte und in das Gefühl der Lust fallen ließ. Mein Stöhnen wurde lauter. Mit den Händen drückte ich immer fester gegen das Geländer, um einen Halt im Rausch der Lust zu finden. »Du fickst mich um den Verstand…« Es war eine Mischung aus Frage, Feststellung und *Bitte hör niemals auf*.

»Pssht«, hauchte er mir ins Ohr, um mich wieder daran zu erinnern, dass ich leise sein musste. »Du brauchst deinen Verstand in meiner Nähe nicht.« Doch ich konnte mich nicht mehr daranhalten. Er wurde schneller und meine Pobacken klatschten immer härter gegen seine Hüften. Henry drückte mir die Hand vor den Mund, woraufhin ich den Kopf gegen ihn sinken ließ. Das war es, was ich wollte – was ich brauchte. Er hatte ein bemerkenswertes Talent, meine Wünsche zu erfüllen. Meine Schenkel begannen zu zittern, während er sein Bestes tat, um mich ruhigzuhalten. Ich spürte, wie sich die Lust zu einer letzten, reißenden Welle aufbäumte. Mit voller Wucht presste ich mich gegen ihn und kam so heftig, dass ich gegen seine Hand schrie. Und das hatte sicher jeder seiner Nachbarn gehört. Sein Blick lag auf mir, das spürte ich. Er beobachtete, wie ich in Wellen kam, ehe er seine letzte Selbstbeherrschung abgab.

Keuchend legte er seinen Kopf in der Beuge meines Halses ab und nahm dann erst die Hand vor meinem Mund weg. »Du fühlst dich unglaublich an«, flüsterte er und schlang die Arme um meine Taille.

»Ich kann nicht glauben, dass ich das getan habe.« Ich konnte viele Dinge nicht glauben. Angefangen damit, dass ich Levi nicht gesagt hatte, wohin ich gehen würde. Dass ich ihn gewissermaßen belogen hatte, um noch einmal diesen Kick zu fühlen. Bis hin zu der Tatsache, dass ich splitterfasernackt auf seinem Balkon stand, während jeder uns sehen konnte. Doch ich lächelte, denn ich fühlte, wie der Kick durch meine Venen rauschte.

»Das war unglaublich.« Henry zog sich aus mir zurück und die Hose wieder hoch. »Ich hole dir ein T-Shirt.«

»Danke.« Das war eine gute Idee, immerhin konnte ich nicht mit dem zerfetzten Mantel nach Hause gehen. »Wo ist das Badezimmer?«, fragte ich und strich mir eine Haarsträhne hinter das Ohr.

Er war schon an der Terrassentür, als er sich noch einmal zu mir umdrehte. »Richtung Haustür und dann die erste Tür auf der rechten Seite.«

Als er nicht mehr in meinem Sichtfeld war, ging ich ebenfalls ins Innere der Wohnung. Mit einem schweren Herzen durchquerte ich das Wohnzimmer, das vorhin einladend gewirkt hatte. Jeder weitere Schritt fühlte sich mehr und mehr wie eine Last an, die auf meinen Schultern lag. Das schwelende Gefühl des schlechten Gewissens ließ meine Schritte zögerlich werden und ich vermied es, die Bilder und Erinnerungen an mein Handeln in meinem Kopf aufkommen zu lassen. Der Flur erstreckte sich vor mir wie ein endloser Gang voller Schatten und ungesagter Gedanken. Als ich die Haustür erreichte, blieb ich kurz stehen und starrte auf die beiden Türen vor mir. Hatte er rechts oder links gesagt? Ich hasste es in fremden Wohnungen herumsuchen zu müssen.

Links. Er hatte links gesagt, oder? Mit zittrigen Händen und genauso weichen Knien griff ich nach dem Türgriff. Die Kälte des Metalls fühlte sich an, als würde sie meine Unsicherheit und meine Ängste absorbieren. Sie ließ sich nicht öffnen. Erst auf dem zweiten Blick bemerkte ich den Schlüssel. Wer schloss ein Badezimmer von außen ab? Irritiert öffnete ich die Tür und betrat den Raum.

Die Flut an Informationen, die an den Wänden ausgebreitet waren, überwältigte mich. Das hier war keinesfalls das Badezimmer. Mein Blick fiel sofort auf die riesige Mindmap, die die gesamte linke Wand einnahm. Bunte Linien und verschlungene Pfeile verbanden Wörter, Bilder und Dokumente miteinander. In der Mitte prangte ein Foto, von dem aus Zweige in alle Richtungen führten. Es war, als könnte man den kreativen Gedankenfluss förmlich spüren, der hier seinen Ausdruck fand.

Unterhalb der Mindmap erstreckte sich eine Sammlung von Fotos, Zeitungsartikeln und Notizen. Bilder in unterschiedlichen Größen und Formen waren scheinbar wahllos an die Wand gepinnt worden, aber bei genauerem Hinsehen erkannte ich ein Muster. Die Fotos zeigten Menschen, Orte und Momente, die alle auf irgendeine Weise miteinander in Verbindung standen. Zeitungsartikel und Ausschnitte aus Magazinen zogen meine Aufmerksamkeit auf sich. Die Worte *Matilda, Velvet Lounge* und *Levente Forbes* sprangen mir ins Auge. Unsicher rieb ich mir über die Augen. Was zur Hölle war das? Ich trat näher an die Wand heran und begann, die einzelnen Elemente genauer zu betrachten.

Mit dem Finger strich ich über die Fotos, als könnte ich durch die Bilder hindurch in die Erinnerungen und Geschichten dahinter eintauchen. Es gab Bilder von Levi, Bilder von mir, aber auch von William und Lilian. Alle diese Bilder waren mit Schnüren verbunden. Ich folgte der Schnur von Levi zu Lilian und schließlich zu Caissy. Unter ihrem Bild prangte das Wort *Schwester*. Mein Herz setzte einen Schlag aus, denn von ihr führte eine Schnur zurück zu Levi. Mein Herz raste wie verrückt, als ich Geburtsurkunden, Adoptionspapiere, Briefe und unzählige Fotos von mir, Levi und Caissy an allen erdenklichen Orten sah. Auf der rechten Seite hing sogar ein Plan mit meinen Gewohnheiten. Als wäre es ein Automatismus, versuchte ich, meinen Körper mit den Armen zu bedecken. Plötzlich fühlte ich mich nackt – wortwörtlich. Ich griff nach einem Bild, das am Strand aufgenommen worden war und ich hätte alles darauf verwettet, dass es Levi mit Anfang zwanzig war. Was war das hier alles? Was war das für ein Konstrukt?

Während ich vertieft in meine Gedanken war, durchfuhr mich plötzlich ein lautes Geräusch. Es war ein Räuspern, das mich aus meinen Überlegungen riss und meinen Herzschlag augenblicklich beschleunigte. »Was machst du hier?«, fragte Henry und schloss die Tür hinter uns.

Meine Muskeln spannten sich an und meine Augen weiteten sich, während mein Blick hastig die Umgebung scannte. Jeder Sinn war plötzlich auf Alarmbereitschaft geschaltet, während meine Gedanken in einem Augenblick von Ruhe zu Aufmerksamkeit umschalteten. Ich spürte, wie sich die Härchen auf meiner Haut aufrichteten, als sich meine Sinne fokussierten. »Was ist das hier?«

»Nicht das Badezimmer, Matilda«, stellte er richtig, doch das hatte ich auch schon durchschaut.

Ich sah in seine Augen und bemerkte plötzlich, wie sich die Atmosphäre zwischen uns veränderte. Ein Schatten schien über seine Pupillen zu huschen und die sonst so lebendigen Augen verdunkelten sich plötzlich. »Du warst es die ganze Zeit, oder?« Ein kalter Hauch von Unbehagen durchzog mich, als ich den Ausdruck in seinem Blick wahrnahm. »All die Dinge, die schief gelaufen sind, die Fehler, die Verluste, das warst alles du, oder?« Die einst klaren Augen wirkten nun trüb und schwer und ich konnte die Veränderung in seiner Stimmung förmlich spüren. Der Blick, der mich vorhin noch mit Wärme und Zuneigung erfüllt hatte, schien jetzt von einer schweren und düsteren Intensität erfüllt zu sein. Ein Schauer lief mir über den Rücken.

»Ja.« Er nickte.

»Warum?« Fuck. Warum war ich hier? Warum hatte meine Intuition mich nicht gewarnt? Wieso hatte ich niemals auch nur eine Sekunde an ihn gedacht? »Warum hasst du uns so?« Ich konnte mir nicht ansatzweise vorstellen, was wir alle ihm getan hatten. Ich für meinen Teil hatte ihn vorher nicht einmal gekannt, doch jetzt glaubte ich auch nicht mehr an einen Zufall. »Warum hast du mich benutzt?«

»Weil Levi mein Vater ist«, sagte er und drehte den Schlüssel im Schloss herum. So schnell würde ich wahrscheinlich nicht verschwinden können.

Ich kniff die Augen zusammen. »Was?«

»Er ist mein Vater und für alles, was er getan hat, verdient er es in der Hölle zu brennen.« Seine Stimme machte mich nicht mehr an, so wie es vor wenigen Minuten noch der Fall gewesen war. Er machte mir Angst und dagegen konnte ich mich nicht mehr wehren. »Und ich bringe ihm diese Hölle.« Es war doch immer der Gärtner, oder? Darauf hätte ich kommen können.

Fortsetzung folgt...

Danke

Ganz besonders möchte ich dir danken, denn du hältst dieses Buch in den Händen und es hat dir hoffentlich so viel Freude beim Lesen bereitet, wie mir beim Schreiben. Schreib mir deine Meinung gerne in einer Bewertung auf Amazon oder Lovelybooks. Darüber würde ich mich sehr freuen.

Mein Dank richtet sich außerdem an mein Testleser-Team. Ihr seid die Besten. Ohne euch hätte das nur halb so viel Spaß gemacht – wenn überhaupt. Für´s nächste Mal bekommt ihr Taschenlampen, damit ihr nicht so lange im Dunkeln tappt.

Vanessa, Hauptsache der Womanizer ist richtig eingestellt. Dann geht alles.

Racine, es sind niemals die Frauen. Nicht wahr?

Jana aka Sherlock, manchmal ist es sogar für den Meisterdetektiv eine Überraschung.

Michelle, dank dir können wir Evelyn nie wieder normal lesen und werden immer Evil-Lyn in unserem Kopf hören.

Lea E., ohne deine tollen Videos wären wir vermutlich heute nicht hier.
Karin, dein Feedback hat mir immer sehr weitergeholfen.
Lea, Danke, dass du von Anfang an an dieses Projekt geglaubt hast, auch wenn es ein bisschen anders ist.
Stephanie, es tut mir sehr leid, dass ich dich deiner Illusion berauben musste. Die Muskeln haben einfach zu sehr geblendet.
Claudia, ich hätte deine Warnung mit den Ersatzschlüppis an den Anfang setzen sollen, oder? Hups.

Das Beste kommt zum Schluss… Mein liebster Schreibbuddy Frederike Baumgarte, soll ich meinen Lieblingssatz nochmal sagen? Ja? *Das kann ich doch nicht bringen.* Nur, um dann fünf Sekunden später etwas viel Schlimmeres zu planen und das Ursprüngliche zu überbieten. Du liebst mich dafür.

Deine Isabelle ♡

Printed in Poland
by Amazon Fulfillment
Poland Sp. z o.o., Wrocław
16 September 2023

4d861b8e-9603-4535-9fa7-449649a90ee1R01